CIUDAD DE LAS NUBES

ANTHONY DOERR

Traducción de
Laura Vidal

SUMA
de letras

Título original: *Cloud Cuckoo Land*
Primera edición: octubre de 2021

© 2021, Anthony Doerr
© 2021, Penguin Random House Grupo Editorial, S. A. U.
Travessera de Gràcia, 47-49. 08021 Barcelona
© 2021, Laura Vidal, por la traducción

Las citas de obras clásicas se han basado en las siguientes traducciones,
con ligeras adaptaciones cuando ha sido necesario:
Aristófanes, *Los pájaros,* traducción de Luis M. Macía Aparicio, Barcelona, RBA, 2007.
Homero, *Odisea,* canto VII, traducción de José Manuel Pabón, Madrid, Gredos, 1993.
Homero, *Ilíada,* canto II, traducción de Ignacio García Malo, Madrid, Pantaleón Azana, 1788.
Claudio Eliano, *El libro de los animales,* traducción de José María Díaz Regañón López,
Madrid, Gredos, 1984.

Impreso en Mexico - *Printed in Mexico*

ISBN: 978-84-9129-429-0
Depósito legal: B-12909-2021

Compuesto en MT Color & Diseño, S. L.

S L 9 4 2 9 B

*A los bibliotecarios
de ayer, de hoy y de años venideros*

Corifeo: Bien, veamos cuál será el nombre de nuestra ciudad.

Pistetero: ¿Queréis que tomemos de Lacedemonia el glorioso nombre de Esparta y se lo pongamos?

Evélpides: Por Heracles, que yo no le pondría esparto a mi ciudad, ni tan siquiera para el colchón de un catre que tuviera.

Pistetero: ¿Pues cómo la llamaremos?

Evélpides: Uno bien rimbombante, relacionado con estos lugares de las nubes y los cielos.

Pistetero: ¿Qué te parece La ciudad de los cucos y las nubes?

Aristófanes, *Los pájaros,* 414 a. C.

PRÓLOGO

A MI SOBRINA QUERIDÍSIMA
CON LA ESPERANZA DE QUE ESTO
TE TRAIGA SALUD Y LUZ

EL ARGOS

AÑO DE MISIÓN: 65

DÍA 307 DENTRO DE LA CÁMARA UNO

Konstance

Una chica de catorce años está sentada con las piernas cruzadas en el suelo de una cámara circular. Una masa de rizos le enmarca la cara como un halo; tiene los calcetines llenos de tomates. Es Konstance.

Detrás de ella, dentro de un cilindro traslúcido que se eleva medio metro entre el suelo y el techo, hay suspendida una máquina compuesta de billones de filamentos dorados, ninguno más grueso que un cabello humano. Cada filamento se entrelaza con otros en una maraña de asombrosa complejidad. De tanto en tanto, un manojo de cables de la superficie de la máquina late y se ilumina: ahora este, ahora aquel. Es Sybil.

En la habitación hay también una cama hinchable, un váter seco ecológico, una impresora de alimentos, once sacos de comida en polvo Nutrir, una cinta de correr multidireccional del tamaño y la forma de un neumático de automóvil llamada Deambulador. La luz procede de un anillo de diodos en el techo; no se ve ninguna salida.

Dispuestos en retícula en el suelo hay casi cien retazos rectangulares que Konstance ha cortado de sacos de Nutrir vacíos y en los que ha escrito con tinta casera. Algunos están cubiertos de su escritura; en otros hay una única palabra. Uno, por ejemplo, contiene las veinticuatro letras del alfabeto griego antiguo. Otro dice:

En el milenio anterior a 1453, la ciudad de Constantinopla sufrió veintitrés asedios, pero ningún ejército traspasó jamás sus murallas.

Se inclina hacia delante y coge tres trozos del rompecabezas que tiene delante. A su espalda, la máquina parpadea.

«Es tarde, Konstance, y no has comido en todo el día».

—No tengo hambre.

«¿Qué tal un buen risotto? ¿O cordero asado con puré de patatas? Todavía hay muchas combinaciones que no has probado».

—No, gracias, Sybil.

Mira el primer retazo y lee:

El relato griego en prosa desaparecido *La ciudad de los cucos y las nubes*, del autor Antonio Diógenes, sobre el viaje de un pastor a una ciudad utópica en el cielo, fue probablemente escrito hacia finales del siglo I d. C.

El segundo:

Sabemos por un resumen bizantino del libro del siglo IX que empezaba con un breve prólogo en el que Diógenes se dirigía a una sobrina enferma y declaraba que el relato cómico que seguía no era invención suya, sino que lo había encontrado en una tumba de la antigua ciudad de Tiro.

El tercero:

La tumba, escribió Diógenes a su sobrina, llevaba la inscripción: «Etón: vivió 80 años como hombre, 1 año como asno, 1 año como lubina, 1 año como cuervo». Dentro, Diógenes afirmaba haber encontrado una arqueta de madera en la que estaba inscrito: «Desconocido, quienquiera que seas, abre esto y maravíllate». Cuando abrió la arqueta encontró veinticuatro tablillas de madera de ciprés en las que se narraba la historia de Etón.

Konstance cierra los ojos, ve al escritor descender a la oscuridad de las tumbas. Lo mira estudiar el extraño arcón a la luz de la antorcha. Los diodos del techo se atenúan, el tono de las paredes pasa del blanco al ámbar y Sybil dice: «Pronto llegará la NoLuz, Konstance».

Camina entre los recortes del suelo y saca el resto de un saco vacío de debajo de su cama. Usando los dientes y los dedos, arranca un nuevo rectángulo. Pone un cacillo de polvo Nutrir en la impresora de comida, pulsa botones y el dispositivo escupe treinta gramos de un líquido oscuro en el cuenco. A continuación Konstance coge un trozo de tubo de polietileno, cuya punta ha tallado en forma de plumín, moja la pluma casera en tinta casera, se inclina sobre la tela en blanco y dibuja una nube.

Vuelve a mojar la pluma.

Encima de las nubes dibuja las torres de una ciudad, a continuación puntitos que son pájaros revoloteando alrededor. La habitación se oscurece más. Sybil parpadea. «Konstance, tengo que insistir en que comas».

—No tengo hambre, gracias, Sybil.

Coge un rectángulo en el que hay escrita una fecha: «20 de febrero de 2020», y lo deja junto a otro que dice «folio A». Luego coloca su dibujo de la ciudad en las nubes a la izquierda. Por un instante, en la luz que agoniza, los tres recortes casi parecen levantarse y resplandecer.

Konstance se sienta sobre sus talones. Lleva casi un año sin salir de esta habitación.

UNO

**DESCONOCIDO, QUIENQUIERA
QUE SEAS, ABRE ESTO Y MARAVÍLLATE**

La ciudad de los cucos y las nubes
por Antonio Diógenes, folio A

El códice de Diógenes mide 30 × 22 cm. Agujereado por gusanos y significativamente borroso por el moho, solo se recuperaron de él veinticuatro folios, etiquetados aquí de A a Ω. Todos estaban dañados en distinta medida. La caligrafía es cuidada e inclinada hacia la izquierda. De la traducción de 2020 de Zeno Ninis.

... ¿durante cuánto tiempo habían enmohecido esas tablillas dentro de aquel arcón esperando a que unos ojos las leyeran? Aunque sé que dudarás de la veracidad de los estrambóticos sucesos que narran, mi querida sobrina, en mi transcripción no he omitido una sola palabra. Quizá en tiempos remotos los hombres habitaban la tierra como bestias y una ciudad de pájaros flotaba en los cielos, a caballo entre los reinos humano y divino. O tal vez, como todos los locos, el pastor creó su propia verdad y por tanto, para él, verdad era. Pero pasemos ahora a la historia y juzguemos su cordura por nosotros mismos.

BIBLIOTECA PÚBLICA DE LAKEPORT

20 DE FEBRERO DE 2020

16.30

Zeno

A compaña a cinco alumnos de quinto curso de la escuela elemental a la biblioteca pública por entre cortinas de nieve. Es un octogenario con cazadora de lona; sus botas se cierran con velcro; pingüinos de dibujos animados patinan por su corbata. Durante todo el día y sin interrupción, la felicidad ha crecido dentro de su pecho y ahora, esta tarde, a las 16.30 de un jueves de febrero, mientras mira a los niños correr acera abajo —Alex Hess con su cabeza de asno de papel maché, Rachel Wilson llevando una linterna de plástico, Natalie Hernández tirando de un altavoz portátil—, el sentimiento amenaza con ahogarlo.

Dejan atrás la comisaría, el Departamento de Parques, la agencia inmobiliaria Eden's Gate. La biblioteca pública de Lakeport ocupa un edificio de dos plantas y empinado tejado a dos aguas de estilo victoriano y color jengibre en la esquina de las calles Lake y Park que fue donado a la ciudad después de la Primera Guerra Mundial. La chimenea está torcida; los canalones combados; hay cinta aislante tapando grietas en tres de las cuatro ventanas de la fachada. En los juníperos que flanquean el camino de entrada y encima del buzón de libros de la esquina, pintado como si fuera un búho, ya se han acumulado varios centímetros de nieve.

Los niños suben corriendo el camino de entrada, saltan al porche y chocan los cinco con Sharif, el bibliotecario de la Sección

23

Infantil, que ha salido a ayudar a Zeno a subir las escaleras. Sharif lleva auriculares verde lima en las orejas y en el vello de sus brazos centellea purpurina de manualidades. Su camiseta dice: «ME GUSTAN LOS LIBROS GRANDES Y NO SÉ MENTIR».

Dentro, Zeno se limpia el vaho de las gafas. En el mostrador de recepción hay pegados corazones de cartulina; un bordado enmarcado en la pared de detrás dice: «Aquí se contestan preguntas».

En la mesa de los ordenadores, en los tres monitores, espirales de salvapantallas se retuercen en sincronía. Entre la estantería de los audiolibros y dos mecedoras viejas, una fuga de un radiador moja las baldosas del techo y gotea encima de un cubo de basura de veintiséis litros.

Plic. Ploc. Plic.

Los niños salpican nieve por doquier mientras suben en estampida a la planta de arriba, hacia la Sección Infantil, y Zeno y Sharif intercambian una sonrisa cuando oyen las pisadas llegar al final de la escalera y detenerse.

—¡Hala! —dice la voz de Olivia Ott.

—Flipas —dice la voz de Christopher Dee.

Sharif coge a Zeno del codo para subir. La entrada a la planta de arriba está bloqueada por una pared de aglomerado pintada con aerosol dorado, y en el centro, sobre una puertecita en arco, Zeno ha escrito:

Ὦ ξένε, ὅστις εἶ, ἄνοιξον, ἵνα μάθῃς ἃ θαυμάζεις

Los niños de quinto curso se arremolinan contra el aglomerado, y la nieve se derrite en sus chaquetas y mochilas, y todos miran a Zeno, y Zeno espera a que su aliento alcance al resto de su cuerpo.

—¿Os acordáis todos de lo que significa?

—Pues claro —dice Rachel.

—Está tirado —dice Christopher.

Natalie se pone de puntillas y pasa un dedo por debajo de cada palabra: «Desconocido, quienquiera que seas, abre esto y maravíllate».

—Qué pasada —dice Alex, que tiene la cabeza de asno debajo del brazo—. Es como si fuéramos a meternos en el libro.

Sharif apaga la luz de la escalera y los niños se apelotonan alrededor de la puertecita, en el resplandor rojo del letrero de SALIDA.

—¿Preparados? —dice Zeno.

—Preparados —responde Marian, la directora de la biblioteca, desde el otro lado del aglomerado.

Uno a uno, los alumnos de quinto curso entran por la puertecita en arco que da a la Sección Infantil. Las estanterías, mesas y pufs que normalmente llenan el espacio están arrinconados contra las paredes y en su lugar hay treinta sillas plegables. Sobre las sillas, docenas de nubes de cartulina revestidas de purpurina cuelgan de las vigas del techo mediante hilos. Delante de las sillas hay un pequeño escenario y, detrás del escenario, en una gran lona que cubre toda la pared trasera, Marian ha pintado una ciudad en las nubes.

Torres doradas, agujereadas por cientos de ventanitas y coronadas por gallardetes, se elevan en haces. Alrededor de sus chapiteles revolotean apretadas bandadas de pájaros: pequeños escribanos pardos y grandes águilas plateadas, pájaros con colas curvas de gran tamaño y otros con picos curvos de gran tamaño, pájaros del mundo y también de la imaginación. Marian ha apagado las luces del techo y, en el haz de un único foco estroboscópico colocado en una peana, las nubes centellean, los pájaros titilan y las torres parecen iluminadas desde dentro.

—Es... —dice Olivia.

—... mejor de lo que me... —añade Christopher.

—Es la ciudad de los cucos y las nubes —susurra Rachel.

Natalie deja el altavoz, y Alex sube de un salto al escenario, y Marian dice:

—Cuidado, la pintura puede estar todavía húmeda en algunas partes.

Zeno se sienta en una silla de la primera fila. Cada vez que pestañea, un recuerdo le atraviesa ondulando el interior de los párpados: su padre cayendo de culo en un banco de nieve; una bibliotecaria abriendo el cajón de un fichero; un hombre en un campo de prisioneros escribiendo caracteres griegos en el polvo.

Sharif enseña a los niños la zona entre bastidores que ha creado detrás de tres estanterías, llena de atrezo y disfraces, y Olivia se pone un gorro de látex en la cabeza para parecer calva, y Christopher arrastra una caja de microondas pintada para que parezca un sarcófago de mármol al centro del escenario, y Alex se estira para tocar una torre de la ciudad pintada, y Natalie saca un portátil de su mochila.

Vibra el teléfono de Marian.

—Ya están las pizzas —dice al oído bueno de Zeno—. Voy a recogerlas. Vuelvo en un periquete.

—Señor Ninis. —Rachel está dando golpecitos en el hombro a Zeno. Lleva la melena pelirroja recogida en coletas trenzadas, la nieve derretida le ha salpicado los hombros de gotitas y tiene los ojos muy abiertos y brillantes—. ¿Ha hecho usted todo esto? ¿Para nosotros?

Seymour

A una manzana de distancia, en el interior de un Pontiac Grand Am con una capa de nieve de ocho centímetros, un muchacho de diecisiete años y ojos grises llamado Seymour Stuhlman dormita con una mochila en el regazo. La mochila es una descomunal Jan-Sport verde oscuro y contiene dos ollas a presión Presto, cada una de las cuales está llena de clavos de techar, rodamientos, un detonador y medio kilo de un explosivo de alto grado llamado Composición B. Cables gemelos van del cuerpo de cada olla a presión hasta la tapa, donde se conectan a la placa base de un teléfono móvil.

En sueños, Seymour camina bajo las copas de unos árboles en dirección a un conjunto de tiendas de campaña blancas, pero cada vez que da un paso el camino se encoge, las tiendas retroceden y una terrible confusión se apodera de él. Se despierta sobresaltado.

El reloj del salpicadero marca las 16.42. ¿Cuánto ha dormido? Quince minutos. Veinte como mucho. Estúpido. Descuidado. Lleva más de cuatro horas dentro del coche y tiene los dedos de los pies dormidos y ganas de hacer pis.

Con una manga, limpia el vaho del interior del parabrisas. Se arriesga a accionar los limpiaparabrisas una vez y estos quitan un trozo de nieve del cristal. No hay coches aparcados a la puerta. No hay nadie en la acera. El único vehículo en el aparcamiento de grava en el lado oeste es el Subaru de Marian, la bibliotecaria, con una montaña de nieve encima.

16.43.

«Quince centímetros antes de que anochezca —dice la radio—, de treinta a treinta y cinco durante la noche».

Inhala en cuatro, contén la respiración en cuatro, exhala en cuatro. Piensa en cosas que sabes. Los búhos tienen tres párpados. Sus globos oculares no son esféricos, sino tubulares y alargados. Varios búhos juntos forman un parlamento.

Todo lo que tiene que hacer es entrar, esconder la mochila en la esquina sureste de la biblioteca, lo más cerca posible de la agencia inmobiliaria Eden's Gate, y salir. Conducir hacia el norte, esperar a que cierre la biblioteca a las seis, marcar los números. Esperar cinco tonos de llamada.

Bum.

Fácil.

A las 16.51 una figura con anorak rojo cereza sale de la biblioteca, se sube la capucha y empieza a despejar nieve de la acera con una pala. Marian.

Seymour apaga la radio y se hunde más en su asiento. En un recuerdo tiene siete u ocho años, está en No Ficción para adultos, a la altura de la materia 598, y Marian coge un manual de campo sobre búhos de un estante alto. Sus mejillas son una tormenta de pecas; huele a chicle de canela; se sienta a su lado en un taburete con ruedas. En las páginas que le enseña hay búhos a la entrada de madrigueras, en ramas de árbol, sobrevolando prados.

Ahuyenta el recuerdo. ¿Qué es lo que dice Bishop? «Un guerrero comprometido de verdad no siente ni miedo ni culpa ni remordimientos. Un guerrero comprometido de verdad se transforma en algo que es más que humano».

Marian despeja la rampa para sillas de ruedas, echa un poco de sal, baja por Park Street y la nieve la engulle.

16.54.

Seymour lleva toda la tarde esperando a que la biblioteca se quede vacía y ahora lo está. Abre la cremallera de la mochila, enciende los teléfonos móviles sujetos con cinta adhesiva a las tapas de las ollas a presión, saca unos protectores auditivos de campo de tiro y cierra la cremallera. En el bolsillo derecho de su cortavientos hay una pistola Beretta 92 semiautomática que encontró en el cobertizo de las herramientas de su tío abuelo. En el izquierdo, un móvil con tres números de teléfono escritos en la parte de atrás.

Entra, esconde la mochila, sal. Conduce hacia el norte, espera a que cierre la biblioteca, marca los dos primeros números de teléfono. Espera cinco tonos. Bum.

16.55.

Una quitanieves cruza despacio la intersección con luces intermitentes. Pasa una camioneta gris con «King Construction» escrito en la puerta. El letrero luminoso de ABIERTO brilla en la ventana de la planta baja de la biblioteca. Marian debe de haber ido a hacer un recado; no tardará en volver.

Ve. Sal del coche.

16.56.

Cada cristal de nieve que golpea el parabrisas produce un golpeteo apenas audible, y sin embargo el sonido parece penetrarle hasta las raíces de las muelas. Toc toc toc toc toc toc toc toc toc. Los búhos tienen tres párpados. Sus globos oculares no son esféricos, sino tubulares y alargados. Varios búhos juntos forman un parlamento.

Se ajusta los protectores en los oídos. Se sube la capucha. Apoya una mano en la manilla de la puerta.

16.57.

«Un guerrero comprometido de verdad se transforma en algo que es más que humano».

Sale del coche.

Zeno

Christopher reparte lápidas de poliestireno por el escenario y orienta la caja de microondas convertida en sarcófago de manera que el público pueda leer el epitafio: «Etón: vivió 80 años como hombre, 1 año como asno, 1 año como lubina, 1 año como cuervo». Rachel coge su linterna de plástico, Olivia sale de detrás de las estanterías con una corona de laurel encajada sobre la calva de látex y Alex ríe.

Zeno da una palmada.

—Un ensayo general es una práctica que fingimos que es de verdad, acordaos. Mañana por la noche puede estornudar la abuela de alguien, o llorar un bebé, o a uno de vosotros se le puede olvidar el texto, pero, pase lo que pase, seguiremos con la historia, ¿de acuerdo?

—De acuerdo, señor Ninis.

—A vuestros puestos, por favor. Natalie, música.

Natalie teclea en su portátil y de su altavoz sale una fuga inquietante de órgano. Detrás del órgano chirrían verjas, graznan cuervos, ululan lechuzas. Christopher desenrolla unos metros de satén blanco a lo largo del proscenio, Natalie se arrodilla en el extremo contrario y ambos hacen ondear la tela.

Rachel camina hasta el centro del escenario con sus botas de goma.

—Es una noche de niebla en el reino de la isla de Tiro —mira su guion y vuelve a levantar la vista— y el escritor Antonio Diógenes sale de los archivos. Aquí llega, cansado e inquieto, preocupado por su sobrina moribunda, pero esperad a que le enseñe el objeto tan extraño que he descubierto entre las tumbas.

El satén ondea, suena el órgano, la linterna de Rachel se enciende con un parpadeo y en la luz aparece Olivia.

Seymour

Cristales de nieve se le posan en las pestañas y parpadea para quitárselos. La mochila que lleva al hombro es una roca, un continente. Los grandes ojos amarillos del búho pintado en el buzón de devolución de libros parecen seguirlo.

Con la capucha levantada y los protectores auditivos puestos, Seymour sube los cinco escalones de granito hasta el porche de la biblioteca. Pegado al interior del cristal de la puerta de entrada, en caligrafía infantil, un letrero dice:

MAÑANA
FUNCIÓN ÚNICA
LA CIUDAD DE LOS CUCOS Y LAS NUBES

No hay nadie detrás de la recepción, tampoco en la mesa de ajedrez. No hay nadie en la mesa de los ordenadores, ni hojeando revistas. La tormenta ha debido de disuadir a la gente de salir.

Un bordado enmarcado detrás de la recepción dice: «Aquí se contestan preguntas». El reloj marca las cinco y un minuto. En los monitores de los ordenadores, tres espirales salvapantallas retroceden cada vez más.

Seymour va hasta la esquina sureste y se arrodilla en el pasillo entre Lenguas y Lingüística. Saca *Inglés fácil, 501 verbos ingleses* y *Neerlandés para principiantes* de un estante inferior y encaja la mochila en el fondo del hueco polvoriento antes de devolver los libros a su sitio.

Cuando se pone de pie, franjas moradas caen en cascada por su campo visual. Le late el corazón en los oídos, le tiemblan las rodillas, le duele la vejiga, no siente los pies y ha llenado todo el pasillo de nieve. Pero lo ha conseguido.

Ahora, sal.

Mientras vuelve por No Ficción le parece que es todo cuesta arriba. Las deportivas le pesan como si fueran de plomo, los músculos están reacios. Ve pasar títulos: *Lenguas perdidas, Imperios del mundo* y *7 pasos para educar a un hijo en el bilingüismo;* consigue dejar atrás Ciencias sociales, Religión, los diccionarios; está llegando a la puerta cuando nota un golpecito en el hombro.

No. No te pares. No te gires.

Pero se gira. Un hombre delgado con auriculares verdes está delante del mostrador de recepción. Sus cejas son espesas matas negras, y sus ojos transmiten curiosidad, y la parte visible de su camiseta dice ME GUSTAN GRANDES, y lleva en los brazos la mochila JanSport de Seymour.

El hombre dice algo, pero los protectores auditivos hacen que suene como si estuviera a trescientos metros y el corazón de Seymour es una hoja de papel que se arruga, se alisa, se arruga de nuevo. La mochila no puede estar ahí. La mochila tiene que seguir escondida en el rincón sureste, lo más cerca posible de la inmobiliaria Eden's Gate.

El hombre de las cejas baja la vista al interior de la mochila, cuyo compartimento principal tiene la cremallera parcialmente abierta. Cuando levanta la vista muestra el ceño fruncido.

Mil puntitos negros se expanden en el campo visual de Seymour. Un rugido crece en sus oídos. Mete la mano derecha en el bolsillo de su cortavientos y su dedo encuentra el gatillo de la pistola.

Zeno

Rachel simula hacer un esfuerzo al levantar la tapa del sarcófago. Olivia mete la mano en la tumba de cartón y saca una caja más pequeña atada con lana.

—¡Un cofre! —exclama Rachel.

—Hay una inscripción en la parte de arriba.

—¿Qué dice?

—Dice: «Desconocido, quienquiera que seas, abre esto y maravíllate».

—Maestro Diógenes —señala Rachel—, piensa en todos los años que ha sobrevivido este cofre dentro de esta tumba. ¡La de siglos que ha resistido! ¡Terremotos, inundaciones, incendios, generaciones que han vivido y muerto! ¡Y ahora lo tienes en tus manos!

Christopher y Natalie, con brazos algo cansados ya, siguen agitando la bruma de satén, y la música de órgano suena, y la nieve golpea las ventanas, y la caldera del sótano gime como una ballena varada, y Rachel mira a Olivia, y Olivia desata la lana. Del interior de la caja saca una enciclopedia anticuada que Sharif encontró en el sótano y pintó con aerosol dorado.

—Es un libro.

Sopla polvo imaginario de la cubierta y, en la primera fila, Zeno sonríe.

—¿Y explica este libro —dice Rachel— cómo puede alguien ser hombre durante ochenta años, asno durante uno, lubina durante otro y cuervo un tercero?

—Averigüémoslo. —Olivia abre la enciclopedia y la deja en un atril contra el telón de fondo, mientras Natalie y Christopher sueltan el satén, y Rachel se lleva las lápidas, y Olivia el sarcófago, y Alex Hess, de uno treinta y cinco de estatura, con melena dorada de león, cayado de pastor y una túnica beis encima de sus pantalones cortos de gimnasia, ocupa el centro del escenario.

Zeno se inclina hacia delante. El dolor de cadera, los acúfenos del oído izquierdo, los ochenta y seis años que lleva en el mundo, la casi infinitud de elecciones que lo han conducido a este momento desaparecen. Alex está solo en la luz estroboscópica y mira hacia las sillas vacías como si mirara, no la segunda planta de una destartalada biblioteca pública de una pequeña ciudad de Idaho central, sino las verdes colinas que circundan el antiguo reino de Tiro.

—Yo —dice con su voz aguda y suave— soy Etón, un sencillo pastor de Arcadia, y la historia que os voy a contar es tan disparatada, tan increíble, que no creeréis una sola palabra... y sin embargo, es verdadera. Porque yo, al que llaman cabeza de chorlito y bobo (sí, el torpe, el zoquete, el pánfilo de Etón) viajé una vez hasta los confines de la tierra y más allá, hasta las centelleantes puertas de La ciudad de los cucos y las nubes, donde a nadie le falta de nada y un libro que contiene todo el saber...

Del piso de abajo llega un ruido que a Zeno le resulta muy similar a un disparo. A Rachel se le cae una lápida; Olivia da un respingo; Christopher se agacha.

La música sigue sonando, las nubes giran colgadas de sus hilos, la mano de Natalie se detiene sobre el portátil, una segunda explosión reverbera hasta ellos a través del suelo, y el miedo, igual que un dedo largo y oscuro, cruza la habitación y toca a Zeno en su silla.

En la luz de los focos, Alex se muerde el labio inferior y mira a Zeno. Un latido cardiaco. Dos. Puede estornudar la abuela de alguien, o llorar un bebé, o a uno de vosotros se le puede olvidar el texto, pero, pase lo que pase, seguiremos con la historia.

—Pero antes —continúa Alex volviendo a fijar la vista en el espacio sobre las sillas vacías— debo empezar por el principio.

Entonces Natalie cambia la música y Christopher cambia la luz de blanco a verde y aparece Rachel en el escenario con tres ovejas de cartón.

DOS

ETÓN TIENE UNA VISIÓN

La ciudad de los cucos y las nubes
por Antonio Diógenes, folio β

Aunque se ha debatido sobre el orden que debían seguir los folios recuperados, los estudiosos coinciden en que el episodio en que Etón, ebrio, ve a unos actores representar la comedia de Aristófanes Los pájaros *y confunde la ciudad de los cucos y las nubes con un lugar real se sitúa en el comienzo de su viaje. Traducción de Zeno Ninis.*

... cansado de estar mojado, del barro y del eterno balido de las ovejas, cansado de que me llamaran obtuso y pánfilo cabeza hueca, dejé mi rebaño en el prado y bajé al pueblo.

En la plaza, todos estaban sentados en sus bancos. Delante de ellos, un cuervo, una grajilla y una abubilla tan grandes como hombres bailaban, y tuve miedo. Pero resultaron ser pájaros de temperamento apacible y dos individuos mayores que los acompañaban hablaban de las maravillas de una ciudad que iban a construir en las nubes entre la tierra y el cielo, lejos de los problemas de los hombres y accesible solo a seres alados, donde nadie sufriría y todos serían sabios. Me vino a la cabeza la visión de un palacio de torreones dorados descansando en un lecho de nubes alrededor del cual volaban halcones, archibebes, codornices, fochas y cucos, donde ríos de caldo brotaban de espitas y circulaban tortugas con tortas de miel sobre el caparazón y el vino fluía en acequias a ambos lados de las calles.

Al ver todo esto con mis propios ojos me levanté y dije: «¿Por qué quedarme aquí cuando podría estar allí?». Dejé mi jarra de vino y emprendí el camino a Tesalia, tierra famosa, como todo el mundo sabe, por su magia, en busca de un hechicero capaz de transformarme...

CONSTANTINOPLA

1439-1452

Anna

En la Colina Cuarta de la ciudad que llamamos Constantinopla, pero cuyos habitantes llamaban sencillamente la Ciudad,
cruzando la calle desde el convento de Santa Teófano Emperatriz,
en la en otro tiempo próspera casa de bordados de Nikolaos Kalafates, vive una huérfana llamada Anna. No empieza a hablar
hasta los tres años. A partir de entonces, son todo preguntas.

«¿Por qué respiramos, María?».

«¿Por qué no tienen dedos los caballos?».

«Si me como un huevo de cuervo, ¿se me volverá negro el
pelo?».

«¿Cabe la luna dentro del sol, María, o es al revés?».

Las monjas de Santa Teófano la llaman «Monito» porque
siempre está trepando a los frutales, y los niños de la Colina
Cuarta la llaman «Mosquito» porque no los deja en paz, y la bordadora mayor, la viuda Teodora, dice que debería llamarse «Caso
perdido» porque es la única niña que conoce capaz de aprender
un punto de bordado en una hora y olvidarlo por completo a la
siguiente.

Anna y su hermana mayor, María, duermen en una celda de
una sola ventana donde apenas hay espacio para un jergón de
crin. Entre las dos tienen cuatro monedas de cobre, tres botones
de marfil, una manta de lana con remiendos y un icono de santa
Koralia que pudo pertenecer o no a su madre. Anna nunca ha

probado la crema dulce, jamás ha comido una naranja y no ha puesto un pie fuera de las murallas de la ciudad. Antes de que cumpla catorce años, todas las personas que conoce estarán esclavizadas o muertas.

Amanecer. La lluvia cae sobre la ciudad. Veinte bordadoras suben las escaleras del taller, se dirigen a sus bancos y la viuda Teodora va de ventana en ventana abriendo postigos. Dice: «Dios bendito, protégenos de la holganza», y las bordadoras contestan: «Porque nuestros pecados son innumerables», y la viuda Teodora abre con una llave el armario de los hilos y pesa el hilo de oro y de plata y las cajitas con perlas imperfectas, y apunta los pesos en una tablilla de cera, y, en cuanto la habitación está lo bastante iluminada para distinguir un hilo negro de uno blanco, empiezan a trabajar.

La bordadora mayor de todas, de setenta años, es Tekla. La más joven, de siete, es Anna. Se sienta al lado de su hermana y la mira desenrollar una estola de clérigo a medio terminar sobre la mesa. En los bordes, en redondeles pulcros, hojas de vid se entrelazan con alondras, pavos reales y palomas. «Ahora que hemos silueteado a Juan Bautista —dice María—, vamos a hacer sus facciones». Enhebra una aguja con dos hilos iguales de algodón teñido, fija el bastidor en el centro de la estola y da muchas puntadas muy seguidas. «Damos la vuelta a la aguja y la sacamos por el centro de la última puntada, separando los hilos así. ¿Lo ves?».

Anna no lo ve. ¿Quién quiere una vida así, encorvada todo el día sobre aguja e hilo, bordando santos y estrellas, grifos y hojas de parra en la vestimenta de jerarcas? Eudokia canta un himno sobre los tres niños santos y Ágata uno sobre las penalidades de Job y la viuda Teodora pasea por el taller igual que una garza a la caza de gobios. Anna intenta seguir con la vista la aguja de María —punto del revés, de cadeneta— pero justo delante de su mesa, en el alféizar, se posa una pequeña tarabilla marrón, se sacude agua del lomo, canta *pii chac chac* y, en un abrir y cerrar de ojos, Anna ya ha empezado a soñar que es ese pájaro. Echa a volar desde el alféizar, esquiva gotas de lluvia y sobrevuela el vecindario, las ruinas de la basílica de San Polieucto. Unas gaviotas vuelan alrededor de la cúpula de Hagia Sophia igual que plegarias alrededor de la cabeza de Dios, el viento levanta cabrillas en el agua del amplio estrecho del Bósforo y el galeote de un mercader rodea el promontorio con las velas henchidas, pero Anna vuela aún más alto, hasta que la ciudad es un estarcido de azoteas y jardines lejanos, hasta que está en las nubes, hasta que...

—Anna —sisea María—. ¿Qué hilo va aquí?

Desde el otro lado de la habitación, la atención de la viuda Teodora se dirige hacia ellas.

—¿Carmesí? ¿Arrollado sobre alambre?

—No —contesta María suspirando—. Carmesí no. Y sin alambre.

Pasa el día cogiendo hilos, cogiendo tela, cogiendo agua, llevando a las bordadoras su almuerzo de alubias en aceite. Por la tarde oyen ruido de cascos de un burro y el saludo del portero y las pisadas del señor Kalafates subiendo las escaleras. Todas las mujeres se sientan un poco más rectas, cosen un poco más deprisa. Anna gatea por entre las mesas y va recogiendo cada trozo de hilo que encuentra mientras susurra para sí: «Soy pequeña, soy invisible, no puede verme».

Con sus brazos larguísimos, boca sucia de vino y giba hostil, Kalafates tiene más aspecto de buitre que ningún otro hombre que Anna haya conocido. Emite pequeños cloqueos de desaprobación mientras pasa cojeando entre los bancos hasta que elige una bordadora tras la que detenerse; hoy le ha tocado a Eugenia y la sermonea sobre lo despacio que trabaja, sobre cómo en tiempos de su padre a una incompetente como ella no se le habría permitido acercarse a una bala de seda y es que estas mujeres no comprenden que cada día se pierden nuevas provincias a manos de los sarracenos, que la ciudad es la última isla de Cristo en un mar de infieles, que si no fuera por las murallas defensivas estarían todas en venta en un mercado de esclavos en alguna provincia olvidada de la mano de Dios.

Kalafates está a punto de echar espuma por la boca cuando el portero toca la campana para anunciar la llegada de un cliente. Se seca la frente y se ajusta la cruz dorada sobre la camisa, corre escaleras abajo y todas respiran de alivio. Eugenia deja las tijeras; Ágata se frota las sienes; Anna sale a gatas de debajo de un banco. María sigue cosiendo.

Las moscas trazan círculos entre las mesas. Del piso de abajo llega el sonido de hombres riendo.

Una hora antes de que anochezca, la viuda Teodora la llama.

—Si Dios quiere, niña, todavía hay luz para encontrar brotes de alcaparra. Aliviarán el dolor de las muñecas de Ágata y también mejorarán la tos de Tekla. Coge las que estén a punto de florecer. Vuelve antes de que toquen a vísperas, cúbrete el pelo y evita a granujas y gentes de mal vivir.

Anna apenas consigue mantener los pies en el suelo.

—Y no corras. Se te caerá el útero.

Se obliga a bajar despacio las escaleras, a cruzar despacio el patio, a pasar despacio junto al guarda, y entonces vuela. Cruza las puertas de Santa Teófano, rodea las enormes piezas de granito de una columna caída, pasa entre dos filas de monjes que suben la calle arrastrando los pies con sus hábitos negros igual que cuervos sin alas. En los caminos brillan charcos; tres cabras pastan en el esqueleto de una capilla derruida y levantan las cabezas hacia ella exactamente a la vez.

Es probable que cerca de la casa de Kalafates crezcan veinte mil arbustos de alcaparras, pero Anna corre una milla entera hasta las murallas de la ciudad. Aquí, en el huerto ahogado de ortigas, a los pies de la gran muralla interior, hay una poterna más vieja que la memoria. Trepa por unas piedras amontonadas, se cuela por un agujero y sube la escalera serpenteante. Seis vueltas hasta llegar arriba, atraviesa un guantelete de telarañas y llega a una torreta de arquero iluminada por dos aspilleras en lados opuestos. Hay escombros por todas partes; la arena se filtra por grietas del suelo bajo sus pies en regueros audibles; una golondrina asustada se aleja volando.

Sin aliento, espera a que se le acostumbre la vista a la oscuridad. Siglos atrás, alguien, quizá un arquero solitario cansado de vigilar, dibujó un fresco en la pared sur. El tiempo y los elementos han levantado gran parte del estuco, pero la imagen se conserva nítida.

En el extremo izquierdo, un asno de ojos tristes está a la orilla del mar. El agua es azul y está dividida en olas geométricas, y en el extremo derecho, flotando en una balsa hecha de nubes, tan alto que a Anna no le alcanza la vista, brilla una ciudad de torres de plata y bronce.

Ha contemplado esta pintura media docena de veces y siempre despierta algo en su interior, esa atracción inexpresable que ejercen los lugares lejanos, la intuición de la inmensidad del mundo y de su insignificancia dentro de él. El estilo es por completo distinto de los bordados del taller de Kalafates, la perspectiva es más extraña, los colores son más elementales. ¿Qué asno es ese y por qué tiene tal expresión de desamparo? ¿Y qué ciudad es esa? ¿Sion, el paraíso, la ciudad de Dios? Se pone de puntillas; entre grietas del estuco distingue columnas, arcos, ventanas, palomas diminutas que vuelan en bandadas entre las torres.

Abajo, en los jardines, empiezan a cantar los ruiseñores. La luz mengua, y el suelo cruje, y la torreta parece inclinarse más hacia el olvido, y Anna sale por el ventanuco que da al oeste al parapeto, donde los arbustos de alcaparras alineados ofrecen sus hojas al sol poniente.

Coge brotes, se los guarda en el bolsillo. Pero el gran mundo sigue atrapando su atención. Al otro lado de la muralla exterior, pasado el foso lleno de algas, la está esperando: olivares, caminos de cabras, la diminuta silueta de un hombre que guía dos camellos junto a un cementerio. Las piedras liberan el calor del día; el sol desaparece de la vista. Para cuando llaman a vísperas, Anna solo tiene llena una cuarta parte del bolsillo. Llegará tarde; María se preocupará; la viuda Teodora se enfadará.

Vuelve a entrar en el torreón y se detiene una vez más debajo de la pintura. Una respiración más. En la luz del crepúsculo, las nubes parecen agitarse, la ciudad parece centellear; el asno camina por la orilla, ansioso por cruzar el mar.

UNA ALDEA
DE LEÑADORES EN
LAS MONTAÑAS RÓDOPE
DE BULGARIA

ESOS MISMOS AÑOS

Omeir

A doscientas millas al noroeste de Constantinopla, en una aldea de leñadores junto a un río rápido y violento, nace un niño casi sano. Tiene ojos húmedos, mejillas rosadas y mucho brío en las piernas. Pero en el lado izquierdo de la boca una hendidura divide su labio superior desde la encía hasta el arranque de la nariz.

La partera retrocede. La madre del niño le mete un dedo en la boca; la hendidura continúa en el paladar. Como si su hacedor se hubiera impacientado y hubiera abandonado su tarea un instante demasiado pronto. El sudor del cuerpo de la madre se enfría; el temor eclipsa la felicidad. Encinta cuatro veces y aún no ha perdido un hijo; incluso ha llegado a creerse, tal vez, bendecida en ese sentido. ¿Y ahora esto?

La criatura chilla; una lluvia gélida golpetea el tejado. Intenta mantener al niño recto sujetándolo con los muslos mientras se aprieta un pecho con ambas manos, pero no consigue que los labios del niño se agarren. Se atraganta; le tiembla la garganta; pierde más leche de la que consigue succionar.

Amani, la hija mayor, se fue hace horas a buscar a los hombres al bosque; a estas alturas estarán volviendo con los bueyes. Las dos hijas pequeñas miran alternativamente a su madre y al recién nacido como si trataran de entender si un rostro así es aceptable. La partera manda a una de ellas al río a por agua y a la otra a enterrar las secundinas y ya es noche cerrada y el niño sigue aullando cuando oyen a los perros, luego los cencerros de Hoja y Aguja, los bueyes, al llegar a la puerta del establo.

Abuelo y Amani entran centelleantes de hielo y con ojos desorbitados.

—Se ha caído del caballo... —dice Amani, pero cuando ve la cara del recién nacido se interrumpe.

A su espalda, Abuelo añade:

—Tu marido iba el primero, pero el caballo debió de resbalar en la oscuridad, y el río y...

El terror llena la casita. El recién nacido llora. La partera se dirige hacia la puerta; un miedo oscuro y primario le comba las facciones.

La mujer del herrador la advirtió de que los fantasmas llevaban todo el invierno cometiendo maldades en la montaña, colándose por puertas cerradas, haciendo enfermar a mujeres encintas y asfixiando a recién nacidos. La mujer del herrador dijo que debían dejar una cabra atada a un árbol a modo de ofrenda y verter un jarro de miel en un arroyo como precaución añadida, pero su marido dijo que no podían prescindir de la cabra y ella no quería quedarse sin la miel.

Orgullo.

Cada vez que cambia de postura, un pequeño relámpago se le dispara en el abdomen. Con cada latido del corazón le parece sentir a la partera contando lo ocurrido de casa en casa. Ha nacido un demonio. Su padre ha muerto.

Abuelo coge al niño que llora, lo deja desnudo en el suelo, le mete un nudillo entre los labios y el niño deja de llorar. Con la otra mano le levanta el labio superior hendido.

—Hace años, al otro lado de la montaña, había un hombre con una hendidura como esta debajo de la nariz. Era un buen jinete, una vez te olvidabas de lo feo que era.

Devuelve al niño y trae la cabra y la vaca para que estén a cubierto, luego sale a desuncir los bueyes y los ojos de los animales reflejan el resplandor de la lumbre, y las hijas se arremolinan alrededor de su madre.

—¿Es un genio?

—¿Un demonio?

—¿Cómo va a respirar?

—¿Cómo va a comer?

—¿Lo va a dejar morir el abuelo en la montaña?

El niño las mira pestañeando con sus oscuros, retentivos ojos.

El aguanieve se vuelve nieve y la madre envía una plegaria a través del tejado: si su hijo está destinado a cumplir una función en este mundo, por favor, que se le perdone la vida. Pero en las horas previas al amanecer se despierta y ve a Abuelo de pie junto a ella. Envuelto en su capa de piel de buey con nieve en los hombros, tiene aspecto de fantasma salido de la canción de un leñador, un monstruo acostumbrado a hacer cosas terribles, y aunque se dice a sí misma que por la mañana su hijo se reunirá con su padre en los tronos del jardín de la alegría, donde mana leche de las piedras y los ríos son de miel y nunca llega el invierno, la sensación es como si estuviera entregando uno de sus pulmones.

Los gallos cantan, los aros de las ruedas crujen en la nieve, la casita se ilumina y el horror la golpea de nuevo. Su marido ahogado, su caballo con él. Las niñas friegan y rezan y ordeñan a Bella, la vaca, dan de comer a Hoja y Aguja y cortan ramitas de pino para que mastique la cabra; la mañana da paso a la tarde, pero ella sigue sin reunir la energía suficiente para levantarse. Escarcha en la sangre, escarcha en los pensamientos. Su hijo está ahora cruzando el río de los muertos. O ahora. O ahora.

Antes del anochecer, los perros gruñen. La madre se levanta y cojea hasta la puerta. Una ráfaga de viento en algún punto alto de la montaña levanta una nube de destellos en los árboles. La presión en los pechos es casi insoportable.

Durante un largo instante no ocurre nada más. Entonces aparece Abuelo por el camino del río a lomos de la yegua, con un fardo envuelto en la silla. Los perros rompen a ladrar; Abuelo desmonta; la madre extiende los brazos para coger lo que lleva a pesar de que su cerebro le dice que no lo haga.

El niño está vivo. Tiene los labios grises y las mejillas cenicientas, pero ni siquiera los dedos diminutos de la mano están ennegrecidos por la escarcha.

—Lo llevé al bosque alto. —Abuelo echa leña al fuego, atiza las brasas hasta que son llamas; le tiemblan las manos—. Lo dejé en el suelo.

La madre se sienta lo más cerca de la lumbre que se atreve y esta vez sujeta el mentón y la mandíbula del niño con la mano derecha y con la izquierda propulsa chorritos de leche hacia su garganta. Al niño le baja leche por la nariz y por la brecha del paladar, pero traga. Las niñas salen por la puerta, agitadas por lo misterioso de la situación, y las llamas se elevan, y el abuelo se estremece—.

Me subí de nuevo al caballo. Estaba muy callado. Solo miraba los árboles. Una pequeña forma en la nieve.

El niño se atraganta, traga una vez más. Los perros gimen al otro lado de la puerta. El abuelo se mira las manos trémulas. ¿Cuánto falta para que el resto de la aldea tenga noticia de esto?

—No podía dejarlo allí.

Antes de la medianoche los sacan de la casa con horcas y antorchas. El niño ha causado la muerte a su padre, hechizado a su abuelo para que lo lleve de vuelta a casa desde el bosque. Alberga un demonio dentro y el defecto que tiene en la cara es la prueba de ello.

Dejan atrás el establo, el campo de heno, la despensa, siete colmenas de mimbre y la casa que el padre de Abuelo construyó seis décadas atrás. El amanecer los encuentra ateridos y asustados, varias millas río arriba. Abuelo camina despacio junto a los bueyes por la nieve y los bueyes tiran del carretón, sobre el que las niñas sujetan gallinas y loza. La vaca Bella los sigue, espantada de cada sombra, y cierra la comitiva la madre, a lomos de la yegua, con el niño que pestañea envuelto en mantas mirando fijamente el cielo.

Por la noche llegan a un barranco sin caminos a nueve millas de la aldea. Un río serpentea entre rocas coronadas de nieve, y nubes caprichosas, grandes como dioses, discurren despacio entre las copas de los árboles, silbando extrañamente y espantando al ganado. Acampan bajo un saliente de piedra caliza en cuyo interior, eones atrás, algunos homínidos pintaron osos cavernarios, uros y aves que no podían volar. Las niñas se apiñan alrededor de la madre, Abuelo hace una hoguera, la cabra gimotea, los perros tiemblan y los ojos del recién nacido atrapan la luz del fuego.

—Omeir —dice la madre—. Lo llamaremos Omeir. El de larga vida.

Anna

Tiene ocho años y vuelve del vinatero con tres jarras del vino oscuro y cabezón de Kalafates cuando se detiene a descansar a la puerta de una fonda. Por una ventana con los postigos echados oye, en griego de marcado acento:

Solo Ulises, avanzó hacia la noble morada de Alcínoo; quedose
frente al porche broncíneo de pie revolviendo mil cosas.
Como un brillo de sol o de luna veíase en la casa
de elevadas techumbres, mansión del magnánimo Alcínoo;
del umbral hasta el fondo extendíanse dos muros de bronce
con un friso de esmalte azulado por todo el recinto.
Defendían el fuerte palacio dos puertas de oro
que cercaban dintel y quiciales de plata, montados
sobre el piso de bronce; la argolla, también de oro puro.
Unos perros en plata y en oro había a las dos partes
que en sus sabios ingenios Hefesto labró, destinados
a guardar por delante el hogar del magnánimo Alcínoo...

Anna se olvida de la carretilla, del vino, de la hora, de todo. El acento es forastero, pero la voz es profunda y líquida y la métrica la atrapa como si fuera un jinete que pasara a galope junto a ella. Entonces llegan las voces de niños repitiendo los versos y, a continuación, la primera voz continúa:

Por de fuera del patio se extiende un gran huerto, cercadas en redor por un fuerte vallado sus cuatro fanegas;
unos árboles crecen allá corpulentos, frondosos:
hay perales, granados, manzanos de espléndidas pomas;
hay higueras que dan higos dulces, cuajados, y olivos.
En sus ramas jamás falta el fruto ni llega a extinguirse, que es perenne en verano e invierno; y al soplo continuo del poniente germinan los unos, maduran los otros:
a la poma sucede la poma, la pera a la pera,
el racimo se deja un racimo y el higo otro higo.

¿Qué palacio es ese cuyas puertas relucen de oro y las columnas son de plata y los árboles no paran de dar fruto? Como hipnotizada, camina hacia el muro de la fonda, trepa por la verja y escudriña por la rendija del postigo. Dentro, cuatro niños con jubón están sentados alrededor de un hombre anciano con bocio que le hincha uno de los lados del cuello. Los niños repiten los versos en una monotonía sin brío y el hombre manipula lo que parecen hojas de pergamino en el regazo y Anna se pega a la ventana todo lo que se atreve.

Ha visto libros solo dos veces antes: una Biblia encuadernada en piel, centelleante de gemas, transportada por presbíteros por el pasillo central de Santa Teófano, y un catálogo de enfermedades en el mercado que el herborista cerró de golpe cuando Anna intentó mirar su contenido. Este parece más viejo y sucio; las letras se apelotonan en el pergamino como el rastro de cien agachadizas.

El preceptor sigue recitando los versos, en los cuales una diosa envuelve al viajero en niebla de modo que pueda asomarse al reluciente palacio, y entonces Anna se golpea contra el postigo y los niños levantan la vista. En un abrir y cerrar de ojos un criado de anchas espaldas está espantando a Anna con la mano como quien ahuyenta a un pájaro de una fruta.

Vuelve a su carretilla y se acerca todo lo que se atreve, pero pasan carros y las gotas de lluvia empiezan a golpear los tejados y ya no oye. ¿Quién es Ulises y quién es la diosa que lo envuelve en esa bruma mágica? ¿Será el reino del valeroso Alcínoo el mismo que está pintado en el torreón del arquero? Se abre la puerta y salen los niños corriendo, la miran con el ceño fruncido mientras esquivan charcos. Poco después sale el viejo preceptor apoyado en un bastón y Anna le cierra el paso.

—El canto. ¿Estaba dentro de esas páginas?

El preceptor apenas puede volver la cabeza; es como si le hubieran implantado una calabaza debajo de la barbilla.

—¿Me enseñarás? Ya conozco algunos símbolos; conozco el que es como dos columnas con una barra en medio y también el que es como una horca y el que es como un buey del revés.

En el barro a sus pies dibuja una A con el dedo índice. El hombre levanta los ojos hacia la lluvia. Tiene los globos oculares amarillos donde deberían ser blancos.

—Las niñas no estudian con preceptores. Y no tienes dinero.

Anna coge una jarra de la carretilla.

—Tengo vino.

El hombre se pone alerta. Levanta un brazo hacia la jarra.

—Primero una lección —dice Anna.

—No la vas a aprender.

Anna no cede. El viejo preceptor gime. Con el extremo de su bastón escribe en la tierra húmeda:

Ὠκεανός

—*Okeanos*, Océano, hijo mayor del Cielo y la Tierra. —Dibuja un círculo alrededor y pincha el centro—. Aquí lo conocido. —A continuación pincha fuera—. Aquí lo desconocido. Ahora el vino.

Anna se lo da y bebe con las dos manos. Anna se acuclilla. Ὠκεανός. Siete marcas en el barro. Y no obstante ¿contienen al viajero solitario y el palacio broncíneo con sus perros de oro y la diosa con su niebla?

Por volver tarde, la viuda Teodora pega a Anna en la planta del pie izquierdo con una vara. Por volver con una de las jarras medio vacía, le pega en la derecha. Diez golpes en cada pie. Anna apenas llora. Se pasa media noche inscribiendo letras en las superficies de su mente y durante todo el día siguiente, mientras sube y baja las escaleras cojeando, mientras acarrea agua, mientras va a buscar anguilas para Crisa, la cocinera, imagina el reino insular de Alcínoo envuelto en nubes y bendecido por el viento del oeste, rebosante de manzanas, peras y aceitunas, higos azules y granadas rojas, muchachos de oro en pedestales relucientes sujetando antorchas encendidas.

Dos semanas después está volviendo del mercado, dando un rodeo para evitar la fonda, cuando ve al preceptor con bocio sentado al sol igual que una planta en una maceta. Deja la cesta de cebollas y, con un dedo, escribe en el polvo:

Ὠκεανός

Alrededor dibuja un círculo.

—Primogénito del Sol y la Tierra. Aquí lo conocido. Aquí lo desconocido.

El hombre alarga el cuello hacia un lado y vuelve la vista hacia Anna como si la viera por primera vez, y la humedad en sus ojos atrapa la luz.

Su nombre es Licinio. Antes de sus desventuras, le cuenta, era preceptor en una familia adinerada en una ciudad al oeste y poseía seis libros y un cofre de hierro donde guardarlos: dos vidas de santos, un libro de oraciones escrito por alguien llamado Horacio, un testimonio de los milagros de santa Isabel, una cartilla de gramática griega y la *Odisea*, de Homero. Pero entonces los sarracenos capturaron su ciudad y huyó a la capital sin nada y gracias a los ángeles del cielo por las murallas, cuyas piedras fundacionales fueron puestas por la Madre de Dios en persona.

Del interior de su capa Licinio saca tres fajos de pergamino marrones y moteados. Ulises, dice, fue una vez general del mayor ejército jamás reunido, cuyas legiones procedían de Hirmine, de Duliquio, de las ciudades amuralladas de Cnossos y Gortina, de los confines del mar, y cruzaron el océano en mil naves negras para saquear la ciudad de Troya y de cada nave salieron mil guerreros, tan innumerables, dice Licinio, como las hojas de los árboles, o como las moscas que se enjambran sobre cubos de leche caliente en los establos de los pastores. Durante diez años asediaron Troya y, cuando finalmente la capturaron, las legiones exhaustas zarparon rumbo a casa y llegaron todas sanas y salvas a excepción de Ulises. El relato de su viaje de vuelta, explica Licinio, está formado por veinticuatro cantos, uno por cada letra del alfabeto, y recitarlo llevaba varios días, pero lo único que conserva Licinio son estas tres manos de papel, cada una de las cuales contiene media docena de páginas, relativas a las secciones en que Ulises abandona la cueva de Calipso, naufraga en una tormenta y el mar lo arrastra, desnudo, a la isla de Esqueria, patria del valeroso Alcínoo, señor de los feacios.

Hubo un tiempo, continúa, en que cada hijo del imperio conocía cada uno de los personajes de la historia de Ulises. Pero mucho antes de que Anna naciera, cruzados latinos del oeste incendiaron la ciudad, mataron a millares de sus habitantes y la despojaron de gran parte de sus riquezas. Luego diferentes plagas redujeron la población a la mitad, y esa mitad a la mitad, y la que era emperatriz entonces tuvo que vender su corona a Venecia para pagar a sus guarniciones, y el emperador actual lleva una corona hecha de cristal y apenas puede costearse lo que come, y la ciudad languidece en un largo crepúsculo, esperando el segundo advenimiento de Cristo, y nadie tiene tiempo ya para viejas historias.

La atención de Anna permanece fija en las hojas que tiene delante. ¡Cuántas palabras! Aprenderlas todas llevaría siete vidas.

Cada vez que la cocinera Crisa manda a Anna al mercado, la niña encuentra una excusa para visitar a Licinio. Le lleva cortezas de pan, un pescado ahumado, media sarta de peces; en dos ocasiones consigue robar una jarra del vino de Kalafates.

A cambio, él le enseña. A es ἄλφα es alfa; B es βῆτα es beta; Ω es ὢ μέγα es omega. Mientras barre el suelo del taller, mientras acarrea un rollo de tela o un cubo de carbón, cuando se sienta en el taller al lado de María con los dedos entumecidos y el aliento humeando sobre la seda, practica las letras en las mil páginas en blanco de su cabeza. Cada signo equivale a un sonido, y unir sonidos es formar palabras, y unir palabras es construir mundos. Ulises, cansado, zarpa en su balsa desde la cueva de Calipso; la espuma del océano le moja la cara; la sombra del dios marino, con melena azul entreverada de algas, asoma bajo la superficie.

—Te llenas la cabeza de cosas inútiles —susurra María.

En cambio, punto de cadeneta, punto trenzado, punto de pétalo... Eso Anna no lo aprenderá jamás. Su destreza más tenaz con la aguja parece ser pincharse la yema de un dedo por accidente y manchar la tela de sangre. Su hermana dice que debería imaginar a los hombres santos que administrarán ritos divinos en las vestimentas que ella ayudó a decorar, pero los pensamientos de Anna están siempre volando a islas en los confines del mar donde no dejan de fluir dulces arroyos y de las nubes salen diosas envueltas en un haz de luz.

—Que los santos me ayuden —se lamenta la viuda Teodora—. ¿Aprenderás alguna vez?

Anna tiene edad suficiente para entender lo precario de su situación; María y ella no tienen familia, ni dinero; no pertenecen a nadie y se les permite vivir en la casa de Kalafates solo por el talento de María con una aguja. La mejor vida a la que ninguna de las dos puede aspirar es sentarse de sol a sol a una de esas mesas a bordar cruces y ángeles y follaje en capas pluviales, velos de cubrir cálices y casullas hasta terminar encorvadas y ciegas.

Monito. Mosquito. Caso perdido. Y sin embargo no puede parar.

—Una palabra a la vez.

Estudia una vez más la maraña de marcas en el pergamino.

πολλῶν δ᾽ ἀνθρώπων ἴδεν ἄστεα καὶ νόον ἔγνω

—No puedo.

—Sí puedes.

Ἄστεα son «ciudades»; νόον es «pensamiento»; ἔγνω es «conoció».

—Vio las ciudades de muchos hombres y conoció su pensamiento. —dice Anna.

El bulto en el cuello de Licinio tiembla cuando la boca se le tuerce en una sonrisa.

—Eso es. Exacto.

Casi de la noche a la mañana, las calles resplandecen de significados. Lee inscripciones en monedas, en pilares y lápidas, en sellos de plomo y contrafuertes y placas de mármol incrustadas en las murallas defensivas, cada calle serpenteante de la ciudad es un inmenso y maltrecho manuscrito.

Las palabras brillan en el borde descascarillado del plato que Crisa la cocinera tiene junto a la lumbre: «Zoe la más piadosa». Sobre la entrada a una pequeña capilla olvidada: «Que la paz sea con quien entre aquí con buen corazón». Sus favoritas son unas cinceladas en el dintel de la puerta de Santa Teófano y que tarda medio domingo en descifrar:

Deteneos, rateros, ladrones, asesinos, jinetes y soldados
con humildad, pues hemos probado la rosada sangre de Jesús.

La última vez que Anna ve a Licinio, sopla un viento frío y tiene la tez del color de una tormenta. Le lloran los ojos, no toca el pan que le ha llevado y el bulto del cuello parece una criatura más siniestra que nunca, inflamado y florido, como si esta noche fuera por fin a devorarle el rostro.

Hoy, dice, trabajarán con μῦθος, «mythos», que significa una conversación o algo dicho, pero también una fábula o historia, una leyenda de tiempos de los antiguos dioses, y le está explicando a Anna que se trata de una palabra delicada, mutable, que puede sugerir algo falso y cierto a la vez, cuando su atención se quiebra.

El viento se lleva una de las manos de papel que sujeta entre los dedos y Anna va a buscarla, le sacude el polvo y se la pone en el regazo. Licinio está largo rato con los ojos cerrados.

—Repositorio —dice por fin—. ¿Conoces esa palabra? Un lugar de descanso. Un texto, un libro, es el lugar donde reposan los recuerdos de gentes que han vivido en el pasado. Una manera de fijar los recuerdos una vez el alma ha proseguido camino.

Entonces abre mucho los ojos, como si se asomara a una vasta oscuridad.

—Pero los libros, como las personas, también mueren. Mueren en incendios o inundaciones, en boca de gusanos y a capricho de tiranos. Si no se salvaguardan, desaparecen del mundo. Y cuando un libro desaparece del mundo, la memoria del pasado muere otra vez.

Hace una mueca y su respiración se enlentece y se entrecorta. Hojas de árboles arañan el camino y nubes brillantes discurren sobre las azoteas; pasan varios burros de carga con sus jinetes envueltos en gruesas ropas para protegerse del viento y Anna tiene un escalofrío. ¿Debería ir a buscar al criado? ¿Al sangrador?

Licinio levanta un brazo; en el puño tiene tres manos de papel maltrechas.

—No, maestro —dice Anna—. Son tuyas.

Pero la obliga a cogerlas. Anna mira hacia el camino: la fonda, la pared, los árboles agitados por el viento. Dice una plegaria y se guarda las hojas de pergamino dentro del vestido.

Omeir

La hija mayor muere de parásitos, las fiebres se llevan a la mediana, pero el niño crece. A los tres años es capaz de sostenerse erguido en la cama de un arado mientras Hoja y Aguja limpian y a continuación roturan un campo de heno. A los cuatro sabe llenar la olla en el arroyo y acarrearla entre los cantos rodados hasta la casa de piedra de una sola habitación que ha construido Abuelo. En dos ocasiones su madre paga a la mujer del herrador para que recorra nueve millas río arriba desde la aldea y le cosa la hendidura del labio con aguja e hilo de bramante y las dos veces el plan fracasa. La hendidura, que se extiende por la mandíbula superior hasta la nariz, no se cierra. Pero aunque a veces le escuecen los oídos y también la mandíbula, y el caldo se le escapa siempre de la boca y le chorrea hasta mojarle la ropa, es robusto, callado y nunca enferma.

Sus primeros recuerdos son tres:

1. Estar de pie en el río entre Hoja y Aguja mientras beben, observando cómo las gotas que caen de sus enormes y redondos mentones captan la luz.

2. Su hermana Nida haciéndole muecas mientras se prepara para pincharle el labio superior con un palo.

3. Abuelo desprendiendo el cuerpo rosa brillante de un faisán de sus plumas, como si lo desvistiera, y espetándolo sobre la lumbre.

Los pocos niños que consigue conocer lo obligan a hacer de monstruo cuando juegan a las aventuras de Bulukiya y le preguntan si es verdad que su cara puede causar abortos y que los chochines se caigan del cielo en pleno vuelo. Pero también le enseñan a buscar huevos de codorniz y en qué agujeros del río están las mejores truchas y un tejo negro con el tronco medio hueco que crece de un peñasco de roca kárstica en lo alto de la cañada del que dicen que alberga espíritus malvados y es inmortal.

Muchos de los leñadores y sus mujeres evitan acercarse a él. En más de una ocasión, un mercader que viaja siguiendo el río espolea su caballo y se interna entre los árboles para no tener que cruzarse con Omeir en el camino. No recuerda si algún desconocido lo ha mirado alguna vez sin miedo o desconfianza.

Sus días favoritos llegan con el verano, cuando los árboles bailan en la brisa, el musgo brilla verde esmeralda en las rocas y las golondrinas se persiguen unas a otras en el barranco. Nida canta cuando saca las cabras a pastar, la madre se tumba en una roca que da al arroyo con la boca abierta, como si inhalara luz, y Abuelo coge sus redes y potes llenos de liga y se lleva a Omeir a lo alto de la montaña a cazar pájaros.

Aunque tiene la columna encorvada y le faltan dos dedos del pie, Abuelo se mueve con rapidez y Omeir necesita dar dos zancadas por cada una suya. Mientras suben, Abuelo hace proselitismo de la superioridad de los bueyes: que si son más tranquilos y fiables que los caballos, que si no necesitan comer avena, que si su boñiga no calcina el centeno, como hace la de caballo, que si se pueden comer aunque sean viejos, que si guardan luto cada vez que uno pierde a su compañero, que si cuando se tumban sobre el costado izquierdo significa que viene buen tiempo y si lo hacen sobre el derecho es que va a llover. Los bosques de hayas dan paso a los pinos, estos a su vez dan paso a la genciana y la prímula y, para cuando atardece, Abuelo ha cazado doce urogallos con sus trampas.

Oscurecido ya, se detienen a hacer noche en un claro salpicado de rocas y los perros corren en círculos alrededor de ellos husmeando el aire en busca de lobos, Omeir hace fuego y Abuelo sazona y asa dos de los urogallos y las crestas de las montañas abajo retroceden en una cascada de azules cada vez más oscuros. Comen, el fuego se reduce a carbones, Abuelo bebe de una calabaza llena de licor de ciruelas y, con la felicidad más pura, el niño espera, siente cómo traquetea hasta él igual que un carro iluminado por farolas, lleno de tortas y miel, a punto de doblar la esquina.

«¿Te he hablado alguna vez —dirá Abuelo— de cuando me subí a lomos de un escarabajo gigante y visité la luna?».

O: «¿Te he hablado alguna vez de mi viaje a una isla hecha de rubís?».

Le habla a Omeir de una ciudad de cristal, muy al norte, donde todos hablan en susurros para no romper nada; cuenta que en una ocasión se convirtió en lombriz y cavó un túnel hasta el inframundo. Sus historias siempre terminan con Abuelo que vuelve sano y salvo a la montaña, después de sobrevivir a alguna aventura terrorífica y asombrosa, y los carbones se hacen ceniza, y Abuelo empieza a roncar, y Omeir mira al cielo nocturno y se pregunta qué mundos flotarán entre la luz lejanísima de las estrellas.

Cuando le pregunta a su madre si los escarabajos pueden volar hasta la luna o si Abuelo vivió alguna vez un año entero dentro de un monstruo marino, esta sonríe y dice que, por lo que ella sabe, Abuelo nunca ha salido de la montaña, y ahora, por favor, ¿quiere Omeir concentrarse en ayudarla a derretir la cera de abeja?

Con todo, a menudo el niño sube solo por el sendero que conduce al tejo medio hueco que crece de un peñasco, trepa a sus ramas, observa desde arriba el punto donde el río desaparece tras un recodo e imagina las posibles aventuras que aguardan más allá: bosques donde los árboles pueden andar; desiertos donde hombres con cuerpo de caballo corren tan rápido como vuelan los vencejos; un reino en lo más alto de la tierra donde acaban las estaciones, y dragones marinos nadan entre montañas de hielo, y vive para siempre una raza de gigantes azules.

Tiene diez años cuando Bella, la vieja vaca de lomo hundido de la familia, pare por última vez. Durante gran parte de la tarde, dos pezuñas pequeñas que chorrean moco y despiden vapor en el aire frío asoman de debajo del arco alto de su cola y Bella pasta como si nada en el mundo hubiera cambiado; al cabo tiene un espasmo y un ternero color de barro termina de salir de ella.

Omeir hace ademán de acercarse, pero Abuelo lo detiene con una pregunta en su rostro. Bella lame su ternero, cuyo cuerpecito se mece bajo el peso de la lengua, y Abuelo murmura una plegaria, y cae una lluvia suave, y el ternero no se pone de pie.

Entonces Omeir ve lo que había visto Abuelo. Un segundo par de cascos ha aparecido debajo del rabo de Bella. Un hocico con una lengüecita rosa atrapada entre las mandíbulas pronto acompaña las pezuñas, seguida de un único ojo y, por fin, nace un segundo ternero, gris en esta ocasión.

Gemelos. Dos machos.

El ternero gris se pone de pie casi nada más tocar el suelo. El marrón sigue con el mentón pegado al suelo. «Algo le pasa», susurra el Abuelo, y se pone a maldecir al criador que le cobró por los servicios de su toro, pero Omeir decide que el ternero solo necesita tiempo. Que necesita acostumbrarse a esta mezcla extraña y nueva de gravedad y huesos.

El ternero gris mama sobre sus patas torcidas y delgadas; el primogénito sigue húmedo y doblado sobre los helechos. Abuelo suspira, pero entonces el primer ternero se levanta y da un paso hacia ellos como diciendo: «¿Quién de vosotros dudaba de mí?», y Abuelo y Omeir ríen y la riqueza de la familia se ha duplicado.

Abuelo advierte de que será difícil que Bella tenga leche para dos, pero resulta que lo consigue a base de pastar sin descanso durante los días cada vez más largos, y los terneros crecen deprisa y sin parar. A uno lo llaman Árbol; al gris, Rayo de Luna.

A Árbol le gusta mantener las pezuñas limpias, muge si pierde de vista a su madre y puede estarse media mañana pacientemente quieto mientras Omeir le quita abrojos del pelo. Rayo de Luna, en cambio, trota de acá para allá investigando polillas, setas o tocones de árbol; mordisquea cuerdas y cadenas, come serrín, se mete en el agua hasta las rodillas, se le engancha un cuerno en un árbol muerto y muge pidiendo ayuda. Lo que sí comparten ambos terneros desde el principio es una adoración por el niño, quien les da de comer de su mano, les acaricia el hocico, se despierta a menudo en el establo junto a la casa con sus cuerpos grandes y calientes rodeándolo. Juegan con él al escondite y a hacer carreras contra Bella; chapotean juntos en charcos de primavera entre nubes brillantes de moscas; parecen considerar a Omeir un hermano.

Antes de su primera luna llena, Abuelo los unce a un yugo. Omeir llena el carretón de piedras, coge una aguijada y empieza a enseñarles. Primero un paso y luego otro. *Pasallá* significa derecha, *uesque*, izquierda, *so* significa parar. Al principio los terneros no obedecen al chico. Árbol se niega a recular y a dejarse uncir al carretón; Rayo de Luna intenta desembarazarse del yugo en cada árbol. El carretón se inclina, las piedras se caen, los becerros se arrodillan entre mugidos y los viejos Hoja y Aguja levantan sus canosas cabezas de la hierba y la menean como si se divirtieran.

—¿Qué criatura —pregunta Nida riendo— confiaría en alguien con esa cara?

—Enséñales que eres capaz de satisfacer todas sus necesidades —dice Abuelo.

Omeir empieza desde el principio. Les da golpecitos en las rodillas con la aguijada; cloquea y silba; les susurra al oído. Ese verano la montaña está más verde de lo que recuerda nadie, las hierbas crecen altas, las colmenas de la madre rebosan miel y, por primera vez desde que tuvieron que dejar la aldea, la familia tiene comida en abundancia.

Los cuernos de Árbol y Rayo de Luna crecen, sus flancos engordan, se les ensancha el pecho; para cuando los castran, son más grandes que su madre y hacen que Hoja y Aguja parezcan menudos. Abuelo dice que, si escuchas con atención, puedes oírlos crecer y, aunque Omeir está bastante seguro de que Abuelo bromea, cuando nadie lo ve pega la oreja a la enorme costilla de Rayo de Luna y cierra los ojos.

En otoño corre por el valle el rumor de que el sultán gazi Murad II, Guardián del Mundo, ha muerto y que su hijo de dieciocho años (bendito sea por siempre) ha ascendido al poder. Los comerciantes que compran la miel de la familia afirman que el joven sultán trae consigo una nueva edad dorada y en la pequeña cañada esa impresión da. El camino está seco y despejado, Abuelo y Omeir trillan la mayor cosecha de cebada que recuerdan y Nida y su madre echan las semillas en cestos y un viento claro y limpio se lleva la cascarilla.

Una tarde justo antes de las primeras nieves, un viajero en una lustrosa yegua sube por el camino del río seguido de su criado, a lomos de un rocín. Abuelo manda a Omeir y Nida al establo y una vez allí espían por las grietas entre los troncos. El viajero lleva un turbante verde hierba y una casaca de montar forrada de lana de borrego, y su barba es tan pulcra que Nida se pregunta si no se la recortarán unos duendes cada noche. Abuelo les enseña los pictogramas antiguos que hay en la caverna y después el viajero pasea por la pequeña granja admirando las terrazas y los cultivos, y cuando ve los dos novillos abre la boca de par en par.

—¿Los alimentáis con sangre de gigantes?

—Es una rara bendición —dice Abuelo— tener gemelos que puedan compartir yugo.

Al anochecer Madre, con la cara tapada, da de comer a los viajeros mantequilla y habichuelas, luego los últimos melones del año, regados con miel, y Nida y Omeir van de puntillas a la parte de atrás de la casa a escuchar, y Omeir oye historias de ciudades que ha visto el visitante en los territorios que quedan del otro lado de la montaña. El viajero pregunta cómo es que se han instalado solos en una cañada a millas de la aldea más cercana y Abuelo dice que viven allí por elección, que el sultán, la paz sea siempre con él, les ha proporcionado todo lo que la familia necesita. El viajero murmura algo que no consiguen oír y entonces su criado se pone de pie, carraspea y declara:

—Amo, esconden un demonio en el establo.

Silencio. Abuelo echa un leño al fuego.

—Un espíritu maligno o un mago que se hace pasar por niño.

—Mis disculpas —dice el viajero—. A mi sirviente se le ha olvidado cuál es su sitio.

—Tiene cara de liebre y cuando habla a las bestias estas le obedecen. Por eso viven aquí solos, a millas del pueblo más cercano. Por eso tienen unos novillos tan grandes.

El viajero se pone de pie.

—¿Es eso cierto?

—No es más que un niño —responde Abuelo, aunque Omeir percibe el filo en su voz.

El criado se dirige hacia la puerta.

—Eso pensáis ahora —replica—, pero con el tiempo mostrará su verdadera naturaleza.

Anna

Fuera de las murallas de la ciudad rebullen viejos rencores. El sultán de los sarracenos ha muerto, dicen las mujeres del taller, y el nuevo, un muchacho apenas, se pasa los días planeando cómo capturar la ciudad. Estudia la guerra, dicen, igual que estudian los monjes las escrituras. Sus maestros canteros ya están construyendo hornos para cocer ladrillos a media jornada por el estrecho del Bósforo, donde, en el tramo más angosto del canal, tiene intención de construir una fortaleza monstruosa que podrá capturar cualquier nave que intente llevar pertrechos, trigo o vino a la ciudad desde puestos fronterizos del mar Negro.

A medida que se acerca el invierno, el maestro Kalafates ve augurios en cada sombra. Se agrieta una jarra, gotea un cubo, se apaga una llama: la culpa es del nuevo sultán. Kalafates se queja de que han dejado de llegar pedidos de las provincias; las bordadoras no trabajan suficientemente duro o han usado demasiado hilo de oro, o no han usado lo bastante, o su fe es impura. Ágata es demasiado lenta, Tekla es demasiado vieja, los dibujos de Elyse son demasiado sosos. Una simple mosca de la fruta en su copa de vino puede desatar un hilo negro que le enmaraña el ánimo durante días.

La viuda Teodora dice que Kalafates necesita compasión, que el remedio a todos los males es la oración, así que, después de oscurecido, María se arrodilla en la celda delante del icono de santa

Koralia y mueve los labios en silencio, lanzando plegarias hacia el cielo, al otro lado de las vigas del techo. Hasta muy tarde, mucho después de que toquen a completas, Anna no se arriesga a salir del lecho que comparte con su hermana, coger una vela de sebo del armario de la trascocina y sacar los fajos de Licinio de su escondite debajo del jergón.

Si María se entera, no dice nada, y Anna está demasiado absorta para que le preocupe. La luz de la vela parpadea sobre las hojas: las palabras se convierten en versos, los versos se transforman en color y luz y el solitario Ulises naufraga en la tormenta. Su balsa vuelca; traga agua salada; el dios del océano pasa rugiendo en sus corceles verde mar. Pero allí, en la lontananza color turquesa, más allá de las olas furiosas, centellea el reino mágico de Esqueria.

Es como construir un pequeño paraíso, broncíneo y brillante, que resplandece de fruta y vino, dentro de la celda. Enciendes una candela, lees un verso y el viento del oeste empieza a soplar: una criada trae un aguamanil y, a continuación, vino. Ulises se sienta a la mesa real a comer y el bardo favorito del rey empieza a recitar.

Una noche de invierno Anna vuelve por el pasillo de la trascocina cuando oye, por la puerta entornada de la celda, la voz de Kalafates.

—¿Qué hechicería es esta?

Le baja hielo por todos los canales del cuerpo. Camina de puntillas hasta el umbral: María está arrodillada en el suelo y le sangra la boca, y Kalafates está encorvado debajo de las vigas bajas, con las cuencas de los ojos sumidas en sombra. En los largos dedos de la mano izquierda tiene las hojas de pergamino de Licinio.

—¿Eres tú la culpable? ¿De todo? ¿La que roba velas? ¿La que nos causa infortunios?

Anna quiere abrir la boca, confesar, borrarlo todo, pero su miedo es tal que la ha despojado de la capacidad de hablar. María reza sin mover los labios, reza detrás de sus ojos, refugiada en un sanctasanctórum particular en el centro mismo de su mente, y su silencio solo sirve para enfurecer más a Kalafates.

—Me decían: solo un santo metería a unas niñas que no son suyas en casa de su padre. ¿Quién sabe qué maldades pueden traer? ¿Y acaso los escuché? Lo que dije fue: «No son más que velas. Quien las esté robando lo hace solo para iluminar sus plegarias nocturnas». ¡Y ahora me encuentro esto! ¡Este veneno! ¡Esta hechicería!

Coge a María del pelo y algo dentro de Anna grita. Díselo. La ladrona eres tú; la desgracia eres tú. Habla. Pero Kalafates arrastra a María del pelo hasta el pasillo haciendo caso omiso de Anna y María intenta ponerse de pie, pero Kalafates la dobla en tamaño y el valor de Anna brilla por su ausencia.

Se lleva a María pasadas las celdas donde otras bordadoras están agachadas detrás de las puertas. Por un momento, María consigue apoyar un pie en el suelo, pero tropieza y Kalafates se queda con un gran mechón de pelo en el puño, y uno de los lados de la cabeza de María choca con el peldaño de piedra que lleva a la trascocina.

El sonido es como el de un ladrillo traspasando una calabaza. Crisa, la cocinera, levanta la vista de la vasija de fregar; Anna sigue en el pasillo; María sangra en el suelo. Nadie habla cuando Kalafates la agarra del vestido y arrastra su cuerpecillo flácido hasta la lumbre y tira al fuego los trozos de pergamino y obliga a María a mirar las llamas mientras los fajos se reducen a cenizas uno detrás de otro.

Omeir

Omeir tiene doce años y está sentado en una rama del tejo medio hueco mirando hacia el recodo del río, cuando el perro más pequeño de Abuelo llega corriendo veloz en dirección a la casa con el rabo entre las piernas. Rayo de Luna y Árbol —dos hermosos becerros de cuello y lomo gruesos, con cordones de músculos cruzándoles el pecho— levantan el mentón al unísono desde donde pastan las últimas matas de dedalera. Olisquean el aire, luego miran a Omeir como si esperaran sus instrucciones.

La luz se vuelve color platino. La tarde es tan queda que Omeir oye al perro correr hacia la casa y a su madre decir: «¿Se puede saber qué le pasa?».

Cuatro respiraciones cinco respiraciones seis. Camino abajo, heraldos con estandartes sucios de barro doblan el recodo en filas de a tres. Los siguen más jinetes, algunos llevando lo que parecen trompetas, otros lanzas, primero una docena, y luego más, asnos que tiran de carros, soldados a pie, más hombres y bestias de los que ha visto nunca Omeir.

Baja del árbol de un salto y corre por el sendero que lleva a la casa, con Rayo de Luna y Árbol trotando detrás, aún rumiando el bolo de comida, avanzando entre la hierba alta como proas de barcos. Para cuando Omeir llega al establo, Abuelo ya ha salido cojeando de la casa con expresión sombría, como si la hora de una verdad que lleva tiempo posponiendo hubiera por fin llegado.

Hace callar a los perros, manda a Nida a la despensa del sótano y espera con la espalda rígida y los puños a ambos lados del cuerpo mientras los primeros jinetes suben desde el río.

Montan ponis con borlas y bridas pintadas y llevan gorros rojos y también alabardas o varas de hierro o ballestas sujetas a las sillas. Pequeños cuernos de pólvora cuelgan de sus cuellos; llevan el pelo cortado de forma extraña. Un emisario real con botas hasta la rodilla y las mangas arrugadas en volante a la altura de las muñecas desmonta, camina entre las rocas y se detiene con la mano derecha en la empuñadura de su daga.

—Que Dios te bendiga —dice Abuelo.

—Y a ti.

Caen las primeras gotas de lluvia. Al final de la procesión Omeir ve más hombres doblar el recodo, algunos con bueyes famélicos uncidos a carros, otros a pie con carcajes a la espalda o empuñando espadas. La mirada de uno de los heraldos se detiene en el rostro de Omeir, su semblante se tuerce en una mueca de asco y el niño tiene un atisbo de lo que él y aquel lugar deben de parecer: una tosca casa excavada en una hondonada y habitada por un niño con la cara cortada, la ermita de los desfigurados.

—Va a anochecer —dice Abuelo— y a llover también. Debéis de estar cansados. Tenemos forraje para vuestros animales y un techo para que descanséis hasta que cambie el tiempo. Pasad, sois bienvenidos.

Hace pasar a media docena de heraldos a la casa con formalidad rígida y es posible que esté siendo sincero, aunque Omeir se fija en que se lleva una y otra vez las manos a la barba y se arranca pelos con el pulgar y el índice, como siempre que está nervioso.

Para cuando se hace de noche, llueve sin parar y hay cuarenta hombres y casi otros tantos animales refugiados bajo el saliente de piedra caliza alrededor de dos hogueras humeantes. Omeir trae leña, luego avena y paja, corre por la oscuridad húmeda entre el establo y el saliente, manteniendo el rostro oculto debajo de la capucha. Cada vez que se detiene, zarcillos de miedo le atenazan la garganta. ¿Por qué están aquí esos hombres, a dónde van y cuándo se irán? Lo que les sirven su madre y su hermana —la miel y las conservas, la col en salmuera, la trucha, el queso de cabra, la cecina de venado— es prácticamente todo lo que tienen para comer durante el invierno.

Muchos de los hombres llevan capas y mantos como las de los leñadores, pero otros visten abrigos de piel de zorro o de camello y al menos uno lleva una piel de armiño con los dientes del animal aún unidos a ella. La mayoría llevan dagas ceñidas a la cintura y todos hablan del botín que van a obtener de una gran ciudad al sur.

Pasa la medianoche cuando Omeir encuentra a Abuelo en su banco del establo trabajando a la luz de una lámpara de aceite, un dispendio que Omeir rara vez le ha visto hacer antes, tallando lo que parece ser un yugo nuevo. El sultán, que Dios lo guarde, dice Abuelo, está reuniendo hombres y animales en su capital, Edirne. Necesita guerreros, pastores, cocineros, herradores, herreros, porteadores. Todo el que vaya será recompensado, en esta vida o en la siguiente.

Pequeños remolinos de serrín suben por la luz de la lámpara y se disipan en las sombras.

—Al ver nuestros bueyes —dice— casi se les separa la cabeza del cuello.

Pero no se ríe ni levanta la vista de su trabajo.

Omeir se sienta pegado a la pared. La peculiar combinación de boñiga, humo, paja y virutas de madera le provoca un picor familiar en la parte posterior de la garganta y se traga las lágrimas. Cada mañana llega y das por hecho que será parecida a la anterior, que estarás a salvo, que tu familia seguirá con vida, que estaréis juntos, que la vida proseguirá más o menos igual. Pero entonces, en un instante, todo cambia.

Imágenes de la ciudad al sur acuden raudas a sus pensamientos, pero nunca ha visto una ciudad ni una representación de una y no sabe qué imaginar, así que sus visiones se mezclan con las historias de Abuelo sobre zorros que hablan y arañas lunares, sobre torres hechas de cristal y puentes entre estrellas.

Un asno rebuzna en la noche. Omeir dice:

—Se van a llevar a Árbol y Rayo de Luna.

—Y a un boyero que los guíe. —Abuelo levanta el yugo, lo estudia, lo vuelve a dejar—. Los animales no obedecerán a nadie más.

Un hacha atraviesa a Omeir. Lleva toda la vida preguntándose qué aventuras lo esperan más allá de la sombra de la montaña, pero ahora solo quiere acurrucarse contra los leños de las paredes del establo hasta que cambien las estaciones y estos visitantes no sean más que un recuerdo y todo vuelva a ser como era antes.

—No pienso ir.

—Una vez —dice Abuelo mirándolo por fin—, todos los habitantes de una ciudad, desde mendigos hasta el rey, pasando por los carniceros, desoyeron la llamada de Dios y se convirtieron en piedra. Una ciudad entera, cada mujer, cada niño, convertidos en piedra. Uno no puede desoír algo así.

En la pared opuesta, Árbol y Rayo de Luna duermen, sus costillas suben y bajan a la vez.

—Conocerás la gloria —añade Abuelo— y luego volverás.

TRES

LA ADVERTENCIA DE LA ARPÍA

La ciudad de los cucos y las nubes
por Antonio Diógenes, folio Γ

... después de cruzar las puertas de la aldea pasé delante de una arpía maloliente sentada en un tocón.

—¿Adónde vas, mentecato? —preguntó—. Pronto será de noche y no es hora de andar por los caminos.

—Durante toda mi vida he ansiado ver más, llenarme los ojos de cosas nuevas, dejar esta ciudad embarrada y fétida, estas ovejas que balan sin descanso. Voy a Tesalia, País de la Magia, en busca de un hechicero que me transforme en pájaro, en una feroz águila o un búho sabio y fuerte.

La vieja rio y dijo:

—Etón, eres un necio, todos saben que no eres capaz ni de contar hasta cinco y sin embargo crees poder contar las olas del mar. Tus ojos no verán nunca más allá de tu propia nariz.

—Calla, arpía —repliqué— porque he oído hablar de una ciudad en las nubes donde los tordos vuelan a la boca de uno ya asados y el vino mana en las acequias y siempre soplan brisas cálidas. En cuanto me convierta en una valerosa águila o un búho sabio y fuerte, allí es donde tengo intención de volar.

—Uno siempre cree que la cebada es más abundante en el campo ajeno, pero las cosas no son mejores allí, Etón, te lo aseguro —contestó la arpía—. Hay bandidos acechando en cada esquina para aplastarte el cráneo y en las sombras merodean necrófagos a la espera de beberte la sangre. Aquí tienes queso, vino, amigos y tu rebaño. Lo que ya posees es mejor que lo que buscas tan desesperadamente.

Pero igual que la abeja vuela de aquí allá y de flor en flor, así mi desasosiego...

LAKEPORT, IDAHO

1941-1950

Zeno

Tiene siete años cuando a su padre lo contratan para instalar una nueva sierra en la maderera Ansley Tie and Lumber Company. Cuando llegan es enero y los únicos copos de nieve que ha visto Zeno antes son las fibras de amianto que un droguero del norte de California espolvoreaba sobre una decoración navideña. El niño toca la superficie helada de un charco en el andén de la estación y enseguida retira los dedos como si se hubiera quemado. Papá se deja caer de espaldas en un banco de nieve, se embadurna el abrigo con ella y camina tambaleante.

—¡Mírrame! ¡Mírrame! ¡Soy muñeco de nieve!

Zeno se echa a llorar.

El aserradero los aloja en una cabaña de dos habitaciones mal aislada a un kilómetro y medio de la ciudad, en el linde de una llanura color blanco cegador que, como el niño comprenderá más tarde, es un lago helado. Cuando se hace de noche, papá abre una lata de kilo de espaguetis con albóndigas marca Armour & Company y la pone a calentar en la estufa. La mitad inferior le quema la lengua a Zeno. La mitad superior es un puré.

—Esta casa ser bárbara, ¿eh, corderito? Fabulosa, ¿sí?

De noche el frío se cuela por mil rendijas de las paredes y el niño no logra entrar en calor. Abrirse paso por el cañón de nieve apilada hasta el retrete una hora antes del amanecer es un horror tan sombrío que reza por no tener que hacer pis nunca más. Cuando rompe el día, papá lo lleva a la tienda, situada a un kilómetro y medio, y se gasta cuatro dólares en ocho pares de calcetines de lana Utah Woolen Mills, los mejores que tienen. Luego se sientan en el suelo junto a la caja registradora y papá le pone dos calcetines a Zeno.

—Recuérdate, hijo —dice—, no hay clima malo, solo ropa mala.

La mitad de los niños de la escuela son finlandeses y el resto suecos, pero Zeno tiene pestañas oscuras, iris color avellana, piel del color del té con leche y ese nombre. Aceitunero, Follaovejas, Espagueti, Zero... Incluso cuando no entiende los epítetos, el mensaje es claro: no apestes, no respires, deja de tiritar, deja de ser diferente. Después de la escuela deambula por el laberinto de montículos de nieve que es el centro de Lakeport, un metro y medio en la gasolinera, dos en el tejado de la ferretería M. S. Morris. En la tienda de caramelos Cadwell's, niños mayores mascan chicle y hablan de gilipollas, mariquitas y bólidos; se callan cuando reparan en su presencia; le dicen: «No nos espíes».

Ocho días después de llegar a Lakeport se detiene delante de un edificio victoriano de dos plantas azul celeste en la esquina de Lake y Park. Del alero cuelgan témpanos como colmillos; el letrero, medio enterrado en nieve, dice:

Biblioteca pública

Está mirando por una ventana cuando se abre la puerta y dos mujeres idénticas con sencillos vestidos de cuello alto lo animan a entrar:

—¡Pero bueno! —dice una—. Tienes pinta de estar helado.

—¿Dónde está tu madre? —dice la otra.

Lámparas de flexo iluminan mesas de lectura; un bordado en la pared dice: «Aquí se contestan preguntas».

—Mamá —dice Zeno— vive ahora en la Ciudad Celestial. Donde nadie conoce la tristeza y a nadie le falta de nada.

Las bibliotecarias inclinan las cabezas a exactamente el mismo ángulo. Una sienta a Zeno en una silla con respaldo de varillas delante de la chimenea mientras la otra desaparece por entre las estanterías y vuelve con un libro de tapas de tela y sobrecubierta amarillo limón.

—Ah —dice la hermana mayor—. Excelente elección.

Se sientan una a cada lado de Zeno y la que le ha traído el libro dice:

—En días como este, frío y húmedo, en el que uno no consigue entrar en calor, a veces se necesita a los griegos. —Le enseña una página repleta de versos—. Para que te transporten volando por el mundo hasta algún lugar cálido, rocoso y luminoso.

El fuego parpadea, los tiradores de latón de los cajones del catálogo de fichas centellean y Zeno se mete las manos debajo de los muslos mientras la segunda hermana empieza a leer. En la historia, un navegante solitario, el hombre más solo del mundo, navega dieciocho días en una balsa antes de que lo alcance una terrible tormenta. Su balsa se hace pedazos y las olas lo arrojan desnudo a las rocas de una isla. Pero una diosa llamada Atenea se disfraza de muchacha con un aguamanil y lo guía hasta una ciudad encantada.

Él en cambio admiraba los puertos, los buenos bajeles, los mercados, lugar de reunión de los nobles, los largos y altos muros con vallas de púas, hechizo a los ojos.

Zeno está extasiado. Oye las olas romper contra las rocas, huele el salitre del mar, ve las altas bóvedas relucir al sol. ¿Es la isla de los feacios lo mismo que la Ciudad Celestial y también tuvo su madre que flotar sola bajo las estrellas durante dieciocho días para llegar allí?

La diosa le dice al marino solitario que no tema, que vale más ser siempre valeroso, y este entra en un palacio que brilla como los rayos de la luna, el rey y la reina le dan vino endulzado con miel, lo sientan en un trono plateado y le piden que les cuente sus penalidades y Zeno está deseando oír más. Pero el calor del fuego y el olor del papel y la cadencia de la voz de la bibliotecaria se unen para hacerle un encantamiento y se queda dormido.

Papá promete aislamiento, un cuarto de baño dentro de la casa y un radiador eléctrico nuevo marca Thermador pedido directamente a Montgomery Ward, pero casi todas las noches vuelve a casa del aserradero demasiado cansado para soltarse los cordones de las botas. Pone una lata de carne con fideos en la estufa, fuma un cigarrillo y se queda dormido en la mesa de la cocina, con un charco de nieve derretida a los pies, como si se descongelara un poco en sueños antes de salir de nuevo al amanecer para volverse otra vez sólido.

Cada día después de la escuela Zeno hace una parada en la biblioteca y las bibliotecarias —las dos señoritas Cunningham— le siguen leyendo la *Odisea*. Y a continuación *El vellocino de oro y los héroes que vivieron antes de Aquiles*, haciéndolo viajar hasta Ogigia y Eritrea, Hesperia e Hiperbórea, lugares que las hermanas llaman tierras míticas, lo que significa que no son lugares reales, que Zeno solo puede viajar a ellos con la imaginación, aunque en otras ocasiones las hermanas dicen que los viejos mitos pueden ser más verdaderos que las verdades, así que quizá después de todo son lugares reales. Los días se alargan y el tejado de la biblioteca gotea y los pinos ponderosa encima de la cabaña se desprenden de nieve, que cae con un estrépito que a Zeno le suena a Hermes aterrizando con sus sandalias doradas con otro mensaje de los dioses del Olimpo.

En abril, papá llega a casa con una perra collie moteada del aserradero y, aunque huele a pantano y siempre defeca detrás de la estufa, cuando trepa a la manta de Zeno por las noches y pega su cuerpo al suyo entre suspiros de gran satisfacción, al niño le lloran los ojos de felicidad. La llama Athena y cada tarde, cuando sale de la escuela, la perra está ahí, meneando el rabo en la nieve sucia junto a la cerca de madera, y pasean juntos hasta la biblioteca y las hermanas Cunningham dejan que Athena duerma en el felpudo delante de la chimenea mientras le leen a Zeno sobre Héctor y Casandra y los cien hijos del rey Príamo. Mayo da paso a junio y el lago se vuelve color azul zafiro, las sierras resuenan en los bosques y junto a los aserraderos se levantan plataformas de trozas tan enormes como ciudades y papá le compra a Zeno unos pantalones de peto tres tallas demasiado grandes con un rayo cosido al bolsillo.

En julio pasa delante de una casa en la esquina de las calles Mission y Forest con chimenea de ladrillo, dos plantas, y un Buick Modelo 57 de 1933 azul claro, cuando sale una mujer de la puerta delantera y le pide que se acerque al porche.

—No muerdo —dice—, pero deja fuera al perro.

Dentro, cortinas color mora impiden pasar la luz. Su nombre, dice la mujer, es señora Boydstun y su marido murió en un accidente del aserradero unos años atrás. Tiene pelo amarillo, ojos azules y lunares en la garganta que parecen escarabajos paralizados en plena carrera. En una fuente en el comedor hay una pirámide de galletas con forma de estrella y el dorso brillante de glaseado.

—Adelante. —La mujer se enciende un cigarrillo. En la pared detrás de ella, un Jesucristo de treinta centímetros de alto mira amenazador desde la cruz—. Si no, las voy a tirar.

Zeno coge una: azúcar, mantequilla, deliciosa.

En estanterías que recorren la circunferencia de la habitación hay cientos de niños de porcelana con mejillas sonrosadas que llevan capuchas y trajes rojos, algunos sostienen horcas, otros se besan y otros se asoman a pozos de los deseos.

—Te he visto —dice la mujer—, deambulando por el pueblo. Hablando con esas brujas de la biblioteca.

Zeno no sabe cómo contestar y, en cualquier caso, los niños de cerámica le ponen nervioso y tiene la boca llena.

—Cómete otra.

La segunda es incluso mejor que la primera. ¿Quién hornearía una fuente de galletas solo para tirarlas?

—Tu padre es el nuevo, ¿verdad? En el aserradero. El de los hombros.

Zeno consigue asentir con la cabeza. Jesucristo lo mira sin parpadear. La señora Boydstun da una larga calada. Su gesto es desenfadado pero su atención es feroz y Zeno piensa en Argos Panoptes, el guardián de Hera, que tenía ojos por toda la cabeza e incluso en las yemas de los dedos, de manera que cuando cerraba cincuenta para dormir, otros cincuenta hacían guardia.

Coge una tercera galleta.

—¿Y tu madre? ¿No está?

Zeno niega con la cabeza y de pronto en la casa falta aire, las galletas se convierten en arcilla en su barriga, Athena gime en el porche y oleadas de culpa y confusión se apoderan de él con tal intensidad que se aparta de la mesa y se va corriendo sin dar las gracias.

El fin de semana siguiente va con papá y la señora Boydstun a un servicio dominical donde un pastor con las axilas húmedas les advierte de que acechan fuerzas oscuras. Después los tres van dando un paseo hasta la casa de la señora Boydstun, esta sirve algo llamado Old Forester en vasos azules iguales y papá enciende la radio de mesa Zenith que llena las habitaciones oscuras y recargadas de música de baile y la señora Boydstun ríe una risa llena de grandes dientes y le toca a papá el antebrazo con las uñas. Zeno tiene la esperanza de que saque otro plato de galletas cuando papá dice:

—Ahorra juegas fuera, hijo.

Zeno y Athena caminan una manzana hasta el lago y Zeno construye un reino en miniatura de los feacios en la arena, repleto de altas murallas y jardines de higueras y una flota de barcos de piñas y Athena recoge palos por toda la playa y se los lleva a Zeno para que los pueda tirar al agua. Dos meses atrás le habría extasiado pasar tiempo en una casa de verdad con una chimenea de verdad y un Buick modelo 57 en la puerta, pero ahora mismo lo único que quiere es volver a la cabaña con papá para que puedan calentar unos fideos en la estufa.

Athena no para de traerle palos cada vez más grandes, hasta que llega un momento en que arrastra arbolillos arrancados por la arena mientras la luz del sol riela en el lago y los enormes pinos ponderosa tiemblan y centellean y envían agujas a su reino y Zeno cierra los ojos y siente que se hace muy pequeño, lo bastante para entrar en el palacio real del centro de su isla de arena, donde criados lo visten con una túnica abrigada y lo guían por pasillos iluminados con antorchas y todos se alegran muchísimo de recibirlo y en el salón del trono se une a Ulises y su madre y el apuesto y poderoso Alcínoo y hacen libaciones en honor a Zeus, señor del Trueno, que guía a los viajeros.

Por fin vuelve a casa de la señora Boydstun, llama a papá y papá le responde desde la habitación del fondo: «¡Trres minutos más, corderito!», y Zeno y Athena se sientan en el porche rodeados de un halo de mosquitos.

Septiembre se cierra alrededor de agosto igual que las pinzas de un crustáceo y en octubre la nieve espolvorea las cimas de las montañas y pasan cada domingo en casa de la señora Boydstun y también muchas veladas entre semana. Para noviembre, papá sigue sin instalar un retrete dentro de la casa y no hay un radiador eléctrico Thermador pedido directamente a Montgomery Ward. El primer domingo de diciembre, después de la iglesia van a la casa de la señora Boydstun, papá enciende la radio y el locutor dice que 353 aviones japoneses han bombardeado una base naval americana en un lugar llamado Oahu.

En la cocina, a la señora Boydstun se le cae al suelo un paquete de harina. Zeno pregunta: «¿Qué es personal auxiliar?». Nadie contesta. Athena ladra en el porche y el locutor aventura que miles de marinos pueden estar muertos y en el lado izquierdo de la frente de papá se hincha visiblemente una vena.

Fuera, en Mission Street, los bancos de nieve ya son tan altos como Zeno. Athena cava un túnel en la nieve y no circulan coches ni sobrevuelan aviones ni de otras casas salen niños. El mundo entero parece haber enmudecido. Cuando, horas después, Zeno entra en la casa, su padre camina en círculos alrededor de la radio mientras hace crujir los nudillos de su mano derecha con los dedos de la izquierda y la señora Boydstun está en la ventana con un vaso de Old Forester y nadie ha limpiado la harina del suelo.

En la radio, una mujer dice: «Buenas tardes, señoras y caballeros», y carraspea. «Les hablo esta noche en un momento de extrema gravedad en la historia de nuestro país».

Papá levanta un dedo.

—Es mujerr del presidente.

Athena gime en la puerta.

«Desde hace meses ya —dice la mujer del presidente— la certeza de que algo así podía ocurrir ha pesado sobre nosotros y sin embargo resultaba imposible de creer».

Athena ladra.

—¿Puedes por favor hacer callar a ese animal? —salta la señora Boydstun.

—¿Podemos irnos ya a casa, papá? —pregunta Zeno.

«No importa lo que se requiera de nosotros —continúa diciendo la mujer del presidente—, estoy segura de que lo lograremos».

Papá niega con la cabeza.

—A estos muchachos les vuelan las cabezas mientras desayunando. Los queman vivos.

Athena vuelve a ladrar, la señora Boydstun arruga la frente con manos temblorosas y los cientos de niños de porcelana de los estantes —dándose la mano, saltando a la comba, acarreando cubos— de pronto parecen armados de un terrible poder.

«Y ahora —dice la radio— devolvemos la conexión al programa que habíamos dispuesto para esta noche».

—Así aprenden esos *japos* cabrones —asegura papá—. Se van a enterar de lo que son buenos.

Cinco días después, él y cuatro hombres más del aserradero van a Boise a que les cuenten los dientes y les midan el pecho. Y el día después de Navidad, papá sale camino de algo llamado campamento de instrucción de un lugar llamado Massachusetts y Zeno se ha ido a vivir con la señora Boydstun.

LAKEPORT, IDAHO

2002-2011

Seymour

De recién nacido chilla, aúlla, berrea. Hasta los tres años come solo cosas redondas: aritos de cereal Cheerios, gofres precocinados y M&M's sin cacahuete en paquete de 48 gramos. Ni tamaño fiesta ni tamaño familiar, que Dios ayude a Bunny como se le ocurra ofrecerle los que tienen cacahuete. Puede tocarle los brazos y las piernas, pero ni los pies ni las manos. Las orejas jamás. Lavarle la cabeza es una pesadilla. Cortes de pelo = imposible.

Casa es un motel de tarifa semanal en Lewiston llamado Golden Oak; Bunny se paga una habitación limpiando las otras dieciséis. Novios van y vienen igual que tormentas: está Jed, está Mike Gawtry, está un tipo al que Bunny llama Pata de Pavo. Mecheros parpadean; máquinas de hielo rugen; camiones del aserradero hacen temblar los cristales. En las noches especialmente malas duermen en el Pontiac.

A los tres años, Seymour decide que no soporta las etiquetas en la ropa interior, ni tampoco el susurro que hacen ciertos cereales del desayuno al contacto con el interior de sus envoltorios de plástico. A los cuatro, chilla si la pajita de un envase de zumo roza de manera equivocada el aluminio que ha atravesado. Si Bunny estornuda demasiado fuerte, tiembla durante media hora. Los hombres preguntan: «¿Qué le pasa?». Dicen: «¿No puedes hacer que se calle?».

Tiene seis años cuando Bunny se entera de que su tío abuelo Pawpaw, un hombre al que no ha visto desde hace veinte años, se ha muerto y le ha dejado en herencia una casa prefabricada de doble ancho en Lakeport. Cierra su móvil tipo concha, deja caer los guantes de goma en la bañera de la habitación número 14, abandona el carrito de la limpieza en la puerta entornada, mete en el Grand Am el horno con grill, el televisor con DVD incorporado Magnavox, dos bolsas de basura con ropa y conduce con Seymour durante tres horas hacia el sur sin una sola parada.

La casa está en media hectárea de maleza a kilómetro y medio de la ciudad, al final de un camino de grava llamado Arcady Lane. Una ventana está hecha añicos. En el costado está escrito NO LLAMO AL 911 con pintura de espray y el techo tiene un extremo abarquillado, como si un gigante hubiera intentado arrancarlo. En cuanto se marcha el abogado, Bunny se arrodilla en el camino de entrada y solloza con una persistencia que los asusta a los dos.

Un bosque de pinos rodea la media hectárea de terreno por tres lados. En el prado delantero, miles de mariposas blancas revolotean entre las cabezas de los cardos. Seymour se sienta al lado de su madre.

—Ay, bichito. —Bunny se seca los ojos—. Ha sido demasiado tiempo, joder.

Los árboles que se elevan detrás de la propiedad centellean; las mariposas flotan.

—¿Demasiado tiempo de qué, mamá?

—De no tener esperanza.

Una hebra de telaraña que surca el aire atrapa la luz.

—Sí —dice Seymour—. Ha sido demasiado tiempo sin esperanza, joder.

Y se sobresalta cuando su madre se echa a reír.

Bunny clava tablones de aglomerado en la ventana rota, limpia cacas de roedores de los armarios de la cocina, saca el colchón roído por las ardillas de Pawpaw a la carretera y compra a plazos dos nuevos al diecinueve por ciento de interés sin entrada. En la tienda de segunda mano encuentra un sofá tú y yo naranja y lo rocía con media lata de ambientador Glade Hawaiian Breeze antes de meterlo en la casa con ayuda de Seymour. Al atardecer se sientan juntos en el peldaño delantero y se comen dos gofres cada uno. Un águila pescadora pasa volando sobre sus cabezas en dirección al lago. Una cierva y dos cervatillos aparecen junto al cobertizo y mueven las orejas. El cielo se tiñe de morado.

—*Crecen las semillas* —canta Bunny—, *la pradera florece y el bosque reverdece...*

Seymour cierra los ojos. La brisa es suave como las mantas azules del Golden Oak, quizá más, y los cardos desprenden un olor a árboles de Navidad calientes, y al otro lado de la pared que tienen detrás está su propio cuarto, con manchas en el techo que parecen nubes o pumas o quizá esponjas marinas, y su madre parece tan feliz que, cuando llega a la parte de la canción que habla de los corderos que balan y los terneros que brincan y el cabritillo que se tira pedos, no puede evitar reír.

Primer curso en la escuela elemental de Lakeport = veintiséis niños de seis años en un aula prefabricada de siete por doce metros presidida por una vieja maestra de la ironía llamada señora Onegin. El pupitre azul marino que le asigna a Seymour es odioso; su estructura es combada y los pernos están oxidados y el pie hace un chirrido al contacto con el suelo que para Seymour es como si le clavaran agujas en la parte posterior de los globos oculares.

La señora Onegin dice: «Seymour, ¿ves a algún otro niño sentado en el suelo?».

Dice: «Seymour, ¿estás esperando una invitación personalizada?».

Dice: «Seymour, como no te sientes...».

En la mesa del director, una taza dice: ME GUSTA CON UNA SONRISA. Por su cinturón trotan correcaminos de dibujos animados. Bunny lleva su polo nuevo de Servicio de Mantenimiento Wagon Wheel, cuyo precio le descontarán de la primera paga. «Es muy sensible», explica, y el director Jenkins pregunta: «¿Tiene figura paterna?», y le mira por tercera vez los pechos, y más tarde, en el coche, Bunny para en el arcén de Mission Street y se traga tres pastillas de Excedrin para las migrañas.

—Bichito, ¿me estás escuchando? Tócate las orejas si me estás escuchando.

Pasan silbando cuatro camiones: dos azules, dos negros. Seymour se toca las orejas.

—¿Qué somos?

—Un equipo.

—¿Y qué hace un equipo?

—Ayudarse los unos a los otros.

Pasa un coche rojo. Luego un camión blanco.

—¿Me puedes mirar?

Seymour mira. La etiqueta magnética que lleva Bunny en la camiseta dice: EMPLEADA DE LIMPIEZA BUNNY. Su nombre es más pequeño que su cargo. Dos camiones más zarandean el Grand Am al pasar, pero Seymour no oye de qué color son.

—No puedo dejar el trabajo en pleno turno solo porque no te guste tu pupitre. Me pueden despedir. Y no me puedo permitir que me despidan. Necesito que hagas un esfuerzo. ¿Lo vas a hacer?

Hace un esfuerzo. Cuando Carmen Hormaechea le toca con su mano ortigada, intenta no gritar. Cuando el frisbi de Tony Molinari le golpea en el canto de la mano, intenta no llorar. Pero a los nueve días de empezado septiembre, un incendio descontrolado en las montañas Seven Devils ahoga el valle entero en humo, la señora Onegin dice que la calidad del aire es demasiado baja para salir al recreo y que tienen que estar con las ventanas cerradas por el asma de Rodrigo y, a los pocos minutos, el aula prefabricada apesta igual que el microondas de Pawpaw cuando Bunny descongela una fajita.

Seymour consigue sobrevivir a Matemáticas de grupo, a Almuerzo, a Fluidez Lectora. Pero, cuando llega Periodo de Reflexión, su resistencia se resquebraja. La señora Onegin manda a todos a sus pupitres a colorear mapas de América del Norte y Seymour intenta dibujar círculos verdes tenues en el golfo de México, intenta mover solo la mano y la muñeca, no el cuerpo, de manera que el pupitre no empiece a hacer *cri cri*, no respirar para no oler ningún olor, pero el sudor le baja por las costillas, Wesley Ohman no deja de despegar y pegar el velcro de su zapato izquierdo, los labios de Tony Molinari hacen *popopopop*, la señora Onegin está escribiendo una A-M-E-R-I-C enorme y horrible en la pizarra con la punta de un rotulador que araña y chirría, el reloj de la clase hace *tictoctictoc* y todos estos sonidos se le meten en la cabeza igual que avispas en un nido y bullen ahí dentro y crecen hasta convertirse en un rugido.

El rugido: lleva toda la vida de Seymour bramando en la distancia. Ahora crece. Borra las montañas, el lago, el centro de Lakeport; recorre con un estruendo el aparcamiento de la escuela, zarandeando los coches; gruñe junto al aula prefabricada y hace temblar la puerta. El campo visual de Seymour se llena de agujeritos negros. Se tapa los oídos con las manos, pero el rugido se come la luz.

La señorita Slattery, la orientadora de la escuela, dice que puede ser trastorno de procesamiento sensorial o trastorno de déficit de atención o trastorno de hiperactividad o alguna combinación de todos ellos. No puede decirlo con seguridad, el niño es demasiado pequeño. Y ella no es diagnosticadora. Pero sus gritos han asustado a los otros niños y el director Jenkins ha mandado a casa a Seymour para el resto del viernes y Bunny debería concertar una cita con un terapeuta ocupacional lo antes posible.

Bunny se pellizca el puente de la nariz.

—¿Y eso está incluido?

Steve, el gerente de Wagon Wheel, dice, pues claro, Bunny, tráete a tu hijo al trabajo si lo que quieres es que te despida, así que el viernes por la mañana Bunny quita los mandos de los quemadores de la cocina, deja una caja de Cheerios en la encimera y pone el DVD de *Niñoestelar* en reproducción sin fin.

—Bichito.

En el Magnavox, Niñoestelar baja de la noche con su traje reluciente.

—Tócate las orejas si me estás escuchando.

Niñoestelar encuentra una familia de armadillos atrapada en una red. Seymour se toca las orejas.

—Cuando el reloj del microondas se ponga en cero cero cero, vendré a ver cómo estás, ¿vale?

Niñoestelar necesita ayuda. Es hora de llamar a Amigofiel.

—¿Te vas a portar bien?

Asiente con la cabeza; el Pontiac traquetea Arcady Lane abajo. Amigofiel el Búho aparece volando en la noche de dibujos animados. Los armadillos salen de la trampa; Amigofiel anuncia que los amigos que se ayudan entre sí son los mejores amigos de todos. Entonces algo que suena igual que un escorpión gigante empieza a arañar el techo de la casa prefabricada de doble ancho.

Seymour escucha en su habitación. Escucha en la puerta principal. En la puerta corredera de la cocina. El sonido hace *toc cri cri*.

En el Magnavox está saliendo un gran sol amarillo. Es hora de que Amigofiel vuelva volando a su nido. Es hora de que Niñoestelar vuelva volando al Firmamento. *Mejores amigos mejores amigos*, canta Niñoestelar:

Nunca nos separamos.
Estoy en el cielo,
y te llevo en el corazón.

Cuando Seymour abre la puerta corredera, una urraca echa a volar desde el tejado y aterriza en una roca con forma de huevo en el jardín trasero. Baja la cola y canta *croc croc*.

De escorpión nada. Es un pájaro.

Una tormenta nocturna ha despejado el humo y la mañana es clara. Los cardos mecen sus coronas moradas e insectos diminutos vuelan por doquier. Los miles de pinos que se amontonan detrás de la parcela, que crecen hacia la cadena montañosa, parecen respirar cada vez que la brisa los mece. Inspirar espirar. Hay diecinueve pasos por maleza que le llega por la cintura hasta la roca en forma de huevo y para cuando Seymour se sube, la urraca ha volado a una rama en la linde del bosque. Manchas de liquen —rosa, aceituna, naranja fuego— decoran la roca. Es asombroso lo que hay aquí fuera. Grande. Vivo. Sin fin.

Veinte pasos después de pasar la roca Seymour llega a un trozo de alambre de espino caído entre dos postes. A su espalda están la puerta corredera, la cocina, el microondas de Pawpaw; delante hay mil doscientas hectáreas de bosque propiedad de una familia de Texas que nadie en Lakeport conoce.

Croc croc croc, llama la urraca.

Es fácil pasar por debajo de la alambrada.

Debajo de los árboles, la luz cambia por completo: es otro mundo. De las ramas penden gallardetes de liquen; arriba brillan retazos de cielo. Hay un hormiguero la mitad de alto que Seymour; hay un saliente de granito del tamaño de una minicaravana; hay una lámina de corteza de árbol que le ajusta el torso igual que el peto de la armadura de Niñoestelar.

Subiendo por la ladera de la colina que está detrás de la casa, Seymour encuentra un calvero cercado de abetos de Douglas con un enorme pino ponderosa muerto en el centro igual que el brazo de muchos dedos de un esqueleto gigante salido del inframundo. Cayendo en cascada a su alrededor, despedidas de los abetos, bajan volando cientos de agujas de pino de dos en dos. Coge una, imagina que es un hombrecillo con el torso cortado y piernas largas y esbeltas. El Hombreaguja se adentra en el calvero con sus pies puntiagudos.

A los pies del árbol muerto, Seymour construye una casa para Hombreaguja con corteza y ramitas. Está instalando un colchón de liquen dentro, cuando a tres metros sobre su cabeza chilla un fantasma.

¿Iii-iii? ¿Ii-iii?

Cada pelo de los brazos de Seymour se eriza. El búho está tan bien camuflado que vocaliza tres veces más antes de que el niño lo vea, y, cuando por fin lo hace, da un respingo.

El animal parpadea tres veces, cuatro. En la sombra junto a la corteza del árbol, con los párpados cerrados, el búho se esfuma. Entonces los ojos se abren y la criatura está de nuevo allí.

Es del tamaño de Tony Molinari. Sus ojos son del color de las pelotas de tenis. Está mirando a Seymour.

Desde su sitio a los pies del árbol muerto, Seymour levanta la vista, el búho la baja y el bosque respira y algo sucede: ese susurro nervioso en los márgenes de cada hora que pasa despierto —el rugido— se acalla.

«Hay magia en este lugar —parece decir el búho—. Solo tienes que sentarte y respirar y esperar y te encontrará».

Seymour se sienta y respira y espera y la Tierra recorre otros mil kilómetros de su órbita. Nudos que el niño ha llevado dentro toda su vida se aflojan.

Cuando Bunny lo encuentra, tiene corteza en el pelo y moco en el polo de Wagon Wheel. Tira de él con brusquedad para ponerlo de pie y Seymour no es capaz de decir si ha pasado un minuto o un mes o una década. El búho desaparece como si fuera humo. Se gira para ver adónde puede haber ido, pero no lo ve por ninguna parte, el bosque lo ha engullido, y Bunny le está tocando el pelo, está sollozando: «... a punto de llamar a la policía, ¿por qué no te has quedado dentro?», está maldiciendo, lo arrastra hacia casa entre los árboles, se desgarra los vaqueros en el alambre de espino; el reloj del microondas en la cocina hace *piiipiiipiiipiiii,* Bunny está hablando por el móvil, Steve el gerente la está despidiendo, está tirando el móvil al tú y yo, está sujetando a Seymour por los hombros para que no pueda escaparse, está diciendo: «Pensaba que estábamos juntos en esto», está diciendo: «Pensaba que éramos un equipo».

Cuando es hora de irse a la cama trepa hasta la ventana de su cuarto, la abre, asoma la cabeza a la oscuridad. La noche exuda un olor salvaje, a cebolla. Algo ladra, algo hace *chi chi chi.* El bosque está ahí mismo, nada más pasar el alambre de espino.

—Amigofiel —dice—. Te nombro Amigofiel.

Zeno

En el piso de abajo los adultos caminan por el cuarto de estar de la señora Boydstun con zapatos de suelas gruesas. Cinco soldaditos Playwood Plastic salen de su caja de latón. El soldado 401 repta hacia el cabecero de la cama con su rifle; el 410 arrastra su arma antitanque por un surco en la colcha; el 413 se acerca demasiado al radiador y se le derrite la cara.

El pastor White sube con esfuerzo las escaleras con un plato de jamón y galletas saladas y se sienta sin resuello en la camita de latón. Coge el soldado 404, el que sostiene el rifle sobre la cabeza, y dice que se supone que no le tiene que contar esto a Zeno, pero que ha oído que el día que murió el padre de Zeno mandó a cuatro *japos* al infierno él solito.

A los pies de la escalera alguien dice: «Guadalcanal. Pero ¿dónde está eso?», y otra persona responde: «Yo ya no distingo», y copos de nieve flotan al otro lado de la ventana del dormitorio. Por espacio de una fracción de segundo, la madre de Zeno baja del cielo en una barca dorada y mientras todos miran, estupefactos, él y Athena suben a bordo y se los lleva navegando a la Ciudad Celestial, donde un mar turquesa rompe contra acantilados negros y de cada árbol cuelgan limones bañados de sol.

Al momento siguiente ha vuelto a la cama de latón, y el pastor White está moviendo el soldado 404 por la colcha apestando a loción capilar, y papá nunca va a volver.

—Un héroe de los que ya no hay —dice el pastor—. Eso era tu padre.

Más tarde, Zeno baja la escalera a hurtadillas con el plato y se escabulle por la puerta de atrás. Athena sale cojeando de los juníperos, rígida de frío, Zeno le da el jamón y las galletas y ella le dirige una mirada de gratitud en estado puro.

La nieve cae en grandes copos conglomerados. Una voz dentro de su cabeza le susurra: si estás solo probablemente es tu culpa, y la luz del día mengua. En algo parecido a un trance, abandona el jardín de la señora Boydstun y recorre Mission Street hasta la intersección con Lake, escala por el arcén y se abre camino entre montones de nieve que se le mete en los zapatos que ha llevado al funeral hasta llegar a la orilla del lago.

Marzo dice adiós y en el centro del lago, a menos de un kilómetro de distancia, han aparecido las primeras manchas oscuras de deshielo. Los pinos ponderosa de la orilla a la izquierda forman una muralla inmensa y trémula.

En el lago, la capa de hielo es más delgada, seca y está aplanada por el viento. Con cada paso que lo aleja de la orilla se agudiza su percepción de la gran cuenca negra de agua bajo sus pies. Treinta pasos, cuarenta. Si se gira no ve ni los aserraderos ni el pueblo, ni siquiera los árboles de la orilla. El viento y la nieve borran sus pisadas; está suspendido en un universo de blancura.

Seis pasos más. Siete ocho para.

Nada en todas las direcciones: un rompecabezas blanco con todas las piezas lanzadas al aire. Tiene la sensación de balancearse, de estar de puntillas en el borde de algo. Atrás queda Lakeport; la escuela llena de corrientes de aire, las calles con nieve sucia, la biblioteca, la señora Boydstun con su aliento a queroseno y sus niños de cerámica. Allí es Aceitunero, Follaovejas, Zero: un huérfano escuchimizado con sangre extranjera y nombre raro. ¿Delante qué hay?

Un chasquido casi subsónico, amortiguado por la nieve, sale del blanco. Zeno parpadea para ver entre los copos de nieve, ¿no es el palacio real de los feacios? ¿Con sus paredes de bronce y columnas de plata, viñedos y perales y manantiales? Intenta que sus ojos le obedezcan, pero la capacidad de estos de ver parece haber sido revertida; es como si miraran hacia dentro, a una cavidad blanca y turbulenta dentro de su cabeza. «No importa lo que se requiera de nosotros —fue lo que dijo la mujer del presidente—, estoy segura de que lo lograremos».

Pero ¿qué es lo que se requiere de él ahora y cómo se supone que lo va a lograr sin papá?

Solo un poco más. Adelanta un pie y luego la mitad del otro y un segundo chasquido grazna a través del hielo del lago, parece originarse en el centro y pasa directamente por entre las piernas de Zeno antes de continuar a toda prisa hacia el pueblo. Entonces nota un tirón en la parte trasera de los pantalones, como si hubiera llegado al final de un ronzal y ahora hubiera una cuerda tirando de él hacia casa y, cuando se vuelve, Athena le sujeta el cinturón con los dientes.

Es entonces cuando el miedo lo invade, cuando mil serpientes le reptan bajo la piel. Se tambalea, contiene la respiración, intenta volverse de la manera más ligera posible mientras la collie lo guía, paso a paso, de vuelta por el hielo hasta el pueblo. Llega a la orilla, esquiva tambaleándose los montículos de nieve y cruza Lake Street. El corazón le late desbocado en los oídos. Al final del camino se pone a tiritar, y Athena le lame la mano, y al otro lado de las ventanas iluminadas de la casa de la señora Boydstun hay adultos de pie en el cuarto de estar y sus bocas se mueven igual que las bocas de los muñecos cascanueces.

Adolescentes de la parroquia despejan de nieve la acera. El carnicero les regala cuartos traseros y huesos. Las hermanas Cunningham le hacen cambiar a las comedias griegas en busca de un repertorio más ligero, un dramaturgo llamado Aristófanes, quien, dicen, inventó algunos de los mejores mundos. Leen *Las nubes*, luego *Las asambleístas*, luego *Los pájaros*, sobre dos hombres mayores hartos de la corrupción terrena que se van a vivir con los pájaros en una ciudad en el cielo y comprueban que sus problemas los siguen hasta allí, y Athena dormita delante del atril del diccionario. Por las noches, la señora Boydstun bebe Old Forester, fuma un cigarrillo Camel detrás de otro y juegan al cribbage, cambiando clavijas de sitio en el tablero. Zeno se sienta recto, con las cartas pulcramente desplegadas en una mano, pensando: sigo en este mundo, pero hay otro ahí fuera.

Cuarto curso, quinto curso, termina la guerra. Los veraneantes bajan de zonas más altas para navegar en el lago en barcos que a Zeno le dan la impresión de estar llenos de familias felices: madres, padres, hijos. La ciudad pone el nombre de papá en un monumento conmemorativo del centro y alguien le da a Zeno una bandera, alguien más dice que si los héroes esto y aquello, y, más tarde, durante la cena, el pastor White se sienta a la cabeza de la mesa de la señora Boydstun y blande un muslo de pavo.

—Alma, Alma, ¿cómo se le llama a un boxeador afeminado?

La señora Boydstun deja de masticar, tiene hebras de perejil en los dientes.

—¡Puré de trucha!

Ella suelta una carcajada. El pastor sonríe con la boca metida en el vaso. En los estantes que los rodean, doscientos niños de porcelana regordetes miran a Zeno con los ojos abiertos de par en par.

Tiene doce años cuando las gemelas Cunningham lo llaman al mostrador de préstamos y le dan un libro: *Los tritones de Atlantis,* ochenta y ocho páginas en cuatricromía.

—Lo pedimos pensando en ti —dice la hermana mayor, y se le arruga la piel alrededor de los ojos, y la segunda hermana pone un sello con la fecha de devolución en la parte de atrás, y Zeno se lleva el libro a casa y se sienta en la camita de latón. En la primera página una princesa es raptada de una playa por hombres extraños con armaduras de bronce. Cuando se despierta está prisionera en una ciudad submarina bajo una gran bóveda de cristal. Debajo de sus armaduras de bronce, los hombres de la ciudad son criaturas palmípedas con brazaletes dorados, orejas puntiagudas y hendiduras branquiales en la garganta; tienen gruesos tríceps y piernas poderosas y unos bultos en la parte superior de los muslos que le provocan a Zeno un cosquilleo en el estómago.

Estos hombres extraños y hermosos respiran debajo del agua; son profundamente industriosos; su ciudad tiene delicadas torres hechas de cristal y altos puentes en arco y submarinos alargados y lustrosos. Burbujas flotan en halos de luz dorada, acuosa. Para cuando Zeno llega a la página diez, ha estallado una guerra entre los hombres submarinos y los torpes hombres terrestres, que han venido a reclamar a su princesa. Los hombres terrestres luchan con arpones y mosquetes, mientras que los hombres submarinos lo hacen con tridentes y tienen músculos largos y bellos, y Zeno, mientras un calor le recorre el cuerpo, no puede apartar los ojos de las pequeñas hendiduras branquiales rojas de sus gargantas y de sus extremidades largas y musculosas. En las últimas páginas la batalla se recrudece y en el preciso instante en que aparecen grietas en la bóveda de la ciudad, poniendo a todos en peligro, el libro dice: «Continuará».

Pasa tres días con *Los tritones de Atlantis* dentro de un cajón, donde brilla como algo peligroso, latiendo en sus pensamientos incluso cuando está en la escuela: radiactivo, ilegal. Hasta que no está seguro de que la señora Boydstun duerme y la casa está en completo silencio, no se arriesga a mirarlo con detenimiento: los marineros furiosos que golpean la bóveda protectora con sus arpones; los elegantes guerreros submarinos que nadan cubiertos de túnicas color vino, con sus tridentes y muslos fibrosos. En sueños llaman a la ventana de su dormitorio, pero, cuando Zeno abre la boca para hablar, entra el agua a borbotones y se despierta con la sensación de haberse hundido en un lago helado.

«Lo pedimos pensando en ti».

A la cuarta noche, con manos temblorosas, Zeno baja las escaleras que rechinan, pasa junto a las cortinas color mora, los tapetes de encaje y la fuente de popurrí con su perfume nauseabundo, aparta la pantalla de la chimenea y tira *Los tritones de Atlantis* al fuego.

Vergüenza, fragilidad, miedo..., es lo contrario de su padre. Casi nunca se atreve a ir al centro, da rodeos para evitar pasar delante de la biblioteca. Si atisba a una de las hermanas Cunningham junto al lago o en una tienda, da media vuelta, se agacha, se esconde. Saben que no ha devuelto el libro, que ha destruido algo que es propiedad pública; adivinarán por qué.

En el espejo tiene las piernas demasiado cortas, el mentón demasiado débil; sus pies lo avergüenzan. Tal vez en una ciudad lejana, brillante, no se sentiría fuera de lugar. Quizá en uno de esos lugares podría emerger, radiante y nuevo, como el hombre en que desearía convertirse.

Algunos días, camino de la escuela o al levantarse de la cama, una sensación repentina y vertiginosa de estar rodeado de espectadores con camisas empapadas en sangre y caras acusadoras le hace tambalearse. Sarasa, le dicen, y lo señalan con el dedo extendido. Mariquita. ¡Puré de trucha!

Zeno tiene dieciséis años y trabaja de aprendiz a tiempo parcial en el taller mecánico del aserradero Ansley Tie and Lumber cuando setenta y cinco mil soldados del Ejército Popular de Corea del Norte cruzan el paralelo 38 y desencadenan la guerra de Corea. Para agosto, los feligreses que se congregan a la mesa de la señora

Boydstun los domingos por la tarde se quejan de las limitaciones de la nueva generación de soldados americanos, de cómo se los ha mimado, debilitado con una cultura de sobreindulgencia, infectado de apatía, y las brasas de sus cigarrillos dibujan círculos anaranjados encima del pollo.

—No son valientes como tu papá —dice el pastor White y le da una palmada a Zeno en el hombro con ostentación y, en algún lugar lejano, Zeno oye abrirse una puerta.

Corea: un puntito verde en el globo terráqueo de la escuela. Parece lo más lejos que puede estar alguien de Idaho.

Cada noche, después de su turno en el aserradero, hace corriendo la mitad de la circunferencia del lago. Cinco kilómetros hasta el desvío de West Side Road, cinco de vuelta, chapoteando en la lluvia, con Athena —ahora de hocico blanco, corazón de león— cojeando detrás. Algunas noches los guerreros ágiles y relucientes de Atlantis caminan a su lado como impulsados por cables eléctricos y entonces Zeno aprieta el paso en un intento por dejarlos atrás.

El día que cumple diecisiete años le pide a la señora Boydstun que le deje llevarse el viejo Buick hasta Boise. La señora Boydstun se enciende un cigarrillo con la colilla del otro. El reloj de cuco hace tictac; la muchedumbre de niños está en sus estanterías; tres jesucristos distintos miran desde tres cruces. Detrás de su hombro, al otro lado de la ventana de la cocina, Athena está hecha un ovillo bajo los setos. A un kilómetro y medio de allí, ratones dormitan en la cabaña donde papá y él pasaron su primer invierno en Lakeport. El corazón sana, pero nunca del todo.

En las curvas cerradas del cañón se marea dos veces. En la oficina de reclutamiento, un médico militar le apoya la campana fría de un estetoscopio en el esternón, chupa la punta de un lapicero y pone un tic en todas las casillas del formulario. Quince minutos después es el soldado E-1 Zeno Ninis.

Seymour

Bunny es propietaria de la casa prefabricada libre de deudas, pero Pawpaw todavía estaba pagando un préstamo por la media hectárea: 558 dólares al mes. Luego están Propano V-1 + Compañía eléctrica de Idaho + Tasas municipales de Lakeport + basuras + banco Blue River por los colchones a crédito + seguro del Pontiac + móvil tipo concha + servicio de quitanieves para poder sacar el coche + 2.652,31 dólares de deuda de la Visa + seguro médico, ja, es broma, jamás se podrá permitir un seguro médico.

Encuentra trabajo limpiando habitaciones en el Aspen Leaf Lodge —10,65 dólares la hora— y hace turnos de cena en el Pig N' Pancake, a 3,45 dólares la hora más propinas. Cuando no va nadie a comer tortitas, el señor Burkett hace limpiar a Bunny el local y nadie te da propina por limpiar un local.

Cada día de entre semana, con seis años, Seymour se baja solo del autobús escolar, recorre solo Arcady Lane, entra en casa solo. Se come un gofre y ve *Niñoestelar* y no sale de la casa. ¿Me estás escuchando, bichito? ¿Te puedes tocar las orejas? ¿Me lo prometes con la mano en el corazón?

Seymour se toca las orejas. Se lleva la mano al corazón.

Sin embargo, en cuanto llega a casa, da igual el tiempo que haga, da igual la capa de nieve que haya fuera, deja la mochila, sale por la puerta corredera, se agacha para pasar debajo de la alambrada y cruza el bosque hasta el enorme pino ponderosa muerto en el calvero que hay subiendo la ladera de la colina.

Algunos días solo siente una presencia, un cosquilleo en la base de la nuca. Algunos días oye un *uuuuh* grave y estruendoso que recorre el bosque. Algunos días no hay nada. Pero en los mejores días Amigofiel está ahí, dormitando en la misma intersección de tronco y rama salpicada de guano donde Seymour lo vio por primera vez, a tres metros del suelo.

—Hola.

El búho mira a Seymour; el viento le remueve las plumas de la cara; en el remolino de su mirada gira una sagacidad tan vieja como el tiempo.

Seymour dice:

—No es solo el pupitre, también es el olor de las pegatinas de pepinillos de Mia, cómo huele la clase después del recreo, cuando Duncan y Wesley están todos sudados, y...

Dice:

—Dicen que soy raro. Que doy miedo.

El búho parpadea en la luz declinante. Tiene la cabeza del tamaño de una pelota de voleibol. Es como las almas de diez mil árboles destilados en una única forma.

Una tarde de noviembre Seymour le está preguntando a Amigofiel si también lo sobresaltan los ruidos fuertes, si no tiene a veces la impresión de oír demasiado bien —¿no le gustaría a veces que el mundo entero fuera tan silencioso como este claro ahora mismo, donde un millón de diminutos copos de nieve plateados vuelan en silencio? —, cuando el búho baja de la rama, planea a través del calvero y se posa en un árbol del extremo contrario.

Seymour lo sigue. El búho se desliza en silencio entre los árboles en dirección a la casa prefabricada, ululando de tanto en tanto, como si lo invitara a seguirlo. Cuando Seymour llega al jardín trasero, el búho se ha posado encima de la casa. Lanza un profundo *uuuu* a la nieve que cae, a continuación vuelve la vista al viejo cobertizo de Pawpaw. Y de nuevo a Seymour. De nuevo al cobertizo.

—¿Quieres que entre ahí?

En la penumbra mal ventilada del cobertizo, el niño encuentra una araña muerta, una máscara antigás soviética, cajas con herramientas oxidadas y, en un gancho sobre el banco de trabajo, un par de protectores auditivos para campo de tiro. Cuando se los pone, el estrépito del mundo desaparece.

Seymour da palmadas, agita una lata de café llena de tornillos, da golpes con un martillo: todo amortiguado, todo mejor. Vuelve a la nieve y mira al búho sobre el gablete del tejado.

—¿Esto? ¿Te referías a esto?

La señora Onegin le da permiso para llevar los protectores puestos durante el Recreo, durante el Tentempié y en Periodo de Reflexión. Después de cinco días de escuela seguidos sin reprimendas, le deja cambiarse de pupitre.

La orientadora, la señorita Slattery, le premia con un dónut. Bunny le compra un DVD nuevo de *Niñoestelar*.

Mejor.

Cada vez que el mundo se vuelve demasiado ruidoso, demasiado clamoroso, de bordes demasiado afilados, cada vez que siente que el rugido se acerca demasiado, cierra los ojos, se pone los protectores y sueña que está en el claro del bosque. Quinientos abetos de Douglas se balancean; Hombresaguja atraviesan el aire en paracaídas; el pino ponderosa muerto parece blanco como un hueso bajo las estrellas.

«Hay magia en este lugar».

«Solo tienes que sentarte y respirar y esperar».

Seymour sobrevive al desfile de Acción de Gracias, al concierto de música navideña, al pandemonio que es San Valentín. Acepta incorporar a su dieta pastel de manzana para tostadora, cereales Cinammon Toast Crunch y picatostes. Consiente en dejarse lavar la cabeza un jueves sí y otro no sin necesidad de sobornos. Se esfuerza por no encogerse de miedo cada vez que Bunny hace *tac tac tac* con las uñas en el volante.

Una mañana clara de primavera la señora Onegin guía a los alumnos de primer curso a través de charcos de nieve derretida hasta una casa azul claro con un porche combado en la esquina de las calles Lake y Park. Los otros niños corren al piso de arriba; una bibliotecaria con la cara llena de pecas encuentra a Seymour solo en la sección de No Ficción Adultos. Tiene que levantarse uno de los protectores auditivos para oírla.

—¿Cómo de grande dijiste que era? ¿Tiene aspecto como de llevar pajarita?

La bibliotecaria baja un manual de campo de un estante alto. En la primera página que le enseña, Amigofiel vuela con un ratón sujeto en la garra izquierda. En la siguiente fotografía aparece de nuevo: posado en un saliente desde el que se divisa una pradera nevada.

El corazón de Seymour se dispara.

—Gran búho gris —lee la bibliotecaria—. Con mucho, la especie de búho más grande del mundo. También llamado búho barbado, lechuza espectral, fantasma del Norte.

Sonríe a Seymour desde dentro de su tormenta de pecas.

—Aquí dice que la envergadura de sus alas puede superar el metro y medio. Que oyen latir el corazón de un topillo bajo dos metros de nieve. Su disco facial de gran tamaño los ayuda a recopilar sonidos, que es como ponerse las manos detrás de las orejas.

Se lleva las palmas de las manos detrás de las orejas. Seymour se quita los protectores y hace lo mismo.

Cada día de ese verano, en cuanto Bunny se marcha al Aspen Leaf, Seymour mete Cheerios en una bolsa, sale por la puerta corredera, deja atrás la roca con forma de huevo y pasa por debajo del alambre de espino.

Hace frisbis con trozos de corteza, salta con pértiga sobre charcos, hace rodar rocas por pendientes, se hace amigo de un pájaro carpintero crestado. Hay un pino ponderosa vivo en el bosque tan grande como un autobús escolar puesto en vertical, con un nido de águila pescadora en la copa, y también un bosquecillo de álamos temblones cuyas hojas suenan igual que lluvia en el agua. Y cada dos o tres días Amigofiel está en su rama del árbol muerto, contemplando parpadeante sus dominios igual que un dios benévolo, escuchando con mayor atención de lo que ha escuchado nunca criatura alguna.

Dentro de las bolas que regurgita el búho en las agujas del suelo, el niño descubre mandíbulas de ardillas, vértebras de ratón y cantidades asombrosas de cráneos de topillos. Un trozo de cordel plástico. Fragmentos verdosos de cáscara de huevo. En una ocasión, el pie de un pato. En el banco de trabajo del cobertizo de Pawpaw forma esqueletos quiméricos: topillos zombi de tres cabezas, ardillas con ocho patas de araña.

Bunny encuentra barro en la alfombra, garrapatas en las camisetas de Seymour, abrojos en su pelo. Llena la bañera y dice: «El día menos pensado me van a detener», y Seymour vierte agua de dentro de una botella de Pepsi-Cola a otra y Bunny canta una canción de Woody Guthrie antes de quedarse dormida sentada en la alfombrilla del baño con la camiseta de Pig N' Pancake y grandes Reebok negras.

Segundo curso. De la escuela va derecho a la biblioteca, se coloca los protectores auditivos alrededor del cuello y se sienta en la mesita que hay junto a Audiolibros. Puzles de búhos, libros de colorear búhos, juegos de búhos en el ordenador. Cuando la bibliotecaria pecosa, cuyo nombre es Marian, tiene un minuto libre, le lee en voz alta y de paso le explica cosas.

No ficción 598.27:

Los hábitats idóneos para el gran búho gris son bosques bordeados de áreas abiertas con atalayas y grandes poblaciones de topillos.

Revista de ornitología contemporánea:

El gran búho gris es tan esquivo y se espanta con tal facilidad que seguimos sabiendo muy poco de él. Estamos aprendiendo, no obstante, que es el hilo conductor en una maraña de relaciones entre roedores, árboles, hierbas e incluso esporas fúngicas tan intricada y multidimensional que, a día de hoy, los investigadores solo comprenden una fracción de la misma.

No ficción 598.95:

Solo alrededor de uno de cada quince huevos de gran búho gris eclosiona y el polluelo logra llegar a la edad adulta. Se los comen cuervos, martas, osos negros y grandes búhos cornudos; las crías a menudo mueren de hambre. Puesto que necesita grandes extensiones de caza, el gran búho gris es especialmente vulnerable a la pérdida de hábitat: praderas pisoteadas por ganado, presas diezmadas; zonas de anidación calcinadas en incendios; hay búhos que comen roedores que a su vez han comido veneno, mueren en accidentes de tráfico y se electrocutan en cables de tensión.

—Veamos, en esta página calculan que la población actual de búhos grises en Estados Unidos es de once mil cien. —Marian saca su calculadora grande de mesa—. Hay trescientos millones de americanos más o menos. Das al tres, añadimos ocho ceros; eso es, Seymour. ¿Te acuerdas del símbolo de división? Uno, uno, uno. Ahí lo tienes.

27.027.

Se quedan los dos mirando el número, asimilándolo. Por cada 27.027 americanos, un gran búho gris. Por cada 27.027 Seymours, un Amigofiel.

Sentado a la mesa junto a Audiolibros, intenta dibujarlo. Un óvalo con dos ojos en el centro, ese es Amigofiel. Ahora tiene que hacer 27.027 puntitos en anillos rodeándolo, son las personas. Consigue llegar hasta casi setecientos antes de que empiece a dolerle la mano, el lápiz no responda y sea la hora de irse a casa.

Tercer curso. Saca un noventa y tres sobre cien en un trabajo de decimales. Incorpora palitos de carne ahumada Slim Jims, galletas saladas y macarrones con queso a su dieta. Marian le da una de sus Coca-Colas light. Bunny le dice: «Qué bien vas, bichito», y en la humedad en sus ojos se reflejan las luces del Magnavox.

De camino a casa una tarde de octubre, con los protectores auditivos puestos, Seymour tuerce por Arcady Lane. Donde por la mañana no había nada, ahora hay una señal ovalada de un metro por uno y medio de doble poste. «EDEN'S GATE», dice:

PRÓXIMAMENTE A LA VENTA
CASAS Y CHALÉS A MEDIDA
PARCELAS SUPERIORES DISPONIBLES

En la ilustración, un ciervo con asta de diez puntas bebe de un estanque neblinoso. Detrás del cartel, la carretera hasta casa de Seymour parece la misma: una franja polvorienta de socavones flanqueados a ambos lados por arbustos de arándanos con las hojas llameando, rojas.

Un pájaro carpintero cruza la carretera trazando una parábola chata y desaparece. En algún lugar parlotea una marta. Los alerces se mecen en la brisa. Mira el cartel. Luego la carretera. Dentro de su pecho nace el primer brote negro de pánico.

CUATRO

TESALIA, TIERRA DE LA MAGIA

La ciudad de los cucos y las nubes
por Antonio Diógenes, folio Δ

Existen relatos sobre un héroe cómico que viaja a un lugar lejano en el folclore de casi todas las culturas. Aunque se han perdido los folios que seguramente narraban el viaje de Etón a Tesalia, en el folio Δ es evidente que ha llegado a su destino. Traducción de Zeno Ninis.

... deseoso de encontrar pruebas de hechicería, fui directo a la plaza de la ciudad. ¿Eran aquellas palomas posadas en un toldo magos con disfraz de plumas? ¿Habría centauros paseando y dando discursos entre los puestos del mercado? Detuve a tres muchachas que llevaban cestas y les pregunté dónde podría encontrar a una bruja poderosa capaz de convertirme en pájaro: un águila valerosa, a ser posible, o un búho sabio y fuerte.

Una de ellas dijo: «Huy, aquí Canidia es capaz de sacar rayos de sol de melones, convertir piedras en jabalís y arrancar estrellas del cielo. Pero no convertirte en búho». Las otras dos soltaron una risita.

Continuó hablando: «Y aquí Meroë sabe detener el curso de un río, pulverizar montañas y arrebatar sus tronos a los dioses, pero tampoco puede convertirte en águila». Y las tres rieron a carcajadas.

Sin desanimarme, fui a la posada. Después de oscurecido, Palaestra, la criada, me citó en la cocina. Me susurró que la mujer del posadero tenía una alcoba en el último piso de la casa donde guardaba toda clase de instrumentos para practicar la magia, garras de pájaro y corazones de pez e incluso trocitos de carne de cadáver. «A medianoche —dijo—, si te agachas a mirar por la cerradura de esa habitación, es posible que encuentres lo que buscas...».

EL ARGOS

AÑOS DE MISIÓN: 55-58

Konstance

Tiene cuatro años. Dentro del Compartimento 17, a un brazo de distancia, Madre camina subida a su Deambulador con la banda dorada de su Vizor cubriéndole los ojos.

—Madre.

Konstance toca la rodilla de Madre. Le tira de la tela del mono de trabajo. No obtiene respuesta.

Una criatura negra diminuta, no mayor que la uña del dedo pequeño del pie de Konstance, sube por la pared. Agita sus antenas; las articulaciones de las piernas se extienden, se doblan, vuelven a extenderse; las puntas irregulares de sus mandíbulas asustarían a Konstance si no fueran tan pequeñas. Coloca un dedo en el camino del animal y este sube a bordo. Atraviesa su palma, se dirige al dorso de la mano; la intricada complejidad de sus movimientos es asombrosa.

—Madre, mira.

El Deambulador gira y pivota. La madre, absorta en otro mundo, hace una pirueta, luego extiende los brazos como si volara.

Konstance apoya la mano en la pared: el animal se baja y sigue su camino, sube por la litera de Padre hasta desaparecer en la unión entre la pared y el techo.

Konstance mira. A su espalda, Madre aletea los brazos.

Una hormiga. En el *Argos*. Imposible. Todos los adultos están de acuerdo. «No te preocupes —le dice Sybil a Madre—. Los niños tardan años en aprender la diferencia entre fantasía y realidad. Algunos más que otros».

Tiene cinco años. Los de diez y menores de diez se sientan en círculo alrededor del Portal escolar. La señora Chen dice: «Sybil, por favor, enséñanos Beta Oph2» y una esfera negra y verde, de tres metros de diámetro, aparece delante de ellos. «Esas manchas marrones de ahí, niños, son desiertos de sílice en el ecuador, y creemos que eso son franjas de bosque caducifolio de las latitudes más altas. Pensamos que los mares de los polos, aquí y aquí, se congelarán en las estaciones frías...».

Varios niños levantan el brazo para tocar la imagen mientras se aleja rotando, pero Konstance sigue con las manos debajo de los muslos. Las manchas verdes son hermosas, pero las negras, vacías y de bordes serrados, la asustan. La señora Chen ha explicado que son simplemente regiones de Beta Oph2 sin cartografiar, que el planeta está demasiado lejos todavía, que Sybil tomará imágenes más detalladas a medida que se acerquen, pero para Konstance son como abismos en los que una persona podría caer y de los que una persona nunca podría escapar.

Entonces la señora Chen dice:

—¿Masa planetaria?

—Uno coma veintiséis masas terrestres —recitan los niños.

Jessi Ko pincha a Konstance en la rodilla.

—¿Nitrógeno en la atmósfera?

—Setenta y seis por ciento.

Jessi Ko pincha a Konstance en el muslo.

—¿Oxígeno?

— Konstance —susurra Jessi—, ¿qué es redondo, arde y está cubierto de basura?

—Veinte por ciento, señora Chen.

—Muy bien.

Jessi se inclina un poco sobre el regazo de Konstance. Le sisea al oído:

—¡La Tierra!

La señora Chen las mira furiosa y Jessi se pone recta y a Konstance le arden las mejillas. La imagen de Beta Oph2 sigue rotando encima del Portal: negra, verde, negra, verde. Los niños cantan:

Podemos ser uno
o ciento dos,
pero hacemos falta todos
sin excepción
para llegar a Beta Oph2.

El *Argos* es una nave generacional interestelar con forma de disco. No tiene ventanas ni escaleras ni rampas ni ascensores. Dentro viven ochenta y seis personas. Sesenta de ellas han nacido a bordo. Del resto, veintitrés, incluido el padre de Konstance, tienen edad suficiente para acordarse de la Tierra. Cada dos años de misión se reparten calcetines nuevos, monos de trabajo cada cuatro. El primero de cada mes salen de la cámara de provisiones seis paquetes de dos kilos de harina.

Somos afortunados, dicen los adultos. Tenemos agua limpia; cultivamos alimentos frescos; nunca enfermamos; tenemos a Sybil; tenemos esperanza. Si racionamos con cuidado, tenemos a bordo todo lo que necesitamos. Aquello que no podamos resolver solos, nos lo resolverá Sybil.

Por encima de todo, dicen los adultos, debemos tener cuidado con las paredes. Al otro lado de las paredes hay olvido: radiación cósmica, gravedad cero, 2,73 grados Kelvin. Bastan tres segundos fuera de estas paredes para que manos y pies dupliquen su tamaño. La humedad de la lengua y los globos oculares herviría hasta evaporarse y las moléculas de nitrógeno en sangre se coagularían. Te asfixiarías. Luego te convertirías en un bloque de hielo.

Konstance tiene seis años y medio cuando la señora Chen los lleva a Ramón, a Jessi Ko y ella a conocer a Sybil. Recorren pasillos en forma de arco, dejan atrás los laboratorios de Biología, las puertas a los Compartimentos 24, 23 y 22, tuercen en dirección al centro de la nave y cruzan una puerta en la que dice «Cámara Uno».

—Es muy importante que no traigamos nada que pueda afectarla —dice la señora Chen—, así que el vestíbulo nos va a limpiar. Cerrad los ojos, por favor.

«Puerta exterior cerrada —anuncia Sybil—. Procediendo a la descontaminación».

De algún punto profundo de las paredes llega un sonido como de ventiladores cogiendo velocidad. Un aire frío atraviesa el mono de Konstance, una luz brillante se enciende tres veces al otro lado de sus párpados y una puerta interior se abre con un suspiro.

Entran en una cámara cilíndrica de cuatro metros de ancho por cinco de alto. En el centro, Sybil flota suspendida dentro de su tubo.

—Qué alta —susurra Jessi Ko.

—Como tropecientos cabellos de oro —susurra Ramón.

—Está cámara —dice la señora Chen— cuenta con mecanismos térmicos, mecánicos y de filtración autónomos, independientes del resto del *Argos*.

«Bienvenidos», dice Sybil mientras puntitos de luz descienden ondeando por sus filamentos.

—Hoy estás preciosa —dice la señora Chen.

«Me encanta tener visita», dice Sybil.

—Ahí dentro, niños, está la sabiduría colectiva de nuestra especie. Cada mapa dibujado, cada censo realizado, cada libro publicado, cada partido de fútbol, cada sinfonía, cada edición de cada

periódico, los mapas genómicos de más de un millón de especies...,
todo lo que podamos imaginar y todo lo que podemos necesitar
alguna vez. Sybil es nuestra guardiana, nuestro piloto, nuestra cui-
dadora; nos ayuda a mantener el rumbo, nos mantiene sanos y
protege el legado de la humanidad del borrado y la destrucción.

Ramón respira en el cristal, lleva el dedo al vaho y dibuja una R.

—Cuando sea lo bastante mayor para ir a la Biblioteca —comenta Jessi Ko—, voy a ir derecha a la sección de Juegos para
volar en una Montaña de Mosca de la Fruta.

—Yo voy a jugar a Espadas de Hombre de Plata —replica
Ramón—. Dice Zeke que tiene veinte mil niveles.

«Konstance —pregunta Sybil—, ¿tú qué vas a hacer cuando
puedas ir a la Biblioteca?».

Konstance vuelve la cabeza. La puerta por la que han entrado
se ha sellado por completo y es indistinguible de la pared.

—¿Qué son «borrado» y «destrucción»? —pregunta.

Lo siguiente son los terrores nocturnos. Después de recoger los
platos de la Tercera Comida, después de que las otras familias se
retiren a sus compartimentos, después de que Padre vuelva a sus
plantas de la Granja 4, Madre y Konstance regresan al Compartimento 17 y ordenan los monos de trabajo que esperan su turno
en la máquina de coser de Madre: aquí las cremalleras que no
suben bien, aquí el bidón de retales, aquí los hilos sueltos, no se
desperdicia nada, no se pierde nada. Se espolvorean los dientes y
se cepillan el pelo y Madre se toma una SueñoGragea, besa a
Konstance en la frente y se acuestan en sus literas, Madre en la de
abajo y Konstance en la de arriba.

Las paredes se atenúan de morado a gris y de ahí a negro.
Konstance intenta respirar, intenta mantener los ojos abiertos.

Aun así, vienen. Bestias con dientes brillantes como cuchillas.
Demonios cornudos y babeantes. Larvas sin ojos que se multipli-
can dentro del colchón. Lo peor son los ogros con extremidades

esqueléticas que llegan correteando por el pasillo; arrancan la puerta del compartimento, trepan por las paredes, se abren paso por el techo a mordiscos. Konstance se aferra a su litera y Madre ha sido succionada por el vacío; intenta pestañear, pero le arden los ojos; intenta gritar, pero se le ha congelado la lengua.

—¿De dónde —le pregunta Madre a Sybil— le viene? Creía que nos habían seleccionado por nuestra capacidad superior de razonamiento cognitivo. Que teníamos las facultades imaginativas suprimidas.

Sybil dice: «A veces la genética nos sorprende».

Padre dice: «Afortunadamente».

Sybil dice: «Se le pasará».

Tiene siete años y tres cuartos. LuzDiurna se atenúa, y Madre se toma su SueñoGragea, y Konstance sube a su litera. Con las yemas de los dedos mantiene los ojos abiertos. Cuenta de cero a cien. De vuelta al cero.

—¿Madre?

No hay respuesta.

Baja por la escalerilla de mano, deja a su madre durmiendo y sale arrastrando la manta. En Intendencia, dos adultos pasan subidos en Deambuladores, con Vizors en los ojos y el horario de mañana parpadeando en el aire detrás de ellos: «LuzDiurna 110 taichí en el Atrio de la Biblioteca, LuzDiurna 130 reunión de Bioingeniería». Recorre silenciosa el pasillo en calcetines, deja atrás los Aseos 2 y 3, las puertas de media docena de compartimentos y se detiene en la puerta de bordes iluminados donde dice «Granja 4».

Dentro huele a hierbas y a clorofila. Hay luces de cultivo encendidas en treinta niveles distintos de cien estantes diferentes y las plantas llenan la habitación hasta el techo: aquí arroz, ahí kale, col china junto a la rúcula, perejil sobre los berros que están sobre las patatas. Konstance espera a que sus ojos se acostumbren a la luz cegadora, luego ve a su padre en la escalera de mano, a cuatro metros y medio de distancia, enredado en tubos de goteo, con la cabeza en las lechugas.

Konstance tiene edad suficiente para comprender que la granja de Padre es diferente de las otras tres: los otros espacios son ordenados y sistemáticos, mientras que la Granja 4 es un caos de cables y sensores, con estantes verticales torcidos en todos los ángulos posibles, bandejas individuales llenas de especies variopintas, tomillo trepador al lado de rábanos al lado de zanahorias. De las orejas de Padre salen largos pelos blancos; es al menos dos décadas mayor que los padres de los otros niños; siempre está cultivando flores no comestibles solo para ver cómo son y murmurando con su acento raro sobre té de compost. Afirma ser capaz de notar si una lechuga ha tenido una vida feliz por cómo sabe, dice que oler un garbanzo cultivado apropiadamente lo puede transportar a tropecientos mil kilómetros, hasta los campos que cultivaba en Esqueria.

Konstance va hasta él y le toca en el pie. El padre se levanta el Vizor y sonríe.

—Hola, peque.

Tiene trocitos de tierra en la barba plateada; hojas en el pelo. Baja de la escalera, le pone a Konstance la manta sobre los hombros y la guía hasta donde las manillas de acero de treinta cajones refrigerados sobresalen de la pared del fondo.

—A ver —dice—, ¿qué es una semilla?

—Una semilla es una plantita dormida, un contenedor para proteger la plantita dormida y alimento para la plantita cuando se despierte.

—Muy bien, Konstance. ¿A quién te gustaría despertar esta noche?

Mira, piensa, se toma su tiempo. Al fin elige la cuarta asa por la izquierda y tira. Del cajón sale vapor; dentro esperan cientos de sobres de aluminio fríos como el hielo. Escoge uno de la tercera hilera.

—Ah —dice Padre y lee el sobre—. *Pinus heldreichii*. Pino de los Balcanes. Buena elección. Ahora, no respires.

Konstance coge aire profundo y lo retiene en los pulmones y Padre abre el sobre y le pone en la palma de la mano una semilla de seis milímetros sujeta por un ala marrón pálido.

—Pino de los Balcanes maduro —susurra—. Puede alcanzar los treinta metros de altura y producir decenas de miles de piñas al año. Soportan las heladas y la nieve, vientos fuertes, contaminación. Encerrada en esa semilla hay toda una naturaleza.

Le acerca la semilla a los labios y sonríe.

—Todavía no.

La semilla casi parece temblar de emoción.

—Ahora.

Konstance suelta el aire; la semilla echa a volar. Padre e hija la miran planear entre los estantes atestados. Konstance la pierde de vista cuando aletea hacia el centro de la habitación, luego vuelve a verla cuando se posa entre los pepinos.

La coge con dos dedos y libera la semilla del ala. Padre la ayuda a perforar la membrana de gel de una bandeja vacía; Konstance pone la semilla dentro.

—Es como si la metiéramos en la cama —dice—, pero en realidad la estamos despertando.

Los ojos de Padre relucen bajo sus pobladas cejas blancas. Mete a Konstance debajo de una mesa aeropónica, se mete él también y le pide a Sybil que atenúe las luces (las plantas se alimentan de luz, dice Padre, pero no se libran de tener indigestión). Konstance se sube la manta hasta la barbilla y apoya la cabeza en el pecho de su padre mientras la habitación queda en sombras y escucha su corazón palpitar dentro del mono y también el zumbido de conductos dentro de las paredes y el agua que gotea de las largas hebras blancas de miles de raicillas, baja por las hileras de plantas hasta canales debajo del suelo donde se recoge para que sirva para regar otra vez y el *Argos* recorre otros diez mil kilómetros de espacio vacío.

—¿Me cuentas un poco más de la historia, Padre?

—Es tarde, calabacilla.

—Solo la parte de cuando la bruja se transforma en búho. Por favor.

—De acuerdo, pero solo esa.

—También la parte en que Etón se convierte en burro.

—Muy bien. Pero luego a dormir.

—Luego a dormir, sí.

—Y no se lo contarás a Madre.

—Y no se lo contaré a Madre, lo prometo.

Padre e hija sonríen con vieja complicidad y Konstance se revuelve dentro de la manta llena de expectación y las raíces gotean y es como si se adormilaran juntos dentro del aparato digestivo de una criatura enorme y amable.

—Etón acababa de llegar a Tesalia, País de la Magia —dice Konstance.

—Sí.

—Pero no vio estatuas que cobraban vida ni brujas sobrevolando tejados.

—Pero la criada de la posada en la que se alojó —continúa Padre— le dijo a Etón que aquella misma noche, si se arrodillaba delante de la puerta de la habitación del último piso de la casa y espiaba por el ojo de la cerradura, tal vez viera magia. De manera que, cuando anocheció, Etón fue con sigilo hasta la puerta y vio a la dueña de la casa encender una lámpara, inclinarse sobre cientos de frascos de cristal diminutos y elegir uno. A continuación se desnudó y se embadurnó todo el cuerpo, de pies a cabeza, con el contenido del frasco. Cogió tres terrones de incienso, los dejó caer en la lámpara, dijo las palabras mágicas...

—¿Cuáles eran?

—Dijo: «gluglutí», «dinacrac» y «plisplús».

Konstance ríe.

—La última vez dijiste que eran «chicabum» y «racatrac».

—Ah, bueno. Esas también. Entonces la lámpara emitió un gran resplandor y, ¡puf!, se apagó. Y aunque estaba muy oscuro, en la luz de luna que entraba por la ventana Etón vio plumas brotar de la espalda, del cuello y de las puntas de los dedos de la mujer. La nariz se le puso dura y se curvó hacia abajo, los pies se combaron en garras amarillas, los brazos se convirtieron en grandes y hermosas alas marrones y los ojos...

—... se le hicieron tres veces más grandes y del color de la miel líquida.

—Eso es. ¿Y después?

—Después —dice Konstance— abrió las alas y salió volando por la ventana, atravesó el jardín y se perdió en la noche.

CINCO

EL ASNO

La ciudad de los cucos y las nubes
por Antonio Diógenes, folio E

Las narraciones de un hombre transformado en asno, como la famosa novela picaresca de Apuleyo El asno de oro, *proliferaron en la antigüedad occidental. Diógenes plagia sin pudor; si mejoró alguna de ellas es aún objeto de debate. Traducción de Zeno Ninis.*

En cuanto el búho salió volando por la ventana corrí hacia la puerta. La criada abrió la caja fuerte y rebuscó entre los frascos de la bruja mientras yo me quitaba toda la ropa. Me embadurné de pies a cabeza con el ungüento que había usado la bruja, cogí tres pellizcos de incienso, tal y como le había visto hacer a ella, y los eché en la lámpara. Repetí las palabras mágicas y la llama de la lámpara creció, igual que antes, y a continuación se extinguió. Cerré los ojos y esperé. Mi suerte estaba a punto de cambiar. ¡Pronto notaría cómo se me transformaban los brazos en alas! ¡Pronto despegaría del suelo igual que los caballos de Helios y volaría entre las constelaciones, de camino a la ciudad de las nubes donde el vino corre por las calles y las tortugas circulan con tortas de miel sobre el caparazón! ¡Donde a nadie le falta de nada y siempre sopla el viento del oeste y todo el mundo es sabio!

Noté cómo empezaba la transformación en las plantas de los pies. Los dedos de mis manos y pies se apiñaron y fundieron. Me crecieron las orejas y mis fosas nasales se hicieron enormes. Noté cómo se me alargaba la cara y recé por que fueran plumas lo que me crecía de...

BIBLIOTECA PÚBLICA DE LAKEPORT

20 DE FEBRERO DE 2020

17.08

Seymour

Su primer disparo quedó enterrado en algún punto de la sección de novela romántica. El segundo acertó al hombre de las cejas en el hombro izquierdo y lo hizo dar media vuelta. Cayó sobre una rodilla, dejó la mochila en la alfombra como si fuera un huevo grande y frágil y empezó a alejarse de ella a gatas.

Muévete, dice una voz dentro de la cabeza de Seymour. Corre. Pero las piernas se niegan a obedecer. Por la ventana se ve caer copos de nieve. Hay un casquillo de bala junto al atril del diccionario. Minerales de pánico centellean en el aire. Jean Jacques Rousseau, en un ejemplar de tapa dura y lomo verde que está ahí mismo, a un estante de distancia, con la signatura JC179.R, dijo: «Estás perdido si olvidas que los frutos de la tierra nos pertenecen a todos por igual y la tierra misma a nadie».

Vamos. Ahora.

Se ha hecho dos agujeros en el cortavientos y el nailon de los bordes se ha derretido. Ha echado a perder la cazadora. Bunny estará decepcionada. El hombre de las cejas se arrastra con los dedos de una mano por el pasillo que separa Ficción de No Ficción. La mochila JanSport espera en la moqueta, con la cremallera del compartimento principal medio abierta.

En el espacio dentro de sus protectores auditivos, Seymour aguarda el rugido. Mira una gotera atravesar las baldosas manchadas del techo y caer en la papelera medio llena. Plic. Ploc. Plic.

Zeno

Disparos? ¿En la Biblioteca Pública de Lakeport? Es imposible eliminar los signos de interrogación de estas afirmaciones. Quizá a Sharif se le han caído varios libros, o un travesaño del suelo de un siglo de antigüedad por fin ha cedido, o algún bromista ha tirado un petardo en el cuarto de baño. Quizá Marian ha cerrado de golpe la puerta del microondas. Dos veces.

No, Marian ha cruzado a Crusty's a recoger las pizzas, «vuelvo en un periquete».

¿Había otros usuarios en la planta baja cuando entraron los niños y él? ¿En la mesa de ajedrez o en las butacas? ¿Usando los ordenadores? No se acuerda.

Excepto por el Subaru de Marian, el aparcamiento estaba vacío.

¿O no?

A la derecha de Zeno, Christopher maneja a la perfección la luz de discoteca, enfocando solo a Rachel, que hace de criada de la posada, mientras Alex, que hace de Etón, recita el texto desde la oscuridad con su voz alegre y clara: «¿Qué me está pasando? Me brota vello en las piernas... Pero ¡si esto no son plumas! La boca... ¡no la noto como si fuera un pico! ¡Y esto no son alas, sino cascos! ¡Ay, que no me he convertido en un búho sabio y fuerte, sino en un asno tonto y grande!».

Cuando Christopher vuelve a iluminar todo el escenario, Alex lleva puesta la cabeza de asno de papel maché y Rachel trata de ahogar una risa mientras Alex da tumbos, por el altavoz portátil de Natalie ululan búhos y Olivia, que hace de bandido, está entre bastidores con su pasamontañas y su espada forrada de papel de plata, preparada para salir a escena. Crear esta obra con estos niños es lo mejor que le ha pasado a Zeno en toda su vida, lo mejor que ha hecho nunca, y sin embargo algo no va bien, esos dos signos de interrogación guían los conductos de su cerebro, esquivan las barricadas que intenta colocarles delante.

Eso no han sido libros caídos al suelo. Eso no ha sido la puerta del microondas.

Vuelve la cabeza. La pared que han levantado a la entrada a la Sección Infantil no está pintada por este lado, es aglomerado desnudo clavado en tableros de dos por cuatro y, aquí y allí, gotas de pintura dorada atrapan la luz y destellan. La puertecita del centro está cerrada.

—Oh, cielos —dice Rachel que hace de criada, todavía riendo—. Debo de haberme hecho un lío con los frascos de la hechicera. Pero no te preocupes, Etón, conozco todos los antídotos. Espérame en el establo y te llevaré rosas frescas. En cuanto las comas, el encantamiento se deshará y pasarás de asno a hombre en lo que tardas en menear el rabo.

Del altavoz de Natalie sale el sonido nocturno de grillos frotándose las alas anteriores. Zeno se estremece.

—¡Qué pesadilla! —exclama Alex el asno—. ¡Intento hablar, pero de mi boca solo salen rebuznos y roznidos! ¿Cambiará algún día mi suerte?

En las sombras entre bastidores, Christopher se reúne con Olivia y se baja el pasamontañas. Zeno se frota las manos. ¿Por qué tiene frío? Es una tarde de verano, ¿o no? No, no, es febrero en Lakeport, lleva abrigo y dos pares de calcetines de lana; solo es verano en la obra que están representando los niños, es verano en Tesalia, País de la Magia, y unos bandidos están a punto de asaltar la fonda, de cargar a Etón, convertido en asno, con alforjas llenas de cosas robadas y salir a toda prisa de la ciudad.

Hay una explicación inofensiva a esas dos explosiones; por supuesto que la hay. Pero debería bajar. Solo para asegurarse.

—Ay, no debería haberme andado con hechicerías —dice Alex—. Espero que la criada se dé prisa con esas rosas.

Seymour

Más allá de las ventanas de la biblioteca, más allá de Lakeport, más allá de la tormenta, el horizonte se come el sol. El hombre herido de las cejas se ha arrastrado hasta el pie de la escalera y se ha hecho un ovillo pegado al primer peldaño. La sangre cubre la esquina superior de su camiseta, borra el «GRAN» de ME GUSTAN LOS LIBROS GRANDES y tiñe su cuello y hombros de intenso carmesí: a Seymour le asusta que el cuerpo humano contenga un color tan peculiar.

Su única intención era arrancar un trozo de las oficinas de la inmobiliaria Eden's Gate al otro lado de la pared de la biblioteca. Lanzar un mensaje. Despertar conciencias. Ser un guerrero. Pero ¿qué ha hecho?

El hombre herido dobla la mano derecha, y el radiador a la izquierda de Seymour silba, y por fin deja de estar paralizado. Coge la mochila, la lleva corriendo al mismo rincón de No Ficción, la esconde en un estante más alto que el de antes, luego sale por la puerta delantera y mira más allá del letrero pegado al cristal.

MAÑANA
ÚNICA FUNCIÓN
LA CIUDAD DE LOS CUCOS Y LAS NUBES

A través de la nieve, siguiendo la línea de los juníperos, como atrapado en el interior de un globo de cristal, ve el buzón de los libros, la acera vacía y, más allá, la silueta del Pontiac bajo quince centímetros de nieve. Al otro lado de la intersección, una figura con un anorak color rojo cereza viene hacia la biblioteca con varias cajas de pizza.

Marian.

Echa el cerrojo, apaga las luces, cruza corriendo la sección de Libros de Referencia, esquiva al hombre herido y se dirige a la salida de incendios situada al fondo de la biblioteca. «SALIDA DE EMERGENCIA», dice en la puerta. «ALARMA AUTOMÁTICA».

Vacila. Cuando se levanta los protectores auditivos le llega un torrente de sonidos. La caldera que gime, la gotera que hace plic ploc, un sonido lejano e incongruente parecido al chirrido de los grillos y lo que parecen sirenas de la policía: a manzanas de distancia pero acercándose a gran velocidad.

¿Sirenas?

Se vuelve a poner los protectores y apoya las dos manos en la barra de la puerta. La alarma electrónica aúlla cuando asoma la cabeza a la nieve. Luces azules y rojas entran a toda velocidad en el callejón trasero.

Vuelve a meter la cabeza, y la puerta se cierra, y la alarma se para. Para cuando ha corrido hasta la puerta delantera, un SUV de la policía, con las luces de emergencia puestas, se ha medio subido a la acera y casi choca con el buzón de devoluciones. Se abre la puerta del conductor, sale una figura y Marian suelta las pizzas.

Un foco ilumina la fachada de la biblioteca.

Seymour se deja caer al suelo. Tomarán el edificio por asalto, le pegarán un tiro y todo habrá terminado. Se mete detrás del mostrador de recepción, lo empuja hasta el felpudo de entrada y atranca la puerta principal. A continuación coge la estantería de los audiolibros, con casetes y CD que se caen por todas partes, y la arrastra hasta la ventana de la fachada. Luego se agacha con la espalda contra ella y trata de recobrar el aliento.

¿Cómo han podido llegar tan deprisa? ¿Es posible que el ruido de dos disparos se oiga a cinco manzanas de distancia, en la comisaría?

Ha disparado a un hombre; no ha detonado las bombas; el local de Eden's Gate está intacto. Menuda chapuza ha hecho. Los ojos del hombre herido al pie de la escalera siguen todos sus movimientos. A pesar de la luz tenue, velada por la nieve, Seymour puede ver que la mancha de sangre en su camiseta se ha agrandado. Han sido los auriculares inalámbricos color verde lima que lleva en las orejas; deben de estar conectados a un teléfono.

Zeno

Christopher y Olivia, con los pasamontañas puestos, meten el botín en las alforjas a lomos de Etón, el asno que tan oportunamente han encontrado. Alex dice: «*Au*, pesa mucho, *au, au*, parad, por favor, esto es un malentendido. No soy un animal, soy un hombre, un sencillo pastor de Arcadia», y Christopher, que es el bandido número uno, pregunta: «¿Por qué hace tanto ruido este condenado asno?», y Olivia, que hace de bandido número dos, contesta: «Como no se calle nos van a descubrir», y pega a Alex con la espada forrada de papel de plata, y en el piso de abajo la alarma de incendios ulula y se para.

Los cinco niños miran a Zeno sentado en la primera fila, parecen decidir que también esto debe de ser un ensayo y los bandidos enmascarados continúan desvalijando la fonda.

Zeno nota la punzada de un viejo dolor en la cadera al ponerse de pie. Hace un gesto de pulgares hacia arriba a los actores, cojea hasta el fondo de la habitación y abre la puertecita en arco. La luz de la escalera está apagada.

De la planta de abajo llega el ruido amortiguado de lo que parece una estantería empujada. Luego vuelve el silencio.

Solo están el resplandor rojo del letrero de SALIDA al final de la escalera transformando la pintura dorada de la pared de aglomerado en un verde temible y venenoso, el gemido lejano de una sirena y una luz roja-azul-roja-azul lamiendo los bordes de los peldaños.

Los recuerdos llenan la oscuridad: Corea, un parabrisas hecho añicos, las siluetas de soldados bajando en tropel una ladera nevada. Zeno encuentra la barandilla, baja los peldaños y entonces cae en la cuenta de que al pie de la escalera hay una figura acurrucada.

Sharif levanta la vista con cara demacrada. En el hombro izquierdo de su camiseta hay una sombra o una mancha o algo peor. Se lleva el dedo índice de la mano izquierda a los labios.

Zeno vacila.

Vuelve arriba, le dice Sharif con un gesto de la mano.

Zeno se gira, intenta que sus botas no hagan ruido en la escalera; la pared dorada lo mira amenazadora desde arriba...

Ὦ ξένε, ὅστις εἶ, ἄνοιξον, ἵνα μάθῃς ἃ θαυμάζεις

... de pronto la severidad del griego antiguo le resulta ajena y escalofriante. Por un instante Zeno tiene la sensación, igual que Antonio Diógenes al estudiar la inscripción de un cofre de siglos de antigüedad, de ser un desconocido llegado del futuro a punto de entrar en un pasado impenetrable y profundamente extranjero. «Desconocido, quienquiera que seas...». Pretender saber lo más mínimo acerca de lo que significan esas palabras es absurdo.

Se agacha para pasar por la puerta en arco y la cierra. En el escenario, los bandidos conducen a Etón el asno por la carretera pedregosa que sale de Tesalia. Christopher exclama: «¡Este tiene que ser el asno más inútil que he visto en mi vida! No deja de quejarse», y Olivia dice: «En cuanto estemos de vuelta en nuestra guarida y hayamos descargado el botín, le cortaremos el pescuezo y lo tiraremos por un barranco», y Alex se sube la cabeza de asno y se rasca la frente.

—Señor Ninis.

La luz estroboscópica es cegadora. Zeno se inclina sobre una silla plegable para conservar el equilibrio.

A través del pasamontañas Christopher continúa:

—Siento haber dicho mal el texto antes.

—No, no —contesta Zeno tratando de hablar en voz baja—. Lo estáis haciendo de maravilla. Todos. Es muy divertido. Es genial. A todo el mundo le va a encantar.

Las chicharras y los grillos zumban desde el altavoz. Las nubes de cartulina giran en los hilos que las sujetan. Los cinco niños miran a Zeno. ¿Qué se supone que debe hacer?

—Entonces ¿qué? —dice Olivia el bandido y gira su espada de plástico—, ¿seguimos?

SEIS

LA GUARIDA DE LOS BANDIDOS

La ciudad de los cucos y las nubes
por Antonio Diógenes, folio Z

... por mis grandes fosas nasales olí las rosas que crecían en los últimos jardines antes de salir de la ciudad. ¡Ay, qué perfume tan dulce, tan melancólico! Pero cada vez que intentaba girarme para investigar, los crueles ladrones me pegaban con sus varas y espadas. La carga se me clavaba en las costillas a través de las alforjas, los cascos sin herrar me dolían y la carretera se volvía cada vez más empinada y abrupta al internarse por montañas pedregosas en el norte de Tesalia, y de nuevo maldije mi suerte. Cada vez que abría la boca para sollozar, me salía un rebuzno sonoro, lastimero, y aquellos granujas me pegaban más fuerte.

Las estrellas se fueron, salió un sol ardiente y blanco y me siguieron llevando sierra arriba, hasta donde apenas crecía nada. Las moscas me acosaban; me ardía el lomo y en el horizonte solo había rocas y peñascos. Cuando hicimos un alto, me dejaron mordisquear unas ortigas espinosas que hirieron mis pobres labios; además llevaba las alforjas cargadas con todo lo que habían robado en la fonda, las pulseras y tocados de joyas de la mujer del posadero, pero también panes blancos tiernos, carnes saladas y quesos de cabra.

Al caer la noche, llegamos por un desfiladero rocoso a la boca de una cueva. Salieron más ladrones para abrazar a los ladrones que me habían llevado hasta allí, luego me obligaron a atravesar gruta tras gruta, todas centelleantes con oro y plata robados, y me dejaron en una caverna miserable y sin iluminar. Por todo alimento, hierba mohosa y, por toda bebida, un poco de agua que se filtraba por la roca, y pasé la noche entera oyendo el eco de las risas y celebraciones de los saqueadores. Lloré mi...

CONSTANTINOPLA

OTOÑO DE 1452

Anna

Cumple doce años, aunque nadie se da cuenta. Ya no corretea por las ruinas jugando a ser Ulises cuando entra sin ser visto en el palacio del valeroso Alcínoo: es como si, cuando Kalafates echó el pergamino de Licinio al fuego, el reino de los feacios también hubiera quedado reducido a cenizas.

A María ha vuelto a crecerle el pelo por donde Kalafates se lo arrancó y los cardenales alrededor de los ojos hace tiempo que han desaparecido, pero persiste una herida más profunda. Hace muecas de dolor cuando le da el sol, olvida los nombres de las cosas, deja frases sin terminar. Tiene dolores de cabeza que la obligan a refugiarse en la oscuridad. Y una mañana soleada, antes de que las campanas den la sexta hora, María suelta la aguja y las tijeras y se lleva los dedos a los ojos.

—Anna, no veo.

La viuda Teodora frunce el ceño desde su banqueta; las otras bordadoras levantan la vista, luego vuelven a su labor. Kalafates está en el piso de abajo, recibiendo a algún diocesano. María tira cosas de la mesa al mover los brazos de un lado a otro. Una bobina de hilo rueda a sus pies y se desenrolla despacio.

—¿Hay humo?

—No hay humo, hermana. Ven.

Anna la guía por las escaleras de piedra hasta su celda y reza, santa Koralia, ayúdame a ser mejor, ayúdame a aprender los puntos de bordado, ayúdame a arreglar esto, y pasa otra hora hasta que María es capaz de verse la mano delante de la cara. Durante la cena, las mujeres aventuran distintos diagnósticos. ¿Estranguria? ¿Fiebre cuartana? Eudokia ofrece un talismán; Ágata recomienda infusión de astrágalo y betónica. Pero lo que las bordadoras no dicen en voz alta es su convicción de que el viejo manuscrito de Licinio ha operado alguna clase de magia negra; que, a pesar de haber sido destruido, continúa causando desventuras a las hermanas.

«¿Qué hechicería es esta?».

«Te llenas la cabeza de cosas inútiles».

Después de las oraciones vespertinas, la viuda Teodora entra en la celda con un brasero de hierbas humeantes, se sienta junto a María y dobla sus largas piernas debajo del cuerpo.

—Hace toda una vida —dice— conocí a un calero que a una hora veía el mundo y a la siguiente no. Con el tiempo su mundo se volvió tan oscuro como la oscuridad del infierno, y ningún doctor, ni del país ni extranjero, pudo hacer nada por él. Pero su mujer tuvo fe en el Señor, reunió todas las monedas de plata que pudo y lo llevó por la puerta sagrada de Silivri hasta el santuario de la Virgen de la Fuente, donde las hermanas le dejaron beber del pozo sagrado. Y cuando regresó el calero...

Teodora dibuja una cruz en el aire, evocándolo, y el humo flota de una pared a otra.

—¿Qué? —susurra Anna—. ¿Qué pasó cuando regresó el calero?

—Vio las gaviotas en el cielo, y las naves en el mar, y las abejas visitando las flores. Y cada vez que las gentes se cruzaban con él, durante el resto de su vida, hablaban del milagro.

María está sentada en el jergón con las manos en el regazo como dos gorriones rotos.

—¿Cuántas monedas de plata? —pregunta Anna.

Un mes más tarde, al anochecer, se detiene en un callejón detrás de la tapia del convento de Santa Teófano. Mira. Escucha. Sube. Al llegar al final se cuela por el enrejado. Desde ahí, basta un pequeño salto al tejado de la bodega; se agacha un instante, prestando atención.

De las cocinas sale humo; un murmullo de cántico llega desde la capilla. Piensa en María sentada en su jergón en ese instante, guiñando los ojos para soltar y rehacer una sencilla corona de flores que Anna ha intentado bordar ese mismo día. En la creciente oscuridad ve a Kalafates coger a María del pelo. La arrastra por el pasillo, su cabeza se golpea con la escalera y es como si fuera la cabeza de Anna lo que se golpeara y en su campo visual estallan chispas.

Baja del tejado, entra en el ponedero, coge una gallina. Esta chilla una vez antes de que Anna le parta el cuello y se la guarde en el vestido. Luego, de vuelta al tejado de la despensa, cruza de nuevo la verja de hierro, atraviesa la hiedra.

En las últimas semanas ha vendido cuatro gallinas robadas en el mercado por seis monedas de cobre, apenas lo suficiente para comprar a su hermana una bendición en el santuario de la Virgen de la Fuente. En cuanto sus babuchas tocan el suelo, echa a correr por el callejón, con la pared del convento a su derecha, hasta llegar a la calle en que un río de hombres y bestias camina en dos direcciones en la luz menguante. Con la cabeza gacha y un brazo doblado sobre la gallina se abre camino hasta el mercado, invisible como una sombra. Entonces nota una mano en la espalda del vestido.

Es un niño, no mayor que ella. De ojos saltones, manazas, descalzo, tan flaco que parece todo ojos. Lo conoce: es el sobrino de un pescador y se llama Himerio, la clase de niño del que Crisa, la cocinera, diría que es tan malo como un dolor de muelas y tan inútil como cantar salmos a un caballo muerto. Un grueso mechón de pelo le cae sobre la frente, la empuñadura de un cuchillo asoma por la cintura de su pantalón bombacho y tiene la sonrisa propia de alguien que juega con ventaja.

—Conque robando a las siervas del Señor.

El corazón de Anna late tan fuerte que la sorprende que los transeúntes no lo oigan. La puerta de Santa Teófano aún se ve: el chico podría arrastrarla hasta allí para denunciarla, obligarla a abrirse el vestido. Anna ha visto a ladronas en la horca: el otoño anterior hubo tres vestidas de rameras y sentadas al revés en asnos; las llevaron al patíbulo del Amastrianum y la más joven de todas no debía de ser mucho mayor que ella ahora.

¿La ahorcarían por robar aves de corral? El chico vuelve la vista al callejón y a la tapia por la que Anna acaba de bajar, calculando.

—¿Conoces el priorato en la roca?

Anna asiente con la cabeza, desconfiada. Son unas ruinas en los límites de la ciudad, cerca del puerto de Sophia, un lugar amenazador rodeado de agua por tres partes. Es posible que siglos atrás fuera una abadía acogedora, pero ahora parece una reliquia aterradora y desolada. Los muchachos de la Cuarta Colina le han contado que lo moran espectros que se alimentan de almas mortales, que transportan a su camarlengo de una habitación a otra en un trono hecho de huesos.

Dos castellanos, envueltos en abrigos de brocado y generosamente rociados de perfume, pasan a caballo y el chico hace una inclinación de cabeza cuando se aparta de su camino.

—He oído —dice Himerio— que dentro del priorato abundan objetos de gran antigüedad: cálices de marfil, guantes recamados de zafiros, pieles de león. He oído que el Patriarca guardaba esquirlas del Espíritu Santo en jarras de oro. —Las campanas de una docena de basílicas empiezan su lento tañido y el niño mira por encima de la cabeza de Anna y guiña sus enormes ojos, como si viera gemas brillantes en la noche—. En esta ciudad hay forasteros dispuestos a pagar mucho por cosas viejas. Podemos ir en barca hasta el priorato, luego tú trepas y entras, llenas un saco y vendemos lo que encuentres. Reúnete conmigo debajo de la torre de Belisario la próxima noche que llegue humo del mar. O les hablaré a las santas hermanas de la zorra que les roba las gallinas.

Humo del mar: se refiere a la niebla. Cada tarde Anna mira por las ventanas del taller, pero los días de otoño siguen siendo claros, con el cielo de un azul límpido y doloroso, un tiempo tan despejado, dice Crisa, que se ve el dormitorio de Jesús. Desde las estrechas callejuelas, por entre las casas, en ocasiones Anna atisba el priorato a lo lejos: una torre derruida, muros altos, ventanas tapiadas. Está en ruinas. Guantes bordados con zafiros, pieles de león... Himerio es un necio y solo una necia se creería sus cuentos. Sin embargo, bajo su aprensión, surge un hilo de esperanza. Como si una parte de ella deseara que llegara la niebla.

Una tarde llega: un torrente turbulento de blanco sube del Propontis al anochecer; es espeso, frío y mudo, y ahoga la ciudad. Por la ventana del taller Anna ve desaparecer la bóveda central de la iglesia de los Santos Apóstoles, a continuación los muros de Santa Teófano, luego el patio que hay abajo.

Después de oscurecido, después de los rezos, sale de debajo de la manta que comparte con María y se escabulle hacia la puerta.

—¿Dónde vas?

—A aliviarme. Descansa, hermana.

Recorre el pasillo, cruza por uno de los lados del patio para evitar al guarda y sale a la celosía de callejuelas. La niebla hace desaparecer muros, altera sonidos, transforma figuras en sombras. Se apresura, tratando de no pensar en los peligros nocturnos de los que ha sido advertida; brujas errantes, enfermedades transportadas por el aire, exhalaciones letales, granujas y depravados, los perros de la noche acechando en las sombras. Deja atrás las casas de herreros, peleteros, zapateros: todos protegidos por puertas con barrotes, todos temerosos de su dios. Baja el sendero empinado hasta el pie de la torre y espera y tiembla. La luna vierte su luz en la niebla como si fuera leche.

Con una mezcla de alivio y decepción, decide que Himerio debe de haber renunciado a su plan, pero entonces sale de entre las sombras. En el hombro derecho lleva una cuerda y en la mano izquierda un saco, y la guía sin decir palabra por una puerta de pescadores y a través de la playa empedrada, pasando una docena de botes vueltos del revés hasta un esquife varado en la grava.

Tan lleno de remiendos, con una madera tan podrida que a duras penas se puede considerar un barco. Himerio deja el saco y la cuerda en la proa, arrastra el bote al agua y espera con el agua hasta las pantorrillas.

—¿Flotará?

Parece ofendido. Anna sube a bordo y el chico empuja el esquife fuera de la grava y sube a bordo con agilidad. Mete los remos en las chumaceras, espera un instante y las palas de los remos chapotean chapotean chapotean y pasa volando un cormorán y el niño y la niña lo ven salir de la niebla y desaparecer de nuevo en ella.

Anna clava las uñas en la bancada mientras Himerio rema hasta el puerto. Una carraca que hay anclada de pronto está muy cerca, sucia, cubierta de percebes y enorme, con mástiles inverosímilmente altos, las aguas negras lamiéndole el casco, las cadenas del ancla envueltas en algas. Anna había creído que los barcos eran ágiles y majestuosos; de cerca le ponen los pelos de punta.

A cada respiración espera que alguien los detenga, pero nadie lo hace.

Llegan a una escollera e Himerio guarda los remos y cuelga dos sedales sin cebo de la popa.

—Si alguien pregunta —susurra—, estamos pescando. —Agita uno de los sedales como para demostrarlo.

El esquife cabecea; el aire apesta a crustáceo; más allá de la escollera, las olas se hacen añicos contra las rocas. Anna nunca ha estado tan lejos de casa.

De tanto en tanto el chico se inclina hacia delante y usa una jarra de boca ancha para achicar agua de entre sus pies descalzos. Detrás de ellos, las grandes torres de Portus Palatii han desaparecido en la niebla y solo están el rugido lejano de las olas contra las rocas y el golpeteo de remos contra la barca y su terror y euforia simultáneos.

Cuando llegan a una abertura en la escollera, el chico señala con la barbilla hacia la oscuridad pulsátil que hay detrás.

—Si hay mala marea, aquí hay una corriente que nos llevaría directos a mar abierto.

Rema un poco más y luego coloca los remos en horizontal y le da a Anna el saco y la cuerda. La niebla es tan espesa que al principio Anna no ve la pared, y, cuando por fin lo hace, le parece la cosa más vieja y cansada del mundo.

El esquife sube y baja con cada ola y en algún punto del interior de la ciudad las campanas suenan una vez, tan lejanas como si estuvieran en el otro extremo del mundo. De las catacumbas de la mente de Anna se escapan terrores: fantasmas ciegos, el camarlengo diabólico en su trono de hueso con los labios oscurecidos por la sangre de niños.

—Casi arriba del todo —susurra Himerio—. ¿Ves los agujeros de desagüe?

Anna solo ve una torre de ladrillo en ruinas, cubierta de mejillones por la parte que asoma del agua y estriada de algas y decoloraciones, que después se eleva en la niebla como hacia el infinito.

—Si trepas hasta uno de esos agujeros podrás entrar.

—¿Y luego?

En la oscuridad, los enormes globos oculares del chico casi parecen brillar.

—Llenas el saco y me lo bajas.

Himerio sujeta el remo lo más cerca posible del muro; Anna levanta la vista y tiembla.

—Es una buena cuerda —dice Himerio, como si la cualidad de la cuerda fuera la única objeción de Anna. Un murciélago solitario traza un círculo sobre el esquife y se va. Si no fuera por ella, María no habría perdido la vista. María podría ser la bordadora más hábil de la viuda Teodora; Dios la sonreiría. Anna es la que no es capaz de estarse quieta, la que no aprende, la que lo ha echado todo a perder. Mira el agua oscura y vítrea y la imagina cerrándose sobre su cabeza. ¿Acaso no lo merece?

Se coloca la cuerda y el saco alrededor del cuello y araña letras en la superficie de su cerebro. A es ἄλφα es alfa; B es βῆτα es beta. Ἄστεα son ciudades; νόον es pensamiento; ἔγνω es conoció. Cuando se pone de pie, el bote cabecea alarmantemente. A base de empujar primero un remo, luego el otro, Himerio mantiene la popa pegada a la base del muro; el esquife lo araña al caer y se estremece al subir, y Anna se agarra a un mechón de algas que crece por una grieta con la mano derecha, encuentra un pequeño apoyo para la izquierda, saca un pie del bote, pega el cuerpo a la pared y el esquife cae debajo de ella.

Se aferra a la piedra mientras Himerio se lleva la barca. Todo lo que queda bajo sus pies es el agua negra que fluye solo santa Koralia sabe a qué profundidad y solo santa Koralia sabe cómo de fría y de cuántos peligros llena. No hay otro remedio que seguir subiendo.

Los canteros y el tiempo han dejado bordes de piedras sobresaliendo aquí y allí, de manera que encontrar apoyos no es difícil y, a pesar del miedo, el ritmo de ascenso pronto la absorbe. Un asidero para la mano, otro, aquí uno para el pie, para el otro; la niebla borra a Himerio y el agua que hay abajo y Anna trepa como por una escalera a las nubes. Demasiado poco miedo y no prestarás la atención debida; demasiado miedo y te paralizarás. Busca, ase, date impulso, sube, busca. No hay sitio en la cabeza para nada más.

Con la cuerda y el saco alrededor del cuello, Anna asciende por una estratigrafía de piedra en descomposición, desde el primer emperador hasta el último, y pronto tiene casi encima los agujeros de los que habló Himerio: una serie de imbornales esculpidos en forma de cabezas de león, casi tan grandes como ella. Consigue impulsarse por la boca abierta de uno. En cuanto nota peso debajo de las rodillas, encoge los hombros y repta por un conducto de porquería.

Mojada y sucia de barro, se agacha y entra en lo que debió de ser un gran salón. Oye ratas corretear en la oscuridad.

Se para. Escucha. Gran parte del techo de madera se ha hundido y en la luz de luna dispersa por la niebla distingue una mesa cubierta de desperdicios tan larga como el taller de Kalafates ocupando todo el centro de la habitación, con un jardín de helechos en la superficie. Un tapiz destruido por la lluvia cuelga de una pared; cuando Anna toca el borde, cosas invisibles que hay detrás se sumen en las sombras con un batir de alas. En la pared, sus dedos encuentran un soporte de hierro, quizá para una antorcha, muy oxidado. ¿Tendrá algún valor? Himerio ha evocado visiones de tesoros olvidados —Anna imaginó el palacio de Alcínoo—, pero esto tiene poco de tesoro; todo está corroído por los elementos y el tiempo; es un imperio de ratas y quienquiera que fuera el camarlengo aquel que presidía el lugar, debe de llevar trescientos años muerto.

A la derecha de Anna se abre lo que podría ser una caída en picado pero resulta ser una escalera. Avanza a tientas pegada a la pared, un paso detrás de otro; la escalera serpentea, se bifurca, se bifurca otra vez. Elige un tercer pasillo y encuentra celdas como las de los monjes a lo largo de ambos lados. Ahí hay un montón de algo que pueden ser huesos, el susurro de hojas secas, una grieta en el suelo esperando para engullirla.

Se gira, se tambalea y, en la penumbra espectral, el tiempo y el espacio se confunden. ¿Cómo de lejos queda la habitación con la mesa alargada? ¿Cuánto tiempo lleva ahí dentro? ¿Se habrá dormido María o estará despierta y asustada, esperando a que vuelva Anna de aliviarse? ¿La habrá esperado Himerio? ¿Será lo bastante larga su cuerda? ¿Se los ha tragado el mar a él y a su mísero esquife?

La fatiga se apodera de ella. Lo ha arriesgado todo para nada; pronto cantarán los gallos, llamarán a maitines y la viuda Teodora abrirá los ojos. Cogerá su rosario, hincará las rodillas en la fría piedra.

Anna consigue regresar a tientas a la escalera y trepar hasta una puertecita de madera. La empuja y entra en una habitación circular, solo parcialmente techada, que huele a barro, a musgo y a viejo. Y a algo más.

A pergamino.

El techo que queda es desnudo, liso y sin adornos, y es como si Anna hubiera entrado en el cráneo de una calavera grande y rota, y en las paredes de esta pequeña cámara, apenas visibles en la bruma de luna, armarios sin puerta recubren las paredes del suelo al techo. Algunos solo contienen desperdicios y musgo. Pero otros están llenos de libros.

Anna se queda sin respiración. Aquí un montón de papel en descomposición, allí un rollo en mal estado, más allá una pila de códices encuadernados mojados de lluvia. De sus recuerdos sale la voz de Licinio: «Pero los libros, como las personas, también mueren».

Llena el saco con una docena de manuscritos, tantos como caben, y lo arrastra escaleras abajo, por el pasillo, adivinando qué dirección tomar en las bifurcaciones. Cuando llega a la gran sala con el tapiz, anuda el cuello del saco a un extremo de la cuerda, trepa por una montaña de escombros y sale por el imbornal empujando el saco delante de ella.

Al tensarse, la cuerda emite un gemido agudo y creciente mientras Anna la baja por la pared. En el preciso instante en que piensa: «Se ha ido, me ha abandonado aquí a mi suerte», Himerio y su esquife emergen junto al muro, envueltos en niebla y mucho más pequeños de lo que había esperado Anna. La cuerda pierde tensión, el peso desaparece y Anna la suelta.

Ahora el descenso. Si mira hacia abajo le entra una sensación como de ir a vomitar, de manera que se mira solo las manos, a continuación los dedos de los pies, y baja por entre la hiedra, las alcaparras y las matas de tomillo salvaje y, un minuto después, su pie izquierdo toca la bancada, luego lo hace el derecho y está dentro del barco.

Tiene las yemas de los dedos en carne viva, el vestido embarrado, los nervios deshechos.

—Has tardado demasiado —susurra furioso Himerio—. ¿Había oro? ¿Qué has encontrado?

El filo de la noche ya se retira cuando rodean la escollera y entran en el puerto. Himerio tira tan fuerte de los remos que Anna teme que las chumaceras se rompan y saca el primer manuscrito del saco. Es grande, está hinchado y, cuando trata de pasar la página, esta se rasga. Parece estar cubierta de pequeños arañazos verticales. La siguiente es lo mismo, columna tras columna de cuentas. El libro entero parece ser así. ¿Recibos? ¿El registro de algo? Saca un segundo libro, más pequeño, pero también parece estar lleno de columnas de marcas idénticas, solo que está mojado y posiblemente chamuscado también.

Se le cae el alma a los pies.

La niebla lo baña todo de una pálida luz lavanda e Himerio deja los remos un instante, le quita a Anna el segundo códice, lo huele y la mira con el ceño fruncido.

—¿Qué es esto?

Esperaba pieles de leopardo. Copas de vino hechas de marfil e incrustaciones de piedras preciosas. Anna rebusca en sus recuerdos, encuentra a Licinio con los labios como pálidos gusanos en el nido de su barba.

—Incluso si lo que contienen no es valioso, las pieles en que están escritos sí lo son. Se pueden raspar y volver a usa...

Himerio mete el códice en el saco, le da un puntapié, ofendido, y sigue remando. La gran carraca anclada parece flotar sobre un espejo e Himerio lleva el esquife a la orilla, lo arrastra arena adentro, le da la vuelta, se enrolla con cuidado la cuerda a un hombro y echa a andar con el saco en el otro. Anna lo sigue y parecen un ogro y su esclava sacados de un cuento infantil.

Atraviesan el barrio genovés, donde las casas se alzan ricas y altas, muchas de ellas con ventanas de cristal y algunas con mosaicos en las fachadas y ornadas solanas que dan a las murallas de mar frente al Cuerno Dorado. A la entrada del barrio veneciano, hombres armados bostezan junto a una puerta y dejan pasar a los dos niños sin mirarlos apenas.

Avanzan por delante de varios talleres y se detienen ante una puerta.

—Si hablas —dice Himerio—, llámame hermano. Pero no hables.

Un criado con pie varo los lleva a un patio donde una higuera solitaria busca un poco de luz, y se reclinan contra una pared, y los gallos cantan y los perros ladran, y Anna se imagina campaneros trepando hacia la niebla, tirando de cuerdas para despertar a la ciudad, vendedores de lana abriendo postigos, rateros volviendo a casa a hurtadillas, monjes dándose el primer latigazo del día, cangrejos dormitando debajo de barcas, charranes pescando su desayuno en los bajíos, Crisa la cocinera reavivando la lumbre, la viuda Teodora subiendo las escaleras de piedra al taller.

«Dios bendito, protégenos de la holganza».

«Porque nuestros pecados son innumerables».

Cinco piedras grises al otro lado del patio se transforman en gansos que despiertan y aletean y se estiran y les graznan. Pronto el cielo es de color cemento y los carros circulan por las calles. María le dirá a la viuda Teodora que Anna tiene reúma o fiebre. Pero ¿cuánto tiempo servirá esa excusa?

Al cabo se abre una puerta y un italiano somnoliento vestido con una saya de terciopelo de mangas hasta medio brazo mira a Himerio el tiempo suficiente para decidir que es insignificante y cierra la puerta. Anna rebusca entre los manuscritos húmedos en la luz creciente. Las hojas del primero que saca están tan salpicadas de moho que no consigue discernir una sola letra.

Licinio solía cantar las bondades de la vitela, pergamino hecho con la piel de un ternero arrancado del vientre materno antes de nacer. Decía que escribir sobre vitela era como oír la música más bella, pero la membrana de la que están hechos estos libros es áspera y peluda y huele a sopa rancia. Himerio tiene razón: no valdrán nada.

Pasa una criada llevando un cuenco con leche, a pasitos pequeños para no derramarla, y el hambre en la barriga de Anna es tal que el patio empieza a dar vueltas. Ha vuelto a fracasar. La viuda Teodora la azotará con la vara, Himerio la denunciará por robar gallinas del convento, María nunca tendrá monedas de plata suficientes para pagar una bendición de la Virgen de la Fuente y, cuando el cuerpo de Anna cuelgue del patíbulo, la muchedumbre cantará aleluya.

¿Por qué es así su vida? Una vida en la que viste la ropa interior vieja de su hermana y un vestido tres veces remendado mientras hombres como Kalafates van por ahí envueltos en seda y terciopelo con criados trotando detrás. Una vida en la que forasteros como estos tienen cuencos de leche y patios llenos de gansos y una saya distinta para cada día festivo. Siente un grito nacer en su interior, un chillido capaz de romper cristal, cuando Himerio le da un códice con cierres en la tapa.

—¿Qué es esto?

Anna lo abre por una de las páginas centrales. El griego antiguo que le enseñó Licinio recorre la página línea tras línea. «La India», dice...

cría unos caballos que tienen un cuerno, según relatan, y el mismo país cría también asnos con un solo cuerno. Con estos cuernos se fabrican vasijas para beber y si alguien echa en ellas un veneno mortífero que otro bebe, este no recibirá daño alguno de la conjura.

En la página siguiente:

La Foca, según tengo entendido, vomita su propia leche cuajada coagulada de su estómago para que los epilépticos no puedan curarse con ella. A fe que la Foca es una criatura maligna.

—Esto —susurra con el pulso acelerado—. Enséñales esto.

Himerio lo coge.

—Sujétalo al revés. Así.

El niño se frota las enormes órbitas que son sus ojos. La caligrafía es hermosa y experta. Anna lee: «He oído a personas afirmar que la paloma es la más sobria de las aves y la más moderada en su apetito sexual». ¿Es un tratado sobre animales? Pero el criado de pie varo está llamando a Himerio y este coge el libro y el saco y entra en la casa detrás de él.

Los gansos miran a Anna.

Himerio no ha estado fuera ni cincuenta latidos del corazón cuando sale.

—¿Qué?

—Quieren hablar contigo.

Subir dos tramos de escalera, pasar junto a un cuarto lleno de barriles y entrar en una habitación que huele a tinta. Sobre tres mesas de gran tamaño hay repartidos mechas, plumas, tinteros, plumines, punzones, lacre, cortaplumas, cálamos de bambú y saquitos de arena para sujetar pergamino. Cartas de navegación cubren una de las paredes, hay rollos de papel apoyados unos contra los otros y repartidos por las baldosas, excrementos de ganso enroscados, algunos de ellos pisados y embadurnando el suelo. Alrededor de la mesa central, tres forasteros rasurados estudian las páginas del códice que ha encontrado Anna y hablan en idioma extranjero igual que pájaros nerviosos. El de piel más oscura y menor estatura la mira con cierta incredulidad.

—Dice el muchacho que sabes descifrar esto.

—No somos todo lo versados en griego antiguo que nos gustaría —dice el de estatura mediana.

A Anna no le tiembla el dedo cuando lo apoya en el pergamino. «La Naturaleza», lee...

engendró al erizo terrestre prudente y capaz de subvenir a sus propias necesidades. En efecto, como necesita para todo el año un alimento que no toda...

Los tres hombres empiezan de nuevo a gorjear como gorriones. El más menudo suplica a Anna que continúe y esta avanza unas líneas más, observaciones extrañas sobre los hábitos de las anchoas, a continuación sobre los de cierta criatura llamada picotenaza, y el más alto y mejor vestido la interrumpe, camina entre pergaminos y homiliarios e implementos de escritura y se queda mirando un armario como quien escudriña un paisaje lejano.

Debajo de una mesa hay una cáscara de melón espumeando de hormigas. Anna se siente como si se hubiera colado en la canción de Homero sobre Ulises, como si los dioses estuvieran cuchicheando entre sí en el Olimpo y a continuación fueran a asomarse por entre las nubes para decidir su destino. En griego entrecortado, el hombre alto pregunta:

—¿De dónde habéis sacado esto?

—De un lugar escondido, al que es muy difícil llegar —responde Himerio.

—¿Un monasterio? —pregunta el hombre alto.

Himerio asiente vacilante con la cabeza, los tres italianos se miran e Himerio vuelve a asentir y pronto todos lo imitan.

—¿En qué parte del monasterio —dice el hombre más menudo mientras saca el resto de los manuscritos del saco— los habéis encontrado?

—En una cámara.

—¿Una cámara grande?

—De pequeña a mediana a grande —dice Himerio.

Los tres hombres rompen a hablar a la vez.

—¿Y todos los manuscritos son como este?

—¿Cómo están dispuestos?

—¿En horizontal?

—¿O verticales unos junto a los otros?

—¿Cuántos hay?

—¿Cómo está decorada la habitación?

Himerio se lleva un dedo al mentón simulando buscar en sus recuerdos y los tres italianos lo miran.

—La habitación no es grande —dice Anna—. No vi adorno alguno. Era circular y en otro tiempo tuvo techos abovedados. Pero el techo está roto ahora. Había más libros y pergaminos dispuestos en huecos de las paredes, como útiles de cocina.

La excitación se apodera de los tres hombres. El más alto rebusca en el interior de su saya con forro de piel, saca una bolsa de dinero y le pone unas monedas en la palma de la mano. Anna ve ducados de oro, *stavrata* de plata, y la luz de la mañana baila sobre las mesas de escribir y todo le da vueltas.

—A nuestro señor —dice el italiano alto— le gusta probar muchos platos. ¿Entendéis lo que quiero decir? Barcos, comercio, liturgia, soldadesca. Pero su verdadero interés, su pasión, por así decirlo, es descubrir manuscritos del mundo antiguo. Es de la opinión de que el mejor pensamiento data de mil años atrás.

El hombre se encoge de hombros. Anna no puede apartar los ojos del dinero.

—Por el texto sobre los animales —dice.

Le da a Himerio doce monedas e Himerio abre mucho la boca y el hombre de mediana estatura coge una pluma, la recorta con el cortaplumas y el de menor estatura dice:

—Traednos más y os pagaremos más.

Cuando salen del patio la mañana es gloriosa, el cielo está sonrosado, la niebla se disipa y Anna sigue las grandes zancadas de Himerio por entre casas altas y hermosas de madera —que ahora parecen más altas y más hermosas— con la felicidad haciendo piruetas en su interior, y en el primer mercado por el que pasan ya hay un vendedor friendo tortas ázimas rellenas de queso y miel y hojas de laurel, y compran cuatro y se las meten en la boca; la grasa le quema el fondo de la garganta a Anna e Himerio cuenta el dinero que le corresponde y Anna se guarda las monedas pesadas y relucientes dentro del ceñidor del vestido y atraviesa corriendo la sombra de la iglesia de Santa Bárbara, luego un segundo mercado más grande lleno de carretas y telas, aceite en vasijas de boca ancha, un afilador montando su piedra de afilar, una mujer retirando la tela que cubre una jaula con pájaros, un niño que lleva rosas de octubre en manojos, la avenida que se llena de caballos y asnos, de genoveses y georgianos, de judíos y pisanos, diáconos y monjas, cambistas, músicos y mensajeros, dos jugadores que han empezado a tirar dados hechos de cuerno de buey, un notario que lleva documentos, un noble que se detiene en un puesto mientras un criado sostiene una sombrilla sobre su cabeza, y si María quiere comprar ángeles ahora ya puede: revolotearán alrededor de su cabeza y le besarán las pestañas con sus alas.

EL CAMINO A EDIRNE

ESE MISMO OTOÑO

Omeir

Cuando llevan recorridas nueve millas pasan por la aldea donde nació. La caravana se detiene en la carretera mientras heraldos van a caballo por las casas reclutando más hombres y animales. La lluvia cae sin tregua y Omeir tirita en su capa de piel de buey y mira rugir la corriente del río, lleno de desperdicios y espuma, y recuerda como Abuelo siempre decía que los arroyuelos de lo alto de la montaña, lo bastante pequeños para represarlos con una mano, terminaban por unirse al río y que el río, aunque rápido y violento, no era más que una gota en el aire del gran Océano que rodea todas las tierras del mundo y contiene todos los sueños jamás soñados.

La luz del día abandona el valle. ¿Cómo sobrevivirán su madre, Nida y Abuelo al invierno? Casi todas sus provisiones han desaparecido dentro de las bocas de los jinetes que rodean a Omeir ahora mismo y, amontonada en la carreta que arrastran Árbol y Rayo de Luna, están casi toda la leña de la familia y la mitad del centeno. Tienen a Hoja, Aguja y la cabra. Los últimos tarros de miel. Tienen la esperanza de que Omeir regrese con un botín de guerra.

Rayo de Luna y Árbol esperan pacientes en su yugo, con los cuernos chorreando y los lomos despidiendo vapor, y el niño les mira las pezuñas en busca de piedras y los hombros en busca de cortes y envidia el hecho de que solo parecen vivir el momento, sin temer lo que está por llegar.

La primera noche la compañía acampa en un prado. Megalitos de roca kárstica forman filas crestadas encima de ellos igual que centinelas de razas largo tiempo extintas y los cuervos graznan y sobrevuelan el campamento en ruidosas bandadas. Cuando oscurece, las nubes se dispersan y el estandarte deshilachado que es la Vía Láctea se despliega en lo alto. Alrededor del fuego, los boyeros que Omeir más cerca tiene hablan en multitud de acentos sobre la ciudad que se disponen a conquistar. La Reina de las Ciudades, la llaman, puente entre Oriente y Occidente, encrucijada del universo. Según una de las versiones, es un semillero de pecado donde los infieles comen niños recién nacidos y copulan con sus madres; según la siguiente es un lugar de inaudita prosperidad, donde hasta los mendigos llevan pendientes de oro y las rameras se alivian en orinales con incrustaciones de esmeraldas.

Un anciano dice que ha oído que la ciudad está protegida por murallas inmensas e impenetrables y por un instante todos callan, hasta que un joven boyero llamado Maher dice: «Pero ¿y las mujeres? Incluso un muchacho tan feo como él puede mojar la verga en ese lugar». Señala a Omeir y hay risas.

Omeir se escabulle a la oscuridad y encuentra a Rayo de Luna y Árbol pastando al final del prado. Les acaricia los flancos y les dice que no tengan miedo, pero no queda claro si está tratando de tranquilizar a los animales o a sí mismo.

Por la mañana la carretera desciende hacia una garganta de oscura piedra caliza y las carretas forman un cuello de botella en un puente. Los jinetes desmontan y los muleros gritan y azotan a los animales con látigos y varas y tanto Árbol como Rayo de Luna defecan de miedo.

Un pavoroso mugido recorre los animales. Omeir hace avanzar a los bueyes despacio. Cuando llegan al puente, ve que no tiene ni cordón ni pasamanos y que consiste en troncos pelados sujetos por cadenas. Muros de roca, salpicados aquí y allí con píceas que crecen en salientes inverosímilmente altos, descienden casi rectos y, muy abajo, a continuación del puente hecho de troncos, ruge el río rápido, estruendoso y blanco.

Dos carros de mulas logran cruzar al otro lado y Omeir se vuelve a mirar a los bueyes y camina de espaldas al vacío. Los troncos están resbaladizos por los excrementos y en los huecos entre ellos, bajo las botas, ve agua espumosa que destella sobre rocas.

Árbol y Rayo de Luna avanzan despacio. El puente es poco más ancho que el eje del carro. Una rotación completa de las ruedas, dos, tres, cuatro; entonces la rueda del lado de Árbol se sale. La carreta se inclina hacia un lado y los bueyes se detienen y múltiples trozos de leña caen rodando de la parte trasera.

Rayo de Luna separa las patas, soporta casi todo el peso del carro mientras espera a su hermano, pero Árbol está paralizado de miedo. Tiene los ojos en blanco y a su alrededor todos son gritos y aullidos que rebotan en las rocas.

Omeir traga saliva. Si el eje se desplaza más, el peso de la carreta la hará caer al río y arrastrará a los bueyes.

—Tirad, chicos. Tirad.

Los animales no se mueven. De los rápidos sube neblina y pajaritos saltan de roca en roca y Árbol jadea como si quisiera enderezar toda la situación con sus fosas nasales. Omeir le pasa las manos a Árbol por el hocico y le acaricia el largo rostro marrón. Tiene un tic en la oreja y le tiemblan las gruesas patas delanteras por el esfuerzo, el miedo o las dos cosas.

El niño siente cómo la gravedad tira de sus cuerpos, de la carreta, hacia el puente, hacia el agua que corre debajo. Si él no hubiera nacido, su madre seguiría viviendo en la aldea. Podría hablar con otras mujeres, intercambiar miel y chismes, compartir su existencia. Es posible que sus hermanas mayores siguieran vivas.

No mires abajo. Respira. Demuestra a los bueyes que puedes satisfacer todas sus necesidades. Si mantienes la calma también lo harán ellos. Con los talones asomados al abismo, Omeir esquiva los cuernos de Rayo de Luna, se inclina sobre su flanco y le habla directamente al oído. «Vamos, hermano, tira. Tira por mí y tu gemelo te seguirá». El buey ladea los cuernos como si sopesara las ventajas de la petición del niño, con el río y los peñascos y el cielo reproducidos en miniatura en la bóveda de su pupila enorme y húmeda, y entonces, en el preciso instante en que Omeir se convence de que no hay nada que hacer, Rayo de Luna se acerca al arnés con las venas del pecho visiblemente hinchadas y tira de la rueda de la carreta hasta que se encaja de nuevo en el puente.

—Buen chico, ahora despacio. Eso es.

Rayo de Luna avanza y Árbol hace lo mismo: pone una pezuña detrás de otra en los troncos resbaladizos. Omeir sujeta la trasera de la carreta mientras cruzan y, unos pocos latidos del corazón después, ya están en el otro lado.

A partir de allí la garganta se abre y las montañas dan paso a colinas y estas a llanuras verdosas y los caminos de herradura embarrados a carreteras como es debido. Rayo de Luna y Árbol avanzan con facilidad por la ancha superficie, los huesos de sus grandes caderas suben y bajan, felices de pisar de nuevo tierra firme. En cada aldea que pasan, los heraldos reclutan nuevos hombres y animales. El discurso es siempre el mismo: el sultán (que a Dios complazca) os convoca en la capital, donde está reuniendo fuerzas para derrocar a la Reina de las Ciudades. Las calles rebosan de joyas, sedas y muchachas; tendréis vuestra ración.

Trece días después de dejar su casa, Omeir y sus bueyes llegan a Edirne. Por todas partes brillan montañas de leños pelados, el aire huele a serrín húmedo y los niños corretean junto a las carreteras vendiendo pan y odres con leche o simplemente mirando boquiabiertos la caravana cuando pasa rugiendo, y después de oscurecido voceadores a lomos de ponis se unen a los heraldos y proceden a distribuir a los animales a la luz de antorchas.

Omeir, Árbol y Rayo de Luna son enviados junto con el ganado de mayor tamaño y fuerza a un prado vasto y talado a las afueras de la capital. En uno de los extremos hay una tienda más grande de lo que Omeir ha imaginado nunca: un bosque entero podría crecer debajo de ella. En su interior trabajan hombres a la luz de las antorchas, descargando carretas, excavando trincheras y construyendo un pozo de colada que parece la tumba de un gigante. Dentro del pozo hay moldes cilíndricos idénticos hechos de barro, uno dentro de otro, cada uno de treinta pies de largo.

Cuando clarea el día, Omeir y los bueyes recorren una milla hasta un pozo de carbón y después transportan el carro lleno de carbón a la gran tienda. A medida que llega más carbón, el espacio dentro de la carpa se calienta más y más y los animales empiezan a rehuir el calor a medida que se acercan y los boyeros descargan mientras los fundidores meten el carbón en hornos y grupos de mulás rezan y otros hombres accionan los enormes fuelles empapados en sudor, atizando las llamas de los hornos. En los intervalos entre cánticos, Omeir oye arder los fuegos: suenan como si hubiera algo enorme dentro de la carpa masticando sin parar.

De noche aborda a los boyeros que toleran verle la cara y pregunta qué están ayudando a crear allí. Uno dice que ha oído que el sultán está forjando un propulsor de hierro, pero que no sabe lo que es un propulsor. Otro lo llama catapulta del trueno; otro, tormento; otro más, Destructor de Ciudades.

—Dentro de esa tienda —explica un hombre de barba gris con aros de oro en los lóbulos de las orejas—, el sultán está construyendo un artefacto que cambiará la historia para siempre.

—¿Qué es lo que hace?

—Ese artefacto —dice el hombre— permite que una cosa pequeña destruya una mucho mayor.

Llegan más yuntas tirando de carretas con cargamentos de latón, bloques de hierro e incluso campanas de iglesia que, susurran los boyeros, proceden de ciudades cristianas saqueadas a cientos de millas de allí. Da la impresión de que el mundo entero envía tributos: monedas de cobre, tapas de ataúdes de hombres nobles hechas de bronce y largos siglos olvidadas; el sultán, oye Omeir, ha traído incluso la riqueza entera de una nación que conquistó en el este y que bastaría para hacer ricos a cinco mil hombres durante cinco mil vidas, y esto también se usará: el oro y la plata van a formar parte del artefacto.

Con la espalda fría, la frente ardiendo, la tela de la tienda ondeando detrás de borrones de calor, Omeir mira hipnotizado. Los fundidores, con los brazos y las manos protegidos por guantes de piel de vaca, se acercan al infierno borroso y trémulo, trepan por andamios, arrojan trozos de latón a un caldero gigantesco y retiran la escoria. Otros comprueban constantemente el metal fundido en busca de signos de humedad, mientras que otros más estudian el cielo y otros aún rezan plegarias dirigidas a los elementos. La mínima gota de agua, susurra un hombre junto a Omeir, podría hacer silbar y chisporrotear el caldero con todo el fuego de los infiernos.

Cuando llega el momento de añadir estaño al latón fundido, soldados con turbantes echan a todos de allí. Durante este delicado momento, dicen, no se puede mirar el metal con ojos impuros, y solo los bienaventurados pueden entrar. Las lonas de la tienda están echadas y atadas y cuando Omeir se despierta durante la noche ve un resplandor subir del final del prado y el suelo bajo la tienda también parece brillar, como si extrajera un poder formidable del centro de la tierra.

Rayo de Luna está tumbado de costado y pega la oreja al hombro de Omeir y el niño se hace un ovillo en la tierra húmeda. Árbol está algo apartado, de espaldas a la tienda, todavía pastando, como si el ridículo fanatismo de los hombres lo aburriera.

Abuelo, piensa Omeir, ya he visto cosas que ni se me habría ocurrido soñar.

La tienda resplandece durante dos días más, sus chimeneas arrojan chispas, sigue sin llover y al tercer día los fundidores sacan la aleación del caldero y la van dirigiendo mediante canales hasta que desaparece en los moldes bajo tierra. Algunos hombres vigilan los conductos de bronce líquido, revientan burbujas con ayuda de varas de hierro, y otros echan paletadas de arena húmeda en el pozo de colada; se desmonta la tienda y los mulás se turnan para rezar junto a los montículos de arena mientras se enfrían.

Al amanecer retiran la arena, separan los moldes y envían a tuneladores a deslizar cadenas alrededor del artefacto. Sujetan estas cadenas a cuerdas y los boyeros mayores distribuyen a los bueyes en cinco grupos de diez para intentar sacar al Destructor de Ciudades de la tierra.

Árbol y Rayo de Luna están en el segundo grupo. Se da la orden y los boyeros espolean a los animales. Gimen cuerdas, chirrían yugos y los bueyes avanzan despacio convirtiendo el suelo en un mar de barro.

—Tirad, chicos, con todas vuestras fuerzas —grita Omeir.

La ristra de bueyes hunde más las pezuñas en el barro. Los boyeros añaden una sexta cadena, una sexta cuerda, un sexto grupo de diez. Omeir comprueba tres veces los arneses y las colleras. A estas alturas casi ha anochecido y los cabestros jadean entre las varas. El aire se llena de gritos agudos de «¡Arre!» y «¡Ya!» y los sesenta bueyes empiezan a tirar.

Los animales inclinan la cabeza, el increíble peso tira de ellos hacia atrás, vuelven a bajar la cabeza y consiguen dar un paso, otro, los boyeros gritan, azuzan a los animales, que mugen de miedo y desconcierto.

La carga inmensa es una ballena que nada tierra adentro. La arrastran unos ciento cincuenta pies antes de que den órdenes de parar. Las fosas nasales de los bueyes despiden vapor y Omeir comprueba el yugo y las pezuñas de Árbol y Rayo de Luna y ya hay bruñidores y raspadores que trepan por el artefacto que humea en el frío crepúsculo, con el bronce aún caliente.

Maher cruza sus delgados brazos. Dice, a nadie en particular:

—Van a tener que inventar un carro muy distinto.

Son necesarios tres días para transportar el artefacto la milla que falta hasta el campo de prácticas del sultán. En tres ocasiones los radios de las ruedas de la carreta se astillan y las llantas se salen del eje; los ruederos trabajan día y noche; la carga es tan pesada que cada hora que pasa montada sobre el carro, las ruedas de este se hunden una pulgada más en la tierra.

En una explanada a la vista del nuevo palacio del sultán se monta una polea para subir el gran tubo hueco del artefacto hasta una plataforma de madera. Nace un bazar improvisado: comerciantes venden bulgur y mantequilla, tordos asados y patos ahumados, bolsas de dátiles y collares de plata y gorros de lana. Por todas partes hay pieles de zorro, como si todos los zorros del mundo hubieran sido cazados y convertidos en prendas de abrigo, y algunos hombres visten túnicas de armiño blanco como la nieve y otros, mantos de fino fieltro en los que las gotas de lluvia forman perlas y a continuación resbalan, y Omeir no puede apartar la vista de ninguno de ellos.

A mediodía el gentío se reparte a ambos lados de la explanada. Omeir y Maher se suben a un árbol en el borde del campo de prácticas para poder ver por encima de las cabezas. Una procesión de ovejas esquiladas y pintadas de blanco y adornadas con anillas es conducida a la plataforma, las siguen cien jinetes montando a pelo caballos negros y cierran la comitiva esclavos que representan episodios sobresalientes de la vida del sultán. Maher susurra que en algún lugar, al final de la procesión, debe de ir el soberano en persona, que Dios lo bendiga y salude, pero Omeir solo ve séquito y estandartes y músicos con címbalos y un tambor tan grande que precisa dos muchachos a cada lado para tocarlo.

La mordedura de la sierra de Abuelo, el omnipresente masticar del ganado, los balidos de la cabra, los jadeos de los perros y el borboteo del arroyo, los graznidos de los cuervos y el correteo de los ratones... Un mes atrás Omeir habría dicho que la cañada rebosaba de sonidos. Pero ahora todo aquello es silencio comparado con esto: martillos, campanas, gritos, trompetas, gemidos de cuerdas, relinchos de caballos. El ruido es una embestida.

Por la tarde los cornetines tocan seis notas alegres y todos miran hacia el gran instrumento bruñido que reluce sobre su plataforma. Un hombre con un gorro rojo repta debajo de él y desaparece por completo; un segundo lo sigue con una piel de oveja y Omeir apenas oye a los dos hombres que martillean ahí dentro y alguien a los pies del árbol dice que deben de estar cargando la pólvora aunque no sabe qué significa eso. Salen los hombres y a continuación llega una enorme bola de granito cincelada y pulida hasta formar una esfera; nueve hombres la hacen rodar hasta la boca del tubo y la colocan dentro.

El chirrido fuerte y escalofriante que hace la bola al bajar lentamente por el cañón inclinado llega hasta Omeir por encima de las cabezas de la gente. Un imán dirige una oración, los címbalos entrechocan, suenan trompetas y, junto al artilugio, el primer hombre, el del gorro rojo, apisona lo que parece ser hierba seca en el agujero de la parte de atrás, acerca una mecha encendida y baja de la plataforma de un salto.

Los espectadores callan. El sol baja de forma imperceptible y un escalofrío recorre la explanada. Una vez, dice Maher, en su aldea natal apareció un desconocido en lo alto de una colina y afirmó poder volar. Durante todo el día acudió gente a verlo, dice, y de tanto en tanto el hombre decía: «Pronto volaré», antes de señalar varios puntos en la distancia a los que volaría y de caminar alargando y agitando los brazos. Cuando hubo una multitud tal que no todos podían ver y el sol casi se había puesto, el hombre, sin saber ya qué hacer, se bajó los pantalones y enseñó a todos el culo.

Omeir sonríe. En la tarima, unos hombres rodean de nuevo el artilugio, del cielo bajan unos pocos cristales de nieve y la gente se rebulle, inquieta ya, los címbalos suenan por tercera vez y, al principio de la explanada, donde es posible que esté o no el sultán, la brisa levanta las cientos de colas de caballos sujetas a pendones. Omeir se pega al tronco del árbol para protegerse del frío, los dos hombres se suben al cilindro de bronce y el del gorro rojo se asoma a su boca y en ese momento el cañón dispara.

Es como si el dedo de Dios bajara por entre las nubes y sacara al planeta de su órbita. La bola de piedra de mil libras de peso se mueve demasiado deprisa para verla: solo se oye el rugido de su paso lacerando el aire mientras silba sobre la explanada, pero antes de que Omeir sea siquiera consciente del ruido, un árbol al final del prado se hace astillas.

Un segundo árbol a un cuarto de milla también se evapora, aparentemente a la vez y, durante un instante, Omeir se pregunta si la bola seguirá viajando para siempre, más allá del horizonte, destrozando un árbol detrás de otro, muralla tras muralla, hasta llegar al confín del mundo.

A lo lejos, a cerca de una milla de distancia, roca y barro salen disparados en todas las direcciones, como si un arado invisible abriera un inmenso surco en la tierra y el estruendo de la detonación le reverbera a Omeir en el tuétano. Los vítores que suben del gentío no son tanto de triunfo como de estupefacción.

La boca del artilugio echa humo. De los dos artilleros, uno se tapa los oídos con ambas manos y mira lo que queda del otro, el hombre del gorro rojo.

El viento trae el humo de la plataforma.

—El miedo a esa cosa —murmura Maher más para sí que para Omeir— será más poderoso que la cosa misma.

Anna

María y ella hacen cola a la puerta de la iglesia de Santa María de la Fuente con una docena de personas más. Bajo las tocas, las caras de las monjas de la orden parecen cardos secos, incoloras y quebradizas; ninguna parece tener menos de un siglo de edad. Una recoge la plata de Anna con un tazón y otra se lo lleva y lo vuelca en un pliegue de su hábito mientras una tercera señala una escalera.

Aquí y allí, en relicarios iluminados por velas, reposan dedos y huesos de pies de santos. Al fondo, a gran profundidad debajo de la iglesia, pasan con dificultad junto a un altar rudimentario con una capa de cera de un pie de grosor y llegan a tientas a una gruta.

Gorgotea un manantial; las suelas de las babuchas de Anna y María resbalan en las piedras mojadas. Una abadesa sumerge una copa de plomo en una pileta, añade una importante cantidad de azogue y le da vueltas.

Anna le sostiene el vaso a su hermana.

—¿A qué sabe?

—Fría.

Plegarias resuenan en la humedad.

—¿Te lo has bebido todo?

—Sí, hermana.

Arriba, al nivel del suelo, el mundo es todo color y viento. En el jardín de la iglesia vuelan hojas por doquier y la piedra caliza de las murallas de la ciudad atrapa la luz oblicua y resplandece.

—¿Ves las nubes?

María vuelve la cara al cielo.

—Creo que sí. Tengo la sensación de que el mundo brilla más.

—¿Ves los pendones ondear sobre la puerta?

—Sí. Los veo.

Anna lanza plegarias de gratitud al viento. Por fin he hecho algo bien, piensa.

María pasa dos días lúcida y serena, enhebrando sus propias agujas, cosiendo de sol a sol. Pero al tercer día de haber bebido la mezcla sagrada vuelve su dolor de cabeza, duendes invisibles roen de nuevo la periferia de su campo visual. Para cuando llega la tarde, le brilla la frente de sudor y no puede levantarse del banco sin ayuda.

—Debo de haber derramado parte —susurra mientras Anna la ayuda a bajar las escaleras—. ¿O quizá no bebí la suficiente?

En la cena, todas tienen la cabeza en otra parte.

—He oído —dice Eudokia— que el sultán ha traído a mil canteros más para que terminen de construir su fortaleza río arriba.

—He oído —añade Irene —que les cortarán la cabeza si trabajan demasiado despacio.

—Como a nosotras, entonces —comenta Helena, pero nadie ríe.

—¿Sabéis cómo llama el sultán a la fortaleza? ¿En lengua infiel? —Crisa vuelve la cabeza. Los ojos le brillan con una mezcla de placer y temor—. «El Degollador».

La viuda Teodora dice que estas conversaciones no mejorarán los bordados de ninguna, que las murallas de la ciudad son inexpugnables, que sus puertas han hecho retroceder a bárbaros a lomos de elefantes y a persas con catapultas de China y a los ejércitos de Krum el Búlgaro, quien bebía vino de cráneos humanos. Quinientos años atrás, dice, una flota bárbara tan grande que se extendía hasta el horizonte asedió la ciudad durante cinco años y sus habitantes tuvieron que comer cuero de bota hasta el día que el emperador cogió el manto de la Virgen de la capilla sagrada de las Blanquernas, la sacó en procesión por las murallas y a continuación la mojó en el mar. Entonces la Madre de Dios envió una tormenta que hizo estrellarse los barcos contra las rocas y hasta el último de los bárbaros impíos se ahogó y aun así las murallas siguieron en pie.

La fe, dice la viuda Teodora, será nuestra coraza, y la convicción, nuestra espada, y las mujeres callan. Las que tienen familia se van a sus casas y las otras vuelven a sus celdas y Anna se queda en el pozo llenando las vasijas del agua. El asno de Kalafates mordisquea un montoncito de paja. Algunas palomas aletean bajo los aleros; la noche se vuelve fría. Quizá María esté en lo cierto; quizá no bebió suficiente mezcla sagrada. Anna piensa en los italianos extraños y ávidos con sus jubones de seda y mantos de terciopelo y las manos sucias de tinta.

«¿Y hay más manuscritos como este?».

«¿Cómo están dispuestos?».

«¿En horizontal o verticales unos junto a los otros?».

Como si lo hubiera conjurado con sus pensamientos, un zarcillo de niebla asoma por la línea del tejado.

De nuevo esquiva al guarda y baja por las calles serpenteantes que llevan al puerto. Encuentra a Himerio dormido junto a su esquife y, cuando lo despierta, él frunce el ceño como si estuviera intentando identificar a una niña entre muchas. Por fin se pasa la mano por la cara, asiente con la cabeza y orina largo rato en las rocas antes de meter el bote en el agua.

Anna guarda el saco y la cuerda en la proa. Cuatro gaviotas los sobrevuelan graznando con suavidad e Himerio las mira, a continuación rema hacia el priorato encaramado en las rocas. Esta vez Anna está más resuelta. Con cada gesto ascendente su miedo decrece y pronto es todo movimiento y memoria de los puntos de apoyo, sus dedos la mantienen pegada a la fría piedra, sus piernas la impulsan. Llega al imbornal, repta por la boca del león y aterriza de un salto en la gran sala. Espíritus, dejadme entrar.

Una luna creciente envía luz que se filtra por entre la niebla. Anna encuentra las escaleras, sube, recorre el lago pasillo y cruza el umbral de la habitación circular.

Es un lugar fantasmal, rebosante de polvo, con pequeños helechos que crecen aquí y allí de terrones de papel húmedo, el moho lo ha reducido todo a jirones. Dentro de algunos de los armarios hay registros monásticos tan grandes que Anna apenas puede levantarlos; en otros encuentra tomos cuyas páginas están pegadas por efecto de la humedad y el moho y forman una masa compacta. Llena el saco todo lo que puede y lo arrastra escaleras abajo, lo lleva al esquife y camina un paso por detrás de Himerio mientras este lo acarrea por senderos neblinosos hasta la casa de los italianos.

El criado de pie varo abre la boca en un inmenso bostezo mientras los invita a entrar en el patio con un gesto de la mano. Dentro del taller, los dos escribas más menudos están desplomados en las sillas del rincón profundamente dormidos, pero el alto se frota las manos como si llevara toda la noche esperándolos.

—Pasad, pasad. Veamos lo que traéis.

Vuelca el saco en la mesa entre un despliegue de candelas encendidas.

Himerio se calienta las manos delante del fuego mientras Anna mira al extranjero examinar los manuscritos. Cartas de navegación, testamentos, transcripciones de rezos; peticiones de requisas; lo que parece ser la lista de personalidades que asistieron a una reunión monástica celebrada hace tiempo: el Gran Doméstico, Su Excelencia el Vicetesorero, el Estudioso Visitante de Tesalónica; el Gran Canciller del Guardarropa Imperial.

Pasa hoja tras hoja de los códices mohosos mientras inclina el candelabro a uno y otro lado, y Anna repara en cosas que le pasaron desapercibidas la primera vez: tiene las calzas rotas a la altura de una rodilla y el jubón manchado en los codos y salpicaduras de tinta en las dos mangas. «Esto no —dice—. Esto tampoco»; a continuación murmura en su propia lengua. La habitación huele a tinta de agallas de roble, a pergamino, a humo de leña y a vino tinto. Un espejo en un rincón refleja las llamas de las velas; alguien ha fijado una serie de pequeñas mariposas a un tablero; otra persona copia lo que parece ser una carta de navegación en la mesa del rincón. La habitación rezuma curiosidad y posibilidad.

—Todos inservibles —concluye el italiano con tono bastante alegre y pone cuatro monedas de plata en la mesa, unas encima de las otras. Mira a Anna—. ¿Conoces la historia de Noé y sus hijos, pequeña? ¿Cómo llenaron su barco de todas las criaturas para poder empezar el mundo de nuevo? Durante mil años tu ciudad, esta capital que se desmorona —señala la ventana con un gesto de la mano— era igual que esa arca. Solo que, en lugar de dos ejemplares de cada criatura, ¿sabes lo que guardó en ella el buen Señor?

Al otro de lado de los postigos cantan los primeros gallos. Anna se da cuenta de que Himerio se ha puesto tenso, que tiene toda la atención puesta en la plata.

—Libros. —El escriba sonríe—. Y en nuestra historia de Noé y el arca de libros, ¿sabes qué era la inundación?

Anna dice que no con la cabeza.

—El paso del tiempo. Día tras día, año tras año, el tiempo borra los viejos libros del mundo. Ese manuscrito que nos trajiste la otra vez lo escribió Eliano, un hombre instruido que vivió en tiempos de los césares. Para llegar a los que estamos ahora en esta habitación, sus líneas tuvieron que sobrevivir doce siglos. Un escriba tuvo que copiarlo y un segundo escriba, décadas después, tuvo que recopiar aquella copia, transformarla de rollo en códice, y, mucho después de que los huesos del escriba estuvieran bajo tierra, llegó un tercero y volvió a copiarlo y durante todo este tiempo el libro corrió peligro. Un abad de mal carácter, un fraile torpe, un bárbaro invasor, una vela volcada, un gusano hambriento... y el trabajo de siglos se habría echado a perder.

Las llamas de las candelas parpadean; los ojos del hombre parecen atrapar toda la luz de la habitación.

—Todo aquello que parece inmutable en el mundo, niña, las montañas, la riqueza, los imperios..., su permanencia es pura ilusión. Creemos que perdurarán, pero eso es solo por la brevedad de nuestras vidas. Desde la perspectiva de Dios, ciudades como esta van y vienen igual que hormigueros. El joven sultán está reuniendo un nuevo ejército y tiene nuevas máquinas de guerra capaces de derribar murallas como si fueran aire.

A Anna se le encoge el estómago. Himerio se inclina sobre las monedas en la mesa.

—El arca se ha estrellado contra las rocas, niña. Y la marea sube.

Su vida se parte en dos. Están las horas en la casa de Kalafates, una monotonía de fatiga y miedo: escoba y sartén, hilo y cuerda, acarrear agua acarrear carbón acarrear vino acarrear otra bala de ropa de cama. Da la impresión de que cada día llega al taller una nueva historia sobre el sultán. Se ha adiestrado para no tener que dormir nunca; dirige equipos de agrimensores al otro lado de las murallas de la ciudad; los soldados que accionan el Degollador han lanzado una bala que hizo astillas un galeón veneciano que traía comida y armaduras a la ciudad desde el mar Negro.

Por segunda vez Anna lleva a María al santuario de la Virgen de la Fuente, donde compran una bendición de las monjas encorvadas y marchitas por once *stavrata* y María se traga la mezcla de agua y mercurio y se siente mejor durante un día antes de sentirse peor. Le duelen las manos, tiene calambres; algunas noches dice que es como si las garras de un demonio le hubieran asido las extremidades y estuviera intentando arrancárselas.

Y luego está la otra vida de Anna, cuando la niebla envuelve la ciudad igual que un sudario y corre por las calles con eco e Himerio la lleva en barca rodeando la escollera para que escale una vez más el muro del priorato. Si alguien le preguntara, diría que lo hace para ganar dinero con que aliviar el sufrimiento de su hermana, pero ¿no hay una parte de ella que también desea escalar ese muro? ¿Llevar otro saco de libros mohosos a los copistas en su taller lleno de tinta? En dos ocasiones más llena el saco de libros y las dos resulta contener solo inventarios enmohecidos. Pero los italianos les piden a ella y a Himerio que sigan llevándoles lo que encuentren, que pronto desenterrarán algo tan valioso como el Eliano o mejor, una tragedia perdida de Atenas o la colección de alocuciones de un estadista griego o un *seismobrontologion* que revele los secretos del clima y el viento.

Descubre que los italianos no son de Venecia, a la que llaman guarida de mercenarios y avarientos, ni tampoco de Roma, que dicen que es un nido de parásitos y rameras. Son de una ciudad llamada Urbino, de la que se dice que los graneros están siempre llenos, que sus prensas de aceite rebosan y sus calles relucen de virtud. Dentro del recinto amurallado de Urbino, dicen, incluso el niño o la niña más pobres estudian los números y literatura y no hay temporada de malaria como hay en Roma ni tampoco de nieblas gélidas, como en esta ciudad. El escriba más menudo de todos le enseña a Anna una colección de ocho cajas de rapé, en las tapas de las cuales hay pintadas miniaturas: una gran iglesia abovedada; una fuente en la plaza de un pueblo; Justicia sosteniendo su balanza; Coraje sosteniendo una columna de mármol; Moderación diluyendo vino con agua.

«Nuestro maestro, el virtuoso conde y señor de Urbino, nunca pierde —cuenta— ni en el campo de batalla ni en ningún otro lugar»; y el escriba de tamaño mediano añade: «Es magnánimo en todos los sentidos, y escuchará a cualquiera que desee hablar con él a cualquier hora del día»; y el alto señala: «Cuando su Excelencia come, incluso cuando está en el campo de batalla, pide que le lean los textos clásicos».

«Sueña —dice el primero— con erigir una biblioteca que exceda a la del Papa, una biblioteca que contenga todos los textos jamás escritos, que dure hasta el fin de los tiempos, y sus libros serán gratis para quien quiera leerlos». Les brillan los ojos como carbones encendidos; tienen los labios manchados de vino; le enseñan a Anna los tesoros que han procurado al maestro en el curso de sus viajes: un centauro de terracota hecho en tiempos de Isaac, un tintero que dice usó un césar y un libro de China que al parecer fue escrito, no por un escriba con pluma y tintero, sino por un carpintero accionando una rueda de bloques de bambú movibles, y dicen que esta máquina puede hacer diez copias de un texto en el tiempo que le lleva a un escriba hacer una.

Todo ello deja a Anna sin respiración. Durante toda su vida le han hecho creer que es una niña nacida al final de las cosas: el imperio, una era, el reino de los hombres en la tierra. Pero en el fulgor del entusiasmo de los escribas presiente que en una ciudad como Urbino, más allá del horizonte, tal vez existan otras posibilidades y sueña despierta que cruza volando el Egeo, que ve naves y tormentas pasar debajo, muy lejos, y el viento le sopla entre los dedos desplegados hasta que aterriza en un palacio límpido, lleno de Justicia y de Moderación, con habitaciones forradas de libros gratis para quien quiera leerlos.

«Frente al porche broncíneo de pie revolviendo mil cosas. Como un brillo de sol o de luna veíase en la casa».

«El arca se ha estrellado contra las rocas, niña».

«Te llenas la cabeza de cosas inútiles».

Una noche los escribas hojean otro saco de manuscritos hinchados y mohosos y niegan con la cabeza.

—Lo que buscamos —dice el más menudo arrastrando las palabras en griego— no tiene nada que ver con esto. —Repartidos por entre el pergamino y los cortaplumas hay platos con rodaba-llos a medio comer y uvas secas—. Nuestro maestro se ve a sí mismo como un redentor, un explorador del pasado, y lo que busca en concreto son compendios de maravillas.

—Sabemos que los antiguos viajaron a lugares remotos...

—... los cuatro confines del mundo...

—... tierras conocidas para ellos pero ignotas para nosotros.

Anna los escucha de espaldas al fuego y piensa en Licinio es-cribiendo Ὠκεανός en el polvo. Aquí lo conocido. Aquí lo desco-nocido. Por el rabillo del ojo ve a Himerio robar pasas.

—Nuestro maestro —dice el escriba alto— cree que en algún lugar, quizá en esta vieja ciudad, dormitando debajo de unas rui-nas, hay un relato que contiene el mundo entero.

El de mediana estatura asiente con ojos brillantes.

—Y los misterios del más allá.

Himerio levanta la vista con la boca llena.

—Y si lo encontráramos...

—... nuestro maestro se sentiría muy complacido.

Anna pestañea. ¿Un libro que contenga el mundo entero y los misterios del más allá? Un libro así sería enorme. No podría trans-portarlo sola.

SIETE

EL MOLINERO Y EL BARRANCO

La ciudad de los cucos y las nubes
por Antonio Diógenes, folio H

... los bandidos me llevaron hasta el borde mismo del barranco
y me llamaron asno inútil. Uno arguyó que deberían tirarme
para que me despanzurrara contra las rocas y los gavilanes se me
comieran a picotazos, un segundo sugirió clavarme una espada
en el costado y un tercero, el peor de todos, dijo: «¿Por qué no
hacer las dos cosas?». Clavarme una espada en el costado, ¡luego
despeñarme! Al ver la caída de aquel precipicio horrible me oriné
las pezuñas.

¡En menudo aprieto me había metido! No tenía que estar allí,
asomado a un barranco, entre rocas y zarzas, sino en lo alto del
cielo, volando entre nubes camino de la ciudad donde no hay ni sol
abrasador ni viento gélido, donde los céfiros alimentan cada flor,
las colinas siempre visten de verde y a nadie le falta de nada. Qué
necio era. ¿Qué era aquella hambre que me empujaba a buscar más
de lo que ya tenía?

Fue entonces cuando el molinero barrigudo y su barrigudo hijo
doblaron el recodo de camino al norte. El molinero dijo: «¿Qué
planes tenéis para ese asno cansado?». Los bandidos contestaron:
«Es débil y miedoso y nunca deja de quejarse, así que vamos a
despeñarlo, pero antes estamos debatiendo si clavarle una espada
en las costillas». El molinero dijo: «Me duelen los pies y mi hijo
apenas puede respirar, así que os daremos dos monedas de cobre
por él y veremos si aún puede recorrer un trecho».

Los bandidos se alegraron de librarse de mí a cambio de
dos monedas de cobre y a mí me llenó de felicidad que no me

despeñaran. El molinero se subió a mi lomo y también su hijo, y aunque me dolía el espinazo se me llenó la cabeza de imágenes de una casita de molinero y una bella molinera y un jardín lleno hasta reventar de rosas...

COREA

1951

Zeno

Saca brillo a esto, limpia aquello, lleva esto otro, sonríe cuando te llamen nenaza, duerme como un tronco. Por primera vez desde que tiene memoria, Zeno no es la persona de piel más oscura del grupo. En la mitad del Pacífico sur alguien lo apoda «Z» y le gusta ser Z, el chico flaco de Idaho que se escabulle por la oscuridad estrepitosa de las cubiertas inferiores, cuerpos masculinos dondequiera que mire, jóvenes y rapados, torsos que se ensanchan desde apretados cinturones, venas que se enroscan alrededor de antebrazos, hombres con siluetas como triángulos invertidos, hombres con mentones como botavacas en la parte delantera de los trenes. Con cada milla marina que pone entre él y Lakeport aumenta su sensación de posibilidad.

En Pyongyang, el hielo glasea el río. El contramaestre le da una chaqueta de campaña acolchada, un gorro de lana y un par de calcetines ligeros de suela reforzada y mezclilla de algodón; en su lugar Zeno se pone dos pares de calcetines de Utah Woolen Mills. Un oficial de transporte motorizado los asigna a él y a un soldado pecoso de Nueva Jersey llamado Blewitt a llevar un camión Dodge M37 con provisiones desde la base aérea en la ciudad a puestos de avanzada. La mayoría de las carreteras están sin asfaltar, son de un solo carril y están cubiertas de nieve, apenas se las puede llamar carreteras, y, a principios de marzo de 1951, once días después de llegar a Corea, Zeno y Blewitt llevan una carga de raciones y productos frescos por una curva cerrada, siguiendo a un jeep por una pendiente empinada, con Blewitt al volante y los dos cantando

Me gusta hacer pompas de jabón.
Bonitas pompas que flotan.
Suben tan alto
que casi llegan al cielo

cuando el jeep se parte en dos. Salen trozos rodando de la carretera a la izquierda de Zeno y Blewitt, a la derecha centellea el cañón de un arma y delante aparece una figura agitando lo que parece ser una granada con mango de madera de las que llaman aplastapatatas. Blewitt da un volantazo. Hay un resplandor seguido de una explosión extraña, como si alguien aporreara un tambor de acero bajo el agua. A continuación Zeno tiene la sensación de que le arrancan de cuajo las partes delicadas de su oído interno.

El Dogde da dos vueltas de campana y termina de costado en una ladera medio cubierta de nieve. Está pegado contra el parabrisas, del antebrazo le gotea algo caliente y un gemido agudo le tapona ambos oídos.

Blewitt ya no está en el asiento del conductor. Por la ventana lateral hecha añicos, Zeno ve soldados con el uniforme verde de lana de los chinos bajando en enjambre la ladera pedregosa hacia él. Se han roto numerosos sacos de huevos deshidratados al salir despedidos de la trasera del camión y hay nubes de polvo de huevo suspendidas en el aire y cada soldado que las atraviesa sale con el cuerpo y la cara amarillos.

Zeno piensa: lo sabía. Me he ido a la otra punta del globo y aun así no he conseguido dejarlo atrás. Aquí vienen, todas mis humillaciones pasadas: Athena sacándome del hielo, *Los tritones de Atlantis* carbonizados. En una ocasión el señor McCormack, el encargado de la maderera Ansley, le dijo que llevaba la bragueta abierta y, cuando Zeno se puso colorado e hizo ademán de subírsela, el señor McCormack le dijo que no lo hiciera, que le gustaba así.

Mariposón, llamaban los hombres de más edad al señor McCormack. Mariquita. Palomo cojo.

Zeno se ordena a sí mismo localizar su fusil M1, bajar del camión, combatir. Es lo que habría hecho su padre, pero antes de que logre convencer a sus piernas de que se muevan, un soldado de mediana edad con dientecitos color beis lo saca por la portezuela del pasajero y lo tira a la nieve de un empujón. Al momento siguiente lo rodean veinte hombres. Sus bocas se mueven, pero los oídos de Zeno no registran nada. Algunos llevan ametralladoras rusas; otros escopetas con aspecto de tener cuarenta años; algunos van calzados con sacos de arroz. La mayoría están abriendo raciones C que han cogido de la parte trasera del Dodge. Uno sostiene una lata cuya etiqueta dice TARTA INVERTIDA DE PIÑA mientras otro intenta abrirla con una bayoneta; otro se llena la boca de galletas saladas; un cuarto muerde una cabeza de repollo como si fuera una manzana gigante.

¿Dónde está el resto del convoy? ¿Dónde está Blewitt? ¿Dónde está el vehículo escolta? Cosa extraña, mientras lo arrastran ladera arriba Zeno no siente pánico, solo distancia. El trozo de metal que le sobresale del antebrazo y atraviesa la manga de su chaqueta tiene forma de hoja de sauce, pero no duele, aún no, y sobre todo es consciente de los latidos de su corazón y del zumbido de vacío en los oídos, como si le hubieran tapado la cabeza con una almohada, como si estuviera otra vez en su camita de latón en casa de la señora Boydstun y todo esto no fuera más que un mal sueño.

Lo llevan al otro lado de la carretera y por las terrazas heladas de lo que podría ser un huerto y lo empujan a un corral donde ya está Blewitt, que sangra de la nariz y un oído y que no deja de indicar mediante gestos que necesita un cigarrillo.

Se acurrucan juntos en el suelo helado. Pasan toda la noche esperando que les peguen un tiro. En algún momento, Zeno se saca la hoja de metal del antebrazo, se anuda la camisa alrededor de la herida y vuelve a ponerse la chaqueta del uniforme.

Al amanecer los conducen por un paisaje escarpado en dirección norte en compañía de otras ristras de prisioneros: franceses, turcos, dos británicos. Cada día son menos los aviones de guerra que sobrevuelan. Uno de los hombres no para de toser, otro tiene los dos brazos rotos, otro se sujeta un globo ocular que aún cuelga de su cuenca. Poco a poco, Zeno recupera el oído izquierdo. Blewitt tiene tal síndrome de abstinencia del tabaco que, en más de una ocasión, cuando un guarda tira una colilla, se abalanza a la nieve para cogerla, pero nunca consigue recuperarla encendida.

El agua que les dan huele a excremento. Una vez al día los chinos dejan en la nieve un perol de maíz hervido entero. Hay quienes se niegan a comerse la costra carbonizada que hay pegada en el fondo de la cazuela, pero Zeno recuerda las latas de conservas Armour & Company que Papá calentaba en la estufa de leña de la cabaña junto al lago y traga.

Cada vez que paran, se desanuda los cordones de las botas, se quita un par de calcetines de Utah Woolen Mills, se los guarda dentro del abrigo, pegados al sobaco, se pone el par más caliente y seco y esto es, fundamentalmente, lo que lo salva.

En abril llegan a un campo de internamiento en la margen sur de un río color café con leche. Los prisioneros son divididos en dos compañías y a Zeno y Blewitt les toca juntos en el grupo de más sanos. Pasando una serie de chozas campesinas de madera de aspecto agradable hay una cocina alargada y una despensa; a continuación un barranco, el río, Manchuria. Coníferas espigadas y vapuleadas por el viento se encorvan aquí y allí, con todas las ramas esculpidas en la misma dirección. No hay perros guardianes, ni sirenas, ni alambre de espino, ni torres vigía. «El país

entero es una condenada cárcel de hielo —susurra Blewitt—
¿A dónde íbamos a ir?».

Duermen en cabañas de techo de paja que alojan a veinte
hombres torturados por los piojos repartidos en jergones en el
suelo. No hay oficiales, son todos reclutas, mayores que Zeno.
En la oscuridad cuchichean sobre esposas, novias, los Yankees, un
viaje a Nueva Orleans, comidas de Navidad; los que llevan más
tiempo allí cuentan que durante el invierno han perdido a muchos
hombres cada día, que la situación ha mejorado desde que los chinos se hicieron cargo de los campos norcoreanos y Zeno aprende
que aquel que más se obsesiona —el que habla sin parar de boca-
dillos de jamón, de una chica o de algún recuerdo de su hogar—
es por lo común el siguiente en morir.

Puesto que puede caminar sin problemas, a Zeno le enco-
miendan cuidar del fuego: pasa casi todo el día recogiendo leña
para calentar peroles negros que cuelgan sobre la lumbre en la
cocina de los prisioneros. Durante las primeras semanas comen
sobre todo soja o maíz seco hervido hasta formar un puré. De
cena puede haber pescado con gusanos o patatas, nunca mayores
que una bellota. Algunos días, con el brazo herido, Zeno tiene que
hacer esfuerzos por reunir una mísera carga de leña, formar un haz,
arrastrarla hasta la cocina y desplomarse en un rincón.

Los ataques de pánico le llegan entrada la noche: sensaciones
lentas y asfixiantes durante las cuales Zeno pasa intervalos terro-
ríficos en los que no puede respirar y de los cuales teme no ir a
recobrarse nunca. Por las mañanas, oficiales de inteligencia les
dan discursos en inglés entrecortado sobre los peligros de combatir en nombre de capitalistas instigadores de guerras. Sois peo-
nes del imperialismo, dicen, vuestro sistema es un fracaso, ¿es que
no sabéis que la mitad de la población de Nueva York se muere
de hambre?

Hacen circular dibujos del tío Sam con colmillos de vampiro
y símbolos del dólar en lugar de ojos. ¿Alguien quiere una ducha
caliente y un chuletón? Todo lo que tenéis que hacer es posar para

unas fotografías, firmar una petición o dos, sentaros delante de un micrófono y leer algunas frases de condena a Estados Unidos. Cuando le preguntan a Zeno cuántos B-29 tiene el ejército americano en Okinawa, dice: «Noventa mil», que probablemente son más aviones de los que ha habido en la historia del mundo. Cuando explica a un interrogador que vive cerca del agua, el interrogador le obliga a dibujar el puerto de Lakeport. Dos días más tarde le dice a Zeno que han perdido el mapa y le obliga a dibujarlo de nuevo para comprobar que lo hace igual que la primera vez.

Un día un guarda saca a Zeno y a Blewitt de sus barracones y los conduce detrás del cuartel general del campamento hasta el borde del barranco que los prisioneros llaman Garganta Rocosa. Señala con el cañón de su carabina una de las cuatro cabinas de aislamiento que hay ahí y se aleja. La cabina parece un gran ataúd hecho de barro, guijarros y tallos de maíz, con una tapa de madera sujeta a la parte de arriba. De dos metros de alto por quizá uno de ancho, es lo bastante grande para que un hombre pueda tumbarse y posiblemente arrodillarse dentro, pero no ponerse de pie.

Odioso, aborrecible, repugnante. El olor a medida que se acercan supera cualquier adjetivo. Zeno contiene la respiración mientras abre los cierres. Salen enjambres de moscas.

—Dios bendito —musita Blewitt.

Dentro, acurrucado contra la pared del fondo, hay un cadáver: pequeño, anémico, rubio pálido. Su uniforme, o lo que queda de él, es la camisa de combate británica con dos grandes bolsillos. Tiene rajado uno de los cristales de las gafas y cuando levanta una mano para saludarlos con el pulgar hacia arriba a la altura de la nariz, Zeno y Blewitt dan un salto.

—Tranquilo —dice Blewitt y el hombre los mira pestañeando como si estuviera ante seres de otra galaxia.

Tiene las uñas negras y astilladas y, debajo del enjambre de moscas, lleva la cara y la garganta veteadas de mugre. Hasta que

Zeno no quita la tapa para dejarla en el suelo no ve que, arañadas en cada milímetro disponible del envés, hay palabras. Medio en inglés, medio en otra cosa.

ἔνθα δὲ δένδρεα μακρὰ πεφύκασι τηλεθόωντα, dice una línea, con los extraños caracteres ladeados.

«Unos árboles crecen allí corpulentos, frondosos».

ὄγχναι καὶ ῥοιαὶ καὶ μηλέαι ἀγλαόκαρποι.

«Hay perales, granados, manzanos de espléndidas pomas».

Le empieza a latir el corazón con fuerza. Conoce este verso.

ἐν δὲ δύω κρῆναι ἡ μέν τ᾽ ἀνὰ κῆπον ἅπαντα.

«Hay por dentro dos fuentes: esparce sus chorros la una a través del jardín».

—Chico, ¿te has vuelto a quedar sordo?

Blewitt se ha metido en la caja y está intentando levantar al hombre por las axilas con la cara vuelta por el olor mientras que el hombre se limita a parpadear detrás de sus gafas rotas.

—Z, ¿vas a pasarte el día tocándote la nariz?

Reúne toda la información que puede. El hombre es el soldado de primera Rex Browning, un profesor de secundaria del este de Londres que se alistó como voluntario al estallar la guerra y que ha pasado dos semanas dentro de aquella cabina condenado a «reorientación de actitud» por tratar de escapar y solo le estaba permitido salir veinte minutos al día.

«Un iluso», lo llama alguien. «De manicomio», dice otro porque, como todo el mundo sabe, escapar con éxito del Campo Cinco es una fantasía. Los prisioneros van sin afeitar, están débiles por la malnutrición y son más altos que los coreanos y, por tanto, instantáneamente reconocibles. Si alguien lograra esquivar a los guardas, debería recorrer inadvertido ciento sesenta kilómetros de montañas, colarse por docenas de controles fronterizos, trepar por gargantas y ríos, y los coreanos que se apiadaran de él casi seguro terminarían denunciados y fusilados.

Y sin embargo, se entera Zeno, Rex Browning, el profesor de secundaria, lo intentó. Lo encontraron a pocos kilómetros del campo, subido a un pino a casi cinco metros del suelo. Los chinos talaron el árbol y lo llevaron de vuelta al campo arrastrándolo con un jeep.

Unas semanas después Zeno está cogiendo leña en la ladera de una colina, con el guarda más cercano a varios cientos de metros, cuando ve a Rex Browning subir por el sendero. Aunque está esquelético, no cojea. Se mueve con eficacia, deteniéndose de cuando en cuando para arrancar hojas de plantas y metérselas en los bolsillos de la camisa.

Zeno se coloca el hato al hombro y corre entre los matorrales.

—Hola.

Diez metros, cinco, uno.

—¿Hola?

El hombre no se detiene. Zeno llega al sendero sin resuello y, rezando por que los guardas no oigan, grita:

—Tales son los gloriosos presentes que los dioses dan a Alcínoo, rey de los feacios.

Rex se da la vuelta y está a punto de perder el equilibrio, abre y cierra sus enormes ojos detrás de las gafas rotas.

—O algo así —dice Zeno poniéndose colorado.

El otro hombre ríe; es una risa cálida, irresistible. Tiene los pliegues del cuello limpios de mugre, los pantalones remendados con pulcras puntadas: tendrá unos treinta años. El pelo color hebra de maíz, las cejas rubias, las bonitas manos... Zeno cae en la cuenta de que, en otras circunstancias, en otro mundo, Rex Browning sería guapo.

—Zenódoto —dice Rex.

—¿Cómo?

—El primer bibliotecario de Alejandría. Se llamaba Zenódoto. Nombrado por los reyes ptolemaicos.

Ese acento británico de vocales tan abiertas. Los árboles vibran al viento y la leña se le clava en el hombro a Zeno, que la deja en el suelo.

—No es más que un nombre.

Rex mira al cielo como si aguardara instrucciones. Tiene la piel de la garganta tan delgada que Zeno casi ve la sangre fluir por sus arterias. Parece demasiado frágil para un lugar así, como si de un momento a otro se lo fuera a llevar el viento.

En un gesto abrupto, se gira y sigue caminando por el sendero. La clase ha terminado. Zeno coge el hato de leña y lo sigue.

—Me la leyeron las dos bibliotecarias de mi pueblo. Me refiero a la *Odisea*. Dos veces. La primera cuando me mudé allí y otra vez cuando murió mi padre. A saber por qué.

Dan unos cuantos pasos más y Rex se detiene a coger más hojas y Zeno se inclina con las manos en las rodillas y espera a que el suelo deje de girar.

—Ya sabes lo que dicen —replica Rex. En lo alto del cielo, el viento hace jirones un gran manto de cirros blancos—. La Antigüedad se inventó para alimento de bibliotecarios y maestros de escuela.

Mira a Zeno y sonríe, de manera que Zeno le sonríe también, aunque no entiende el chiste y un guarda en lo alto del peñasco les grita algo por entre los árboles en chino y los dos siguen andando por el sendero.

—Entonces ¿eso era griego? ¿Lo que inscribiste en la tapa de madera?

—En el colegio no me gustaba, ¿sabes? Lo encontraba polvoriento y muerto. El profesor de clásicas nos hizo elegir un canto entero de Homero, aprenderlo de memoria y traducirlo. Yo elegí el canto siete. Una tortura, o así lo veía entonces. Memorizaba los versos mientras caminaba: «aun tendría que alargarme más que él refiriendo los males que en mi vida he venido a sufrir por decreto del cielo». Mientras bajaba las escaleras: «Pero ahora dejadme cenar aunque sigan mis lutos». Al ir al baño: «pues no hay nada de cierto más perro que el vientre maldito». Pero en dos semanas solo en la oscuridad —se toca la sien— te sorprendería lo que encuentras grabado en la sesera.

Caminan varios minutos más en silencio, Rex aflojando el paso más y más, y al poco están en el linde del Campo Cinco.

Humo de leña, un generador que ruge, la bandera china. El hedor de las letrinas. A su alrededor susurran arbolitos encorvados. Zeno se da cuenta de cómo una negrura se apodera de Rex y después lo suelta poco a poco.

—Yo sé por qué te leían esas bibliotecarias las viejas historias —dice Rex—. Porque si se cuentan lo bastante bien, durante el rato que dura la historia uno consigue burlar la realidad.

LAKEPORT, IDAHO

2014

Seymour

Durante meses después de que el cartel de Eden's Gate aparezca en un arcén de Arcady Lane nada cambia. El águila pescadora abandona su nido en la copa del árbol más alto del bosque con destino a México y las primeras nieves bajan de las montañas y la quitanieves del condado las quita de las carreteras y Lake Street se llena de domingueros camino de la estación de esquí y Bunny les limpia las habitaciones en el Aspen Leaf.

Cada día después de clase, Seymour, que tiene ahora once años, pasa delante del cartel

PRÓXIMAMENTE A LA VENTA
CASAS Y CHALÉS A MEDIDA
PARCELAS SUPERIORES DISPONIBLES

y deja la mochila en el tú y yo del salón y camina por huellas de pisadas en la nieve hasta el gran pino ponderosa y cada pocos días allí está Amigofiel, escuchando los chillidos de los topillos, los arañazos de los ratones y los latidos del corazón de Seymour.

Pero la primera mañana templada de abril, dos volquetes y un camión de plataforma transportando una apisonadora se detienen delante de la casa prefabricada de doble ancho. Gimen frenos, graznan *walkie-talkies* y pitan camiones y, para cuando termina la escuela el viernes, Arcady Lane está asfaltada.

Seymour se agacha en el asfalto recién puesto junto a un charco de lluvia. Todo huele a alquitrán fresco. Con dos dedos saca un gusano náufrago, poco más que un cordel rosa empapado. Este gusano no se esperaba que la lluvia lo arrastrara de sus galerías subterráneas hasta la superficie, ¿verdad? No esperaba encontrarse en esta superficie nueva e impenetrable.

Dos nubes se separan, la luz del sol se derrama sobre la calle y Seymour mira a su izquierda, y los cuerpos de lo que podrían ser cincuenta mil gusanos atrapan la luz. Hay gusanos, se da cuenta, cubriendo todo el asfalto. Miles y miles. Deposita el primero a los pies de un arándano, rescata un segundo, luego un tercero. Los pinos gotean, el asfalto humea; los gusanos bullen.

Rescata veinticuatro veinticinco veintiséis. Las nubes acordonan el sol. Un camión dobla por Cross Road y se acerca, aplastando los cuerpos de ¿cuántos? Más deprisa. Sube el ritmo. Cuarenta y tres gusanos cuarenta y cuatro cuarenta y cinco. Confía en que el camión se detenga, en que salga de él un adulto. Le haga un gesto con la mano, le dé una explicación. El camión pasa de largo.

Agrimensores aparcan camionetas blancas al final de la carretera y se suben a los árboles que hay detrás de la casa. Ponen trípodes, atan cintas alrededor de los troncos de los árboles. Para finales de abril, las motosierras vibran en el bosque.

El miedo zumba en los oídos de Seymour cuando vuelve a casa del instituto. Se imagina mirando el bosque desde arriba: están la casa de doble ancho, los árboles menguantes, el calvero en el centro. Está Amigofiel, sentado en su rama, rodeado de 27.027 puntitos formando anillos.

Bunny está sentada en la mesa de la cocina, absorta en un mar de facturas.

—Ay, bichito. El terreno no es nuestro. Pueden hacer lo que quieran con él.

—¿Por qué?

—Porque esas son las reglas.

Seymour pega la frente a la puerta corredera. La madre arranca un cheque, lame el sobre.

—¿Sabes qué? Que esas motosierras igual son buenas noticias para nosotros. ¿Te acuerdas de Geoff con G del trabajo? Dice que las parcelas al principio de Eden's Gate pueden llegar a venderse por doscientos mil.

Cae la noche. Bunny repite la cifra.

Los camiones pasan rugiendo delante de la casa de doble ancho cargados de troncos; los buldóceres perforan el final de Arcady Lane y recortan una prolongación en forma de zeta en la ladera de la colina. Cada día, en cuanto se marcha el último camión, Seymour recorre la nueva carretera con los protectores auditivos puestos.

Las cañerías de desagüe están tendidas igual que columnas caídas delante de montículos de escombros; aquí y allí hay grandes madejas de cables. El aire huele a madera hecha astillas, a serrín y a gasolina.

Hay Hombresaguja aplastados en el barro. «Tenemos las piernas rotas —murmuran con sus voces de xilófono—. Nuestras ciudades están en ruinas». A medio camino colina arriba, el claro de Amigofiel se ha convertido en un amasijo de raíces y ramas pisoteadas por neumáticos. De momento el gran pino ponderosa muerto sigue en pie. Seymour examina cada extremidad, cada rama hasta que le duele el cuello de mirar hacia arriba.

Vacío vacío vacío vacío.

—¿Hola?

Nada.

—¿Me oyes?

Pasa cuatro semanas sin ver a Amigofiel. Cinco. Cinco y media. Cada día se cuela más luz en lo que era, horas antes, bosque.

Por la carretera recién asfaltada brotan anuncios de inmobiliarias, dos con carteles de VENDIDO ya pegados. Seymour coge un folleto. «Disfrute del estilo de vida Lakeport», dice, «que siempre soñó». Hay un plano de parcelas, una fotografía aérea con el lago al fondo.

En la biblioteca, Marian le dice que los de Eden's Gate aprovecharon todos los resquicios de los planes y ordenanzas de urbanismo, organizaron una vista pública, repartieron magdalenas absolutamente deliciosas con el logo de la compañía en el glaseado. Dice que incluso han comprado la casa victoriana medio derruida contigua a la biblioteca y tienen la intención de reconstruirla y usarla de oficina.

—El desarrollo urbanístico —dice— siempre ha formado parte de la historia de esta ciudad.

Del cajón de un archivador de Historia Local saca grabados en blanco y negro de un siglo atrás. Seis leñadores posan hombro con hombro sobre el tocón de un cedro talado. Pescadores sujetan salmones de un metro de largo por las agallas. Varios cientos de pieles de castor cuelgan de la pared de una cabaña de madera.

Ver estas imágenes desencadena el murmullo rugiente en la base de la espina dorsal de Seymour. ¿Con «desarrollo» se refiere a la masacre de animales salvajes? Imagina a cien mil Hombres-aguja que se levantan de un bosque en ruinas y marchan contra los camiones de los contratistas, un vasto ejército, intrépido a pesar de la increíble disparidad de fuerzas, y clavan pinchos diminutos en los neumáticos, clavos en las botas de los hombres. Camiones cisterna se incendian.

—Muchos habitantes de Lakeport —dice Marian— están ilusionados con Eden's Gate.

—¿Por qué?

Marian le dedica una sonrisa triste.

—Bueno, ya sabes lo que dicen.

Seymour se muerde el cuello de la camisa. No lo sabe.

—Eso de que no es que el dinero lo sea todo. Es que no hay nada más.

Marian lo mira como si esperara que se echara a reír, pero Seymour no le ve la gracia y una mujer con gafas señala con el pulgar hacia el fondo de la biblioteca y dice: «Creo que el váter está atascado» y Marian se va corriendo.

No Ficción 598.9:

Cada año mueren en Estados Unidos entre 365 millones y 1.000 millones de pájaros al estrellarse contra cristales de ventanas.

Boletín de biología aviar:

Numerosos testigos afirmaron que, después de morir el cuervo, un gran número de compañeros de especie (mucho más de cien individuos, según algunos testimonios) bajaron de los árboles y caminaron en círculos alrededor del difunto durante quince minutos.

No Ficción 598.27:

Después de que su compañera chocara con el cable eléctrico, los investigadores observaron cómo el búho volvía a su nido, se ponía de cara al tronco del árbol y permanecía inmóvil varios días hasta morir.

Un día de mediados de junio, Seymour llega a casa de la biblioteca, mira hacia Eden's Gate y ve que han talado el gran árbol de Amigofiel. Donde por la mañana se alzaba el tronco muerto, en la ladera de la colina, pasada la casa de doble ancho, ahora solo hay aire.

Un hombre desenrolla una manguera naranja de un camión; una retroexcavadora cava galerías para el alcantarillado; alguien grita: «¡Mike! ¡Mike!». La vista desde la roca con forma de huevo abarca ahora una colina alargada de jirones de bosque.

Suelta los libros y echa a correr. Baja Arcady Lane, Spring Street, hacia el sur por el arcén de grava de la interestatal 55, con el tráfico que pasa rugiendo, corriendo no tanto de furia sino de pánico. Hay que deshacer todo esto.

Es hora de cenar y el Pig N' Pancake está lleno a reventar. Seymour jadea delante de la recepción y escruta los rostros. El encargado lo mira; los clientes a la espera de mesa observan. Bunny sale de la cocina con platos en ambos brazos.

—Seymour, ¿te ha pasado algo?

Sin soltar los cinco platos de sándwiches de atún con queso fundido y filetes de pollo fritos que lleva en los brazos, se las arregla para agacharse y Seymour se levanta uno de los protectores.

Olores: carne picada, sirope de arce, patatas fritas. Sonidos: alisado de rocas, motor de quebrantadoras, avisadores de marcha atrás de volquetes. Está a dos kilómetros de Eden's Gate pero, de alguna forma, lo sigue oyendo, como si fuera una prisión que construyen a su alrededor, como si él fuera una mosca envuelta y tejida en una telaraña.

Los comensales miran. El encargado mira.

—¿Bichito?

Las palabras se le agolpan detrás de los dientes. Pasa traqueteando un ayudante de camarero empujando una silla alta con ruedas, las ruedas hacen *catacloc* en las baldosas. Una mujer ríe. Alguien grita: «¡Pedido!». El bosque los árboles el búho... A través de las suelas de los zapatos siente cómo una motosierra muerde un tronco, siente cómo se despierta sobresaltado Amigofiel. No hay tiempo para pensar: caes igual que una sombra en la luz del día mientras un refugio más es arrancado de cuajo del mundo.

—Seymour, méteme la mano en el bolsillo. ¿Tocas las llaves? El coche está aparcado a la puerta. Ve a sentarte en él, se está tranquilo, haz tus ejercicios de respiración y yo saldré en cuanto pueda.

Espera dentro del Pontiac mientras las sombras bajan por entre los pinos. Inhala en cuatro, contén la respiración en cuatro, exhala en cuatro. Sale Bunny con el delantal puesto y se frota la frente con la base de la mano. En una caja para llevar tiene tres tortitas con fresas y nata montada.

—Cómetelas con la mano, cariño, no pasa nada.

La luz menguante hace trampantojos; el aparcamiento se estira; los árboles se convierten en árboles de cuento. Aparece la primera estrella, a continuación se esconde. Mejores amigos mejores amigos, nunca nos separamos.

Bunny corta un trozo de tortita y se lo da.

—¿Te puedo quitar los auriculares?

Seymour asiente con la cabeza.

—¿Y tocarte el pelo?

Intenta no dar un respingo cuando los dedos de Bunny se enganchan en los enredones de su pelo. Sale una familia del restaurante, se sube a una camioneta y se va.

—Los cambios son duros, peque, lo sé. La vida es dura. Pero seguimos teniendo la casa. Seguimos teniendo el jardín. Nos tenemos el uno al otro, ¿no?

Seymour cierra los ojos y ve a Amigofiel sobrevolar una tierra baldía de aparcamientos interminables, sin un lugar donde cazar, sin un lugar donde posarse, sin un lugar donde dormir.

—Tener vecinos no será lo peor que nos pueda pasar. Igual hay niños de tu edad.

Una adolescente con delantal sale por la puerta de atrás y suelta una bolsa negra llena en el contenedor. Seymour dice:

—Necesitan cotos de caza grandes. Les gustan especialmente las atalayas para poder cazar topillos.

—¿Qué es un topillo?

—Son como ratones.

Bunny da vueltas a los protectores en las manos.

—Hay por lo menos veinte sitios como ese al norte de aquí a los que podría volar tu búho. Bosques más grandes, mejores. Tiene donde elegir.

—¿De verdad?

—Pues claro.

—¿Con muchos topillos?

—Montones de topillos. Más topillos que pelos en tu cabeza.

Seymour mastica un trozo de tortita y Bunny se mira en el espejo retrovisor y suspira.

—¿Me lo prometes, mamá?

—Te lo prometo.

EL ARGOS

AÑO DE MISIÓN: 61

Konstance

Es la mañana de su décimo cumpleaños. En el Compartimento 17, NoLuz da paso a LuzDiurna y Konstance va al baño, se cepilla el pelo y espolvorea los dientes y cuando abre la cortina Madre y Padre la están esperando.

—Cierra los ojos y extiende las manos —dice Madre, y Konstance lo hace.

Antes de abrir los ojos ya sabe lo que le está poniendo Madre en los brazos: un nuevo mono de trabajo. La tela es amarillo canario y los puños y el dobladillo están rematados con pequeñas equis cosidas y Madre ha bordado un pino bosnio pequeñito en el cuello a juego con una plántula de dos años y medio que crece en la Granja 4.

Konstance se lo lleva a la nariz; huele rarísimo: a nuevo.

—Es crecedero —dice Madre y le sube la cremallera del cuello. En Intendencia están todos: Jessi Ko y Ramón y la señora Chen y Tayvon Lee y el doctor Pori, el profesor de matemáticas de noventa y nueve años, y todos cantan la canción del Día de las Bibliotecas y Sara Jane pone dos tortitas de gran tamaño, hechas con harina de verdad, una encima de la otra, delante de Konstance. Por los bordes se derraman gotitas de sirope.

Todos miran, sobre todo los chicos adolescentes, ninguno de los cuales ha vuelto a comer una tortita hecha con harina de verdad desde que cumplió diez años. Konstance enrolla la primera torta y se la come de cuatro bocados; con la segunda se toma su tiempo. Cuando termina, se lleva la bandeja a la cara, la lame y hay aplausos.

Luego Madre y Padre la acompañan de vuelta al Compartimento 17 a esperar. No sabe cómo, pero se ha manchado la manga de sirope y le preocupa que Madre se disguste, pero Madre está demasiado emocionada para fijarse y Padre se limita a guiñarle el ojo, mojarse un dedo con la lengua y ayudarla a limpiársela.

—Al principio será mucho que asimilar —dice Madre—, pero con el tiempo te encantará, ya lo verás, es hora de que crezcas un poco y quizá esto te ayude con tus...

Pero antes de que le dé tiempo a terminar llega la señora Flowers.

Los ojos de la señora Flowers están brumosos por las cataratas, le apesta el aliento a pasta de concentrado de zanahoria y cada día parece más pequeña que el anterior. Padre la ayuda a dejar el Deambulador que transporta en el suelo, junto a la mesa de coser de Madre.

Del bolsillo de su mono, la señora Flowers saca un Vizor, que centellea con luces doradas.

—Es de segunda mano, claro, perteneció a la señora Alegawa, que en paz descanse. Puede que no esté perfecto, pero ha pasado todos los diagnósticos.

Konstance se sube al Deambulador, que se enciende con un zumbido. Madre le aprieta la mano y su expresión es triste y feliz al mismo tiempo, mientras que la señora Flowers dice: «Nos vemos allí», y sale por la puerta en dirección a su compartimento, a seis puertas por el pasillo. Konstance nota cómo Madre le ajusta el Vizor detrás de la cabeza, siente cómo le oprime el hueso occipital, le rodea los oídos y se cierra delante de sus ojos. La preocupaba que le hiciera daño, pero solo tiene la sensación de que alguien se ha acercado a hurtadillas y le ha puesto dos manos frías en la cara.

—Estaremos aquí —dice Madre.

—A tu lado, todo el tiempo —añade Padre.

Las paredes del Compartimento 17 se desintegran.

Está en un gran atrio. Tres gradas de estanterías, cada una de cuatro metros y medio de altura, a las que se accede por cientos de escalerillas de mano, se extienden a ambos lados, en apariencia durante kilómetros. Encima de la grada superior, pórticos gemelos de columnas sostienen un techo de bóveda de cañón atravesada en el centro por una abertura rectangular sobre la que nubes esponjosas flotan por un cielo color cobalto.

Aquí y allí ve figuras de pie delante de mesas o sentadas en butacas. En las gradas superiores, más personas estudian estanterías, están apoyadas en pasamanos o bajan o suben por las escalerillas. Y por el aire, hasta donde le alcanza la vista, vuelan libros, algunos tan pequeños como su mano, algunos tan grandes como el colchón en el que duerme; algunos despegan de los estantes, otros regresan a ellos, algunos aletean como pájaros cantores, otros se mueven despacio como cigüeñas grandes y desgarbadas.

Durante un momento Konstance se limita a mirar, muda de asombro. Nunca ha estado en un espacio ni la mitad de grande que este. El doctor Pori, el profesor de matemáticas —solo que tiene el pelo abundante y negro en lugar de cano y con aspecto de estar seco y mojado a la vez—, baja por una escalera de mano a la derecha de Konstance, saltando los peldaños de dos en dos igual que un joven atlético, y aterriza pulcramente sobre ambos pies. Le guiña el ojo; sus dientes son blancos como la leche.

El amarillo del mono de Konstance vibra aquí todavía más que en el Compartimento 17. La mancha de sirope ha desaparecido.

La señora Flowers se dirige hacia ella desde un punto muy lejano, con un perrito blanco pisándole los talones. Es una señora Flowers más aseada, joven y alegre, con ojos límpidos color avellana y corta melena caoba de estilo muy profesoril; unas letras doradas que lleva cosidas en el pecho dicen: «Bibliotecaria jefe».

Konstance se inclina sobre el perrito: los bigotes de este tiemblan; le brillan los ojos negros; el pelo, cuando Konstance le pasa los dedos, tiene tacto de pelo. La felicidad que le produce esto casi le da ganas de reír.

—Bienvenida —dice la señora Flowers— a la Biblioteca.

Konstance y ella inician el recorrido del atrio. Varios miembros de la tripulación levantan la vista de sus mesas y les sonríen al pasar; unos pocos hacen aparecer globos que dicen «ES TU DÍA DE LA BIBLIOTECA» y Konstance los mira subir por la abertura hacia el cielo.

Los lomos de los libros que tienen más cerca son de colores tales como verdiazul, guinda y morado imperial; algunos tienen un aspecto esbelto y delicado y otros parecen enormes mesas sin patas apiladas en estantes.

—Adelante —dice la señora Flowers—, no se estropean.

Konstance toca el lomo de un volumen pequeño, que se eleva y se abre delante de ella. De sus páginas de papel cebolla crecen tres margaritas, y en el centro de cada una brillan las mismas letras: «M», «C», «V».

—Algunos son bastante desconcertantes —dice la señora Flowers.

Toca el librito y este se cierra y vuelve volando a su sitio. Konstance mira la línea de estanterías prolongarse hasta que el atrio se difumina en la distancia.

—¿Sigue hasta...?

La señora Flowers sonríe.

—Solo Sybil lo sabe con seguridad.

Tres muchachos adolescentes, los hermanos Lee y Ramón —solo que en una versión más delgada y aseada—, corren y suben de un salto a una escalera de mano y la señora Flowers les dice: «Despacio, por favor», y Konstance trata de recordarse a sí misma que continúa dentro del Compartimento 17, con su nuevo mono de trabajo y un Vizor heredado, caminando subida a un Deambulador entre la litera de Padre y la mesa de coser de Madre, que la señora Flowers y los hermanos Lee y Ramón están en los compartimentos de sus familias, paseando en sus propios Deambuladores, con sus propios Vizors, que todos viajan dentro de un disco que recorre a toda velocidad el espacio interestelar y que la Biblioteca no es más que un enjambre de datos dentro de ese candelabro parpadeante que es Sybil.

—A nuestra derecha, Historia —está diciendo la señora Flowers—, a la izquierda, Arte Moderno, luego Lenguas. Esos chicos se dirigen a la Sección de Juegos. Muy popular, claro.

Se detiene delante de una mesa vacía con sillas a ambos lados y hace un gesto a Konstance para que se siente. Encima de la mesa hay dos cajas: una de lápices, otra de rectángulos de papel. Entre ambas hay una pequeña ranura de latón e, inscritas en el borde, están las palabras «Aquí se contestan preguntas».

—Para el Día de la Biblioteca de un niño —dice la señora Flowers—, cuando hay tanto que absorber, intento no complicarme la vida. Cuatro preguntas, una pequeña búsqueda del tesoro. Pregunta número uno: ¿A qué distancia está la Tierra de nuestro destino?

Konstance pestañea, insegura, y la expresión de la señora Flowers se suaviza.

—No tienes que saberlo de memoria, cariño. Para eso está la Biblioteca. —Señala las cajas.

Konstance coge un lápiz: parece tan real que tiene ganas de morderlo. ¡Y el papel! Está tan limpio, tan nuevecito... Fuera de la Biblioteca no hay un trozo de papel así de limpio en todo el *Argos*. Escribe: «¿Qué distancia hay de la Tierra a Beta Oph2?», y mira a la señora Flowers y esta asiente con la cabeza y Konstance mete la tira de papel por la ranura.

El papel desaparece. La señora Flowers carraspea y señala con el dedo y, detrás de Konstance, en la segunda grada, un grueso libro marrón abandona un estante. Cruza el atrio volando, esquiva otros libros aerotransportados y a continuación desciende y se abre.

En un desplegable a doble página aparece un diagrama titula-do «Lista confirmada de exoplanetas en la Zona Optimista Habitable B-C». En la primera columna rotan pequeños mundos de todos los colores: algunos rocosos, otros llenos de remolinos gaseosos, otros anillados, otros con estelas de hielo en sus atmósferas. Konstance pasa la yema del dedo por las filas hasta que encuentra Beta Oph2.

—4,2399 años luz.

—Bien. Pregunta número dos. ¿A qué velocidad viajamos?

Konstance escribe la pregunta, la mete por la ranura y, mientras el primer libro se aleja, llega un fajo de gráficos enrollados que se despliegan encima de la mesa. Del centro sube un número entero.

—A 7.734.958 kilómetros por hora.

—Correcto. —A continuación la señora Flowers levanta tres dedos—. ¿Cuál es la esperanza de vida de un humano genéticamente óptimo en las condiciones de la misión?

La pregunta desaparece por la ranura; media docena de documentos de varios tamaños salen de estantes y revolotean hasta la mesa.

«114 años», dice el primero.

«116 años», dice el segundo.

«119 años», dice el tercero.

La señora Flowers se agacha para rascar las orejas del perro a sus pies sin dejar de mirar a Konstance.

—Ya sabes la velocidad a que viaja el *Argos,* la distancia que tiene que recorrer y la esperanza de vida de un viajero en esas condiciones. Última pregunta. ¿Cuánto durará nuestro viaje?

Konstance mira la mesa.

—Usa la Biblioteca, cariño.

De nuevo la señora Flowers toca la ranura con una uña. Konstance escribe la pregunta en una tira de papel, la mete por la ranura y, en cuanto desaparece, una hojita solitaria aparece en la bóveda de cañón y desciende, balanceándose igual que una pluma, y aterriza delante de ella.

—«216.078 días terrestres».

La señora Flowers la mira y Konstance pasea la vista por el inmenso atrio, hasta donde las estanterías y las escaleras convergen a lo lejos, y tiene un atisbo de comprensión que enseguida se disipa.

—¿Cuántos años es eso, Konstance?

Levanta la vista. Una bandada de pájaros digitales sobrevuela la bóveda de cañón; más abajo, cien libros y rollos y documentos zigzaguean en el aire a cien alturas distintas, y Konstance nota la atención de otras personas de la Biblioteca puesta en ella. Escribe: «¿Cuántos años son 216.078 días terrestres?», mete el papel y al momento aparece revoloteando uno nuevo.

—«592».

El dibujo de la madera en la superficie de la mesa da vueltas, o eso parece, y las baldosas de mármol del suelo también giran y algo se agita en su estómago.

Pero hacemos falta todos
sin excepción...

Quinientos noventa y dos años.

—¿Nunca vamos a...?

—En efecto, pequeña. Sabemos que Beta Oph2 tiene una atmósfera similar a la de la Tierra, que tiene agua líquida, igual que la Tierra, que probablemente tiene bosques de alguna clase. Pero nunca los veremos. Ninguno de nosotros. Somos generaciones puente, intermediarios, los que trabajamos para que nuestros descendientes estén preparados.

Konstance apoya las palmas de las manos en la mesa; tiene la sensación de estar a punto de perder el conocimiento.

—La verdad es dura de asimilar, lo sé. Por eso esperamos antes de traer a los niños a la Biblioteca. A que seáis lo bastante maduros.

La señora Flowers coge una tira de papel de la caja y escribe algo.

—Ven, quiero enseñarte una cosa más.

Mete el papel en la ranura y un libro gastado, tan ancho y tan alto como la puerta del Compartimento 17, salta de una estantería del segundo piso, aletea unas cuantas veces sin elegancia alguna y aterriza abierto delante de ellas. Sus páginas son de un negro profundo, como si se hubiera abierto una puerta en la boca de una fosa insondable.

—Me temo que el Atlas —dice la señora Flowers— está un poco anticuado. Siempre se lo enseño a los niños en su día de la Biblioteca, pero después prefieren usar otros métodos más fáciles de manejar e inmersivos. Adelante.

Konstance pone un dedo en la página, lo retira. A continuación un pie. La señora Flowers le coge la mano y Konstance cierra los ojos y se prepara y las dos pisan a la vez.

No se caen: flotan en el espacio negro. En todas las direcciones hay puntitos de luz que perforan la oscuridad. Sobre el hombro de Konstance flota el armazón del Atlas, un rectángulo iluminado a través del cual todavía atisba estanterías de la Biblioteca.

—Sybil —dice la señora Flowers—, llévanos a Estambul.

En la negrura a sus pies, una mota de luz crece hasta ser un punto, luego una esfera verdiazul que se agranda a cada latido del corazón; un hemisferio azul en un remolino de vapor rota atravesando la luz del sol, mientras el otro gira en una oscuridad ultramarina estarcida de luz eléctrica. «¿Eso es...?», pregunta Konstance, pero ya están cayendo de pie hacia la esfera o quizá es que la esfera se dirige hacia ellas: gira, se hace enorme, llena todo el campo visual de Konstance. Esta contiene la respiración mientras la península se expande a sus pies de color verde jade moteado de beis y rojos, una riqueza cromática tal que sus ojos casi no pueden abarcarla. Lo que se dirige hacia Konstance a gran velocidad es más magnífico, más complejo y más intricado que cualquier cosa que ha imaginado o creído imaginar, como mil millones de Granjas 4 juntas, y ahora la señora Flowers y ella caen por un aire que es a la vez transparente y resplandeciente, descienden hacia un denso circuito de carreteras y azoteas hasta que, por fin, sus pies tocan la Tierra.

Están en un solar vacío. El cielo es color azul joya y despejado. De la maleza sobresalen piedras blancas enormes como muelas perdidas de gigantes. A su izquierda, ondulando en paralelo a una carretera que parece estar muy transitada en ambas direcciones, discurre una muralla gigantesca y en ruinas, remachada de hierba e interrumpida cada cincuenta metros más o menos por una torre gruesa y castigada por los elementos.

Konstance tiene la sensación de que hasta la última neurona de su cabeza ha empezado a arder. Del suelo, entre sus pies, brota hierba. Le habían dicho que la Tierra estaba en ruinas.

—Como sabes —dice la señora Flowers— viajamos demasiado deprisa para que nos dé tiempo a recibir datos nuevos, así que, dependiendo de cuándo fueran tomadas estas imágenes, esto es Estambul con el aspecto que tenía hace seis o siete décadas, antes de que el *Argos* abandonara la órbita terrestre baja.

¡La maleza! Maleza con hojas igual que las cuchillas de las tijeras de coser de Madre, maleza con la forma de los ojos de Jessi Ko, maleza con flores moradas diminutas o tallos diminutos color verde. ¿Cuántas veces ha evocado Padre las bondades de la maleza? Una piedra junto a su pie está moteada de negro, ¿es liquen? ¡Padre habla del liquen sin parar! Intenta tocarlo, pero su mano lo atraviesa.

—Solo puedes mirar —dice la señora Flowers—. Lo único sólido en el Atlas es el suelo. Como he dicho, una vez los niños prueban las cosas más modernas, casi nunca vuelven aquí.

Lleva a Konstance a los pies de la muralla. Todo está inmóvil.

—Más tarde o más temprano, pequeña —dice la señora Flowers— todas las cosas vivas mueren. Tú, yo, tu madre, tu padre, todos y todo. Incluso los bloques de piedra caliza con que se construyeron estas murallas estaban hechos en su mayor parte de esqueletos de criaturas muertas mucho tiempo atrás. Caracoles y corales. Ven.

A la sombra de la torre más cercana hay varias imágenes de personas: una mirando hacia el cielo; otra a medio subir las escaleras. Konstance distingue una camisa con botones, pantalones azules, sandalias de hombre, una chaqueta de mujer, pero el software ha difuminado las caras.

—Por cuestiones de privacidad —explica la señora Flowers. Señala una escalera de caracol que conduce a lo alto de la torre—. Vamos a subir.

—Pensaba que lo único sólido es el suelo.

La señora Flowers sonríe.

—A fuerza de venir mucho por aquí, cariño, una termina descubriendo un secreto o dos.

Con cada peldaño que suben, Konstance puede ver más de la ciudad que se extiende a ambos lados de la muralla: antenas, coches, toldos, un edificio enorme con mil ventanas, todo congelado en el tiempo; el esfuerzo de asimilar el conjunto casi la deja sin respiración.

—Desde que somos una especie, ya sea mediante la medicina o la tecnología, acumulando poder, embarcándonos en viajes o contando historias, los humanos nos hemos esforzado por derrotar a la muerte. Ninguno lo hemos conseguido.

Llegan a lo alto de la torre y Konstance mira abajo, mareada: el ladrillo rojo óxido, las piedras blancas hechas de cuerpos de criaturas muertas, la hiedra verde que trepa por los muros en oleadas... Es demasiado.

—Pero algunas de las cosas que construimos —continúa la señora Flowers— sí perviven. Hacia el año 410 de la Era Común el emperador de esta ciudad, Teodosio II, empezó a construir esta muralla terrestre, de más de seis kilómetros de longitud, para conectarla con los doce kilómetros de fortificaciones que ya defendían la ciudad desde el mar. La muralla de Teodosio tenía una pared exterior, de dos metros de grosor y nueve de altura, y una interior, de cinco metros de grosor y doce de alto. A saber cuántos cuerpos se rompieron durante su construcción.

Un insecto minúsculo ha quedado atrapado cuando cruzaba el antepecho justo enfrente de Konstance. Tiene el caparazón negro azulado brillante y patas de articulaciones asombrosas. Es un escarabajo.

—Durante más de mil años estas murallas repelieron cualquier ataque —dice la señora Flowers—. Los libros eran confiscados en los puertos y no se devolvían hasta haber sido copiados, todos a mano, por supuesto, y hay quienes creen que, en determinados momentos, las bibliotecas de la ciudad contuvieron más libros que todas las bibliotecas del mundo juntas. Y durante todo este tiempo hubo terremotos, inundaciones y ataques militares enemigos y los habitantes de la ciudad trabajaban juntos para fortificar las murallas mientras la maleza crecía por sus piedras y la lluvia se colaba por entre las grietas hasta que no fueron capaces de recordar un tiempo en que no hubiera murallas.

Konstance intenta tocar el escarabajo, pero el antepecho se pixela y de nuevo sus dedos lo atraviesan.

—Tú y yo nunca llegaremos a BetaOph2, cariño, y es una verdad dolorosa. Pero con el tiempo descubrirás que formar parte de una empresa que es más grande que tú es algo noble.

Las murallas no se mueven; las personas del suelo no respiran; los árboles no se mecen en la brisa; los coches están quietos; el escarabajo está congelado en el tiempo. A Konstance la asalta un pensamiento, o un recuerdo recuperado: de los niños de diez años anteriores a ella que, como Madre, nacieron en el *Argos*, que se despertaron su Día de la Biblioteca soñando con el momento en que pisarían Beta Oph2 y respirarían fuera de la nave, con los refugios que construirían, las montañas que escalarían, las formas de vida que tal vez descubrirían... ¡Una segunda Tierra! Y que volverían a sus compartimentos transformados, con la frente hundida, los hombros caídos, la luz de sus ojos atenuada. Dejaban de correr por los pasillos, tomaban SueñoGrageas cuando llegaba la NoLuz; en ocasiones había sorprendido a niños mayores que ella con la mirada perdida en las manos o en la pared, o los había visto pasar por delante de Intendencia encorvados y cansados como si cargaran con mochilas invisibles llenas de piedras.

«Tú, yo, tu madre, tu padre, todos y todo».

Dice:

—Pero yo no me quiero morir.

La señora Flowers sonríe.

—Lo sé, cariño. Tienes que ayudar a completar un viaje formidable. Vamos, es hora de irnos, el tiempo aquí transcurre de forma extraña y está empezando la Tercera Comida.

Coge la mano a Konstance y se elevan juntas desde la torre mientras la ciudad se aleja, aparecen el estrecho, luego mares, continentes, la Tierra mengua hasta ser de nuevo un puntito y salen del Atlas a la Biblioteca.

En el atrio, el perrito agita el rabo y toca la pierna de Konstance con una pata, y la señora Flowers la mira con amabilidad mientras el enorme y gastado Atlas se cierra, despega y regresa volando a su estante. El cielo sobre la bóveda es ahora color lavanda. Hay menos libros volando. La mayoría de los miembros de la tripulación se han ido.

Konstance tiene las palmas húmedas y le duelen los pies. Cuando piensa en los niños más pequeños que estarán ahora corriendo por los pasillos de camino a la Tercera Comida, un dolor prolongado la recorre igual que una cuchilla. La señora Flowers señala con un gesto las estanterías infinitas.

—Cada uno de estos libros, niña, es una puerta, un umbral a otro lugar y otro tiempo. Tienes toda la vida por delante y mientras dure tendrás esto. Es suficiente, ¿no te parece?

OCHO

VUELTAS Y MÁS VUELTAS

La ciudad de los cucos y las nubes
por Antonio Diógenes, folio Θ

... al norte, siempre al norte. Durante semanas el molinero y su
hijo me llevaron hacia el norte. Los músculos se me acalambraban,
tenía las pezuñas astilladas y soñaba con descansar y comer algo de
pan, quizá un trozo o dos de cordero, una buena sopa de pescado
y una copa de vino, pero, en cuanto llegamos a su granja abrupta y
helada, el molinero me llevó al molino y me ató a la noria.

Caminé interminablemente en círculos haciendo girar la
noria, moliendo trigo y cebada para todos los granjeros de aquella
mísera y gélida provincia, o esa impresión me dio, y, si aminoraba
el ritmo lo más mínimo, el hijo del molinero sacaba su vara y me
azotaba las patas traseras. Cuando por fin me llevaron a pastar,
caía hielo del cielo, el viento soplaba con una rabia de escarcha y
a los caballos no les gustó tener que compartir conmigo las escasas
matas de hierba rala que tenían. Y lo que fue aún peor, sospechaban
que quería seducir a sus esposas, ¡cuando nada más lejos! Faltaban
meses para que crecieran rosas en aquel lugar.

Miraba los pájaros surcar el cielo camino de lugares más verdes
y un anhelo me ardía en el pecho. ¿Por qué eran tan crueles los
dioses? ¿No había padecido yo bastante por mi curiosidad? Todo
lo que hice en aquel tosco valle fue dar vueltas y más vueltas,
vueltas y más vueltas a la noria, enfermo y mareado, hasta que
tuve la sensación de que estaba perforando mi camino hacia el
inframundo, y de que de un momento a otro me encontraría
metido hasta la barriga en las aguas hirvientes de Aqueronte, el río
del dolor, cara a cara con Hades...

CAMINO DE CONSTANTINOPLA

ENERO-ABRIL DE 1453

Omeir

Ciento cuarenta millas separan el campo de pruebas en Edirne de la Reina de las Ciudades y llevan el cañón hasta allí más despacio de lo que se arrastra un hombre a gatas. Forman la caravana que tira de él treinta parejas de bueyes, cada una uncida a un pértigo doble por el centro, una caravana tan larga y con tantas posibilidades de fracaso que se detiene docenas de veces al día. Delante y detrás de ellos, más bueyes tiran de culebrinas, catapultas y arcabuces, quizá unas treinta piezas de artillería en total, y aun otros tiran de carros con pólvora o bolas de piedra, algunas tan grandes que Omeir no podría rodearlas con los dos brazos.

A ambos lados de la carretera, hombres y bestias circulan por entre los carros igual que fluye un río alrededor de una roca: mulas cargadas de alforjas, camellos con docenas de vasijas de barro colgadas del lomo, carros llenos de provisiones y tablas y cuerdas y telas. ¡Cuán diverso es el mundo! Omeir ve adivinos, derviches, astrólogos, estudiosos, panaderos, artilleros, herreros, místicos en túnicas raídas, cronistas y curanderos y portaestandartes con gallardetes de todos los colores. Algunos llevan armadura de cuero, otros plumas en el sombrero, algunos van descalzos, otros calzan botas de reluciente piel de Damasco hasta la rodilla. Ve a un grupo de esclavos con tres cicatrices horizontales en la frente (una, explica Maher, por cada uno de sus amos muertos); ve un hombre de frente tan encallecida de postrarse a rezar que da la impresión de llevar una gran uña cerosa en la cabeza.

Una tarde: un mulero envuelto en una piel de oso y con una hendidura en el labio superior no muy diferente de la de Omeir adelanta la caravana mirando al suelo y sigue su camino. Cuando se cruzan, los ojos de ambos se encuentran, y el mulero aparta la vista, y Omeir no lo vuelve a ver.

Oscila entre el asombro y el abatimiento. Cuando se va a dormir junto al fuego y se despierta junto a las ascuas con la escarcha centelleando en su ropa, cuando espera junto a los otros boyeros a que se reavive la hoguera, mientras todos comen gachas de cebada y hierbas y trocitos de carne de caballo del mismo perol de cobre, experimenta un sentimiento de inclusión como nunca antes, la sensación de que todos participan de una empresa formidable y justificada, una tarea tan justa que hay lugar en ella incluso para un niño con un rostro como el suyo, todos dirigiéndose al este, hacia la gran ciudad, como convocados por la flauta mágica de uno de los cuentos de Abuelo. Cada mañana el alba llega antes, las horas de luz crecen, aparecen volando bandadas de grullas, después de patos y más tarde de aves cantoras, como si la oscuridad se replegara y la victoria estuviera escrita.

Pero en otros momentos su entusiasmo se desmorona. El barro se pega en forma de grandes terrones a las pezuñas de Árbol y Rayo de Luna, las cadenas chirrían, las cuerdas gimen y silbidos recorren la comitiva adelante y atrás, y el aire se llena de los sonidos de animales que sufren. Muchos de los bueyes van uncidos a yugos fijos, no móviles como los que hace Abuelo, pocos de ellos están acostumbrados a transportar cargas tan pesadas en un terreno desigual y a cada momento hay reses heridas.

A Omeir cada día le brinda una nueva lección sobre lo descuidados que pueden ser los hombres. Algunos no se molestan en herrar a sus bueyes con herraduras de dos goznes; otros no revisan los yugos en busca de grietas que después lastiman los lomos de los bueyes; otros no dejan recuperarse a los animales desunciéndolos en cuanto terminan de tirar; aun hay otros que no siempre les cubren los cuernos para evitar que se enganchen entre sí. Hay siempre sangre, gemidos, sufrimiento.

Delante de la caravana van equipos de constructores de carreteras apuntalando cruces, poniendo tablas sobre el suelo embarrado, pero, ocho días después de salir de Edirne, la ristra de bueyes llega a un río sin puente, con el agua alta y turbia y una corriente que, en su punto más profundo, forma un remolino enfangado. Los boyeros que van en cabeza avisan de que guijarros resbaladizos acechan en el lecho del río, pero el boyero jefe dice que deben seguir.

Ha cruzado cerca de la mitad de la caravana, cuando el animal que va delante de Árbol resbala. El yugo que sujeta a su pareja lo retiene un instante y, a continuación, se le rompe una pata con tal estrépito que Omeir nota el chasquido en el pecho. El buey herido se tambalea hacia un lado arrastrando a su compañero, la ristra entera se desvía hacia la izquierda y Omeir percibe cómo Árbol y Rayo de Luna se preparan para asumir el peso extraordinario mientras los dos patalean dentro del agua. Llega corriendo un boyero con una larga lanza y atraviesa primero a un convulso buey y luego al otro, y la sangre de ambos mana en el río mientras algunos herreros golpean las cadenas con hachas para liberarlos y otros boyeros recorren la comitiva atrás y adelante diciendo «so» y tranquilizando a los animales. Pronto enganchan caballos a los dos bueyes muertos para sacarlos del agua y poder descuartizarlos más tarde y los herreros montan una gran fragua y un fuelle en la orilla embarrada para reparar la cadena y Omeir se lleva a Rayo de Luna y Árbol a pastar y se pregunta si habrán comprendido lo que acaban de ver.

Cuando anochece, acicala primero a Árbol y luego a Rayo de Luna mientras lo miran, les limpia las pezuñas y se dice a sí mismo que no comerá la carne de los animales muertos por respeto, pero más tarde, cuando el olor llena el aire frío y se reparten las escudillas de guiso, no puede resistirse. Mastica y siente el peso del cielo y, con él, una oscura confusión.

Con cada puesta de sol, sus bueyes pierden luz. De cuando en cuando, Árbol pestañea a Omeir con sus enormes y húmedos ojos, como si lo perdonara, y por las mañanas, antes de ser uncido, Rayo de Luna sigue mostrándose curioso, observando mariposas o un conejo o abriendo las fosas nasales para identificar distintos olores en el aire. Pero la mayor parte del tiempo que están sin uncir permanecen cabizbajos y se limitan a comer, como si se sintieran demasiado cansados para otra cosa.

El muchacho se coloca a su lado, metido en el barro hasta los tobillos, con el rostro tapado por la capucha, y contempla la paciente y suave manera en que las pestañas de Rayo de Luna suben y bajan. El pelo, que casi parecía de plata cuando era joven, lleno de pequeños arcoíris que reflejaban el sol, ahora es de un gris ratón. Una nube de moscas flota sobre una herida supurante que tiene en el omóplato. Omeir cae en la cuenta de que son las primeras moscas de la primavera.

CONSTANTINOPLA

ESOS MISMOS MESES

Anna

La copa de plomo desaparece en la oscuridad líquida, el agua se mezcla con azogue y María la bebe. De regreso a casa, mantos de nieve se extienden de un muro a otro, borrando el pavimento. María intenta echar los hombros hacia atrás.

—Puedo andar sola —dice—. Me encuentro de maravilla. —Pero se cruza en el camino de un carretero y casi muere aplastada.

Cuando anochece, tirita en la celda.

—Los oigo azotarse en la calle.

Anna aguza el oído. Toda la ciudad está en silencio. Solo se oye la nieve caer sobre los tejados.

—¿A quiénes, hermana?

—Sus lamentos son tan hermosos...

Entonces llegan los temblores. Anna la envuelve en todas las prendas que tienen: ropa interior de lino, sobrefalda de lana, capa, bufanda, manta. Trae carbones en calentadores de mano y, aun así, María tirita. Durante toda su vida su hermana ha estado ahí. Pero ¿cuánto tiempo le queda?

Los cielos sobre la ciudad se rehacen a cada hora: morado, plata, dorado, negro. Cae granizo menudo, luego aguanieve, a continuación pedrisco. La viuda Teodora mira por los postigos y murmura versos de san Mateo: «Entonces aparecerá en el cielo la señal del Hijo del Hombre, y todas las tribus de la tierra se lamentarán». En la trascocina, Crisa dice que, si se acerca el juicio final, habrá que terminarse el vino.

La conversación en las calles oscila entre lo extraño del tiempo y los números. El sultán, dicen algunos, ha reunido un ejército de veinte mil hombres que se encamina hacia allí desde Edirne. Otros afirman que el número de soldados está más cerca de los cien mil. ¿Cuántos defensores puede reunir una ciudad que agoniza? ¿Ocho mil? Otros predicen que el número está más cerca de los cuatro mil, de los cuales solo trescientos saben disparar con arco.

Ocho millas de fortificaciones marítimas, cuatro de muralla terrestre, 192 torres en total, ¿y van a defenderlas todas con cuatro mil hombres?

La guardia del emperador requisa armas para su redistribución, pero, en el patio delante de las puertas de Santa Teófano, Anna ve a un soldado presidiendo una triste pila de cuchillos oxidados. En solo una hora oye que el joven sultán es un mago prodigioso que habla siete lenguas y recita poesía antigua, que es un estudioso aventajado de astronomía y geometría, un monarca amable y clemente que tolera todas las fes. A la hora siguiente es un desalmado sediento de sangre que mandó ahogar a su hermano pequeño al poco de nacer y después decapitó al hombre encargado de ahogarlo.

En el taller, la viuda Teodora prohíbe a las bordadoras hablar del peligro que acecha: los únicos temas de conversación deben ser agujas, puntos de bordado y la gloria de Dios. Envolver el alambre con hilo teñido, agrupar los alambres envueltos de tres en tres, dar una puntada, dar la vuelta al bastidor. Una mañana, con gran ceremonia, la viuda Teodora premia a María por su diligencia encargándole bordar doce pájaros, uno por cada apóstol, en una capucha verde con brocados que irá cosida a la capa pluvial de un obispo. María se pone a trabajar con dedos temblorosos y murmura una plegaria mientras fija la tela verde intenso a su bastidor y pasa hilo por el ojo de una aguja. Anna la mira y se pregunta: ¿para celebrar a qué santo llevan los obispos capas fluviales con brocado si la permanencia del hombre sobre la tierra está tocando a su fin?

La nieve cae, se congela y una niebla helada amortaja la ciudad. Anna cruza el patio corriendo, baja al puerto y encuentra a Himerio tiritando junto a su esquife. El hielo glasea las regalas y los remos y brilla en los pliegues de las mangas de Himerio y también en las cadenas de las escasas naves que hay todavía ancladas en el puerto. El muchacho coloca un brasero en el suelo del bote, prende un carbón y corre a poner los sedales y Anna siente un placer casi vertiginoso al mirar las chispas subir en la niebla y fundirse a su espalda. Himerio se saca una ristra de higos secos del jubón y el brasero reluce a los pies de ambos igual que un secreto cálido y feliz, un tarro de miel reservado para una noche especial. Los remos chorrean, y ellos comen, e Himerio canta una canción de pescadores sobre una sirena con pechos del tamaño de corderos, y el agua lame el casco, y su voz adopta un tono serio cuando dice que ha oído que hay capitanes genoveses dispuestos a pasar de contrabando, cruzando el mar hasta Génova antes de que empiece el ataque de los sarracenos, a cualquiera que pueda pagarlo.

—¿Tú huirías?

—Me mandarán a galeras. ¿Tú querrías pasar los días y las noches remando bajo cubierta, empapado hasta la cintura con tu propia orina? ¿Mientras veinte naves sarracenas intentan embestirte o pegarte fuego?

—Pero las murallas —dice Anna— han sobrevivido a muchos asedios.

Himerio sigue remando, los escálamos crujen, aparece la escollera.

—Dice mi tío que el verano pasado visitó a nuestro emperador un fundidor húngaro. El hombre tenía fama de saber fabricar máquinas de guerra capaces de pulverizar muros de piedra. Pero el húngaro necesitaba diez veces más bronce del que tenemos en toda la ciudad. Y el emperador, dice mi tío, no puede permitirse pagar a cien arqueros de Tracia. Apenas puede permitirse un tejado que lo cobije de la lluvia.

El mar lame la escollera. Himerio levanta los remos y de su aliento sale vapor.

—¿Y?

—El emperador no podía pagar. Así que el húngaro se fue en busca de alguien que sí pudiera.

Anna mira a Himerio: los ojos grandes, las rodillas huesudas, los pies de pato; parece una amalgama de siete criaturas distintas. Le parece oír la voz del escriba más alto: «El sultán tiene nuevas máquinas de guerra capaces de derribar murallas como si fueran aire».

—¿Quieres decir que al húngaro no le importan los fines con que se empleen sus máquinas?

—Hay muchas personas en este mundo —dice Himerio— a quienes es indiferente a qué fin se destinan sus máquinas. Mientras les paguen.

Llegan al muro; Anna sube, una bailarina; el mundo enflaquece y solo existe el movimiento de su cuerpo y el recuerdo de los apoyos de pies y manos. Por último, reptar por la boca del león, el alivio de notar suelo firme bajo los pies.

En la biblioteca en ruinas pasa más tiempo que de costumbre buscando en los armarios sin puerta de los que ya ha saqueado todo lo prometedor. Reúne algunos rollos de papel carcomidos —escrituras de compraventa, supone— moviéndose por la penumbra sin entusiasmo ni expectativas. Al fondo, detrás de varios montones de pergamino empapado, encuentra un pequeño códice marrón sucio, encuadernado en lo que parece piel de cabra. Lo coge y lo mete en el saco.

La niebla se espesa y la luz de luna se atenúa. Unas palomas zurean débilmente al otro lado del tejado roto. Anna musita una oración a santa Koralia, cierra el saco, lo acarrea escaleras abajo, repta por el imbornal, baja por la pared y salta al barco sin decir una palabra. Demacrado y aterido, Himerio rema de vuelta al puerto, y el carbón del suelo del bote se extingue, y la niebla helada parece cerrarse alrededor de ellos igual que una trampa. En la puerta del barrio veneciano no hay hombres armados, y cuando llegan a la casa de los italianos todo está a oscuras. En el patio, la higuera está glaseada de hielo, los gansos no se ven por ninguna parte. El niño y la niña tiritan pegados a la pared y Anna le pide al sol que salga.

Al cabo de un rato, Himerio prueba a empujar la puerta y descubre que está abierta. Dentro del taller, todas las mesas están vacías. La lumbre está apagada. Himerio empuja los postigos y la habitación se llena de una luz plana, glacial. El espejo ha desaparecido, lo mismo que el centauro de terracota y el tablero con mariposas clavadas, los rollos de pergamino, los rascadores, los punzones y los cortaplumas. Han despedido a los criados, los gansos se han ido o los han cocinado. Por las baldosas hay desperdigadas unas cuantas plumas; manchas de tinta ensucian el suelo; la habitación es una bóveda desnuda.

Himerio suelta el saco. Por un instante en la luz del amanecer parece encorvado y gris, el hombre mayor que no vivirá lo bastante para llegar a ser. En algún rincón del vecindario, un hombre grita: «¿Sabes lo que detesto?», y un gallo canta y una mujer se echa a llorar. El mundo en sus últimos días. Anna recuerda algo que dijo en una ocasión Crisa: las casas de los ricos arden tan deprisa como las demás.

A pesar de sus peroratas sobre rescatar las voces de la Antigüedad, de usar la sabiduría de los clásicos para fertilizar las semillas de un nuevo futuro, ¿acaso eran los escribas de Urbino mejores que los ladrones de tumbas? Vinieron y esperaron a que se abriera de par en par lo que quedaba de la ciudad para entrar furtivamente y saquear los tesoros derramados. A continuación corrieron a ponerse a salvo.

Algo llama la atención de Anna en el fondo de un cajón vacío: una cajita de rapé esmaltada, de las ocho que formaban la colección del escriba. En la tapa agrietada, un cielo rosado abraza la fachada de un palacio flanqueado por torreones gemelos y dividido en tres niveles por medio de balcones.

Himerio está mirando por la ventana, absorto en su decepción, y Anna se guarda la caja dentro del vestido. En algún lugar más arriba de la niebla, sale un sol pálido y distante. Anna vuelve la cara hacia él, pero no nota calor alguno.

Se lleva el saco lleno de libros mojados a la casa de Kalafates, lo esconde en la celda que comparte con María y nadie se molesta en preguntar dónde ha estado o qué ha hecho. Durante todo el día las bordadoras, encorvadas como hierbas de invierno, trabajan en silencio, soplándose las manos o metiéndolas en mitones para calentarlas, mientras las esbeltas figuras a medio bordar de santos monásticos cobran forma en la seda delante de ellas.

—La fe —dice la viuda Teodora mientras pasea entre las mesas— ayuda a superar cualquier aflicción.

María está inclinada sobre la capucha de brocado, mueve la aguja adelante y atrás con la punta de la lengua entre los dientes, haciendo aparecer un ruiseñor a base de hilo y de paciencia. Por la tarde aúlla un viento procedente del mar que adhiere nieve a las fachadas de Hagia Sophia que dan a la costa, y las bordadoras dicen que es una señal, y a la caída de la noche los árboles vuelven a congelarse, con las ramas enfundadas en hielo, y las bordadoras dicen que también eso es una señal.

Para cenar hay caldo y pan negro. Algunas mujeres dicen que las naciones cristianas al oeste podrían salvarlos si quisieran, que Venecia o Pisa o Génova podrían enviar una flotilla de armas y caballerías para derrotar al sultán, pero otras dicen que lo único que importa a las repúblicas italianas son las vías marítimas y las rutas comerciales, que ya tienen contratos con el sultán, que es preferible morir bajo flechas sarracenas a dejar que venga el Papa a atribuirse la victoria.

Parusía, el Segundo Advenimiento, donde termina la historia. En el monasterio de San Jorge, dice Ágata, los ancianos conservan una cuadrícula de azulejos, doce en un lado y doce en el otro, y cada vez que muere un emperador inscriben su nombre donde corresponde.

—Solo queda un azulejo en blanco —dice— y, en cuanto se escriba el nombre de nuestro emperador, la cuadrícula estará completa y el anillo de la historia se habrá cerrado.

En las llamas de la chimenea Anna ve reflejadas siluetas de soldados que pasan corriendo. Toca la caja de rapé que lleva dentro del vestido, y ayuda a María a meter su cuchara en la sopa, pero María derrama el caldo antes de lograr llevársela a la boca.

A la mañana siguiente, las veinte bordadoras están sentadas a sus mesas cuando el criado del señor Kalafates sube las escaleras a toda velocidad, sin resuello y colorado por las prisas, corre hasta el armario de los hilos, guarda el alambre de oro y plata y las perlas y las bobinas de seda en un estuche de cuero y, sin decir palabra, se va corriendo por donde ha venido.

La viuda Teodora sale detrás de él. Las bordadoras se acercan a las ventanas para mirar: abajo, en el patio, el portero, entre resbalones de sus botas en el barro, carga rollos de seda envueltos a lomos del asno de Kalafates. La viuda Teodora vuelve de las escaleras con lluvia en la cara y barro en el vestido, ordena a todas que sigan cosiendo y le dice a Anna que recoja los alfileres que ha tirado el criado al suelo, pero es evidente para todas que el amo está desertando.

A mediodía los pregoneros recorren las calles anunciando que a la caída del sol se cerrarán y asegurarán las puertas de la ciudad. La barrera, una cadena tan gruesa como la cintura de un varón y con flotadores, pensada para impedir a los barcos entrar en el

Cuerno de Oro y atacar desde el norte, es transportada desde el puerto y fijada a las murallas de Gálata, al otro lado de la boca del Bósforo. Anna imagina a Kalafates encorvado en la cubierta de una nave genovesa, contando frenético sus baúles de viaje mientras la ciudad mengua a su espalda. Imagina a Himerio descalzo entre los pescadores mientras los almirantes de la ciudad pasan revista. El mechón de pelo, el cuchillo de empuñadura de cuero en el cinturón; se esfuerza mucho por dar impresión de veteranía y valor, pero lo cierto es que no es más que un niño, alto y de ojos grandes, con un sayón remendado bajo la lluvia.

Mediada la tarde, las bordadoras que están casadas y tienen hijos han abandonado las mesas de trabajo. De la calle llega ruido de cascos de caballos y chapoteo de ruedas y gritos de carreteros. Anna mira a María guiñar los ojos sobre la capucha de seda. Oye la voz del escriba más alto: «El arca se ha estrellado contra las rocas, niña. Y la marea sube».

Omeir

odos escudriñan el cielo revuelto; todos se inquietan. Los boyeros dicen en voz alta que el sultán es paciente y generoso, que reconoce lo que les ha pedido, que en su sabiduría entiende que la bombarda llegará al campo de batalla cuando más falta haga. Pero después de tanto esfuerzo Omeir percibe una agitación apoderarse de los hombres. Pasa el tiempo entre tormenta y tormenta; restallan látigos; bullen resentimientos. En ocasiones sorprende a hombres mirándole la cara con sospecha indisimulada y se acostumbra a levantarse de la hoguera y refugiarse en las sombras.

Subir una ladera puede requerir un día entero, pero son los descensos lo que más problemas dan. Se rompen frenos, el ganado muge de terror e infelicidad; en más de una ocasión un yugo se astilla y obliga a un buey a caer de rodillas y, cada pocos días, otro animal es sacrificado. Omeir se dice que lo que están haciendo, todo este esfuerzo, todas estas vidas entregadas a transportar un cañón, es justo. Una campaña necesaria, la voluntad de Dios. Pero en momentos inesperados la añoranza del hogar lo atenaza: bastan un olor intenso a humo, el relincho del caballo de alguien en la noche para estar de vuelta; la lluvia goteando de los árboles, el rumor del río. Madre fundiendo cera sobre la lumbre. Nida cantando entre los helechos. Abuelo, con su artritis y sus ocho dedos del pie, cojeando hacia el establo con sus madreñas.

—Pero ¿cómo va a encontrar esposa? —preguntó en una ocasión Nida—. ¿Con esa cara que tiene?

—Su cara no es lo que mantendrá alejadas a las mujeres —dijo Abuelo—, sino el olor de sus pies.

Acto seguido cogió un pie a Omar, se lo llevó a la nariz, lo olió con gran aspaviento y todos rieron y a continuación Abuelo dio un gran abrazo al niño.

A los dieciocho días de viaje varias de las abrazaderas de hierro que sujetan el monstruoso cañón al carro ceden y rueda al suelo. Todos gimen. El arma de veinte toneladas reluce en el barro como un artefacto descartado por los dioses.

Justo entonces empieza a llover. Trabajan toda la tarde, con ayuda de un cabestrante, para subir el cañón al carro, devuelven este a la carretera y, al anochecer, estudiosos de lo sagrado pasean entre las hogueras para levantar la moral. Los habitantes de la ciudad, dicen, ni siquiera son capaces de criar sus propios caballos y tienen que comprarnos los nuestros. Se pasan el día recostados en mullidos divanes; entrenan a sus perros en miniatura para que anden por ahí lamiéndose los genitales los unos a los otros. El asedio está a punto de empezar, dicen los estudiosos, y el arma que transportan asegurará la victoria, tornará las ruedas del destino a su favor. Gracias a los esfuerzos de todos, tomar la ciudad será más fácil que pelar un huevo. Más fácil que quitar un pelo de una taza de leche.

Sube humo en dirección al cielo. Mientras los hombres se preparan para dormir, Omeir siente una punzada de inquietud. Encuentra a Rayo de Luna cerca de la hoguera arrastrando su ronzal.

—¿Qué tienes?

Rayo de Luna lo conduce a donde está su hermano debajo de un árbol, solo, con una de las patas traseras encogida.

Aunque el sultán lo ha querido y Dios lo ha dispuesto, empujar algo tan pesado hasta tan lejos está, a fin de cuentas, en el umbral de lo imposible. En las últimas millas, con cada paso que dan, la caravana de bueyes parece hundirse un paso en la tierra, como si recorriera, no una carretera en dirección a la Reina de las Ciudades, sino un declive hacia el inframundo.

A pesar de los cuidados de Omeir, para cuando el viaje toca a su fin, Árbol no muestra interés alguno en apoyar la pata trasera izquierda y Rayo de Luna apenas puede levantar la cabeza; da la impresión de que los bueyes gemelos tiran solo por complacer a Omeir, como si lo único que les importara ya fuera satisfacer esa única exigencia, por muy incomprensible que les resulte, porque el muchacho así lo quiere.

Este camina junto a ellos con lágrimas en los ojos.

Llegan a los campos que hay antes de las murallas de Constantinopla en la segunda semana de abril. Atruenan trompetas, se oyen vítores y salen hombres corriendo a ver el gran cañón. Omeir ha soñado despierto con innumerables variaciones de la ciudad imaginada: demonios con pezuñas apostados en lo alto de torreones, cancerberos arrastrando cadenas a las puertas; pero, cuando doblan un último recodo y la ve por primera vez, queda boquiabierto. Ante él se extiende un inmenso baldío lleno de tiendas, pertrechos, animales, hogueras y soldados apretados contra un foso ancho como un río. Al otro lado del foso, después de un pequeño declive del terreno, las murallas recorren millas de tierra en ambas direcciones igual que una sucesión de riscos mudos e inexpugnables.

En la luz extraña y ahumada, bajo un cielo gris y amenazador, las murallas parecen infinitas y pálidas, como si salvaguardaran una ciudad hecha de huesos. Incluso con el cañón, ¿cómo van a poder atravesar una barrera así? Serán moscas saltando al ojo de un elefante. Hormigas a los pies de una montaña.

Anna

Se ha alistado con varios centenares más de niños para ayudar a apuntalar secciones deterioradas de la muralla. Acarrean adoquines, incluso lápidas, y se las dan a los canteros, que las van colocando con mortero. Es como si la ciudad entera estuviera siendo desmantelada y reconstruida en forma de interminable muralla.

Pasa todo el día levantando piedras, acarreando cubos; entre los canteros que trabajan en el andamio sobre su cabeza reconoce a un panadero y a dos pescadores. Nadie pronuncia en voz alta el nombre del sultán, como si decirlo pudiera provocar que su ejército se materializara intramuros. A medida que avanza el día empieza a levantarse un viento frío, el sol queda subsumido en remolinos de nubes y la tarde de primavera más parece una noche invernal. Arriba, a lo largo de las murallas, monjes descalzos pasean un relicario detrás de un nazareno entonando un cántico grave y sombrío. ¿Cuál de las dos cosas, se pregunta Anna, será más eficaz para repeler a los invasores? ¿El mortero o la oración?

Aquella noche, la segunda de abril, cuando los otros niños regresan a sus casas ateridos y hambrientos, Anna atraviesa los huertos cerca de la Quinta Puerta Militar hasta la vieja torreta del arquero.

La poterna sigue allí, llena de escombros. Seis vueltas de escalera de caracol hasta lo alto de la torreta. Aparta unas cuantas ramas de hiedra; el fresco de la ciudad de plata y bronce sigue flotando entre las nubes, descascarillándose poco a poco. Anna se pone de puntillas para tocar el asno, atrapado para la eternidad en la orilla del mar equivocada; a continuación sale por la aspillera que da al oeste.

Lo que ve, más allá de la muralla exterior, más allá del foso, la deja sin respiración. Jardines y huertos como los que atravesó con María un mes antes de camino a Santa María de la Fuente han sido talados y en su lugar se extiende un baldío delimitado por postes de madera terminados en punta y clavados en la tierra como los dientes de unos gigantescos peines. Detrás de las cercas afiladas y de las empalizadas, que se prolongan en ambas direcciones hasta donde alcanza la vista, hay una segunda ciudad rodeando la primera igual que un halo.

Miles de tiendas sarracenas aletean al viento. Hogueras, camellos, caballos, carros, un gran borrón lejano y tumultuoso de polvo y hombres, todos en cantidades tan elevadas que Anna no conoce los numerales suficientes para contarlos. ¿Cómo describía aquel poeta los ejércitos de los griegos cuando se congregaron a las puertas de Troya?

> *Mas nunca tantos pueblos congregados.*
> *Los griegos en un número tan grande*
> *como tienen los árboles las hojas*
> *o el mar encierra arenas.*

Cambia el viento: mil hogueras llamean y mil pendones ondean en mil estandartes y a Anna se le queda la boca seca. Incluso si una persona pudiera salir por una de las puertas e intentara huir, ¿cómo atravesaría todo aquello?

De un cajón de su memoria le viene algo que dijo en una ocasión la viuda Teodora: «Hemos provocado al Señor, niña, y ahora abrirá la tierra a nuestros pies». Ruega en un susurro a santa Koralia que, si hay alguna esperanza, le envíe una señal, y a continuación mira y tiembla, y sopla el viento, y no salen las estrellas, y no llega señal alguna.

El amo ha huido y el vigilante se ha marchado. La puerta de la celda de la viuda Teodora está atrancada. Anna coge una vela del armario de la trascocina —¿de quién son propiedad ahora?—, la enciende en la lumbre y entra en su celda, donde María está tumbada cerca de la pared, delgada como una aguja. Durante toda su vida a Anna le han dicho que crea, ha intentado creer, deseado creer, que si una persona sufre lo bastante, trabaja lo bastante duro, entonces —igual que Ulises cuando llega a orillas del reino del valeroso Alcínoo— terminará en un lugar mejor. Que el sufrimiento nos redime. Que al morir renacemos. Y quizá eso sea lo más sencillo a fin de cuentas. Pero Anna está cansada de sufrir. Y no está preparada para morir.

La pequeña santa Koralia de madera la mira desde su hornacina con dos dedos levantados. En la luz chisporroteante de la vela, con la cabeza cubierta con un pañuelo, Anna mete la mano debajo del jergón, tira del saco que llenó con Himerio días antes y va sacando los distintos fajos de papel húmedo. Registros de cosechas, registros de tributos. Por último el pequeño códice encuadernado en cordobán.

Manchas de agua salpican el cuero; los márgenes de las hojas están moteados de negro. Pero el corazón le da un salto cuando ve la escritura en las hojas: pulcra, ladeada hacia la izquierda, como para protegerse del viento. Algo sobre una sobrina enferma y hombres que habitan la tierra como animales.

En la hoja siguiente:

... un palacio de torreones dorados descansando en un lecho de nubes alrededor del cual volaban halcones, archibebes, codornices, fochas y cucos, donde ríos de caldo brotaban de espitas...

Pasa las hojas:

... Me brota vello en las piernas... Pero ¡si esto no son plumas! La boca... ¡no la noto como si fuera un pico! ¡Y esto no son alas, sino cascos!

Una docena de páginas más adelante:

... atravesé pasos de montaña, rodeé bosques de ámbar, trepé por montañas guarnecidas de hielo. Hasta el confín gélido del mundo, donde, al llegar el solsticio, las gentes perdían de vista el sol durante cuarenta días y lloraban hasta que mensajeros apostados en la cima de las montañas avistaban el regreso de la luz.

María gime en sueños. Anna tirita y comprende, asombrada. Una ciudad en las nubes. Un asno en el confín de los mares. Un relato que contiene el mundo entero. Y los misterios del más allá.

NUEVE

EN EL CONFÍN GÉLIDO DEL MUNDO

La ciudad de los cucos y las nubes
por Antonio Diógenes, folio I

Debido a la pérdida de múltiples folios, no se sabe con certeza cómo escapa Etón de la rueda del molino. Según algunas versiones del cuento, el asno es vendido a una secta de sacerdotes errantes. Traducción de Zeno Ninis.

... más y más al norte me llevaron aquellos bárbaros, hasta que la tierra se volvió blanca. Las casas estaban hechas con los huesos de grifos salvajes y hacía tanto frío que, cada vez que sus pobladores salvajes e hirsutos hablaban, se les congelaban las palabras y sus interlocutores tenían que esperar a la primavera para saber qué habían dicho.

Los cascos, el cráneo, hasta la médula me dolían de frío y pensaba a menudo en mi hogar, que en mi memoria ya no era un poblachón de mala muerte, sino un paraíso, donde las abejas zumbaban, el ganado trotaba feliz en los prados y yo bebía vino con los otros pastores cuando se ponía el sol bajo la mirada del lucero de la tarde.

Una noche —pues en aquel lugar las noches duraban cuarenta días— en que los hombres hicieron una inmensa hoguera y bailaron hasta entrar en trance, me liberé del ronzal a base de mordiscos y pasé semanas deambulando en la oscuridad estrellada hasta llegar al lugar donde la naturaleza tocaba a su fin.

El cielo estaba negro como la laguna Estigia; aquí y allí surcaban el Océano grandes naves de hielo y me pareció ver criaturas legamosas de enormes ojos nadar de un lado a otro en las letárgicas aguas. Rogué por que me fuera dado transformarme en pájaro, una valerosa águila o un búho sabio y fuerte, pero los dioses guardaron silencio. Pezuña a pezuña recorrí la orilla helada con la fría luz de la luna en el lomo y confié...

COREA

1952-1953

Zeno

En invierno, de las letrinas suben estalagmitas de orina petrificada. El río se congela, los chinos caldean menos barracones y los americanos y los británicos terminan juntos. Blewitt rezonga que ya están más apretados que dos capas de pintura, pero Zeno siente excitación cuando entran los prisioneros ingleses. Su mirada se encuentra con la de Rex y pronto sus jergones están uno junto al otro, pegados a la pared, y cada mañana se despierta con la promesa de encontrar a Rex en el suelo, a un brazo de distancia, y con la certeza de que ninguno de los dos tiene otro sitio donde ir.

Cada día, cuando suben por las colinas heladas, cortando, recogiendo y acarreando maleza para el fuego, Rex le regala una nueva lección.

Γράφω, *gráphō*, arañar, dibujar, raspar o escribir: la raíz de caligrafía, geografía, fotografía.

Φωνή, *phōné*, sonido, voz, lenguaje: la raíz de sinfonía, saxofón, micrófono, megáfono, teléfono.

Θεός, *theós*: un dios.

—Pon a cocer las palabras que conoces hasta que quede solo el esqueleto —dice Rex— y es casi seguro que en el fondo de la olla te encontrarás a los clásicos mirándote.

¿Quién dice cosas así? Y Zeno sigue lanzando miradas furtivas: a la boca de Rex, a su pelo, sus manos; obtiene el mismo placer de mirar a este hombre que de mirar el fuego.

La disentería le llega a Zeno como les llega a todos. Acaba de salir de las letrinas y ya tiene que suplicar permiso para volver. Blewitt dice que llevaría en brazos a Zeno al hospital del campamento, pero el hospital del campamento no es más que una choza en las que unos que se dicen médicos abren en canal a los prisioneros y les meten hígados de pollo entre las costillas para «curarlos» y que más le vale morirse allí para que él pueda quedarse con sus calcetines.

Pronto está demasiado débil hasta para ir a las letrinas. En su momento más bajo, se hace un ovillo en el colchón, con parálisis causada por deficiencia de tiamina, y cree que vuelve a tener ocho años y está en casa, tiritando sobre el lago helado dando pasitos hacia el remolino blanco con sus zapatos de funeral. Delante de él atisba una ciudad tachonada de torres: parpadea y titila. Todo lo que tiene que hacer es acercarse y estará a sus puertas. Pero, cada vez que lo intenta, Athena tira de él.

En ocasiones recobra la consciencia el tiempo suficiente para encontrar a Blewitt a su lado, dándole de comer papilla y diciendo cosas como «Ah-ah, de eso nada, chico, no te vas a morir, no sin mí». En otras ocasiones, es Rex quien está sentado a su lado, con la montura de sus gafas sujeta con alambre oxidado, enjugándole la frente. Con una uña escribe un verso en griego en la escarcha de la pared, como si dibujara glifos misteriosos para ahuyentar a los ladrones.

En cuanto puede caminar, Zeno debe volver a ocuparse del fuego. Algunos días está demasiado débil para acarrear su exiguo fardo más allá de unos pocos metros antes de dejarlo en el suelo. Rex se acuclilla a su lado y, con un trozo de carbón, escribe Ἀλφάβητος en el tronco de un árbol.

A es ἄλφα es alfa: la cabeza de un buey invertida. B es βῆτα es beta: la planta de una casa. Ω es ὦ μέγα es omega, la mega O: una enorme boca de ballena a punto de tragarse todas las letras que tiene delante.

Zeno dice:

—Alfabeto.

—Bien. ¿Y qué me dices de esto?

Rex escribe ὁ νόστος.

Zeno rebusca en los compartimentos de su mente.

—*Nostos.*

—*Nostos*, sí. El acto de volver a la patria de uno, de regresar sano y salvo. Por supuesto, rastrear el origen griego de una palabra inglesa es complicado. *Nostos* también puede ser un canto sobre el regreso al hogar.

Zeno se pone de pie, mareado, y coge su fardo.

Rex se guarda el trozo de carbón en el bolsillo.

—En un tiempo —dice— en que la enfermedad, la guerra y la hambruna acechaban casi siempre, cuando eran muchos los que morían antes de tiempo y el mar o la tierra engullían sus cuerpos o simplemente se perdían en el horizonte, no regresaban jamás y se desconocía qué había sido de ellos... —Mira desde los campos helados hasta los edificios bajos y oscuros del Campamento Cinco—. Imagina lo que debía de ser oír los viejos cantos sobre héroes que vuelven a casa. Creer que algo así era posible.

Más abajo, en el Yalu helado, el viento levanta la nieve en largos remolinos. Rex se sube más el cuello del abrigo.

—No es tanto lo que dice el canto, sino el hecho de que se siga cantando.

Singular y plural, raíces de sustantivos y casos verbales: el entusiasmo de Rex por el griego antiguo los ayuda a sobrellevar los momentos más duros. Una noche de febrero, después de anochecido, encorvados alrededor del fuego en el cobertizo de la cocina, Rex usa su trozo de carbón para escribir dos líneas de Homero en una tabla y se la pasa a Zeno.

τὸν δὲ θεοὶ μὲν τεῦξαν, ἐπεκλώσαντο δ᾽ ὄλεθρον
ἀνθρώποις, ἵνα ᾖσι καὶ ἐσσομένοισιν ἀοιδή

Por los intersticios de las paredes del cobertizo se ven estrellas
suspendidas sobre las montañas. Zeno siente el frío en la espalda,
la leve presión de los huesos de Rex contra los suyos; son poco
más que esqueletos.

θεοὶ es los dioses, nominativo plural.

ἐπεκλώσαντο significa urdieron, indicativo de aoristo.

ἀνθρωποις es a los hombres, dativo plural.

Zeno respira, el fuego chisporrotea, las paredes del cobertizo
desaparecen y en un pliegue de sus pensamientos, inaccesible a los
guardias, el hambre o el dolor, el significado del verso asciende a
través de los siglos.

—«Voluntad ello fue de los dioses —dice—, que urdieron a
tantos la ruina por dar que cantar a los hombres futuros».

Rex mira lo escrito en la tabla, a continuación a Zeno y de
nuevo a la escritura. Mueve la cabeza con incredulidad.

—Excelente. Eso es excelente, joder.

LAKEPORT, IDAHO

2014

Seymour

Seymour tiene once años y está volviendo a casa de la biblioteca el último lunes de agosto cuando ve algo color marrón en el arcén de Cross Road justo antes de cruzarse con Arcady Lane. Ya ha encontrado aquí mapaches atropellados en dos ocasiones. En otra, un coyote reventado.

Es un ala. El ala amputada de un gran búho gris, con cobijas aterciopeladas y plumas remeras marrones y blancas. De la articulación aún cuelga un trozo de clavícula, con unos cuantos tendones asomando.

Pasa un Honda a toda velocidad. Seymour escudriña la carretera, busca en la maleza del arcén el resto del pájaro. En la cuneta encuentra una lata vacía que dice *Übermonster Energy Brew*. Nada más.

Sigue hasta casa y se para en el camino de entrada con la mochila a la espalda y la pluma pegada al pecho. En las parcelas de Eden's Gate hay un chalé piloto casi terminado y cuatro más en construcción. Una viga de celosía cuelga de una grúa y dos carpinteros se mueven de un lado a otro debajo de ella. Llegan nubes, relampaguea un rayo y por un instante ve la Tierra desde un millón de kilómetros de distancia, una mota que se desplaza a gran velocidad por un vacío yermo y devastado y al momento siguiente está de nuevo en la entrada a la casa y no hay nubes, no hay rayo: es un día azul despejado, los carpinteros están colocando la viga de celosía, sus pistolas de clavos hacen clac clac clac.

Bunny está trabajando, pero se ha dejado el televisor encendido. En la pantalla, una pareja mayor tira de maletas con ruedas por la pasarela de un crucero. Brindan con copas de champán, juegan en una máquina tragaperras. *Ja, ja, ja,* dicen. *Ja, ja, ja, ja, ja.* Sus sonrisas son demasiado blancas.

La pluma huele a almohada vieja. La complejidad de los marrones, tostados y cremas que se alternan en franjas en las plumas es escandalosa. Por cada 27.027 americanos, un gran búho gris. Por cada 27.027 Seymours, un Amigofiel.

El búho debía de estar cazando en uno de los abetos de Douglas en el borde de Cross Road. Una presa, probablemente un ratón, subió al pavimento de la carretera husmeando, tembloroso, y los latidos de su corazón debieron de centellear en el oído preternatural de Amigofiel igual que la luz de una boya en la oscuridad de un puerto.

El ratón empezó a atravesar el río de asfalto; el búho extendió las alas y bajó en picado. Mientras tanto pasó un coche en dirección oeste con faros hendiendo la noche, moviéndose más rápido de lo que debería ser natural moverse.

Amigofiel: que sabía escuchar. Que tenía una voz pura, brillante y bella. Que siempre volvía.

En el Magnavox, el crucero vuela en mil pedazos.

Mucho después de anochecido, Seymour oye el Grand Am, oye las llaves de Bunny en la puerta. Entra en su habitación oliendo a lejía y sirope de arce a partes iguales. La mira coger la pluma.

—Ay, bichito. Lo siento.

—Alguien tiene que pagar por esto —dice Seymour.

Bunny hace ademán de acariciarle la frente, pero Seymour se gira hacia la pared.

Bunny le pone una mano en la espalda y todo el cuerpo de Seymour se pone rígido. Por la ventana cerrada, a través de las paredes, oye coches circular por Cross Road, la terrible e incesante máquina humana que sigue rugiendo.

—¿Quieres que me quede en casa mañana? Puedo decir que estoy mala. Podemos hacer gofres.

Seymour entierra la cara en la almohada. Cinco meses atrás la ladera de la colina bajo la alambrada era el hogar de ardillas rojas pinzones negros musarañas enanas culebras rayadas carpinteros peludos mariposas cola de golondrina líquenes de lobo flores de mono diez mil topillos cinco millones de hormigas. Ahora ¿qué es?

—¿Seymour?

Bunny dijo que había veinte lugares al norte de aquí adonde podría volar Amigofiel. Bosques más grandes. Bosques mejores. Montones de topillos, dijo. Más topillos que pelos en la cabeza de Seymour. Pero no era más que un cuento. Sin levantar la cabeza, coge sus protectores auditivos y se los pone.

Por la mañana Bunny se va a trabajar. Seymour entierra el ala junto a la roca con forma de huevo detrás de la casa y decora la tumba con piedrecitas.

Debajo del banco del cobertizo de herramientas de Pawpaw, debajo de tres latas de aceite para motor y un trozo de conglomerado, hay un hueco forrado con lona que Seymour descubrió varios años atrás. Dentro hay treinta octavillas amarillentas que dicen MILICIA DE LA LIBERTAD DE IDAHO, dos cajas de munición, una pistola Beretta color negro y una caja con asas de cuerda con las palabras GRANADA DE MANO M67 FRAGMEN ESPOL RETARD 25 UDS. estampadas en la caja.

Con los pies apoyados a ambos lados del hueco, agarra una de las asas con las dos manos, saca la caja y la levanta. Abre el cierre con la hoja de un destornillador. Colocadas dentro, en una retícula de cinco por cinco, cada una en su pequeño cubículo, hay veinticinco granadas de mano color verde aceituna con las palancas de seguridad bajadas y las anillas puestas.

En el ordenador de la biblioteca, un veterano de guerra canoso con una nariz espantosamente inflamada explica los rudimentos de la M67. Ciento ochenta y cuatro gramos de explosivo de alto grado. Una espoleta de entre cuatro y cinco segundos. Radio de letalidad de cinco metros. «Una vez lanzada —dice el hombre—, el resorte interno suelta la palanca y libera el percutor, que entra en contacto con la carga. La carga inicia entonces la detonación...».

Pasa Marian y sonríe; Seymour esconde la pestaña del navegador hasta que se ha ido.

El hombre se coloca detrás de una barricada, aprieta la palanca, tira de la anilla, lanza. Al otro lado de la barricada, salta tierra por los aires.

Seymour vuelve a darle al *play*. Lo ve otra vez.

Los miércoles Bunny hace turno doble en el Pig N' Pancake y no llega a casa hasta después de las once. Deja un táper de macarrones en la nevera. La nota que hay encima dice: «Todo va a salir bien». Seymour pasa toda la tarde sentado a la mesa de la cocina con una granada de fragmentación de cuarenta años de antigüedad en el regazo.

El último camión se marcha de Eden's Gate alrededor de las siete. Seymour se pone los protectores auditivos, cruza el jardín trasero, se cuela por la nueva cerca de madera y cruza la parcela vacía con la granada en el bolsillo. El césped recién plantado en el jardín trasero de la casa piloto refulge con un verde oscuro y maligno. Las dos estructuras de casas a ambos lados tienen ya puerta, pero donde deberían ir el pomo y el cerrojo hay solo agujeros.

Delante de cada casa hay un letrero de la inmobiliaria con su caja de folletos traslúcida. «Disfrute del estilo de vida Lakeport que siempre soñó». Seymour elige el chalé de la izquierda.

En lo que será la cocina hay agujeros vacíos para los armarios. Desde una ventana del piso de arriba, todavía llena de adhesivos y papel film, ve por entre las ramas de los pocos abetos que quedan el claro donde antes estuvo el árbol de Amigofiel.

No hay camiones por ningún lado. No hay voces, ni música. En el cielo que se oscurece, la estela de un avión solitario atraviesa una luna en cuarto creciente.

Vuelve al piso de abajo, sujeta la puerta delantera con un taco de madera y sale a la acera recién vertida en pantalón corto y sudadera, con los protectores auditivos alrededor del cuello y la granada en la mano.

«El terreno no es nuestro. Pueden hacer lo que quieran con él».

«Bosques más grandes, mejores. Tiene donde elegir».

Mantiene la palanca apretada, contiene la respiración y mete el dedo índice por la anilla de seguridad. Lo único que debe hacer es tirar. Se ve a sí mismo lanzar la granada dentro de la casa sin despegar el brazo del cuerpo: la fachada de madera se hace astillas, la puerta principal se sale de los goznes, las ventanas se hacen añicos, la sacudida atraviesa Lakeport, sobrevuela las montañas hasta llegar a oídos de Amigofiel en cualquiera que sea la rama mística en la que descansen los fantasmas de los búhos de una sola ala, parpadeando a la eternidad.

Tira de la anilla.

Le tiemblan las rodillas, su corazón brama, pero el dedo se niega a moverse. Recuerda el vídeo: el ruido sordo, la tierra subiendo como un surtidor. Cinco seis siete ocho. Tira de la anilla.

No puede. Apenas consigue mantenerse en pie. El dedo sale de la anilla de seguridad. La luna sigue en el cielo, pero puede caerse en cualquier momento.

EL ARGOS

AÑO DE MISIÓN: 64

Konstance

Los de doce y trece años están haciendo presentaciones. Ramón describe qué biofirmas de gas han sido identificadas en la atmósfera de Beta Oph2, Jessi Ko conjetura sobre microclimas en praderas templadas de Beta Oph2 y a Konstance le toca la última. Un libro vuela hacia ella desde la segunda grada de la Biblioteca, se abre en el suelo y de sus páginas brota un tallo de dos metros con una flor mirando hacia abajo.

Los otros niños protestan.

—Esto —dice Konstance— es una campanilla de invierno. Las campanillas son flores diminutas que crecen en la Tierra cuando hace frío. En el Atlas he encontrado dos sitios donde pueden verse tantas que el prado parece blanco.

Agita los brazos como si quisiera convocar alfombras de campanillas de nieve de las esquinas de la Biblioteca.

—En la Tierra cada campanilla individual producía cientos de semillas diminutas, y cada una tenía una gotita aceitosa pegada llamada eleosoma y a las hormigas les encantaba...

—Konstance —dice la señora Chen—, se supone que tu presentación debe versar sobre indicadores biogeográficos en Beta Oph2.

—Y no sobre flores muertas a sopotocientos kilómetros de aquí —añade Ramón y todos ríen.

—Las hormigas —continúa Konstance— llevaban las semillas a los montones de desechos y lamían los eleosomas hasta dejar limpia la semilla. De manera que, una vez al año, las hormigas se daban un atracón en una época en que la comida escaseaba gracias a las campanillas de invierno y plantaban más campanillas, y a esto se lo llama mutualismo, un ciclo que...

La señora Chen da un paso adelante, junta las manos y la flor se desvanece y el libro se marcha volando.

—Ya es suficiente, Konstance. Gracias.

La Segunda Comida es bistec impreso con cebolletas de la Granja Dos. La cara de Madre es una mueca de preocupación.

—Primero te pasas el día trepando a ese Atlas polvoriento y ahora ¿otra vez con las hormigas? No me gusta, Konstance, nuestro deber es mirar hacia delante. ¿Es que quieres terminar como...?

Konstance suspira y se prepara para oírla, la historia con moraleja sobre Elliot Fischenbacher el Chiflado, quien, después de su Día de la Biblioteca, se pasaba los días y las noches subido a su Deambulador, dejando de lado sus estudios y violando todos los protocolos para poder recorrer solo el interior del Atlas hasta que se le rajaron las suelas de los zapatos y, a continuación, según Madre, le ocurrió lo mismo con la cordura. Sybil le restringió el acceso a la Biblioteca y los adultos le quitaron el Vizor, pero Elliot Fischenbacher desatornilló un soporte de una balda de la cocina y durante una serie de noches se dedicó a intentar romper una de las paredes externas, la piel misma del *Argos,* poniendo en peligro a todos y todo. Por suerte, dice siempre Madre, antes de que consiguiera llegar a la capa más externa, Elliot Fischenbacher fue reducido y confinado en el compartimento de su familia, pero estando confinado fue guardando SueñoGrageas suficientes para una dosis letal, y cuando murió su cuerpo fue enviado a la esclusa de aire sin un triste himno. Madre ha señalado en más de una ocasión un parche de titanio en el pasillo entre los Aseos 2 y 3 donde Elliot Fischenbacher el Chiflado intentó salir de la nave a hachazos y matar a todos los que viajaban a bordo.

Pero Konstance ha dejado de escuchar. Al otro lado de la mesa, Ezekiel Lee, un adolescente amable no mucho mayor que ella, gime y se lleva los nudillos a los ojos. No ha tocado la comida. Su palidez es de un blanco enfermizo.

El doctor Pori, el profesor de matemáticas, sentado a la izquierda de Ezekiel, le toca el hombro.

—¿Zeke?

—Está cansado de estudiar, eso es todo —dice la madre de Ezekiel.

Pero a Konstance le da la impresión de que Ezekiel tiene algo peor que cansancio.

Padre entra en Intendencia con restos de compost pegados a las cejas.

—Te has perdido la reunión con la señora Chen —dice Madre— y tienes barro en la cara.

—Mis disculpas —dice Padre.

Se quita una hoja de la barba, se la mete en la boca y le guiña un ojo a Konstance.

—¿Qué tal está hoy nuestro pinito, Padre? —pregunta Konstance.

—Camino de atravesar el techo antes de que cumplas veinte años.

Mastican sus bistecs y Madre prueba con una táctica más inspiradora, sobre lo orgullosa que debe sentirse Konstance de formar parte de esta empresa, sobre que la tripulación del *Argos* representa el futuro de la especie, ejemplifica la esperanza y el descubrimiento científico, el coraje y la resistencia, están ampliando la ventana de posibilidad, guiando el saber acumulado de la humanidad hacia un nuevo amanecer, y mientras tanto ¿por qué no pasar más tiempo en la Sección de Juegos? ¿Qué tal *La carrera de la selva*, donde se tocan monedas flotantes con una varita mágica, o *La paradoja de Corvi*, excelente para los reflejos? Pero ahora Ezekiel Lee se ha puesto a restregar la frente contra la mesa.

—Sybil —pregunta la señora Lee levantándose de su silla—, ¿qué le pasa a Ezekiel?

Entonces el niño se echa hacia atrás, gime y se cae del taburete.

Hay murmullos de sorpresa. Alguien dice: «¿Qué está pasando?». Madre llama de nuevo a Sybil mientras la señora Lee levanta la cabeza de Ezekiel y se la pone en el regazo y Padre llama a gritos a la doctora Cha, y es entonces cuando Ezekiel vomita algo negro encima de su madre.

Madre chilla. Padre se lleva a Konstance de la mesa. Hay vómito en la garganta y el pelo de la señora Lee, en las perneras del mono de trabajo del doctor Pori y todos en Intendencia se alejan de las bandejas de comida, perplejos, y Padre se lleva a Konstance al pasillo mientras Sybil dice: «Iniciando Cuarentena Nivel Uno, todo el personal no esencial a sus compartimentos inmediatamente».

Una vez dentro del Compartimento 17, Madre obliga a Konstance a desinfectarse los brazos hasta las axilas. En cuatro ocasiones le pide a Sybil que compruebe sus constantes vitales.

«Frecuencias cardiaca y respiratoria estables —dice Sybil—. Presión sanguínea normal».

Madre se sube a su Deambulador, toca su Vizor y a los pocos segundos está cuchicheando nerviosa a personas en la Biblioteca: «... ¿cómo sabemos que no es infeccioso...?» y «... espero que Sara Jane lo esterilizara todo...» y «... además de partos, ¿qué experiencia tiene en realidad la doctora Cha? ¿Unas cuantas quemaduras, un brazo roto, muertes por causas naturales?».

Padre da un apretón a Konstance en el hombro.

—Todo va a salir bien. Ve a la biblioteca y termina tu jornada escolar.

Sale por la puerta y Konstance se sienta con la espalda contra la pared y Madre camina de un lado a otro con el mentón adelantado y la frente arrugada y Konstance va hasta la puerta y la empuja.

—Sybil, ¿por qué no se abre la puerta?

«Ahora mismo solo se permite circular al personal esencial, Konstance».

Recuerda a Ezekiel parpadeando por la luz, cayéndose del taburete. ¿Es seguro para Padre andar por ahí fuera? ¿Están seguros allí dentro?

Se sube a su Deambulador, junto al de su madre, y toca su Vizor.

En el atrio de la Biblioteca, los adultos gesticulan alrededor de las mesas mientras ciclones de documentos revolotean sobre sus cabezas. La señora Chen guía a los adolescentes por una escalerilla hasta una mesa de la segunda grada y coloca un libro naranja en el centro. Ramón y Jessi Ko y Omicron Philips y el hermano pequeño de Ezekiel, Tayvon, miran cómo una mujer de treinta centímetros de alto con mono de trabajo azul claro con la palabra ILIUM bordada en el pecho emerge del libro. «Si en algún punto del largo viaje —dice— fuera necesario hacer cuarentena en vuestros compartimentos, aseguraos de seguir con las rutinas. Ejercicio diario, relacionarse con otros miembros de la tripulación en la Biblioteca y...».

Ramón dice: «Había oído hablar de gente que vomita, pero nunca lo había visto», y Jessi Ko dice: «He oído que el Nivel Uno de Cuarentena dura siete días pase lo que pase», y Omicron dice: «He oído que el Nivel Dos de Cuarentena dura dos meses», y Konstance dice: «Espero que tu hermano se mejore pronto, Tayvon», y Tayvon junta las cejas como cuando está concentrado en un problema matemático.

Debajo de ellos, la señora Chen cruza el atrio y se une a los adultos alrededor de una mesa; en el espacio entre ellos rotan imágenes de células, bacterias y virus. Ramón propone: «Vamos a jugar a *Las nueve oscuridades*», y los cuatro se escabullen escalera arriba hacia la Sección de Juegos. Konstance se demora un instante mirando los libros que vuelan y coge una tira de papel de la caja del centro de la mesa, escribe «Atlas» y lo mete por la ranura.

—Tesalia —dice y cae a través de la atmósfera de la Tierra hasta flotar sobre las montañas color verde oliva y óxido de Grecia central. A los pies de estas emergen carreteras, un terreno dividido en polígonos por medio de vallados, setos y paredes, y ahora aparece un pueblo que le resulta familiar: muros de hormigón, tejados inclinados bajo paredes de roca, y se encuentra caminando por el pavimento agrietado de un camino rural en la cordillera del Pindo.

A izquierda y derecha salen calles que se bifurcan en pequeños caminos de tierra hasta dibujar una compleja celosía que sube por las colinas. Konstance deja atrás una hilera de casas junto a la carretera, un coche destripado a la puerta de una de ellas, un hombre de rostro borroso sentado en una silla de plástico delante de otra; una planta muerta en una ventana, un letrero con el dibujo de una calavera sujeto a un poste.

Gira a la derecha siguiendo una ruta que conoce bien. La señora Flowers tenía razón: a los otros niños, el Atlas les resulta ridículamente obsoleto. No hay saltos ni túneles como en los más sofisticados juegos de la Sección de Juegos: aquí solo caminas. No puedes volar ni construir ni luchar ni colaborar; no notas barro en las botas o gotas de lluvia en la cara; no puedes oír explosiones o cataratas; casi no puedes salirte de las carreteras. Y dentro del Atlas todo, excepto las carreteras, es tan inmaterial como el aire: las paredes, los árboles, las personas. Lo único sólido es el suelo.

Y sin embargo a Konstance le resulta calmante; no se cansa de ello. Aterrizar de pie en Taipéi o en las ruinas de Bangladesh, en el sendero arenoso de una pequeña isla en la costa de Cuba, o ver imágenes de personas con rostros borrosos congelados aquí y allí con sus ropas anticuadas, desfiles de rotondas, piazzas y campamentos, palomas y gotas de lluvia y autobuses y soldados con casco congelados en pleno gesto; los grafitis, las moles de las plantas de captura de carbono, los oxidados tanques del ejército, una cola para coger agua... está todo allí, un planeta entero en un servidor. Lo que más le gusta son los jardines: mangos buscando el sol en una mediana de Colombia; glicinia amontonada en la terraza de un café en Serbia; hiedra conquistando la pared jardín en Siracusa.

Delante de ella, las cámaras han capturado una anciana con medias negras y vestido gris que sube por una colina empinada con la espalda encorvada por el calor; lleva una pequeña máscara de oxígeno y empuja un carrito de niño lleno de lo que parecen ser botellas de cristal. Konstance cierra los ojos y atraviesa a la mujer.

Una valla alta, una valla baja y a continuación la carretera se estrecha hasta convertirse en un sendero que zigzaguea entre vegetación variada. Arriba juguetea un cielo plateado. Bultos y sombras extrañas acechan detrás de árboles donde el software se pixela y, a medida que el sendero asciende, se estrecha todavía más y el paisaje se vuelve más desolado y azotado por el viento, hasta que Konstance llega a un lugar que las cámaras del Atlas no penetraron y el sendero desaparece al llegar a un gigantesco pino de los Balcanes, de unos veinticinco metros de altura, que se retuerce hacia el cielo como si fuera el tatarabuelo del retoño de Konstance en la Granja 4.

Se para, inhala: ha visitado este árbol una docena de veces en busca de algo. Por entre las viejas ramas sarmentosas, las cámaras han captado un gran desfile de nubes y el árbol se aferra a la ladera de la montaña como si llevara allí desde el principio de los tiempos.

Konstance jadea, suda subida a su Deambulador en el Compartimento 17 y se inclina todo lo que puede hacia delante para tocar el tronco; las yemas de sus dedos logran penetrar, la interfaz se descompone en un borrón pixelado. Una niña sola con un pino centenario en las montañas azotadas por el sol de Tesalia, tierra de magia.

Antes de la NoLuz, Padre entra en el Compartimento 17 llevando una capucha con respirador con un visor transparente y una linterna para la cabeza igual que el ojo de un cíclope.

—Es solo una precaución —dice con la voz amortiguada. Cuando la puerta se cierra detrás de él, deja tres bandejas tapadas en la mesa de costura de Madre, se desinfecta las manos y se quita la capucha—. Brócolis a la cazadora. Dice Sybil que a partir de ahora vamos a tener impresoras en cada compartimento para descentralizar las comidas, así que esta puede ser la última vez que comemos alimentos frescos durante un tiempo.

Madre se muerde los labios. Tiene la cara tan blanca como las paredes.

—¿Cómo está Ezekiel?

Padre hace un gesto de negación con la cabeza.

—¿Es contagioso?

—Nadie lo sabe aún. La doctora Cha está con él.

—¿Por qué no lo ha resuelto ya Sybil?

«Estoy en ello», responde Sybil.

—Pues date prisa —la apremia Madre.

Konstance y Padre comen. Madre se sienta en su litera sin tocar la comida. Vuelve a pedirle a Sybil que compruebe sus constantes vitales.

«Frecuencias cardiaca y respiratoria normales —dice Sybil—. Presión sanguínea en orden».

Konstance trepa a su litera y Padre coloca las bandejas junto a la puerta, a continuación apoya la barbilla en su colchón y le aparta los rizos de los ojos.

—En la Tierra, cuando era un niño, casi todo el mundo enfermaba. Sarpullidos, pequeñas fiebres raras. Las personas sin modificar enferman de vez en cuando. Es parte de ser humano. Pensamos en los virus como algo malo, pero en realidad pocos lo son. La vida por lo general busca cooperar, no luchar.

Los diodos del techo se atenúan y Padre le pone la palma de la mano en la frente a Konstance y se apodera de ella una vertiginosa sensación de estar dentro del Atlas, en lo alto de las murallas teodosianas, con toda esa tierra caliza blanca desmoronándose despacio bajo el sol. «Desde que somos una especie —dijo la señora Flowers—, los humanos nos hemos esforzado por derrotar a la muerte. Ninguno lo hemos conseguido».

A la mañana siguiente, Konstance está en la segunda grada de la Biblioteca con Jessi Ko y Omicron y Ramón esperando a que llegue el doctor Pori y empiece la clase matutina de precálculo. Jessi señala: «Tayvon también llega tarde», y Omicron dice: «Tampoco veo a la señora Lee y fue a ella a quien Zeke echó toda la papa», y los cuatro niños se quedan callados.

Al cabo de un rato Jessi Ko comenta que ha oído que si te encuentras enfermo tienes que decir: «Sybil, no me encuentro bien», y si Sybil detecta que te pasa algo, manda a la doctora Cha y al ingeniero Goldberg a tu compartimento con trajes de protección contra riesgos biológicos y Sybil abrirá la puerta para que puedan aislarte en la Enfermería. Ramón replica: «Suena horrible», y Omicron susurra: «Mirad», porque abajo, en la planta principal, la señora Chen conduce por el atrio a los únicos seis miembros de la tripulación que todavía no han cumplido los diez años.

En comparación con las altísimas estanterías, los niños parecen diminutos. Unos cuantos adultos envían poco entusiastas globos de ES TU DÍA DE LA BIBLIOTECA hacia la bóveda de cañón y Ramón dice: «Ni siquiera les han dado tortitas».

Jessi Ko pregunta: «¿Qué crees que se siente al estar malo?», y Omicron contesta: «Yo odio los polinomios, pero me encantaría que viniera el doctor Pori», y abajo los niños pequeños se cogen virtualmente de las manos y sus alegres voces llenan el atrio.

Podemos ser uno
o ciento dos,
pero hacemos falta todos
sin excepción
Para llegar a...

Y Sybil anuncia: «Todo el personal no sanitario sin excepción a sus compartimentos. Iniciando Nivel Dos de Cuarentena».

Zeno

Cuando las temperaturas se suavizan, Rex empieza a irse por las colinas que rodean el Campamento Cinco y a morderse el labio inferior como si contemplara una visión a lo lejos que Zeno no puede ver. Entonces, una tarde, le hace un gesto para que se acerque y, aunque no hay un alma en doscientos metros a la redonda en ninguna dirección, susurra:

—¿Qué has notado los viernes respecto a los barriles de combustible?

—Que se llevan los vacíos a Pyongyang.

—¿Y quién los carga?

—Bristol y Fortier.

Rex lo mira un instante más, como esperando comprobar cuánto consiguen transmitirse el uno al otro sin lenguaje.

—¿Te has fijado alguna vez en los dos barriles que hay detrás de las cabañas de la cocina?

Después de que pasen lista Zeno se fija en ellos y el temor se activa en su estómago. Los barriles, en algún momento usados para almacenar aceite de cocinar, son idénticos a los de gasolina, excepto que a estos se les puede quitar la tapa. Parecen lo bastante grandes para alojar un hombre. Pero aunque Rex y él consiguieran meterse, como parece estar sugiriendo Rex, incluso si convencieran a Bristol y a Fortier de que los cerraran con ellos dentro y los llevaran junto a los barriles de gasolina vacíos, tendrían que aguantar dentro a saber cuántas horas durante el trayecto del camión por la notoriamente peligrosa carretera a Pyongyang sin faros, esquivando patrullas aéreas de bombarderos americanos. A continuación, a saber cómo, los dos, con ceguera nocturna por la falta de vitaminas, tendrían que salir de los barriles sin ser vistos y atravesar kilómetros de montañas y aldeas con ropa harapienta y botas destrozadas y caras sin afeitar y nada que comer.

Más tarde, después de anochecido, surge una nueva preocupación. ¿Y si por obra de algún milagro lo consiguieran? ¿Y si no los mataran los guardias, algún aldeano o el fuego amigo de un B-26? ¿Y si consiguieran llegar a las líneas americanas? Entonces Rex volvería a Londres, a sus alumnos y amigos, quizá a otro hombre, alguien que ha estado esperándolo todos estos meses, alguien que Rex ha sido lo bastante amable como para no mencionarlo, alguien muchísimo más interesante que Zeno, y más merecedor del afecto de Rex. Νόστος, *nostos*: el viaje a casa, el regreso sano y salvo; la canción cantada alrededor de la mesa celebratoria para el timonel náufrago que encontró el camino de vuelta.

¿Y dónde iría Zeno? A Lakeport. De vuelta con la señora Boydstun.

Las fugas, intenta decirle a Rex, son historias sacadas de películas, de guerras antiguas, más caballerosas. Además, su sufrimiento está a punto de terminar, ¿no? Sin embargo, con cada día que pasa, Rex expone planes más y más detallados, hace estiramientos para tener el cuerpo más flexible, cronometra a los guardias, pule una lata para hacer lo que llama un «espejo de hacer señales», conjetura sobre coser trocitos de comida en el forro de sus gorras, sobre dónde podrán esconderse cuando pasen lista por la noche, sobre cómo podrían orinar dentro del barril sin empaparse, si deberían abordar a Bristol y Fortier ahora u horas antes de la operación. Usarán nombres en clave de *Los pájaros*, de Aristófanes; Rex será Pistetero, que significa Amigofiel; Zeno será

Evélpides, Buenaesperanza; gritarán «¡Heracles!» cuando el camino esté despejado. Como si fuera una aventura divertida, una travesura de primer curso.

Por las noches Zeno nota la actividad mental de Rex junto a él igual que el resplandor de un foco, le preocupa que todo el campamento se dé cuenta. Y cada vez que Zeno se imagina metiéndose a presión en un barril de aceite y subido a un camión camino de Pyongyang, cordeles de pánico se cierran alrededor de su garganta.

Pasan tres viernes, grandes grullas blancas migran hacia el norte en bandadas, las siguen escribanos amarillos, y Rex no deja de susurrar planes y Zeno suspira. Mientras solo sea un ensayo, mientras que el ensayo no se convierta nunca en función...

Pero un jueves de mayo, con la cocina de los prisioneros llena de una luz oblicua, plateada, Rex pasa junto a Zeno de camino a una sesión de reeducación y dice:

—Nos vamos. Esta noche.

Zeno se sirve unos granos más de soja en su cuenco y se sienta. La idea de comer le da náuseas, le preocupa que los demás oigan el pulso que le late en las sienes; siente que no debe moverse, como si, al pronunciar esas cuatro palabras, Rex lo hubiera convertido todo en cristal.

Fuera, las semillas vuelan en todas direcciones. Al cabo de una hora, el gran camión soviético de plataforma, con la cabina picoteada de agujeros de bala y la plataforma llena de barriles de combustible, entra rugiendo en el campamento.

Para cuando atardece ha empezado a llover. Zeno reúne una última carga de leña y consigue llevarla a la cocina. Se hace un ovillo en su jergón de paja con la ropa empapada mientras la luz desaparece del cielo.

Van entrando hombres; la lluvia chapaletea en el tejado. El jergón de Rex sigue vacío. ¿Estará de verdad detrás del depósito

299

de combustible, con el cuerpo famélico doblado para acomodarlo dentro de un barril oxidado?

A medida que la noche llena los barracones, Zeno se obliga a levantarse. En cualquier momento Bristol y Fortier empezarán a cargar el camión. El camión se irá, los guardias vendrán y pasarán lista y Zeno habrá perdido su oportunidad. Su cerebro envía mensajes a sus piernas, pero las piernas se niegan a moverse. O quizá son las piernas las que envían mensajes a la cadena de mando: «Oblígame a moverme», y su cerebro es el que se niega a acatarlas.

Entran los últimos hombres y se dejan caer en sus jergones; algunos cuchichean, otros gimen y algunos tosen y Zeno se ve poniéndose de pie, saliendo por la puerta a la noche. La hora ha llegado, o se ha ido; Pistetero espera dentro de su barril, pero ¿dónde está Evélpides?

¿Es ese rugido el motor del camión que arranca?

Se dice que Rex nunca seguirá adelante con el plan sin él, que se dará cuenta de que es disparatado, suicida incluso, pero entonces vuelven Bristol y Fortier y Rex no está con ellos. Estudia sus siluetas en busca de alguna pista, pero no encuentra nada. La lluvia amaina y los aleros gotean y en la oscuridad Zeno oye a hombres reventar cuerpos de piojos con las uñas. Ve los niños de cerámica de la señora Boydstun, las mejillas sonrosadas, los imperturbables ojos color cobalto, los labios rojos acusadores. Follaovejas, Espagueti. Puré de trucha. Zero.

Alrededor de medianoche los guardias pasan lista y alumbran los ojos de todos con linternas a pilas. Amenazan con interrogatorios, torturas, muerte, pero sin demasiado apremio. Rex no aparece por la mañana ni por la tarde, tampoco a la mañana siguiente y, durante los días que siguen, Zeno es interrogado en cinco ocasiones distintas. Sois íntimos, siempre estáis juntos, hemos oído que os pasáis el día arañando palabras en clave en el polvo. Pero los guardias parecen casi aburridos, como si participaran en un espectáculo para un público que no ha llegado aún. Zeno espera oír que Rex ha sido capturado a unos pocos kilómetros de allí, o trasladado a otro campo; espera ver su cuerpecillo eficiente doblar una esquina, ajustarse las gafas sobre la nariz y sonreír.

Los otros prisioneros no dicen nada, al menos no delante de Zeno; es como si Rex no hubiera existido. Quizá saben que Rex está muerto y quieren ahorrarle ese dolor, tal vez piensan que Rex está colaborando con oficiales propagandistas e implicándolos en mentiras o puede que estén demasiado hambrientos y exhaustos para que les importe.

Con el tiempo, los chinos dejan de hacer preguntas y Zeno no está seguro de si esto significa que Rex ha escapado y ello los avergüenza o que Rex está muerto de un tiro y enterrado y ya no hay preguntas para las que necesiten respuestas.

Blewitt se sienta a su lado en el patio. «Alegra esa cara, chico. Cada hora que pasamos sobre la tierra es una buena hora». Pero la mayoría del tiempo Zeno no tiene la sensación de estar sobre la tierra. Los brazos pálidos de Rex, rebosantes de pecas. El intricado temblor de los tendones en el dorso de su mano mientras escribía palabras. Imagina a Rex llegando sano y salvo a Londres, a ocho mil kilómetros de allí, bañándose, afeitándose, vistiendo ropas de civil, colocándose libros debajo del brazo, dirigiéndose a una escuela secundaria hecha de ladrillo y hiedra.

Su añoranza es tal que la ausencia de Rex se convierte en algo similar a una presencia, a un escalpelo olvidado en sus entrañas. La luz del alba riela en el Yalu y trepa por las colinas; incendia las espinas de las zarzas; los hombres cuchichean. «Nuestras fuerzas están a quince kilómetros, a nueve, al otro lado de la colina. Estarán aquí por la mañana».

Si mataron a Rex, ¿murió solo? ¿Murmuró alguna cosa a Zeno en la noche mientras el camión se alejaba, dando por hecho que estaba en el barril contiguo? ¿O supo desde el principio que Zeno le fallaría?

En junio, tres semanas después de la desaparición de Rex, los guardias llevan a Zeno, a Blewitt y a otros dieciocho de los prisioneros más jóvenes al patio y un intérprete les comunica que han sido liberados. En un puesto de control, dos miembros de la policía militar americana de brillantes mejillas comprueban el nombre de Zeno en un listado; otro le da una tarjeta de papel manila que dice «OK DAR DE COMER». Cruza en ambulancia la línea de demarcación y a continuación lo llevan a una tienda de despioje, donde un sargento lo rocía de la cabeza a los pies con DDT.

La Cruz Roja le da una maquinilla de afeitar, un tubo de dentífrico, un vaso de leche y una hamburguesa. El bollo de pan es extraordinariamente blanco. La carne brilla de una manera que no parece real. Huele como las de verdad, pero Zeno está convencido de que es un truco.

Vuelve a Estados Unidos en el mismo barco que lo llevó a Corea dos años y medio antes. Tiene diecinueve años y pesa cuarenta y nueve kilos. Cada uno de los once días que pasa a bordo es interrogado.

«Dé seis ejemplos de cómo intentó sabotear la ofensiva china. ¿Quién recibió trato preferente? ¿Por qué le daban cigarrillos a Fulanito o Menganito? ¿Se sintió alguna vez atraído por la ideología comunista?». Oye que para los soldados negros es aún peor.

En un momento determinado, un psiquiatra del ejército le enseña un ejemplar de la revista *Life* abierto por la fotografía de una mujer en bragas y sujetador.

—¿Cómo se siente al ver esta foto?

—Bien.

Devuelve la revista. La fatiga le recorre todo el cuerpo.

Pregunta a todos los oficiales de inteligencia que encuentra acerca de un cabo británico llamado Rex Browning, visto por última vez en el Campo Cinco en mayo, pero dicen: no somos la Marina Real británica, somos el Ejército de Estados Unidos, bastante tenemos con seguir el rastro de nuestros propios hombres. En el muelle de Nueva York no hay bandas de música, ni flashes de fotógrafos ni familiares llorosos. En el autobús a las afueras de Buffalo, se echa a llorar. Por la ventanilla discurren ciudades seguidas de grandes tramos de oscuridad. Seis letreros luminosos, separados seis metros entre sí, parpadean.

EL LOBO
VA TAN BIEN AFEITADO
QUE CAPERUCITA
LO PERSIGUE
CREMA DE AFEITAR
BURMA-SHAVE

Seymour

El señor Bates, el maestro de sexto curso, tiene bigote teñido, temperamento cortante y endiosado y cero interés en que sus alumnos lleven protectores auditivos en clase. Cada mañana para empezar el día enciende su carísimo-así-que-ni-se-os-ocurra-tocarlo proyector ViewSonic y les pone vídeos de actualidad en la pizarra. Los alumnos miran, despeinados y bostezando, mientras en la parte delantera del aula derrumbamientos de tierra arrasan pueblos en Cachemira.

Cada día, Patti Goss-Simpson lleva cuatro palitos de pescado al colegio en su neverita portátil Titan Deep Freeze, y cada día a las 11.52, puesto que están remodelando la cafetería, Patti mete sus horribles palitos de pescado en el microondas que hay al fondo del aula del señor Bates y pulsa los botones horriblemente estridentes y el olor que sale hace sentir a Seymour como si le estuvieran obligando a meter la cara en un pantano.

Se sienta lo más lejos que puede de Patti, se tapa la nariz y los oídos e intenta resucitar en sus pensamientos el bosque de Amigofiel: liquen que cuelga de las ramas, nieve que se derrite de rama en rama, los bulliciosos asentamientos de los Hombresaguja. Pero una mañana de finales de septiembre, Patti Goss-Simpson le dice al señor Bates que el comportamiento de Seymour con ella durante el almuerzo hiere sus sentimientos, de manera que el señor Bates les ordena que coman juntos en la mesa del centro, justo al lado del proyector.

Llegan las 11.52. Entran los palitos de pescado. Piii clonc piii.

Incluso con los ojos cerrados, Seymour oye los palitos de pescado rotar, oye a Patti abrir la puerta del microondas, oye la carne de pescado chisporrotear en su platito cuando se sienta a comer. El señor Bates está sentado a su mesa masticando zanahorias tiernas y viendo momentos estelares de artes marciales mixtas en su teléfono. Seymour se encorva sobre su tartera e intenta taparse la nariz y los oídos a la vez. Hoy no merece la pena intentar comer.

Está contando mentalmente hasta cien, con los ojos cerrados, cuando Patti Goss-Simpson le toca en la oreja con un palito de pescado. Seymour se echa hacia atrás sobresaltado; Patti sonríe; el señor Bates no ve nada. Patti guiña el ojo izquierdo y apunta a Seymour con el palito de pescado como si fuera una pistola.

—Pun —dice—. Pun. Pun.

En algún rincón del interior de Seymour la última defensa se derrumba. El rugido, que ha estado royendo los bordes de cada minuto que ha pasado despierto desde que encontró la pluma de Amigofiel, bombardea el colegio como una guerra relámpago. Cruza el promontorio sobre el campo de fútbol y arrasa todo a su paso.

El señor Bates moja una zanahoria en humus. David Best eructa; Wesley Ohman se ríe; el rugido explota a través del aparcamiento. Langostas avispones sierras mecánicas granadas bombarderos gritan chillan furia cólera. Patti arranca de un mordisco el cañón de su pistola de palito de pescado mientras las paredes de la escuela se resquebrajan. La puerta del aula del señor Bates sale volando. Seymour apoya ambas manos en el carro del proyector y empuja.

Una radio en la sala de espera dice: «Nada sabe mejor que una manzana de Idaho recién cogida del árbol». El susurro del papel en la camilla de exploración bordea lo insoportable.

La doctora pulsa una tecla. Bunny lleva su delantal de Aspen Leaf con los dos bolsillos delanteros y la placa identificativa sujeta a un tirante. Susurra en su teléfono plegable:

—El sábado haré turno doble, Suzette, lo prometo.

La doctora ilumina cada uno de los ojos de Seymour con una linterna de bolsillo. Dice:

—Tu madre me cuenta que hablabas con un búho en el bosque.

Una revista en la pared dice: «Sé tu mejor versión quince minutos cada día».

—¿Qué tipo de cosas le contabas al búho, Seymour?

No contestes. Es una trampa.

La doctora dice:

—¿Por qué destrozaste el proyector de clase, Seymour?

Ni una palabra.

En el mostrador, al salir, Bunny desaparece en la caverna de su bolso.

—¿Hay alguna posibilidad —pregunta— de que me manden la factura?

En una cesta cerca de la salida hay libros de colorear con barcos veleros. Seymour coge seis. En su habitación dibuja espirales alrededor de todos los barcos. Espirales de Cornú, espirales logarítmicas, espirales de Fibonacci: sesenta torbellinos engullen sesenta barcos diferentes.

Noche. Mira al otro lado de la puerta corredera, pasado el jardín trasero, hasta donde la luz de luna se derrama por los solares de Eden's Gate. Un flexo solitario brilla en una casa a medio terminar e ilumina una ventana del piso de arriba. Pasa flotando el fantasma de Amigofiel.

Bunny deja una bolsa de 48 gramos de M&M's sin cacahuete encima de la mesa. Al lado pone un bote naranja con tapón blanco.

—Ha dicho la doctora que no te atontarán. Solo te harán las cosas más fáciles. Más tranquilas.

Seymour se frota los ojos con la base de las manos. El fantasma de Amigofiel llega dando saltitos hasta la puerta corredera. Las plumas de la cola han desaparecido; le falta un ala; tiene el ojo izquierdo herido. El pico es una raya de amarillo en una antena parabólica de plumas color humo. Dentro de la cabeza de Seymour dice: «Pensaba que estábamos juntos en esto. Pensaba que éramos un equipo».

—Una por la mañana —dice Bunny— y una por la noche. Ay, peque, a veces necesitamos un poco de ayuda para apartar la mierda.

Konstance

Está paseando por una calle en Lagos, Nigeria, cruzando una plaza cerca del golfo de Guinea, con hoteles color blanco resplandeciente a ambos lados —una fuente detenida en plena rociada, cuarenta cocoteros plantados en jardineras ajedrezadas— cuando se detiene. Levanta la vista, siente un leve picor en la base de la nuca: algo no va bien.

En la Granja 4 Padre tiene un único cocotero en un cajón refrigerado. Todas las semillas, le explicó, son viajeras, pero ninguna hay más intrépida que el cocotero. Esparcidos en playas donde las mareas altas los cogen y los transportan mar adentro, los cocos, dijo, cruzaban océanos, con el embrión de un árbol nuevo dentro de su gran corteza fibrosa, doce meses de fertilizante a bordo. Le dio a Konstance el coco, cuya cáscara desprendía vapor, y le enseñó los tres poros germinativos en la parte de abajo: dos ojos y una boca, dijo, el rostro de un marinerito silbando mientras da la vuelta al mundo.

A la izquierda de Konstance, un letrero dice: «Bienvenidos al Nuevo Intercontinental». Entra en la sombra de las palmeras y sigue mirando hacia arriba con los ojos entrecerrados cuando los árboles se deshilachan, el Vizor se retira de sus ojos y aparece Padre.

Al bajar del Deambulador siente la sacudida familiar del mareo. Ya es NoLuz. Madre está sentada en el borde de su litera poniéndose polvo desinfectante en los pliegues de las palmas de las manos.

—Lo siento —dice Konstance—, me he quedado demasiado tiempo.

Padre le coge la mano. Junta las cejas blancas.

—No, nada de eso.

La única luz procede del aseo. En las sombras detrás de Padre, Konstance ve que el por lo común pulcro montón de monos de trabajo y remiendos de Madre está revuelto, que la bolsa de botones se ha derramado por todas partes: hay botones debajo de la litera, debajo de la banqueta de coser, en el riel de la cortina alrededor del inodoro.

Cuando Konstance vuelve a mirar a su padre, una parte de ella comprende antes de que este hable lo que va a decir, y tiene la aguda sensación de que han dejado atrás su planeta y su estrella, de que viajan a una velocidad imposible a través de un vacío frío y mudo, de que no hay vuelta atrás.

—Zeke Lee —dice Padre— ha muerto.

Un día después de la muerte de Ezekiel muere el doctor Pori y de la madre de Zeke se dice que está inconsciente. Veintiún personas más —la cuarta parte de la tripulación— tienen síntomas. La doctora Cha no hace otra cosa que atender a miembros de la tripulación; el ingeniero Goldberg trabaja durante toda la NoLuz en el Laboratorio de Biología buscando una solución.

¿Cómo empieza una epidemia dentro de un disco sellado que no ha estado en contacto con nada vivo durante casi seis décadas y media? ¿Se propaga por el contacto, por la saliva o por la comida? ¿Por vía aérea? ¿Por el agua? ¿Es que la radiación del espacio sideral penetró el escudo y dañó su núcleo celular? ¿O es que algo latente en los genes de alguien durante todos estos años despertó de pronto? ¿Y por qué no puede Sybil, que lo sabe todo, solucionarlo?

Aunque Konstance apenas recuerda a Padre usando su Deambulador, ahora pasa casi todo el tiempo subido en él, con el Vizor puesto, estudiando documentos en la mesa de la Biblioteca. Madre cartografía los minutos previos a la cuarentena. ¿Se cruzó con la señora Lee en el pasillo antes de la Segunda Comida aquel día? ¿Aterrizó una mota microscópica del vómito de Ezekiel en su mono? ¿Es posible que gotas invisibles terminaran dentro de sus bocas?

Una semana atrás todo parecía tan seguro... Tan estable. Todos cuchicheando por los pasillos con sus monos y calcetines remendados. «Podemos ser uno o ciento dos...». Lechuga fresca los martes, alubias de la Granja 3 los miércoles, cortes de pelo los viernes, dentista en el Compartimento 6, costurera en el 17, precálculo con el doctor Pori tres mañanas a la semana, el cálido ojo de Sybil cuidando de todos. Y sin embargo, ya entonces, en los recovecos más profundos de su subconsciente, ¿no presentía Konstance lo precario de todo ello? ¿La gélida inmensidad que presionaba sin cesar las paredes exteriores?

Se toca el Vizor y sube la escalerilla hasta la segunda grada de la Biblioteca. Jessi Ko levanta la vista de un libro en el que mil ciervos pálidos con hocicos demasiado grandes yacen muertos en la nieve.

—Estoy leyendo sobre los antílopes saiga. Enfermaron de una bacteria que los mataba en masa.

Omicron está tumbado de espaldas mirando hacia arriba.

—¿Dónde está Ramón? —pregunta Konstance.

Debajo de ellos, imágenes de una pandemia de tiempo atrás parpadean sobre adultos sentados en mesas. Soldados en camas, médicos con trajes de protección contra materiales peligrosos. De pronto le viene a la cabeza una imagen del cuerpo de Zeke enviado a la esclusa de aire; a continuación, unos cuantos cientos de miles de kilómetros después, el del doctor Pori: un reguero de cadáveres abandonados al vacío igual que migas de pan en un terrorífico cuento infantil.

—Aquí dice que murieron doscientos mil en doce horas —señala Jessi— y nadie descubrió nunca por qué.

Abajo, en el atrio, en la periferia de su campo visual, Konstance ve a su padre sentado solo a una mesa, con láminas de dibujos técnicos flotando a su alrededor.

—He oído —dice Omicron mirando hacia la bóveda de cañón— que el Nivel Tres de Cuarentena dura un año.

—He oído —susurra Jessi—, que el Nivel Cuatro dura para siempre.

Se amplía el horario de Biblioteca. Madre y Padre apenas se bajan de sus Deambuladores. Y lo que es aún más inusual, dentro del Compartimento 17 Padre ha retirado la cortina bioplástica de privacidad que cerraba el inodoro, la ha cortado en pedazos y está usando la máquina de coser de Madre para hacer algo con ella (Konstance no se ha atrevido a preguntar qué). Encerrados en el Compartimento 17, bajo el efluvio de la pasta nutricional que eructa la impresora de comida, Konstance casi puede oler el miedo colectivo que recorre la nave: insidioso, mefítico, filtrándose por las paredes.

Más tarde, dentro del Atlas, en los suburbios de Bombay, viaja por una pista de correr que serpentea alrededor de enormes torres color crema de cuarenta o cincuenta pisos de altura. Pasa junto a mujeres en sari, mujeres en ropa de correr, hombres en pantalón corto, todos ellos inmóviles. A su derecha, un muro de verdes manglares discurre en paralelo al camino durante casi un kilómetro. Hay algo que la preocupa mientras se desplaza entre corredores paralizados, alguna arruga alarmante en la textura del software: en las personas o los árboles o la atmósfera. Aprieta el paso, inquieta, atraviesa figuras como si fueran fantasmas: a cada paso que da puede sentir el miedo invadiendo el *Argos*, a punto de ponerle la mano en la nuca.

Para cuando sale del Atlas, está oscuro. Pequeños apliques brillan en la base de las columnas de la Biblioteca y nubes nocturnas cruzan veloces sobre la bóveda de cañón.

Unos cuantos documentos van de un lado a otro; hay unas pocas figuras encorvadas sobre mesas. El perrito blanco de la señora Flowers trota hasta Konstance, se sienta y mueve la cola atrás y adelante, pero la señora Flowers no está por ninguna parte.

—Sybil, ¿qué hora es?

«Cuatro diez de NoLuz, Konstance».

Apaga el Vizor y se baja del Deambulador. Padre está otra vez en la máquina de coser de Madre, con las gafas en la punta de la nariz, trabajando a la luz de la lámpara de Madre. Tiene la capucha de su traje de protección en el regazo igual que la cabeza decapitada de un enorme insecto. A Konstance le preocupa que la regañe por quedarse levantada hasta tan tarde otra vez, pero Padre está murmurando para sí, dándole vueltas a alguna cosa y entonces cae en la cuenta de que le gustaría que la regañara por quedarse levantada hasta tan tarde.

Aseo, dientes, cepillarse el pelo. Ya sube la escalerilla de su litera, cuando el corazón le da un vuelco de susto. Madre no está en su litera. Ni en la de Padre. Ni en el aseo. Madre no está en el Compartimento 17.

—¿Padre?

Padre da un respingo. La manta de Madre está arrugada. Madre siempre dobla su manta en un rectángulo perfecto cuando se levanta de la cama.

—¿Dónde está Madre?

—¿Hmm? Ha ido a ver a alguien.

La máquina de coser vuelve a la vida, la bobina gira, y Konstance espera a que pare.

—Pero ¿cómo ha conseguido salir de aquí?

Padre sujeta los bordes de la cortina para hacerlos coincidir, los sitúa debajo de la aguja y la máquina vuelve a repiquetear.

Konstance repite la pregunta. En lugar de contestar, Padre usa las tijeras de Madre para cortar un trozo de hilo, luego dice:

—Cuéntame dónde has ido esta vez, calabacita. Debes de haber caminado kilómetros.

—¿Ha dejado Sybil salir a Madre?

Padre se levanta y va hasta su litera.

—Tómate esto.

Su voz es calmada, pero tiene la mirada dispersa. Lleva en la palma tres de las SueñoGrageas de Madre.

—¿Por qué?

—Te ayudarán a descansar.

—¿Tres no son muchas?

—Tómatelas, Konstance, no pasa nada. Te voy a envolver en tu manta igual que una pupa en una crisálida, ¿te acuerdas? Como hacíamos antes. Y por la mañana tendrás respuestas, te lo prometo.

Las grageas se disuelven en su lengua. Padre le remete la manta alrededor de las piernas, vuelve a sentarse delante de la máquina de coser y la aguja se pone de nuevo en marcha.

Por encima de la barandilla, Konstance mira la litera de Madre. Su manta arrugada.

—Padre, tengo miedo.

—¿Quieres oír un poco de la historia de Etón? —La máquina de coser gruñe y se apaga—. Después de escapar del molinero, Etón caminó hasta el confín del mundo, ¿te acuerdas? La tierra terminaba en un mar helado y del cielo caía nieve y solo había arena negra y algas congeladas y no se olían rosas en mil seiscientos kilómetros.

La lámpara parpadea. Konstance pega la espalda a la pared y se esfuerza por mantener los ojos abiertos. Hay gente muriendo. Sybil solo habría dejado salir a Madre del compartimento si...

—Pero Etón aún tenía esperanza. Allí estaba, atrapado dentro de un cuerpo que no era el suyo, lejos de casa, en el límite mismo del mundo conocido. Miró la luna mientras caminaba por la orilla y le pareció ver a una diosa bajar de la noche en su ayuda.

En el aire sobre su litera Konstance ve luz de luna rielar en láminas de hielo, ve a Etón el asno dejando huellas de pezuñas en la arena fría. Intenta sentarse, pero de pronto tiene el cuello demasiado débil para soportar el peso de su cabeza. La nieve cae oblicua sobre su manta. Levanta una mano para tocarla, pero sus dedos se hunden en la oscuridad.

Dos horas más tarde, Padre se inclina sobre la barandilla en la NoLuz y la ayuda a salir de la cama. Konstance está grogui y confusa por las SueñoGrageas y Padre le mete las piernas y los brazos en algo que parece una persona desinflada, un traje que ha hecho con la cortina bioplástica. La cintura le queda grande y no tiene guantes, solo mangas cosidas en los extremos. Mientras Padre le sube la cremallera, Konstance está tan adormilada que apenas consigue mantener la barbilla levantada.

—Padre.

Ahora le está colocando la capucha de oxígeno en la cabeza, cubriéndole el pelo con ella y encajándola al cuello del traje con la misma cinta aislante que usa para sellar los goteros de riego de la granja. Lo enciende y Konstance nota cómo el traje se infla alrededor de ella.

«Oxígeno al treinta por ciento», le dice una voz grabada dentro de la capucha directamente al oído y el haz blanco del frontal se enciende y rebota en los objetos del compartimento.

—¿Puedes andar?

—Me estoy asando aquí dentro.

—Lo sé, calabacita, estás siendo muy buena. Déjame que vea cómo caminas.

Gotículas de sudor de la frente de Padre atrapan la luz del frontal y su palidez es tan blanca como su barba. A pesar del miedo y de la fatiga, Konstance consigue dar unos pasos y las mangas extrañas e infladas se arrugan. Padre se agacha y coge el Deambulador de Konstance y, con la otra mano, se las arregla para coger la banqueta de aluminio de la mesa de coser de Madre y llevar ambas cosas a la puerta.

—Sybil —dice— uno de nosotros no se encuentra bien.

Konstance se reclina contra la cadera de Padre, acalorada y asustada, y espera a que Sybil ponga pegas, que diga cualquier cosa menos lo que dice:

«Enseguida irá alguien».

Konstance nota la gravedad de las SueñoGrageas tirándole de los párpados, de la sangre, de los pensamientos. La cara demacrada de Padre. La manta sin doblar de Madre. Las palabras de Jessi Ko: «Si Sybil detecta que te pasa algo...».

«Oxígeno al veintinueve por ciento», dice la capucha.

Cuando se abre la puerta aparecen dos figuras vestidas de pies a cabeza con trajes de protección contra riesgo biológico que recorren a grandes zancadas el pasillo en la NoLuz. Llevan linternas sujetas a las muñecas y los trajes se inflan desde dentro, por lo que parecen aterradoramente enormes, y tienen las caras desaparecidas detrás de escudos faciales de espejo color bronce. Arrastran largas mangueras envueltas en cinta de aluminio.

Padre se abalanza hacia ellos con el Deambulador de Konstance todavía pegado al pecho y los hombres retroceden.

—No os acerquéis. Por favor. No va a ir a la Enfermería.

La apremia a correr tras él por el pasillo sin iluminar guiándose por el haz trémulo del frontal de Konstance. Los pies de esta resbalan dentro de las calzas de bioplástico.

Hay objetos arrumbados contra las paredes: bandejas de comida, mantas, algo que pueden ser vendas. Cuando pasan junto a Intendencia, Konstance echa una ojeada, pero Intendencia ya no es Intendencia. Donde antes había mesas y bancos dispuestos en tres hileras, hay ahora unas veinte tiendas de campaña blancas, de cada una salen tubos y cables y luces de instrumental médico parpadean aquí y allí. Por la lona con la cremallera bajada de una de ellas, Konstance atisba la planta de un pie descalzo asomando de una manta, y al momento siguiente han doblado la esquina.

«Oxígeno al veintiséis por ciento», dice su capucha.

¿Estaban enfermas esas personas? ¿Se estaban muriendo? ¿Estaba Madre en una de esas tiendas?

Pasan los Aseos 2 y 3, pasan la puerta sellada de la Granja 4 —dentro está el pino joven de Konstance, ya tiene seis años y es tan alto como ella— y recorren pasillos hacia el núcleo del *Argos*.

Padre jadea mientras apremia a Konstance, los dos se resbalan y el haz de luz del frontal da bandazos. «Hydro-acceso», dice en una puerta; «Compartimento 8», dice en otra, «Compartimento 7». Konstance tiene la sensación de estar siendo succionada por el agujero en el corazón de un remolino.

Por fin se detienen frente al letrero que dice «Cámara Uno». Pálido, jadeante, con la cara brillante de sudor, Padre mira por encima del hombro y a continuación apoya la palma sobre la puerta. Giran ruedas y se abre el vestíbulo.

Sybil dice: «Entrando en Zona de Descontaminación».

Padre hace entrar a Konstance, deja su Deambulador a su lado y coloca la banqueta en el umbral, contra el marco de la puerta.

—No te muevas.

Konstance se sienta en el vestíbulo dentro de su traje arrugado, y se rodea las rodillas con los brazos, y la capucha dice: «Oxígeno al veinticinco por ciento», y Sybil dice: «Iniciando proceso de descontaminación». Konstance grita: «Padre», a través de la máscara de su capucha, y la puerta exterior se cierra hasta encontrarse con la banqueta.

Las patas de la banqueta se doblan con un chirrido y la puerta se detiene.

«Por favor, retire bloqueo de la puerta exterior».

Regresa Padre con cuatro sacos de polvo Nutrir, los lanza por encima de la banqueta medio aplastada y se va otra vez corriendo.

A continuación llegan un váter seco ecológico, toallitas limpiadoras secas, una impresora de comida sin desembalar, una cama inflable, una manta retractilada, más paquetes de polvo Nutrir. Padre va y viene corriendo. «Por favor, retire bloqueo de la puerta exterior», repite Sybil, y la banqueta se arruga otro centímetro por la presión y Konstance empieza a hiperventilar.

Padre arroja dos paquetes más de polvo Nutrir al vestíbulo —¿por qué tantos?—, entra por el hueco de la puerta y se deja caer contra una pared. Sybil dice: «Para poder iniciar la descontaminación, es necesario desbloquear la puerta exterior».

La capucha de Konstance le dice al oído: «Oxígeno al veintitrés por ciento».

Padre señala la impresora.

—¿Sabes cómo funciona? ¿Te acuerdas de dónde se conecta el cable de bajo voltaje?

Apoya las manos en las rodillas, con el pecho agitado y la barba goteando de sudor, y la banqueta chilla por la presión. Konstance consigue asentir con la cabeza.

—En cuanto se cierre la puerta exterior, cierras los ojos y Sybil iniciará la descarga de aire y lo esterilizará todo. Luego abrirá la puerta interior. ¿Te acuerdas? Antes de entrar, mételo todo. Todo. Una vez lo tengas todo dentro y la puerta interior esté sellada, cuenta hasta cien y entonces podrás quitarte la capucha. ¿Me has entendido?

El miedo palpita en todas las células del cuerpo de Konstance. La litera vacía de Madre. Las tiendas de campaña en Intendencia.

—No —dice.

«Oxígeno al veintidós por ciento —dice la capucha—. Intente respirar más despacio».

—Cuando se cierre la puerta interior —repite Padre—, cuenta hasta cien. Luego ya puedes quitártela.

Hace fuerza contra el borde de la puerta y Sybil dice: «La puerta exterior está bloqueada, es necesario desbloquearla», y Padre mira hacia la oscuridad del pasillo.

—Tenía doce años —dice— cuando solicité participar en la misión. Era un niño y lo único que veía era que todo se moría. Y entonces tuve un sueño, una visión, de lo que podría ser la vida. ¿Por qué quedarme aquí cuando podía estar allí? ¿Te acuerdas?

De entre las sombras reptan mil demonios y Konstance los enfoca con su linterna y los demonios retroceden y la luz se aparta y los demonios regresan de un salto. La banqueta chilla de nuevo. La puerta exterior se cierra otro centímetro.

—Fui un loco.

La mano de Padre, cuando se la pasa por la frente, es esquelética; tiene flácida la piel de la garganta; la plata del pelo atenuada hasta ser gris. Por primera vez en la vida de Konstance, su padre aparenta su edad, o más incluso, como si, con cada respiración, le estuvieran siendo arrebatados los últimos años de vida. Konstance dice a la máscara de su capucha:

—Dijiste que lo bonito de un loco es que nunca sabe cuándo rendirse.

Padre inclina la cabeza hacia ella y pestañea deprisa, como si se le estuviera escapando un pensamiento demasiado veloz.

—Era la abuela —contesta— quien decía eso.

«Oxígeno al veinte por ciento», dice la capucha de Konstance.

Una gota de sudor cuelga de la nariz de Padre, tiembla y a continuación cae.

—En mi hogar —dice—, en Esqueria, detrás de la casa discurría una acequia. Incluso después de secarse, incluso en los días más calurosos, siempre había alguna sorpresa si pasabas arrodillado allí el tiempo suficiente. Una semilla transportada por el viento, un gorgojo o una pequeña borraja, valiente y solitaria.

Se apoderan de Konstance oleada tras oleada de somnolencia. ¿Qué hace Padre? ¿Qué intenta decirle? Lo ve levantarse y pasar por encima de la banqueta deforme al vestíbulo.

—Padre, por favor.

Pero la cara de Padre desaparece. Apoya un pie contra el borde de la puerta, saca la banqueta arrugada y el vestíbulo se cierra.

—No, no te...

«Puerta exterior sellada —dice Sybil—. Iniciando descontaminación».

El ruido del ventilador sube de volumen. Konstance nota chorros fríos contra el bioplástico de su traje, cierra los ojos a las tres pulsaciones luminosas y la puerta interior se abre. Aterrada, exhausta, sobreponiéndose al pánico, mete el váter, los paquetes de Nutrir, la cama, la impresora de comida en su embalaje.

La puerta interior se sella. La única luz es el resplandor de Sybil que parpadea dentro de su torre, ahora naranja ahora fucsia ahora amarillo.

«Hola, Konstance».

«Oxígeno al dieciocho por ciento», dice la capucha.

«Me encanta tener visitas».

Uno dos tres cuatro cinco.

Cincuenta y seis cincuenta y siete cincuenta y ocho.

«Oxígeno al diecisiete por ciento».

Ochenta y ocho ochenta y nueve noventa. La manta sin doblar de Madre. El pelo húmedo de sudor de Padre. Un pie descalzo asomando de una tienda de campaña. Llega a cien y desconecta la capucha. Se la quita. Se tumba en el suelo y se rinde a las SueñoGrageas.

DIEZ

LA GAVIOTA

La ciudad de los cucos y las nubes
por Antonio Diógenes, folio K

... la diosa descendió de la noche. Tenía cuerpo blanco, alas grises y una boca color naranja intenso como un pico, y, aunque no era tan grande como me había esperado que fuera una diosa, tuve miedo. Aterrizó sobre sus pies color naranja, dio unos pasos y empezó a picotear un montón de algas.

—Ínclita hija de Zeus —dije—, te lo suplico. Di el encantamiento mágico que me transmute de esta forma a otra, para así poder volar hasta la ciudad de las nubes donde todas las necesidades son satisfechas y nadie sufre y cada día brilla como si fueran los primeros días después del nacimiento del mundo.

—¿Se puede saber qué rebuznas? —preguntó la diosa y su fétido aliento a pescado casi me hizo desmayarme—. He volado por todas estas regiones y jamás he visto un lugar así, ni en las nubes ni en otra parte.

Estaba claro que era una deidad cruel deseosa de tomarme el pelo.

—Al menos podrías usar tus alas para volar a algún lugar alegre y cálido y traerme una rosa, así podría regresar a lo que era antes y empezar mi viaje de nuevo —dije.

La diosa señaló con un ala un segundo montón de algas.

—Esa es la rosa del mar del norte y tengo entendido que, si comes lo bastante, te sentirás raro. Aunque puedo asegurar con solo mirarte que a un capullo como tú jamás le saldrán alas.

A continuación exclamó un «ah ah ah» que sonó más a risa que a palabras mágicas, pero aun así me metí la maraña viscosa en la boca y mastiqué.

Aunque sabía a rábanos podridos, empecé a notar una transformación. Se me encogieron las patas, lo mismo que las orejas, y me salieron unas hendiduras detrás de la mandíbula. Sentí escamas deslizarse por mi lomo y una baba cubrirme los ojos...

BIBLIOTECA PÚBLICA DE LAKEPORT

20 DE FEBRERO DE 2020

17.27

Seymour

Agazapado junto a la estantería volcada de los audiolibros, escudriñando por una ranura de la ventana, mira cómo ocupan sus puestos dos coches de policía más, como si estuvieran formando una pared alrededor de la biblioteca. Figuras encorvadas pasan deprisa por la nieve en Park Street, puntitos rojos viajan con ellos. ¿Escáneres térmicos? ¿Visores láser? Sobre los juníperos flota un trío de luces azules: alguna clase de dron controlado remotamente. Son las criaturas que hemos elegido para repoblar la tierra.

Seymour repta de vuelta al atril del diccionario y está intentando tragarse el remolino de pánico que tiene en la garganta cuando suena el teléfono del mostrador de recepción. Se lleva las manos a los protectores auditivos. Seis timbrazos siete ocho y para. Un momento más tarde, el teléfono de la oficina de Marian —poco más que un armario escobero detrás de las escaleras— es el que suena. Siete timbrazos ocho timbrazos para.

—Deberías cogerlo —dice el hombre herido al pie de las escaleras. Con los protectores puestos, su voz suena lejana—. Están buscando una manera pacífica de resolver esto.

—Por favor, cállese —contesta Seymour.

Ahora vuelve a sonar el teléfono de la recepción. El hombre al pie de las escaleras ya ha causado suficientes problemas, de hecho lo ha estropeado todo. Las cosas serían mucho más fáciles si no hablara. Seymour le hizo quitarse los auriculares color verde lima y tirarlos al pasillo de Ficción, pero el hombre sigue sangrando en la moqueta raída de la biblioteca embrollándolo todo.

Seymour va a cuatro patas hasta el mostrador de recepción y arranca el cable del teléfono de la clavija de la pared. Luego repta hasta el despacho tamaño escobero de Marian, donde el teléfono se ha puesto a sonar otra vez, y arranca también el cable.

—Eso ha sido una equivocación —dice el hombre herido.

Una pegatina en la puerta de Marian dice: «La biblioteca: donde el silencio es posible». Imágenes de su cara pecosa asoman en el campo visual de Seymour y pestañea para ahuyentarlas.

«Gran búho gris. Con mucho, la especie de búho más grande del mundo».

Se sienta en el umbral del despacho de Marian con la pistola en el regazo. Las luces de la policía proyectan borrones de rojo y azul en los lomos de títulos de narrativa juvenil. Puede sentir el rugido girar al otro lado de los cristales. ¿Estarán apuntándole francotiradores ahora mismo? ¿Tendrán herramientas para ver a través de las paredes? ¿Cuánto falta para que tomen el edificio por asalto y le maten a tiros?

Del bolsillo izquierdo saca el teléfono con los tres números escritos en el dorso. El primero detona la bomba número uno, el segundo la bomba número dos; el tercero se supone que debe marcarlo si hay algún problema.

Seymour marca el tercer número y se levanta uno de los cascos de los protectores auditivos. Suenan varios timbrazos, un pitido y la conexión se corta.

¿Significa eso que han recibido el mensaje? ¿Se supone que tiene que decir algo después del pitido?

—Necesito atención médica —dice el hombre al pie de las escaleras.

Seymour marca de nuevo. Suena suena suena suena suena suena suena suena suena pita.

—¿Hola?

Pero en cuanto suena el pitido, la llamada se corta. Probablemente significa que hay ayuda en camino. Significa que han recibido el mensaje, que estarán activando la red de apoyo. Hará tiempo y esperará. Hacer tiempo, esperar y la gente de Bishop llamará de vuelta o llegará para ayudar y todo se solucionará.

—Tengo sed —dice el hombre herido y de algún rincón llegan voces de niños y el silbido del viento que aúlla y el rugido de olas al romper. Trampas de la mente. Seymour vuelve a ponerse los protectores auditivos, coge una taza decorada con gatos de dibujos animados de la mesa de Marian, se arrastra hasta el dispensador de agua, la llena y la deja al alcance del hombre.

El cubo de basura junto a las butacas, que recoge el agua de la gotera, está lleno en tres cuartas partes. El hervidor que tiene debajo emite una serie de chirridos cansados. «Tenemos que ser fuertes todos —dijo Bishop—. Los acontecimientos inminentes nos pondrán a prueba de maneras que ni siquiera podemos imaginar».

Zeno

Las preguntas se persiguen las unas a las otras en el carrusel de sus pensamientos. ¿Quién disparó a Sharif y cómo de graves son sus heridas? ¿Por qué le hizo una señal Sharif de que volviera arriba? Si las luces que hay a la puerta de la biblioteca son fuerzas del orden o de una ambulancia, ¿por qué no entran? ¿Es porque el asaltante sigue dentro? ¿Solo hay uno? ¿Se está avisando a los padres de lo que ocurre? ¿Qué se supone que tiene que hacer él?

Sobre el escenario, Etón el asno camina por el confín helado del mundo. Del altavoz de Natalie llega el sonido de olas del mar rompiendo en la grava. Olivia, con una gran cabeza blanda de gaviota y leotardos amarillos, señala con una de sus alas de fabricación casera un montón de papel de seda verde sobre el escenario. «Tengo entendido —dice— que, si comes lo bastante, te sentirás raro. Aunque puedo asegurar con solo mirarte que a un capullo como tú jamás le saldrán alas».

Alex, que es Etón, coge un poco de papel de seda verde, se lo mete en la boca de asno de papel maché y sale del escenario.

Olivia la gaviota se vuelve hacia las sillas.

—No tiene sentido para un asno como este hacer castillos en el aire. Ser sensato se llama «tener los pies en la tierra» por una razón.

Desde fuera del escenario, Alex grita:

—Pues algo sí está pasando. Lo noto.

Christopher cambia la luz de discoteca de blanca a azul, los torreones de la ciudad de los cucos y las nubes centellean al fondo y Natalie sustituye el rugido de las olas por ruido de borboteo y gorgoteo y burbujeo bajo el agua.

Aparece Alex en el escenario con su cabeza de pez hecha de papel maché. El sudor le pega el flequillo a la frente.

—¿Podemos hacer un descanso, señor Ninis? ¿Medio tiempo?

—Quiere decir entreacto —dice Rachel.

Zeno levanta la vista de sus manos temblorosas.

—Sí, sí, por supuesto, un agradable y tranquilo entreacto. Buena idea. Lo estáis haciendo maravillosamente. Todos.

Olivia se quita la careta.

—Señor Ninis, ¿de verdad cree que deberíamos decir «capullo»? Mañana van a venir algunas personas de la parroquia.

Christopher hace ademán de dar la luz, pero Zeno dice:

—No, no, mejor a oscuras. Mañana estaréis entre bastidores con poca luz. Vamos a sentarnos entre bambalinas, detrás de las estanterías que ha puesto Sharif, lejos del público, igual que estaremos mañana por la noche, y lo hablamos, Olivia.

Los guía detrás de tres estanterías. Rachel reúne las hojas de su guion y se sienta en una silla plegable, Olivia guarda el papel de seda verde arrugado en una bolsa y Alex repta detrás del perchero con los disfraces y suspira. Zeno se coloca en el centro del círculo que forman con su corbata y sus botas de velcro. A sus pies, la caja de microondas convertida en sarcófago se transforma momentáneamente en una cabina de aislamiento detrás del cuartel general del Campo Cinco —medio espera que Rex salga de ella, demacrado y sucio, y se ajuste las gafas rotas sobre la nariz— y a continuación vuelve a ser una caja de cartón.

—¿Alguno de vosotros —susurra— tiene un móvil?

Natalie y Alex niegan con la cabeza. Alex explica:

—Dice mi abuela que no hasta que esté en sexto.

Christopher dice:

—Olivia tiene uno.

Olivia rebate:

—Me lo quitó mi madre.

Natalie levanta la mano. Sobre el escenario, al otro lado de las estanterías, el gorgoteo submarino sigue saliendo de su altavoz, desorientando a Zeno.

—Señor Ninis, ¿qué es un periquete?

—¿Un qué?

—La señorita Marian dijo que volvería con las pizzas en un periquete.

—Un periquete es como un papagayo —dice Alex.

—Eso es un periquito —replica Olivia.

—Es el palo de un barco —dice Christopher.

—Un periquete es poco tiempo —responde Zeno—. Un ratito.

En algún lugar de Lakeport suenan sirenas.

—Pero ¿no ha pasado ya más de un periquete, señor Ninis?

—¿Tienes hambre, Natalie?

La niña asiente con la cabeza.

—Yo tengo sed —apunta Christopher.

—Seguramente las pizzas se retrasan por la nieve —dice Zeno—. Marian volverá enseguida.

Alex se sienta erguido.

—Podríamos bebernos alguna de las zarzaparrillas de la ciudad de los cucos y las nubes.

—Son para mañana por la noche —dice Olivia.

—Supongo que no pasa nada —propone Zeno— si os tomáis cada uno una zarzaparrilla. ¿Podéis cogerlas sin hacer ruido?

Alex se levanta de un salto y Zeno se pone de puntillas para mirar por encima de las estanterías mientras el niño rodea el escenario y se agacha para pasar por el hueco entre el telón pintado y la pared.

—¿Por qué no puede hacer ruido? —pregunta Christopher.

Rachel lee su guion siguiendo las líneas con el dedo índice.

—¿Qué hacemos entonces con lo de la palabrota, señor Ninis? —dice Olivia.

¿Se está desangrando Sharif? ¿Debería Zeno actuar más deprisa de lo que lo está haciendo? Alex sale de detrás del otro extremo del telón en albornoz y pantalones cortos con una caja de veinte zarzaparrillas marca Mug.

—Cuidado, Alex.

—Christopher —susurra Alex mientras rodea el proscenio del escenario de conglomerado —, esta es para...

Entonces se engancha el dedo del pie en la tarima, tropieza y doce latas de zarzaparrilla vuelan sobre el escenario.

Seymour

ira fijamente su teléfono, piensa: suena, suena ahora. Pero sigue inerte.

17.38.

Bunny habrá terminado ya su turno de limpieza. Estará esperando con los pies y la espalda doloridos a que vaya a recogerla y la lleve al Pig N' Pancake. ¿Estarán pasando coches patrulla delante de la ventana? ¿Estarán comentando sus compañeros de trabajo que algo pasa en la biblioteca?

Trata de imaginar a los guerreros de Bishop congregados en algún lugar cercano, coordinándose para rescatarlo. O —una nueva duda lo asalta— quizá la policía está interceptando su teléfono. Quizá la gente de Bishop no ha recibido sus llamadas. Piensa en las luces rojas moviéndose en la nieve, en el dron sobrevolando los setos. ¿Tendrá recursos el Departamento de Policía de Lakeport para hacer algo así?

El hombre herido está tirado en las escaleras con la mano derecha apretándose el hombro ensangrentado. Se le han cerrado los ojos y la sangre en la moqueta junto a él se está secando, cambiando el marrón oscuro por el negro. Mejor no mirar. Seymour dirige su atención a la larga sombra en el pasillo central entre Ficción y No Ficción. Menuda chapuza ha hecho.

¿Está dispuesto a morir por ello? ¿A dar voz a las innumerables criaturas que los humanos han borrado de la faz de la tierra?

¿A defender a los que no tienen voz? ¿No es eso lo que hace un héroe? Un héroe lucha en nombre de los que no pueden luchar por sí mismos.

Asustado y desconcertado, con el cuerpo tenso, las axilas sudorosas, los pies fríos, la vejiga a punto de reventar, la Beretta en un bolsillo y el móvil en el otro, Seymour se retira los cascos de sus protectores auditivos, se enjuga la cara con la manga de su cortavientos y está mirando pasillo abajo, hacia el aseo al fondo de la biblioteca, cuando oye, procedente del piso de arriba, una sucesión de golpes secos y estruendosos.

ONCE

EN EL VIENTRE DE LA BALLENA

La ciudad de los cucos y las nubes
por Antonio Diógenes, folio Λ

... seguía a mis escamosos hermanos por las infinitas profundidades, huyendo de los veloces y terribles delfines, cuando, sin previo aviso, nos topamos con un leviatán, la más gigantesca de todas las criaturas, de boca tan ancha como las puertas de Troya y dientes tan altos como las columnas de Hércules y tan afilados como la espada de Perseo.

Abrió de par en par las mandíbulas para engullirnos y me dispuse a morir. Nunca lograría llegar a la ciudad de las nubes. Nunca vería la tortuga ni probaría una de las tortas de miel que llevaba sobre su caparazón. Moriría en las frías aguas del mar, mis huesos de pez se perderían en el vientre de una bestia. El cardumen entero fuimos arrastrados a la caverna de su boca, pero por fortuna los espetos que eran sus enormes colmillos resultaron demasiado grandes para ensartarnos y pasamos entre ellos ilesos, directos al gaznate.

Mientras chapoteábamos en las entrañas del enorme monstruo como atrapados dentro de otro mar tuvimos oportunidad de atisbar fragmentos de toda la Creación. Cada vez que el monstruo abría la boca, yo subía a la superficie y vislumbraba algo nuevo: los cocodrilos de Etiopía, los palacios de Cartago, la nieve cubriendo cuevas de trogloditas a lo largo del cinturón del mundo.

Terminé por cansarme: había viajado muy lejos, pero no estaba más cerca de mi destino que cuando salí. ¿Perseguía una quimera? Era un pez dentro de un mar dentro de un pez más grande y me pregunté si el mundo no nadaría también dentro del vientre de un pez mucho mayor, si no seríamos todos peces dentro de peces, y a continuación, exhausto de tantas maravillas y de tanto maravillarme, cerré mis escamosos ojos y dormí...

CONSTANTINOPLA

ABRIL-MAYO DE 1453

Omeir

Durante millas y en todas las direcciones martillos retiñen, hachas cortan, camellos rebuznan, ladran y balan. Deja atrás campamentos de maestros arqueros, campamentos de guarnicioneros, de zapateros y de herreros; hay sastres confeccionando tiendas dentro de tiendas más grandes; niños correteando de aquí para allá con cestas de arroz; cincuenta carpinteros construyendo escalerillas con troncos llegados por mar. Se han cavado zanjas para los desechos humanos y animales; el agua para beber se almacena en montañas de barriles; al fondo se ha construido una gran fundición portátil.

Llegan hombres de todos los rincones del campamento para ver el cañón que centellea, inmenso y reluciente, en su carro. Los bueyes, cansados por el barullo, permanecen muy juntos: Rayo de Luna parece dormir de pie mientras mastica, incapaz de levantar la cabeza por encima de la línea del lomo, y contrae una oreja. Omeir le embadurna el anca trasera izquierda con una mezcla de saliva y hojas de caléndula, como habría hecho Abuelo, y se preocupa.

Al anochecer, los hombres que han traído el cañón de Edirne se congregan alrededor de calderos humeantes. Un capitán se sube a una tarima para proclamar que la gratitud del sultán es inmensa. En cuanto la ciudad esté ganada, dice, todos tendrán ocasión de elegir una casa, y un jardín, y una mujer por esposa.

De noche el ruido de los carpinteros que construyen un soporte para el cañón y una empalizada para ocultarlo interrumpe el sueño de Omeir y durante todo el día siguiente los boyeros y los bueyes trabajan para levantar la segunda. De tanto en tanto llega una flecha de ballesta silbando desde el parapeto almenado en lo alto de la muralla exterior de la ciudad y se clava en un madero o en el barro. Maher agita el puño en dirección a las murallas. «Tenemos algo más grande que eso para lanzaros», grita, y todo el que lo oye ríe.

Esa tarde en los pastos donde apacientan los bueyes, Maher encuentra a Omeir sentado encima de un bloque de piedra caliza desprendido y se agacha a su lado y empieza a pellizcarse una costra de la rodilla. Miran el campamento que llega hasta el foso y las torres blancas como la cal, estriadas de rojo por los ladrillos. Con el sol poniente, el laberinto de tejados al otro lado de las murallas parece arder.

—¿Crees que para mañana a esta hora todo eso será nuestro?

Omeir no dice nada. Le avergüenza reconocer que el tamaño de la ciudad lo aterroriza. ¿Cómo han podido los hombres construir un lugar así?

Maher perora sobre la casa que elegirá, que tendrá dos plantas y canales de agua discurriendo por un jardín con perales y jazmines y sobre cómo tendrá una esposa de ojos oscuros y cinco hijos y al menos una docena de taburetes de tres patas... Maher siempre está hablando de taburetes de tres patas. Omeir piensa en la casita de madera en la cañada, en su madre haciendo requesón, Abuelo cojeando en dirección al establo, y la añoranza se apodera de él.

En la cima de un altozano a su izquierda, protegidas por escudos, varias zanjas y un muro de cortinajes, el conjunto de tiendas del sultán aletea en la brisa. Hay tiendas para su guardia personal, tiendas para sus consejeros y tesoreros, para sus reliquias sagradas y sus cetreros, sus astrólogos y estudiosos y catadores de comida; tiendas cocina, tiendas letrina, tiendas para la contemplación. Junto a una torre vigía ondea la tienda privada del sultán:

rojo, oro y tan grande como un bosquecillo. Su interior está pintado, según ha oído Omeir, de los colores del paraíso y se muere por verlo.

—Nuestro príncipe, en su infinita sabiduría —dice Maher siguiendo la mirada de Omeir—, ha descubierto una flaqueza. Un defecto. ¿Ves allí donde el río entra en la ciudad? ¿Donde las murallas son más bajas, a la altura de esa puerta? El agua fluye allí desde tiempos del Profeta, que la paz sea con Él, acumulándose, empapando, corroyendo. Los cimientos están debilitados y la unión entre las piedras ha empezado a fallar. Por ahí irrumpiremos.

A lo largo de las murallas empiezan a encenderse los fuegos de los vigías. Omeir intenta imaginarse cruzando el foso a nado, trepando por el escarpe, escalando de alguna manera la muralla exterior, abriéndose paso por las almenas y cayendo en tierra de nadie a los pies del enorme baluarte de la muralla interior, con torres tan altas como doce hombres. Harían falta alas; haría falta ser un dios.

—Mañana por la noche —dice Maher—. Mañana por la noche dos de esas casas serán nuestras.

A la mañana siguiente se hacen abluciones y se dicen plegarias. A continuación los portaestandartes se abren camino entre las tiendas hasta primera línea y levantan gallardetes que brillan en la luz del amanecer. Por todo el regimiento resuenan tambores, panderetas y castañuelas, un estrépito pensado para asustar tanto como para inspirar. Omeir y Maher miran a los polvoristas —a muchos les faltan dedos, muchos tienen quemaduras en la garganta y la cara— preparar la gigantesca arma. Tienen rostros tensos por el miedo constante que produce trabajar con explosivos volátiles, y apestan a sulfuro, y murmuran entre sí en un dialecto extraño igual que nigromantes, y Omeir reza por que no lo miren a los ojos, por que, si algo sale mal, no culpen al defecto de su rostro.

A lo largo de las casi cuatro millas de muralla terrestre los cañones han sido agrupados en catorce baterías, ninguna mayor que la enorme bombarda que Omeir y Maher han ayudado a arrastrar hasta allí. También se cargan armas de asedio más comunes: trabuquetes, hondas, catapultas, pero todas parecen primitivas comparadas con los bruñidos cañones y los caballos y carros oscuros y las túnicas sucias de pólvora de los artilleros. Brillantes nubes de primavera surcan el cielo sobre sus cabezas igual que naves zarpando hacia una guerra paralela, y el sol cae a plomo en las azoteas de la ciudad, cegando momentáneamente a los ejércitos fuera de la muralla, y, por fin, atendiendo a alguna clase de señal del sultán, oculto detrás de un temblor de cortinas en lo alto de su torre, los tambores y los címbalos callan y los portaestandartes bajan sus pendones.

Apostados junto a más de sesenta cañones, los cañoneros acercan pábilos a la pólvora. El ejército al completo, desde pastores descalzos reclutados a la fuerza que van en vanguardia, armados con garrotes y guadañas, hasta imanes y visires, desde escuderos y palafreneros y cocineros y flecheros hasta el cuerpo de élite de los jenízaros con sus turbantes blancos impolutos, mira. Las gentes de la ciudad también miran, forman filas esporádicas a lo largo de las murallas exterior e interior: arqueros, jinetes, contrazapadores, monjes, curiosos e incautos. Omeir cierra los ojos y se tapa las orejas con los antebrazos y siente crecer la presión, siente el gigantesco cañón hacer acopio de su abominable energía y, por espacio de un instante, reza por estar dormido, por que cuando abra los ojos se encuentre en casa, descansando contra el tronco del tejo medio hueco, despertando de un sueño inmenso.

Las bombardas disparan una detrás de la otra, de sus bocas sale humo blanco mientras las cureñas reculan con violencia por el retroceso, haciendo temblar la tierra, y más de sesenta bolas de piedra vuelan en dirección a la ciudad tan deprisa que es imposible seguirlas con la vista.

De las murallas suben nubes de polvo y piedra pulverizada. Fragmentos de ladrillo y piedra caliza llueven sobre hombres situados a un cuarto de milla de distancia y un rugido atronador recorre los batallones en formación.

Cuando el humo se disipa, Omeir cae en la cuenta de que parte de una torre de la muralla exterior se ha derrumbado; aparte de eso, la defensa parece intacta. Los artilleros vierten aceite sobre el gran cañón para enfriarlo y un oficial prepara a su escuadrón para cargar otra bola de mil libras de peso y Maher pestañea incrédulo y transcurre mucho tiempo antes de que los vítores se aquieten lo bastante para que Omeir pueda oír los gritos.

Anna

Está en el patio cortando leña robada cuando los cañones disparan de nuevo, doce en sucesión, seguidos del rugido distante de piedra que se derrumba. Días atrás el estruendo de las máquinas de guerra del sultán podía empujar al llanto a la mitad de las mujeres del taller. Esta mañana se limitan a hacer la señal de la cruz encima de sus huevos duros. Una jarra se vuelca en un estante y Crisa se levanta y la pone de pie.

Anna arrastra la leña a la trascocina, enciende la lumbre y las ocho bordadoras que quedan comen y vuelven al trabajo al piso de arriba. Hace frío y ninguna cose con apremio. Kalafates ha huido con el oro, la plata y las perlas, apenas queda seda y, en cualquier caso, ¿qué clérigos van a comprar vestiduras con brocados? Todos parecen estar de acuerdo en que el mundo se terminará pronto y la única tarea esencial es limpiar el alma de toda mancilla antes de que ese día llegue.

La viuda Teodora está en la ventana del taller, apoyada en su bastón. María sostiene su bastidor a pulgadas de distancia de los ojos mientras empuja la aguja a través de la capucha de brocado.

Por las tardes, después de dejar instalada a María en la celda, Anna camina una milla para reunirse con otras mujeres y niñas en la explanada entre las murallas interior y exterior. Trabajan en equipos llenando barriles de pasto, tierra y mampuestos. Ve a monjas, todavía vistiendo el hábito, ayudando a enganchar barriles a poleas; ve a madres turnándose para cuidar de recién nacidos para que las otras puedan ayudar.

Los barriles son subidos con tornos tirados por asnos hasta las almenas de la muralla exterior. Después de oscurecido, soldados imposiblemente valerosos, a la vista de los ejércitos sarracenos, trepan por empalizadas construidas a toda prisa, bajan los barriles y rellenan los huecos alrededor de ellos con ramas y paja. Anna ve bajar hasta las estacadas arbustos enteros y retoños de árbol, incluso alfombras y tapices. Cualquier cosa que amortigüe los ataques de las temibles bolas de piedra.

Cuando rugen los cañones del sultán al otro lado de las murallas siente la detonación recorrerle los huesos y sacudirle el corazón dentro de las costillas. En ocasiones una bala rebasa el blanco, entra silbando en la ciudad y la oye quedar sepultada en un huerto o destrozar una casa. Otras veces las balas alcanzan las empalizadas y estas, en lugar de saltar en mil pedazos, engullen las bolas enteras y los que trabajan en la muralla defensiva lanzan vítores.

La asustan más los momentos de silencio: cuando el trabajo se detiene y oye cantar a los sarracenos más allá de las murallas, el rechinar de sus máquinas de asedio, los relinchos de sus caballos y los quejidos de sus camellos. Cuando el viento es favorable hasta huele la comida que cocinan. Estar tan cerca de hombres que la quieren muerta. Saber que solo una pared de piedra que se desmorona les impide hacer lo que se les antoje.

Trabaja hasta que no se ve las manos delante de la cara, entonces vuelve a la casa de Kalafates, coge una vela de la trascocina y se acuesta en el jergón junto a María con las uñas rotas, las manos surcadas de tierra, tapa a las dos con una manta y abre el pequeño códice encuadernado en piel de cabra.

La lectura avanza despacio. Hay páginas con partes oscurecidas por el moho, y el escriba que copió la historia no separó las palabras mediante espacios, y las velas de sebo arrojan una luz débil y chisporroteante, y a menudo Anna está tan cansada que las líneas parecen arrugarse y amontonarse ante sus ojos.

El pastor de la historia se convierte por accidente en asno, luego en pez y ahora nada en las entrañas de un enorme leviatán, visitando los continentes mientras esquiva bestias que tratan de comérselo; es tonto, absurdo; esto no puede ser de ningún modo el compendio de maravillas que buscaban los italianos, ¿verdad?

Y sin embargo... Cuando el flujo de griego antiguo coge ritmo y Anna trepa por la historia como si trepara por el muro del priorato en las rocas —una mano aquí, un pie allí—, el frío húmedo de la celda se disipa y el mundo ridículo y luminoso de Etón ocupa su lugar.

> Nuestro monstruo marino batalló con otro mayor y más monstruoso aún que él y las aguas a nuestro alrededor se agitaron y naves con cien marineros cada una naufragaron ante mis ojos e islas enteras arrancadas pasaron flotando. Cerré los ojos aterrorizado y fijé mis pensamientos en la ciudad dorada de las nubes...

Pasar la página, recorrer las líneas de las frases: aparece el rapsoda y materializa un mundo de color y sonidos en el espacio dentro de tu cabeza.

No solo, anuncia Crisa una noche, ha usado el sultán su Degollador para aislar a la ciudad desde el levante, no solo ha situado sus naves bloqueando el mar desde el oeste, no solo ha reunido un ejército ilimitado con aterradoras piezas de artillería... ahora ha traído escuadrones de mineros de plata serbios, los mayores expertos en excavar del mundo, para que horaden túneles bajo las murallas.

En cuanto María oye esto, el terror a estos hombres se apodera de ella. Distribuye escudillas de agua por la celda, se inclina sobre ellas con los ojos casi pegados y estudia sus superficies en busca del más mínimo indicio de actividad subterránea. Por las noches despierta a Anna para que escuche con ella el arañazo de picos y palas bajo el suelo.

—Se están acercando.

—No oigo nada, María.

—¿Se está moviendo el suelo?

Anna la abraza.

—Intenta dormir, hermana.

—Oigo sus voces. Están hablando justo debajo de nosotras.

—No es más que el viento en la chimenea.

Sin embargo, en contra de toda lógica, Anna siente cómo se cuela el miedo en su interior. Imagina un pelotón de hombres en caftanes acuclillados en un agujero justo debajo de su jergón, con las caras negras de tierra, los ojos enormes en la oscuridad. Contiene la respiración; oye las puntas de sus cuchillos arañar la parte inferior de las baldosas del suelo.

Un atardecer de finales de mes, mientras recorre la sección oriental de la ciudad en busca de comida, Anna está rodeando la mole curtida por los elementos que es Hagia Sophia cuando algo la hace detenerse. Entre las casas, encajado contra el puerto, el priorato de la roca aparece silueteado con el mar de fondo y está ardiendo. Las llamas parpadean en ventanas medio derruidas y una columna de humo negro sube en espiral hacia el cielo que purpurea.

Las campanas tocan a rebato, ya sea para apremiar a las gentes a que sofoquen el incendio o por otro motivo, Anna no lo sabe. Quizá suenan simplemente para exhortar a las gentes a que no desfallezcan. Pasa un abad con los ojos cerrados y llevando un icono, seguido por dos monjes, cada uno con un incensario humeante, y el humo del priorato se queda flotando en el aire. Anna piensa en aquellos pasillos húmedos, en descomposición, en la biblioteca mohosa bajo los arcos rotos. En el código que guarda en su celda.

«Día tras día —dijo el italiano alto—, año tras año, el tiempo borra los viejos libros del mundo».

Una fregona con cicatrices en la cara se detiene ante ella.

—Vuelve a casa, niña. Las campanas están llamando a los monjes para que entierren a los muertos, y no es momento de andar por las calles.

Cuando vuelve a casa encuentra a María sentada muy rígida en la celda, en completa oscuridad.

—¿Es eso humo? Huelo a humo.

—No es más que una vela.

—Me siento sin fuerzas.

—Probablemente es hambre, hermana.

Anna se sienta, envuelve con la manta el cuerpo de las dos y coge la capucha de brocado del regazo de su hermana; cinco de los doce pájaros están terminados: la paloma del Espíritu Santo, el pavo real de la Resurrección, el piquituerto que trató de arrancar los clavos de las manos crucificadas de Jesús. La enrolla con el dedal y las tijeras de María dentro, saca el códice viejo y gastado del rincón y lo abre por la primera página: «A MI SOBRINA QUERIDÍSIMA CON LA ESPERANZA DE QUE ESTO LE TRAIGA SALUD Y LUZ».

—María —dice—, escucha.

Y empieza por el principio.

Etón, borracho e insensato, confunde una ciudad de una obra de teatro con un lugar real. Parte hacia Tesalia, tierra de magia, y termina transformado en asno por accidente. Esta vez Anna progresa más deprisa y, a medida que lee en voz alta, ocurre algo curioso: mientras dirige un flujo constante de palabras a los oídos de María, su hermana no parece sufrir tanto. Sus músculos se relajan; deja caer la cabeza sobre el hombro de Anna. Etón el asno es secuestrado por bandidos, atado a una noria por el hijo de un molinero, camina sobre sus pezuñas cansadas y astilladas hasta un lugar donde termina el mundo natural. María no gime de dolor ni susurra sobre mineros invisibles bajo el suelo. Está sentada a su lado, pestañeando en la luz de la vela, con expresión divertida.

—¿Crees que es verdad, Anna? ¿Que hay un pez tan grande que puede tragarse naves enteras?

Un ratón corretea por el suelo de piedra, se levanta sobre las patas traseras y arruga la nariz ante Anna con la cabeza ladeada, como si esperara una respuesta. Anna piensa en la última vez que se sentó con Licinio. Μῦθος, escribió, *mýthos*, una conversación, una leyenda de la oscuridad de antes de los tiempos de Cristo.

—Algunas historias —dice— pueden ser verdad y mentira al mismo tiempo.

Muy cerca de allí, la viuda Teodora estruja las gastadas cuentas de su rosario a la luz de la luna. En la celda contigua, Crisa, la cocinera, a la que le faltan la mitad de los dientes, bebe de una jarra de vino, y apoya sus agrietadas manos en las rodillas, y sueña con un día de verano fuera de las murallas, paseando a la sombra de cerezos bajo un cielo lleno de cuervos. A solo una milla al este, en el vientre de una carraca fondeada, el niño Himerio, reclutado para la defensa naval provisional de la ciudad, está sentado con treinta remeros más, apoyado contra el asta de un enorme remo, con la espalda palpitando y las manos ensangrentadas; le quedan ocho días de vida. En las cisternas bajo la iglesia de Hagia Sophia tres barquitas flotan en el espejo negro del agua, cada una llena de rosas de primavera, mientras un sacerdote entona un himno en la cavernosa oscuridad.

Omeir

La primera vez que se dirige al norte rodeando las murallas de la ciudad y ve el Cuerno de Oro —una lámina de agua plateada de media milla de ancho que discurre despacio en dirección al mar— le parece la cosa más asombrosa del mundo. Las gaviotas trazan círculos en el cielo; aves zancudas tan grandes como dioses alzan el vuelo desde macizos de juncos; dos de las barcazas del sultán se deslizan sobre las aguas como por arte de magia. Abuelo dijo que el océano era lo bastante grande para contener todos los sueños jamás soñados, pero hasta ahora Omeir no había entendido qué quería decir eso.

A lo largo de la orilla occidental del estuario los muelles rebosan actividad. Mientras la caravana de bueyes baja hacia los embarcaderos, Omeir distingue grúas y cabestrantes, estibadores que descargan barriles y munición, caballos de tiro esperando enganchados a carros, y está seguro de que nunca volverá a ver algo tan esplendoroso.

Pero a medida que los días se convierten en semanas su asombro inicial palidece. Los bueyes y él son asignados a un grupo de ocho carretones que transportan bolas de granito extraídas de canteras en la orilla norte del mar Negro, desde un muelle del Cuerno hasta una fundición improvisada junto a las murallas, donde picapedreros las cincelan y pulen para darles el calibre de las bombardas. Es un trayecto de cuatro millas, cuesta arriba en su mayor parte, y el apetito de nuevos proyectiles de los cañones es insaciable. Las ristras de bueyes trabajan de sol a sol, pocos animales se han recuperado del largo viaje hasta allí y todos dan muestras de estar sufriendo.

A cada día que pasa Rayo de Luna asume más peso de la carga que su hermano cojo y por las tardes, en cuanto están desuncidos, Árbol apenas logra dar unos cuantos pasos antes de tumbarse. Omeir dedica casi todas las noches a traerle forraje y agua. Con el mentón en el suelo, el cuello inclinado, las costillas que suben y bajan suben y bajan: un buey sano jamás en la vida se tumbaría así. Los hombres lo miran, presintiendo una comida.

Lluvia, luego niebla, luego un sol lo bastante abrasador para levantar nubes de moscas. La infantería del sultán, trabajando entre proyectiles que silban, rellena secciones del foso a lo largo del río Lico con árboles talados, arietes, tela de tiendas de campaña, con cualquier cosa y con todo, y cada pocos días los comandantes arengan febrilmente a los hombres y lanzan una nueva ofensiva.

Mueren a centenares. Muchos lo arriesgan todo por recobrar a sus muertos y mueren mientras recogen los cadáveres, dejando nuevos muertos que recoger. Casi todas las mañanas, cuando Omeir unce sus bueyes, el humo de piras funerarias sube hacia el cielo.

La carretera a los embarcaderos a lo largo del Cuerno atraviesa un cementerio cristiano que ha sido transformado en un hospital de campaña al aire libre. Hombres heridos y moribundos yacen entre viejas lápidas: macedonios, albanos, valacos, serbios, algunos soportan sufrimientos tales que parecen reducidos a algo no humano, como si el dolor fuera una ola niveladora, una argamasa extendida a paletadas sobre todo lo que fue esa persona una vez. Los curanderos circulan entre los heridos llevando fardos de madera de sauce humeante y los médicos guían asnos cargados con jarras de barro, y de las jarras sacan grandes puñados de gusanos para limpiar las heridas, y los hombres se retuercen o gritan o se desmayan, y Omeir imagina a los muertos enterrados a solo unos pies debajo de los moribundos, con la piel putrefacta y verde, los dientes castañeteando en sus esqueletos, y se siente desgraciado.

Carros tirados por asnos adelantan a los bueyes en ambas direcciones; en los rostros de los carreteros se dibujan muecas de impaciencia, de miedo, de ira o de las tres cosas. El odio, se da cuenta Omeir, es contagioso, se propaga por las filas igual que una enfermedad. El asedio ya dura tres semanas y algunos de los hombres han dejado de combatir por Dios, por el sultán o por el botín y solo los mueve una ira temible. Matarlos a todos. Terminar con esto de una vez. En ocasiones la ira también hierve en el interior de Omeir y solo desea que Dios envíe su puño ardiente desde el cielo y empiece a aplastar un edificio detrás del otro hasta que todos los griegos estén muertos y él pueda volver a casa.

El primero de mayo el cielo se tensa con nubes. El Cuerno de Oro está enlentecido y negro y agujereado con los círculos de cien millones de gotas de lluvia. La caravana de carros espera mientras los estibadores hacen rodar las grandes bolas de granito, veteadas de cuarzo blanco, rampa abajo, y las suben al carro.

A lo lejos, un trabuquete lanza rocas que trazan parábolas aleatorias sobre la ciudad y desaparecen. Están subiendo la carretera de vuelta a la fundición, medio hundidos en los surcos, con los bueyes babeando y jadeando con la lengua fuera, cuando Árbol se tambalea. Consigue erguirse y avanza con las patas muy separadas, pero a los pocos pasos vuelve a tambalearse. La caravana entera se detiene y los hombres corren a frenar el carro mientras los demás lo adelantan.

Omeir se agacha junto a los animales. Cuando toca la pata trasera de Árbol, el buey se estremece. De las fosas nasales le bajan dos regueros de moco, y se pasa la enorme lengua una y otra vez por el cielo del paladar, y los ojos le tiemblan suavemente de arriba abajo dentro en las cuencas. Tiene las córneas desgastadas y se adivina en ellas la bruma de las cataratas. Como si en los últimos cinco meses hubiera envejecido diez años.

Con la aguijada en la mano y el calzado hecho trizas, Omeir recorre la fila de bueyes jadeantes y se detiene debajo del contramaestre, que está sentado con cara de enfado en el carro, sobre el montón de bolas.

—Los animales necesitan descansar.

El contramaestre baja la vista medio asombrado y medio asqueado y busca su látigo. Omeir siente que su corazón se balancea al borde de un precipicio negro. Le viene un recuerdo: una vez, años atrás, Abuelo lo llevó a lo alto de la montaña a ver a los leñadores talar un abeto plateado enorme, centenario, tan alto como veinticinco hombres, un reino en sí mismo. Cantaban una canción queda y resuelta mientras hundían las hachas en el tronco rítmicamente, como si estuvieran clavando agujas en el tobillo de un gigante, y Abuelo le explicó los nombres de los útiles que usaban, alcorques y hupe y trozas y perchas, pero de lo que se acuerda Omeir ahora, mientras el contramaestre se echa hacia atrás empuñando el látigo, es que cuando el árbol cayó y el tronco explotó y los hombres gritaron «tronco va» y el aire se llenó de pronto del aroma acre e intenso de madera que se resquebraja, lo que sintió no fue alegría, sino pena. Todos los leñadores parecieron regocijarse de su poder colectivo mientras miraban ramas que durante generaciones habían conocido solo la luz de las estrellas y nieve y cuervos desplomarse en la maleza. Pero Omeir experimentó algo cercano a la desesperanza y tuvo la sensación de que, a pesar de su juventud, aquellos sentimientos no serían bien recibidos, de que debía ocultarlos incluso a su abuelo. ¿Por qué lamentar, diría Abuelo, lo que son capaces de hacer los hombres? Algo le pasa a un niño que simpatiza más con otros seres vivos que con los hombres.

La cola del látigo restalla a un centímetro de la oreja de Omeir.

Un boyero de barba blanca que lleva con ellos desde Edirne dice:

—Deja al chico. Es amable con las bestias, ¿qué hay de malo en ello? El Profeta, que la paz sea con Él, en una ocasión se cortó un trozo de su túnica para no despertar a un gato que dormía encima.

El contramaestre baja la vista.

—Si no entregamos esta carga —dice— nos azotarán a todos, incluido a mí. Y me cuidaré de que esa cara tuya salga muy mal parada. Haced que esos animales se muevan o seremos alimento para los cuervos.

Los hombres regresan a sus animales y Omeir sube por la carretera llena de socavones y en mal estado y se agacha al lado de Árbol, lo llama por su nombre y el buey se pone en pie. Toca a Rayo de Luna en la grupa con el aguijoneador y los bueyes se arriman al yugo y empiezan de nuevo a tirar.

DOCE

EL HECHICERO DENTRO DE LA BALLENA

La ciudad de los cucos y las nubes
por Antonio Diógenes, folio M

... las aguas dentro del monstruo se calmaron y sentí hambre. Cuando levanté la vista un delicioso bocado, una anchoa pequeña y reluciente, apareció en la superficie, flotó y a continuación bailó de manera seductora. Sacudí la cola y nadé directo hacia ella, abrí las mandíbulas todo lo que pude y...

—Au, au —grité—. ¡Mi pobre labio! —Los pescadores tenían ojos como faros, y manos como aletas, y penes como árboles, y vivían en una isla dentro de la ballena con una montaña de huesos en el centro—. Dejadme ir —dije—. Soy magro alimento para hombres tan fuertes como vosotros. Y además ¡ni siquiera soy un pez!

Los pescadores se miraron entre sí y uno preguntó:

—¿Estás hablando tú o es el pez? —Me llevaron a una cueva en lo alto de una montaña donde un hechicero náufrago y desaliñado había vivido cien años y aprendido a hablar pez.

—Gran mago —dije sin resuello. A cada momento que pasaba me costaba más trabajo hablar—, transfórmame en un pájaro, te lo ruego, en una valerosa águila, a ser posible, o en un búho sabio y fuerte, para que así pueda escapar del monstruo dentro del cual vivimos y volar hasta la ciudad de las nubes donde el dolor no existe y siempre sopla el viento del oeste.

El hechicero rio.

—Aunque te salieran alas, pez tonto, no podrías volar a un lugar que no existe.

—Falso —repliqué—. Sí existe. Aunque tú no creas en él, yo sí. De lo contrario, ¿qué sentido tiene todo?

—De acuerdo —dijo—. Enseña a estos pescadores dónde viven los peces grandes y tendrás tus alas.

Agité las agallas para mostrar que estaba de acuerdo y el hechicero musitó palabras mágicas y me lanzó al aire, por encima de la montaña, hasta el borde mismo de las encías del leviatán, donde las crueles columnas de sus colmillos hendían la luna...

EL ARGOS

AÑO DE MISIÓN: 64

DÍAS 1-20 DENTRO DE LA CÁMARA UNO

Konstance

Se despierta en el suelo todavía enfundada en el traje bioplástico que le hizo su padre. La máquina parpadea dentro de su torre.

«Buenas tardes, Konstance».

Esparcidos alrededor de ella están los objetos que Padre lanzó dentro del vestíbulo: Deambulador, cama inflable, váter seco ecológico, toallitas secas, los sacos de polvo Nutrir, la impresora de alimentos todavía en su embalaje. La capucha de oxígeno está a su lado, con el frontal apagado.

Gota a gota, el horror se hace presente. Las dos figuras con trajes de protección contra riesgos biológicos, el espejo broncíneo de sus rostros devolviendo una imagen combada de la puerta abierta del Compartimento 17. Las tiendas de campaña en Intendencia. La cara demacrada de Padre, el filo encarnado de sus ojos. El respingo que daba cada vez que el haz del frontal de Konstance le enfocaba la cara.

Madre no estaba en su cama.

Cuando usa el pequeño inodoro inteligente se siente vulnerable. Tiene la mitad inferior del mono húmeda de sudor.

—Sybil, ¿cuánto tiempo he dormido?

«Has dormido dieciocho horas, Konstance».

¿Dieciocho horas? Cuenta los sacos de polvo Nutrir: trece.

—¿Constantes vitales?

«Tu temperatura es óptima. Frecuencias cardiaca y respiratoria perfectas».

Konstance da una vuelta a la cámara buscando la puerta.

—Sybil, por favor, déjame salir.

«No puedo».

—¿Qué quieres decir con que no puedes?

«No puedo abrir la cámara».

—Claro que puedes.

«Mi directriz principal es velar por el bienestar de la tripulación, y me consta que estás más segura aquí dentro».

—Pídele a Padre que venga a buscarme.

«Sí, Konstance».

—Dile que quiero verlo ahora mismo. —La cama inflable, la capucha de oxígeno, los paquetes de comida. El miedo late dentro de ella—. Sybil, ¿cuántas comidas puede imprimir una persona con trece sacos de polvo Nutrir?

«Suponiendo un consumo de calorías medio, una Reconstituidora podría producir 6.526 comidas completas. ¿Estás hambrienta después de tu largo sueño? ¿Quieres que te ayude a preparar una comida nutritiva?».

Padre estudiando dibujos técnicos en la Biblioteca. La banqueta de coser chillando por la presión de la puerta exterior. «Uno de nosotros no se encuentra bien». Jessi Ko dijo que la única manera de salir del compartimento era decirle a Sybil que no te encontrabas bien. Si Sybil te detectaba algún síntoma, mandaba a la doctora Cha y al ingeniero Goldberg para que te llevaran a la Enfermería.

Padre no estaba bien. Cuando lo anunció, Sybil abrió la puerta del Compartimento 17 para que pudieran llevárselo a donde fuera que estuvieran aislando a los miembros de la tripulación enfermos, pero él llevó primero a Konstance a la cámara de Sybil. Con provisiones suficientes para seis mil quinientas comidas.

Con mano trémula se toca el Vizor en la parte de atrás de la cabeza y el Deambulador se enciende con un zumbido.

«¿A la biblioteca? —pregunta Sybil—. Pues claro, Konstance. Ya comerás después de...».

Nadie en las mesas, nadie en las escalerillas. No hay libros volando. No se ve un alma. Sobre la abertura de la bóveda de cañón, el cielo irradia un agradable azul. Konstance dice: «¿Hola?», y de debajo de una mesa trota el perro de la señora Flowers con los ojos brillantes y la cola erguida.

No hay profesores dando clase. No hay adolescentes subiendo y bajando las escalerillas de la Sección de Juegos.

—Sybil, ¿dónde está todo el mundo?

«Están todos en otra parte, Konstance».

Los libros sin numerar aguardan en sus sitios. Los rectángulos impolutos de papel y los lapiceros están en sus cajas. Solo días atrás, sentada a una de esas mesas, Madre leyó en voz alta: «Los virus más resistentes pueden vivir durante meses en superficies: mesas, picaportes, apliques de cuarto de baño».

Un peso frío desciende sobre ella. Coge un trozo de papel, escribe: «¿Cuántos años tardaría una persona en consumir 6.526 comidas?».

La respuesta baja flotando: 5,9598.

¿Seis años?

—Por favor, Sybil, pídele a Padre que se reúna conmigo en la Biblioteca.

«Sí, Konstance».

Se sienta en el suelo de mármol y el perrito se le sube al regazo. El pelo parece de verdad. Las pequeñas almohadillas rosa de la planta de sus pezuñas desprenden calor. Arriba, una nube plateada y solitaria, como el dibujo de un niño, atraviesa el cielo.

—¿Qué ha dicho?

«Aún no ha contestado».

—¿Qué hora es?

«Pasan seis minutos de las trece de LuzDiurna, Konstance».

—¿Los demás están en la Tercera Comida?

«No están en la Tercera Comida, no. ¿Te apetece jugar a un juego, Konstance? ¿Hacer un puzle? Siempre está el Atlas. Sé que te gusta entrar en el Atlas».

El perro digital parpadea con sus ojos digitales. La nube digital surca silenciosa el atardecer digital.

Para cuando se baja del Deambulador, las paredes de la Cámara Uno se han atenuado. Se acerca la NoLuz. Pega la boca a la pared y grita:

—¿Hola?

Más alto.

—¿Hola?

A través de las paredes del *Argos* oír algo es difícil, pero no imposible: desde su litera del Compartimento 17 Konstance ha oído agua bajar por cañerías, alguna que otra discusión entre el señor y la señora Marri en el Compartimento 16.

Golpea las paredes con la base de las manos, luego coge el colchón inflable, todavía envuelto y cerrado, y lo lanza. Hace un estrépito horrible. Espera. Vuelve a tirarlo. Cada latido de su corazón desata una nueva oleada de terror. Ve a Padre estudiando diagramas en la Biblioteca. Oye lo que dijo la señora Chen años atrás: «Esta cámara cuenta con mecanismos térmicos, mecánicos y de filtración autónomos, independientes del resto del...». Padre debía de estar cerciorándose de que así era. La metió aquí con el fin de protegerla. Pero ¿por qué no se quedó él también? ¿Por qué no metió a más personas con ella?

Porque estaba enfermo. Porque podrían ser portadores de una enfermedad infecciosa y letal.

La habitación se oscurece del todo.

—Sybil, ¿cómo es mi temperatura corporal?

«Óptima».

—¿No demasiado alta?

«Todas las constantes son excelentes».

—¿Puedes abrir la puerta ya, por favor?

«La cámara seguirá sellada, Konstance. Es el lugar más seguro en el que puedes estar. Lo mejor sería que hicieras una comida saludable. Luego puedes montar la cama. ¿Quieres un poco de luz?».

—Pídele a mi padre que cambie de idea. Montaré la cama, haré todo lo que digas.

Quita las correas a la cama, despliega las patas de aluminio, abre la válvula. La habitación está muy silenciosa. Sybil titila en las profundidades de sus pliegues.

Quizá los demás están a salvo en las otras cámaras, donde se guardan la harina y los monos de trabajo nuevos y los recambios. Quizá esas habitaciones también cuentan con sus propios sistemas térmicos, de filtrado de agua. Pero entonces ¿por qué no van a la Biblioteca? ¿Tal vez es que no tienen Deambuladores? ¿O están dormidos? Se tumba en la cama, saca la manta de su envoltorio y se tapa los ojos con ella. Cuenta hasta treinta.

—¿Se lo has pedido? ¿Ha cambiado de idea?

«Tu padre no ha cambiado de idea».

En las horas siguientes se toca la frente veinte veces para ver si tiene fiebre. ¿Es esto el principio difuso de un dolor de cabeza? ¿Un asomo de náuseas? «Temperatura normal —dice Sybil—. Frecuencias respiratoria y cardiaca excelentes».

Camina por la Biblioteca, grita el nombre de Jessi Ko a las distintas salas, juega a *Espadas de Silverman*, se hace un ovillo debajo de la mesa y llora mientras el perrito le lame la cara. No ve a nadie.

Dentro de la cámara, las hebras brillantes de Sybil se ciernen sobre la cama.

«¿Estás preparada para seguir con tus estudios, Konstance? Nuestro viaje continúa y es crucial mantener una rutina...».

¿Hay personas muriendo a diez metros de allí, en sus compartimentos? ¿Están los cadáveres de todas las personas que ha conocido esperando a ser desechados por la esclusa de aire?

—Déjame salir, Sybil.

«Me temo que la puerta sigue sellada».

—Pero puedes abrirla. Eres la que la controla.

«Puesto que no sé si estarás segura fuera de la cámara, no tengo capacidad para abrir la puerta. Mi directriz principal es velar por el bienestar de la...».

—Pero no lo has hecho. No has velado por el bienestar de la tripulación, Sybil.

«Con cada hora que pasa, más me consta que aquí estás segura».

—¿Y si —susurra Konstance— ya no quiero estar segura?

A continuación, furia. Desenrosca una de las patas de aluminio de la cama y golpea las paredes, arañando y abollando el metal. Cuando eso no le resulta satisfactorio, elige el tubo traslúcido que rodea a Sybil y lo golpea hasta que el aluminio se parte y le destroza las manos.

¿Dónde está todo el mundo y quién es ella para ser la única con vida y cómo es posible que Padre abandonara su hogar y la condenara a esta suerte cruel? Los diodos del techo son muy brillantes. Una gota de sangre le cae de la yema de un dedo al suelo. El tubo que protege a Sybil sigue intacto.

«¿Te sientes mejor? —pregunta Sybil—. Expresar enfado de vez en cuando es natural».

¿Por qué uno no se puede curar con la rapidez a la que se lesiona? Te tuerces un tobillo, te rompes un hueso..., puede ocurrir en un abrir y cerrar de ojos. Hora tras hora, semana tras semana, año tras año las células de cuerpo trabajan para reconstituirse tal y como eran en el instante anterior a la lesión. Pero incluso así no eres la misma persona; no exactamente.

Ocho días sola, diez once trece: pierde la cuenta. La puerta no se abre. Nadie da golpes al otro lado de las paredes. Nadie entra en la Biblioteca. La única toma de agua en la Cámara Uno es un gotero que Konstance conecta alternativamente a la impresora de alimentos o al váter ecológico. Son necesarios varios minutos para llenar un vaso de agua; tiene sed constantemente. Algunas horas las dedica a pegar las manos contra las paredes y a sentirse atrapada igual que un embrión dentro de su tegumento, latente, esperando a despertar. Otras sueña que el *Argos* se posa en el delta de un río en Beta Oph2, las paredes se abren, todos bajan y caminan bajo una lluvia clara y limpia, que cae como una cortina del cielo extraterrestre, una lluvia con leve sabor floral. Una brisa les acaricia la cara; bandadas de extraños pájaros remontan el vuelo; Padre se restriega barro en las mejillas y la mira con alborozo, mientras Madre levanta la vista, boquiabierta, y bebe del cielo. No hay soledad peor que despertar de un sueño así.

LuzDiurna NoLuz LuzDiurna NoLuz: dentro del Atlas camina por desiertos, autopistas, caminos rurales, Praga, El Cairo, Mascate, Tokio en busca de algo que no es capaz de nombrar. Un hombre en Kenia con un arma a la espalda sostiene una cuchilla mientras pasan las cámaras. En Bangkok encuentra una tienda abierta con una niña encorvada detrás de un mostrador; en la pared a su espalda hay al menos mil relojes, relojes con caras de gato, relojes con osos panda en lugar de números, relojes de madera con manillas de latón, todos con los péndulos detenidos. Los árboles siempre la atraen, un ficus elástica indio, tejos musgosos en Inglaterra, un roble en Alberta, pero ni una sola de las imágenes del Atlas —ni siquiera la del pino bosnio centenario en las montañas de Tesalia— posee la complejidad meticulosa, abrumadora, de una de las hojas de lechuga de la granja de Padre, o de su retoño de pino en su pequeña maceta, sus texturas y sorpresas; el verde intenso y vivo de sus largas agujas de terminaciones amarillas; el azul purpúreo de sus piñas; los xilemas que transportan agua y minerales desde las raíces, el floema que extrae azúcares de las agujas para almacenarlo, pero siempre lo bastante despacio para que el ojo no pueda apreciarlo.

Por fin se sienta, exhausta, en la cama y tirita y los diodos se atenúan. La señora Chen dijo que Sybil era un libro que contenía el mundo entero: mil variaciones de recetas de macarrones con queso, el histórico de cuatro mil años de temperaturas en el océano Ártico, la literatura de Confucio y las sinfonías de Beethoven y los genomas de los trilobites... El legado entero de la humanidad, la ciudadela, el arca, el útero, todo lo que somos capaces de imaginar y lo que podremos necesitar. La señora Flowers dijo que sería suficiente.

Cada pocas horas asoman a sus labios las preguntas: ¿soy la única que queda? ¿Estoy pilotando un cementerio volante a bordo del cual no queda ni un alma? Pero no logra reunir valor para hacérselas.

Su padre está esperando. Está esperando a que pase el peligro. Entonces abrirá la puerta.

LAKEPORT, IDAHO

1953-1970

Zeno

El autobús lo deja en el Texaco. La señora Boydstun está en la puerta fumando un cigarrillo apoyada en su Buick.

—Qué flaco. ¿Te han llegado mis cartas?

—¿Me has escrito cartas?

—Cada primero de mes, sin falta.

—¿Qué decían?

La señora Boydstun se encoge de hombros.

—Semáforo nuevo. Mina de estibina cerrada.

Lleva el pelo arreglado y le brillan los ojos, pero cuando camina hacia el restaurante Zeno nota que algo no va bien: una de las piernas se mueve medio segundo más despacio de lo que debería.

—No es nada. A mi padre también le pasaba. Escucha, tu perra murió. Se la llevé a Charlie Goss en New Meadows. Dijo que se fue sin sufrir.

Athena dormitando junto a la chimenea de la biblioteca. Está demasiado exhausto para llorar.

—Era mayor.

—Lo era.

Se sientan en una mesa y piden huevos y la señora Boydstun se enciende un segundo cigarrillo. La camarera lleva unas gafas de cerca colgando de una cadena del cuello. Su delantal es asombrosamente blanco.

—¿Te lavan el cerebro? —pregunta—. Dicen que algunos de los que habéis ido allí os habéis pasado al enemigo.

La señora Boydstun echa la ceniza en el cenicero.

—Tú sírvenos café, Helen.

El lago emite cuchillos de luz de sol. Lanchas motoras van y vienen dibujando cremalleras en el agua. En la gasolinera, un hombre con el torso desnudo muy bronceado mira a un empleado llenar el depósito de su Cadillac. Es imposible que estas cosas hayan seguido ocurriendo durante todos estos meses.

La señora Boydstun lo mira. Zeno entiende que la gente querrá oír algo, pero no la verdad; querrán una historia de perseverancia y valor, de triunfo del bien sobre el mal, un canto de regreso al hogar de un héroe que llevó luz a oscuros lugares. A su lado, la camarera está limpiando una mesa: en tres de los platos todavía hay comida.

—¿Mataste a alguien? —pregunta la señora Boydstun.

—No.

—¿Ni a uno solo?

Los huevos son fritos. Zeno pincha uno con los dientes de su tenedor y la yema se rompe y brilla obscenamente.

—Eso es bueno —dice la señora Boydstun—. Es lo mejor que ha podido pasarte.

La casa está igual: los niños de cerámica, un Jesús que sufre en cada pared. Las mismas cortinas color mora, los mismos juníperos bajo los que Athena se refugiaba en las noches más frías. La señora Boydstun se sirve una copa.

—¿Echamos una partida de cribbage, cariño?

—Creo que me voy a echar.

—Pues claro. Tómate tu tiempo.

En el cajón de la cómoda los soldaditos Playwood Plastic duermen en su caja. El soldado 401 sube por la colina con su rifle. El 410 está arrodillado detrás de su cañón antitanque. Zeno se acuesta en la misma cama de latón en la que dormía de niño, pero el colchón es demasiado blando y la claridad del día es cada vez mayor. Por fin oye salir a la señora Boydstun y baja las escaleras y quita el pestillo a todas las puertas de la casa. Si no pueden estar abiertas, necesita que por lo menos no tengan echado el pestillo. Luego entra de puntillas en la cocina, encuentra una hogaza de pan, la parte en dos, mete una debajo de su almohada y se reparte la otra por los bolsillos. Por si acaso.

Duerme en el suelo junto a la cama. Todavía no ha cumplido los veinte años.

El pastor White le consigue un trabajo en el Departamento de Carreteras del condado. En los días dorados del otoño, cuando los alerces llamean de color amarillo en las laderas de las montañas, Zeno trabaja con un equipo de hombres mayores que él operando una traílla de motor remolcada por un tractor Caterpillar RD6 rellenando socavones y cubriendo de grava tramos de asfalto erosionado, mejorando las carreteras que llevan a los pueblos aún más pequeños y adentrados en la montaña. Cuando llega el invierno solicita el trabajo más solitario de los disponibles: conducir una quitanieves del ejército con palas rotativas y techo retráctil marca Autocar. Sus tres grandes cuchillas espirales arrojan nieve contra el parabrisas en una suerte de avalancha inversa: un chorro ascendente que, en el curso de una noche, iluminado por el resplandor de los faros, tiende a hipnotizarlo. Es un trabajo extraño y solitario: los limpiaparabrisas hacen poco más que embadurnar el cristal de escarcha y la calefacción solo funciona el veinte por ciento del tiempo y el dispositivo antivaho es un ventilador empotrado en el salpicadero y Zeno tiene que conducir con una mano en el volante y la otra sujetando un trapo empapado en licor con el que limpia el interior del parabrisas para poder ver.

Cada domingo escribe una carta a una organización británica de veteranos de guerra solicitando información sobre el paradero de un soldado de primera llamado Rex Browning.

Pasa el tiempo. La nieve se derrite. Vuelve a caer, un aserradero se incendia, lo reconstruyen, los trabajadores de las carreteras impiden desbordamientos usando piedras, apuntalan puentes y la lluvia o los desprendimientos de rocas los arrastran y tienen que volver a construirlos. Entonces llega el invierno y la quitanieves lanza su hipnótica cortina de nieve contra la cabina. Siempre hay coches que se congelan o se salen de la carretera, que derrapan en la nieve o el barro, y Zeno pasa los días remolcándolos: enganchar, asegurar, ir marcha atrás.

En ocasiones las cosas con la señora Boydstun se descontrolan. Sus estados de ánimo fluctúan. Se le olvida lo que ha ido a comprar. Tropieza con algo que no existe; intenta pintarse los labios y se dibuja una raya en la mejilla. En el verano de 1955, Zeno la lleva en coche a Boise y un médico le diagnostica corea de Huntington. El médico le dice a Zeno que esté atento a lapsus al hablar y a sacudidas de los miembros. La señora Boydstun se enciende un cigarrillo y dice: «Cuidado con lo que dice».

Escribe a las Fuerzas de la Commonwealth británica en Corea. Escribe a una unidad de recuperación de las Fuerzas de Ocupación de la Commonwealth británica. Escribe a todas las personas llamadas Rex Browning que hay en Inglaterra. Las respuestas que recibe son educadas pero no concluyentes.

Prisionero de guerra, estado desconocido, sentimos no tener más información en este momento. ¿La unidad de Rex? No la sabe. ¿Oficial a cargo? No lo sabe. Tiene un nombre. Tiene el Este de Londres. Quiere escribir: agitaba los dedos de la mano sobre la boca al bostezar. Tenía una clavícula que yo quería morder. Me contó que los arqueólogos han encontrado la inscripción ΚΑΛΟΣΟΠΑΙΣ grabada en miles de ánforas griegas antiguas, regalos de hombres mayores a muchachos que encontraban atractivos. ΚΑΛΟΣΟΠΑΙΣ καλός ὁ παῖς («el muchacho es bello»).

¿Cómo puede un hombre con tanto en su cabeza, con tanta energía y luz, haber sido borrado? Nada de lo que sabe de Rex le sirve para encontrar a Rex.

Una media docena de veces, en el curso de los inviernos que siguen, Zeno está inclinado sobre un motor congelado en la carretera de Long Valley, o desenganchando una cadena, cuando un hombre le roza el codo, o le mete una mano en el espacio entre la costilla inferior y la cresta iliaca y entonces se van a un garaje o se suben a la cabina del Autocar en la oscuridad brumosa y se buscan mutuamente. Un bracero de rancho en concreto se las ingenia para que esto ocurra varias veces, como si empotrara deliberadamente su coche en un banco de nieve. Pero para la primavera el hombre se ha marchado sin una palabra y Zeno no vuelve a verlo.

Amanda Corddry, la supervisora del Departamento de Carreteras, le sugiere varias muchachas del pueblo. ¿Qué te parece Jessica, de la gasolinera Shell? ¿Lizzie, la del restaurante? Y Zeno no puede evitar una cita. Se pone corbata; las mujeres son siempre amables, algunas han sido advertidas de la supuesta perfidia de prisioneros de guerra adoctrinados en Corea; ninguna entiende sus largos silencios. Zeno intenta coger los cubiertos de forma masculina, cruzar las piernas de forma masculina; habla de béisbol y de motores de barco; aun así sospecha que lo hace todo mal.

Una noche siente tal confusión que está a punto de contárselo a la señora Boydstun. Está teniendo un buen día. Lleva el pelo cepillado y tiene la mirada alerta, hay dos panes de pasas en el horno y en la televisión ponen anuncios. Gachas instantáneas de avena Quaker, luego Vanquish, un medicamento para el dolor de cabeza, y Zeno carraspea.

—Sabes una cosa, después de que muriera papá, cuando...

La señora Boydstun se levanta y baja el volumen del televisor. El silencio atruena en la habitación tan brillante como un sol.

—No soy... —intenta de nuevo y la señora Boydstun cierra los ojos como preparándose para recibir un golpe. Delante de Zeno, un jeep se parte en dos. Cañones de armas relampaguean. Blewitt mata moscas y las guarda en una lata. Hombres rascan maíz carbonizado del fondo de un perol.

—Dilo de una vez, Zeno.

—No es nada. Se han terminado los anuncios.

El médico sugiere puzles para conservar las destrezas manuales de la señora Boydstun, de manera que Zeno encarga uno nuevo cada semana de la tienda de conveniencia Lakeport Drug y se acostumbra a encontrar piececitas por toda la casa: en las pilas de lavabos, pegadas a la suela de su zapato, en el recogedor cuando barre la cocina. Un fragmento de nube, un segmento de la chimenea del *Titanic,* una sección del pañuelo de un vaquero. Lo invade un temor por dentro: que las cosas serán así para siempre, que ya no habrá nada más que esto. Desayuno, trabajar, cena, fregar los platos, un puzle a medio hacer de las letras de Hollywood en la mesa del comedor, cuarenta piezas en el suelo. Vida. Luego la fría oscuridad.

El tráfico de la carretera que viene de Boise aumenta y la mayoría de los turnos de quitanieves del condado pasan a ser nocturnos. Persigue los haces de la luz de sus faros en la oscuridad repeliendo la nieve y algunas mañanas, cuando termina su turno, en lugar de ir derecho a casa aparca delante de la Biblioteca y hace tiempo entre las estanterías.

Ahora hay una bibliotecaria nueva, la señora Raney, que suele dejarlo en paz. Al principio Zeno se limita a números de *National Geographic:* macacos, inuit, caravanas de camellos, fotografías que le despiertan una remota agitación. Poco a poco se va acercando a Historia: los fenicios, los sumerios, el periodo Jōmon de Japón. Pasa delante de la pequeña colección de clásicos griegos y romanos —la *Ilíada,* algunas obras de Sófocles, ni rastro de un ejemplar amarillo de la *Odisea*— pero no es capaz de sacar nada de la estantería.

De vez en cuando reúne el valor necesario para comentar alguna curiosidad de lo que ha leído con la señora Boydstun: la caza de avestruces en Libia en la Antigüedad, las pinturas funerarias en Tarquinia. «Los micénicos veneraban las espirales», dice una noche cualquiera. «Las pintaban en copas de vino, en mampostería y lápidas, en los petos de las armaduras de sus reyes. Pero nadie sabe por qué».

De las fosas nasales de la señora Boydstun salen columnas gemelas de humo. Deja un vaso de Old Forester y rebusca entre sus piezas de puzle.

—¿Por qué —dice— iba a querer nadie saber eso?

Al otro lado de la ventana de la cocina, cortinas de nieve vuelan en la oscuridad.

21 de diciembre de 1970

Querido Zeno:
Recibir tres cartas tuyas a la vez ha sido algo milagroso. La agencia ha debido de tenerlas años traspapeladas. No te imaginas lo mucho que me alegra que consiguieras salir. Estuve buscando informes de los liberados del campo, pero, como sabes, gran parte de esa información quedó sepultada y quise concentrarme en reorientar mi atención a los vivos. Estoy feliz de que me hayas encontrado.

Sigo perdiendo el tiempo con textos antiguos, revolviendo entre huesos polvorientos de las lenguas muertas como el profesor de clásicas que nunca quise ser. Ahora es todavía peor, por increíble que parezca. Estudio libros perdidos, libros que ya no existen, examino papiros excavados de vertederos de desechos en Oxirrinco. He estado en Egipto. No sabes qué quemaduras solares.

Los años pasan volando ahora. Hillary y yo hemos organizado una pequeña función para mi cumpleaños, en mayo. Sé que son muchísimos kilómetros, pero ¿no podrías venir de visita? Sería como unas vacaciones. Podríamos garabatear algo de griego con papel y pluma en lugar de tierra y un palo. Decidas lo que decidas, con afecto.

Tu amigo fiel:

Rex

LAKEPORT, IDAHO

2016-2018

Seymour

Geografía universal de octavo curso:

Escribe tres cosas que hayas aprendido de los aztecas.

En la biblioteca he aprendido que cada 52 años los sacerdotes aztecas tenían que impedir que el mundo se acabara. Apagaban todas las antorchas de la ciudad y encerraban a todas las mujeres embarazadas en graneros de piedra para que sus bebés no se convirtieran en demonios y mantenían despiertos a todos los niños para que no se convirtieran en ratones. Luego llevaban a una víctima (tenía que ser una víctima con cero pecados) a la cima de una montaña sagrada llamada Cerro del Árbol Espinoso y, cuando determinadas estrellas (un libro, No Ficción F1219.73, dice que igual era Vega, la quinta más brillante del cielo) salían, un sacerdote abría el pecho del prisionero y le sacaba el corazón caliente y húmedo mientras otro hacía un fuego con un taladro donde antes estaba el corazón. Luego llevaban el corazón en llamas a la ciudad en un cuenco y encendían antorchas con él y la gente quería quemarse con las antorchas porque quemarse con el fuego del corazón daba buena suerte. Pronto había encendidas miles de antorchas con ese fuego y la ciudad entera brillaba otra vez y el mundo estaba salvado durante 52 años más.

Historia de Estados Unidos de noveno curso:

No quiero herir sentimientos, pero el capítulo que nos han mandado era todo en plan: «Colón era genial», «a los indios les encantaba Acción de Gracias», «vamos a lavar el cerebro a todos». Encontré cosas mucho mejores en la biblioteca, por ejemplo: ¿sabía que antes de dejar Inglaterra para ir a recoger el tabaco que cultivaban esclavos los inglésidos llenaban sus barcos vacíos de barro para que no volcaran en las tormentas? Cuando llegaron al Nuevo Mundo (que ni era nuevo ni se llamaba América, el nombre de América vino de un vendedor de pepinillos que se hizo famoso porque mintió sobre lo de acostarse con nativas) los inglésidos tiraron el barro para hacer sitio al tabaco. ¿Y qué es lo que había en el barro? Lombrices. Pero las lombrices estaban extintas en América desde la edad del hielo, unos 10.000 años por lo menos, así que los gusanos ingleses fueron a TODAS partes y cambiaron los suelos y los ingleses también trajeron aquí otras cosas que NUNCA había habido, como por ejemplo: gusanos de seda cerdos dientes de león vides cabras ratas sarampión viruela y la creencia de que todos los animales y las plantas fueron puestos aquí para que los humanos los mataran y se los comieran. Tampoco había abejas en la llamada América, así que las nuevas abejas no tenían competencia y se propagaron deprisa. Un libro decía que cuando las familias de los reinos nativos vieron abejas lloraron porque supieron que no tardarían mucho en morir.

Lengua y literatura de décimo curso:

Nos dijo que escribiéramos algo «divertido» durante el verano para «ejercitar los muslos gramaticales» otra vez, así que, vale, señora Tweedy, este verano los científicos anunciaron que en los últimos 40 años han matado al 60 por ciento de los mamíferos salvajes, peces y pájaros del planeta. ¿Es eso divertido? También en los últimos 30 años hemos derretido el 95 por ciento del hielo más antiguo y más grueso del ártico. Cuando hayamos derretido todo el hielo de Groenlandia, solo el de Groenlandia, no el del Polo Norte, ni de Alaska, solo el de Groenlandia, señora Tweedy, ¿sabe lo que va a pasar? Que los océanos suben siete metros. Eso inunda Miami, Nueva York, Londres y Shanghái, eso es que usted se sube a una barca con sus nietos, señora Tweedy, y usted en plan, ¿queréis merendar?, y los niños en plan, abuela, mira debajo del agua, ahí está la estatua de la libertad, ahí el Big Ben, ahí gente muerta. ¿Es esto divertido? ¿Estoy ejercitando los muslos gramaticales?

Una pegatina de la mesa de la señora Tweedy dice: «Entran en un bar el pasado, el presente y el futuro. "Cuánto tiempo", dicen». Tiene un pelo tan suave que se podría dormir en él. Seymour espera una regañina; en lugar de ello la señora Tweedy dice que el Club de Concienciación Medioambiental del instituto de Lakeport pasó a mejor vida un par de años atrás y ¿qué le parecería a Seymour recuperarlo?

Del otro lado de las ventanas, la luz de septiembre cae oblicua sobre el campo de fútbol. A sus quince años, Seymour es lo bastante mayor para comprender que no se trata solo de su orfandad de padre o sus vaqueros de la tienda de segunda mano o de que tenga que tragarse cada mañana sesenta miligramos de buspirona para mantener lejos el rugido; sus diferencias son más profundas. Otros chicos de décimo curso cazan alces, o roban Red Bulls en Jacksons, o fuman hierba en la pista de esquí, o juegan juntos en escuadrones de batallas online. Seymour estudia las cantidades de metano contenidas en el permafrost siberiano que se está derritiendo. Leer sobre poblaciones menguantes de búhos lo llevó a la deforestación, la cual lo llevó a la erosión del suelo, que lo llevó a su vez a la contaminación de los océanos y, de esta, al blanqueamiento de los corales y a que todo se calienta, se derrite y se muere más deprisa de lo que predecían los científicos, pues cada sistema del planeta está conectado con los demás por innumerables hilos invisibles: jugadores de críquet en Delhi vomitan por la contaminación china, los fuegos de turba indonesios envían toneladas de carbono a la atmósfera de California, incendios forestales de miles de hectáreas en Australia tiñen de rosa lo que queda de los glaciares de Nueva Zelanda. Un planeta más caliente = más vapor de agua en la atmósfera = un planeta más caliente aún = más vapor de agua = planeta más caliente todavía = permafrost derretido = más carbono y metano atrapados en ese permafrost van a parar a la atmósfera = más calor = menos permafrost = menos hielo polar para reflejar la energía del sol, y todas estas evidencias, todos estos estudios, están ahí en la biblioteca esperando a quien quiera encontrarlos, pero, por lo que sabe Seymour, él es el único que los busca.

Algunas noches, con Eden's Gate brillando al otro lado de la cortina de su habitación, casi le parece oír a docenas de bucles de retroalimentación girando por todo el planeta, rechinando y chirriando como ruedas de molino grandes e invisibles en el cielo.

La señora Tweedy da golpecitos en la mesa con la goma de su lapicero.

—¿Hola? La Tierra llamando a Seymour.

Dibuja un tsunami a punto de engullir una ciudad. Monigotes que se alejan corriendo de los quicios de las puertas, que se tiran por las ventanas. Escribe en mayúsculas «CLUB DE CONCIENCIACIÓN MEDIOAMBIENTAL, MARTES DURANTE EL RECREO, SALA 114» encima y «¿DEMASIADO TARDE PARA DESPERTAR, GILIPOLLAS?» debajo y la señora Tweedy le dice que borre «GILIPOLLAS» antes de hacer fotocopias en la fotocopiadora de los profesores.

El martes siguiente se presentan ocho niños. Seymour se queda de pie delante de ellos y lee de una hoja arrugada de un bloc.

—Las películas nos hacen creer que la civilización acabará de repente, con extraterrestres y explosiones y cosas así, pero en realidad acabará despacio. La nuestra ya se está terminando, pero lo hace demasiado despacio para que la gente se dé cuenta. Ya hemos matado a la mayoría de los animales, y calentado los océanos y llevado los niveles de carbono de la atmósfera al nivel más alto desde hace ochocientos mil años. Incluso si se detuviera todo ahora mismo, si por ejemplo nos muriéramos todos a la hora de comer (desaparecieran los coches, los ejércitos, las hamburguesas) la tierra seguiría calentándose durante siglos. Para cuando nosotros tengamos ¿veinticinco años?, los niveles de carbono en el aire se habrán duplicado de nuevo, lo que significa incendios más calientes, tormentas más grandes, inundaciones más graves. El maíz, por ejemplo, no crecerá igual de bien dentro de diez años. ¿Qué creéis que comen el noventa y cinco por ciento de las vacas y los pollos? Maíz. Así que la carne será más cara. Y además, cuando hay más carbono en el ¿aire?, los humanos no pueden pensar con tanta claridad. Así que cuando tengamos veinticinco años habrá muchísimas más personas hambrientas, asustadas y confusas atrapadas en atascos de tráfico huyendo de ciudades inundadas o en llamas. ¿Creéis que entonces nos dedicaremos a resolver problemas climáticos? ¿O más bien a pelearnos a puñetazos, a violarnos y a comernos los unos a los otros?

Una chica de penúltimo curso dice:

—¿Has dicho violarnos y comernos los unos a los otros?

Un chico de último curso levanta una hoja de papel que dice «Seymour Stuhlman=Simio el Truño»*. Ja, ja, risas por doquier.

Desde el fondo del aula, la señora Tweedy dice:

—Esas predicciones son alarmantes, Seymour. Pero tal vez podríamos hablar de algunas de las medidas que habría que tomar para vivir de manera más sostenible. Acciones que estén al alcance de un club de instituto.

Una alumna de décimo curso llamada Janet sugiere que se prohíban las pajitas de plástico de la cafetería y repartir botellas

---

* El inicio del apellido de Seymour suena igual que *stool*, que puede significar «hez» en inglés. *[N. de la T.]*.

de agua reutilizables con el logo del león de Lakeport. Quizá también podrían mejorar los carteles que hay sobre los contenedores de reciclaje. Janet lleva parches de ranas cosidos en la cazadora vaquera, y tiene brillantes ojos negro cuervo y una sombra de bigote encima del labio superior, y Seymour sigue de pie delante de la pizarra con su papel arrugado cuando suena la campana, y la señora Tweedy dice: «Chicos, el próximo martes haremos tormenta de ideas», y Seymour se va a clase de biología.

Está volviendo a casa andando un día cuando un Audi verde se para junto a él y Janet baja la ventanilla. Su aparato dental es de color rosa y sus ojos son una mezcla de azul y negro y ha estado en Seattle, Sacramento y Park City, en Utah, que fue una pasada, hicieron rafting y escalada y vieron un puercoespín trepar por un árbol, ¿ha visto Seymour un puercoespín alguna vez?

Se ofrece a llevarlo a casa. En Eden's Gate hay ya treinta y tres casas a ambos lados de Arcady Lane, zigzagueando colina arriba detrás de la casa prefabricada de doble ancho. La mayoría son de habitantes de Boise, Portland y Oregón oriental que las usan de segunda residencia: aparcan remolques de barcos en las calles sin salida y van al pueblo al volante de cuatro por cuatros de veinte mil dólares y cuelgan banderines de equipos de fútbol universitarios de sus balcones y las noches de fin de semana se reúnen entre risas alrededor de hogueras en sus jardines traseros y orinan en los arándanos mientras sus hijos disparan bengalas hacia las estrellas.

—Guau —dice Janet—. Tenéis muchísima maleza en el jardín.

—Los vecinos se quejan.

—A mí me gusta —contesta Janet—. Queda natural.

Se sientan en el escalón delantero y sorben refrescos de limón Shasta Twist y miran abejorros revolotear entre los cardos. Janet huele a suavizante de ropa y a tacos de cafetería y dice cincuenta palabras por cada una que pronuncia Seymour, habla de la organización estudiantil Club Key, de campamentos de verano, de que quiere ir a una universidad que esté lejos de sus padres pero no demasiado, ¿sabes? —como si su futuro fuera una curva exponencial pretrazada cada vez más alta— y un jubilado de pelo blanco que vive en la casa de al lado empuja su contenedor de basura de doscientos litros hasta el final de su camino de entrada y los mira y Janet levanta una mano a modo de saludo y el hombre entra en su casa.

—Nos odia. Están todos deseando que mi madre venda la casa para poder construir otras nuevas.

—Pues a mí me ha parecido simpático —dice Janet y responde a un gorjeo de su teléfono inteligente.

Seymour se mira los zapatos.

—¿Sabías que los datos de almacenamiento de internet emiten cada día tanto carbono como todos los aviones del mundo juntos?

—Qué raro eres —dice Janet, pero lo dice con una sonrisa.

En el último aliento antes de oscurecer, del crepúsculo sale un oso negro y Janet se coge del brazo de Seymour y le hace un vídeo al animal mientras pasea en los charcos de luz de luna. Se desplaza entre la media docena de contenedores de basura con ruedas que hay en los arranques de los caminos de entrada de Eden's Gate, husmea que te husmea. Por fin encuentra un cubo que le gusta, levanta una pezuña y lo tira al suelo. Con cuidado, usando una sola garra, saca una bolsa blanca llena de la boca del cubo y desperdiga su contenido por el asfalto.

EL ARGOS

AÑO DE MISIÓN: 64

DÍAS 21-45 DENTRO DE LA CÁMARA UNO

Konstance

Toca el Vizor, se sube al Deambulador. Nada.

—Sybil. Algo pasa con la Biblioteca.

«No pasa nada, Konstance. Te he restringido el acceso. Es hora de volver a tus lecciones diarias. Tienes que asearte, alimentarte como es debido y estar preparada en el atrio dentro de treinta minutos. En el kit de aseo que te proporcionó tu padre hay jabón sin aclarado».

Konstance se sienta en el borde de la cama con la cabeza entre las manos. Si mantiene los ojos cerrados quizá pueda transformar la Cámara Uno en el Compartimento 17. Justo debajo de ella está la litera de Madre, con la manta pulcramente doblada. A dos pasos de distancia está la de Padre. Están la mesa de coser, la banqueta, la bolsa con botones de Madre. El tiempo, le explicó una vez Padre, es siempre relativo: el reloj a bordo que maneja Sybil, los calendarios de la Tierra, los cronómetros que hay dentro de cada célula humana que nos dicen que es hora de tener sueño, de tener hijos, de envejecer... Todos esos relojes, dijo Padre, pueden ser alterados por la velocidad, el software o las circunstancias. Hay semillas latentes, dijo, como las de los cajones de la Granja 4, que pueden detener el tiempo durante siglos, ralentizando su metabolismo hasta casi cero, hasta que aparecen la humedad y la temperatura adecuadas y penetra el suelo la longitud de onda de luz solar correcta. Entonces, como si alguien hubiera pronunciado las palabras mágicas, se abren.

«Gluglutí y dinacrac y plisplús».

—Muy bien —dice Konstance—. Me lavaré, comeré y seguiré con mis clases. Pero luego tendrás que dejarme entrar en el Atlas.

Echa polvo en la impresora, se traga un cuenco de una pasta con los colores del arcoíris, se limpia la cara, se pasa un peine por el pelo enredado, se sienta a una mesa de la Biblioteca y estudia las lecciones que le pone Sybil. «¿Cuál es la constante cosmológica? Explica la etimología de la palabra "trivial"». «Utiliza fórmulas de adición para simplificar la expresión siguiente:

$$\tfrac{1}{2}[\operatorname{sen}(A + B) + \operatorname{sen}(A - B)]$$

Luego ordena al Atlas que deje su estantería, con el dolor y la furia enroscados como resortes gemelos dentro de su pecho, y viaja por las carreteras de la Tierra. Deja atrás rascacielos de oficinas en la luz de finales de invierno; un camión de la basura veteado de suciedad espera en un semáforo; un kilómetro y medio más adelante rodea una colina y deja atrás un complejo vallado y con guardias en una puerta más allá de la cual las cámaras del Atlas no se aventuran. Echa a correr como si persiguiera las notas de una canción lejana, algo que nunca alcanzará.

Una noche, después de casi seis semanas sola en la Cámara Uno, Konstance sueña que está en Intendencia. Las mesas y los bancos han desaparecido y una arena rojiza como el óxido se arremolina en el suelo formando montones que le llegan hasta los muslos. Sale como puede al pasillo y pasa junto a las puertas cerradas de media docena de compartimentos hasta llegar a la entrada de la Granja 4.

Dentro, las paredes han dado paso a un horizonte calcinado de colinas marrones. La arena vuela por todas partes. El techo es un remolino de bruma roja y miles de estantes de cultivo que se extienden a lo largo de kilómetros están medio sepultados en dunas. Encuentra a Padre arrodillado en la base de uno de ellos, dándole la espalda, con un puñado de arena que se le desliza entre los dedos. Justo cuando Konstance está a punto de tocarle el hombro, se gira. Tiene la cara veteada de sal; las pestañas llenas de polvo.

«En mi hogar —dice—, en Esqueria, detrás de la casa discurría una acequia. Incluso después de secarse...».

Se despierta sobresaltada. Esqueria. Es-que-ria: no era más que una palabra que decía Padre cuando hablaba de su hogar. «En Esqueria, en Backline Road». Sabía que era el nombre de la granja donde creció su padre, pero él siempre decía que la vida en el *Argos* era mejor que la vida allí, de manera que a Konstance nunca se le había ocurrido usar el Atlas para buscarla.

Come, se deshace los nudos del pelo, atiende cortésmente las lecciones, dice por favor, Sybil, enseguida, Sybil.

«Tu comportamiento hoy ha sido una delicia, Konstance».

—Gracias, Sybil. ¿Puedo ir ya a la Biblioteca?

«Por supuesto».

Va derecha a la caja de trozos de papel. Escribe: «¿Dónde está Esqueria?».

Esqueria, Σχερία, tierra de los feacios, isla mítica de abundancia en la *Odisea,* de Homero.

Confuso.

Coge otro trozo de papel, escribe: «Enséñame todo el material relativo a mi padre que haya en la Biblioteca». Un delgado fajo de papeles vuela hacia ella desde un estante de la tercera grada. Un certificado de nacimiento, un expediente académico de la escuela secundaria, una recomendación de un profesor, un apartado postal en el suroeste de Australia. Cuando llega a la quinta hoja, un niño tridimensional de treinta centímetros de alto —algo más joven que Konstance ahora mismo— aparece y pasea por la mesa. «¡Buenas!». Su cabeza es un casco de rizos pelirrojos; viste un mono vaquero hecho en casa. «Me llamo Ethan. Soy de Nannup, Australia, y me encanta la botánica. Vengan, les voy a enseñar mi invernadero».

A su lado aparece una construcción con estructura de madera y revestimiento a base de lo que parecen ser cientos de botellas de plástico de todos los colores estiradas, aplanadas y cosidas entre sí. Dentro, en estanterías no muy distintas de las de la Granja 4, crecen hortalizas en docenas de bandejas.

«Aquí en las quimbambas, como lo llama mi abuelita, hemos tenido montones de problemas, un único año verde en los últimos trece. La sequía acabó con la cosecha entera hace tres veranos, luego el ganado se infestó de garrapatas, es probable que oyeran hablar de ello, y el año pasado no llovió ni un solo día. Todas las plantas que ven las he cultivado con menos de cuatrocientos mililitros de agua al día por estantería, menos de lo que suda una persona en...».

Cuando sonríe se le ven los incisivos. Konstance conoce esa forma de caminar, esa cara, esas cejas.

«... están buscando voluntarios de todas las edades y de todas partes, así que ¿por qué yo? Bueno, mi abuelita dice que mi mayor virtud es que siempre mantengo la barbilla alta. Me encantan los sitios nuevos, las cosas nuevas y sobre todo me encanta explorar los misterios de las plantas y las semillas. Sería genial formar parte de una misión como esta. ¡Un nuevo mundo! Denme la oportunidad y no los decepcionaré».

Konstance coge un trozo de papel, convoca al Atlas y entra en él con un largo aguijón de soledad atravesándola. Cuando Padre se entusiasmaba con algo el niño que había sido afloraba de nuevo. Tenía una historia de amor con la fotosíntesis. Podía pasarse una hora entera hablando de musgo. Decía que las plantas contenían una sabiduría que los humanos nunca vivirían lo suficiente para comprender.

—Nannup —dice al vacío—. Australia.

La Tierra vuela hacia ella, se invierte, el hemisferio sur gira a medida que se acerca y Konstance aterriza en una carretera flanqueada de eucaliptos. A lo lejos, el sol cae a plomo sobre colinas broncíneas; hay cercas blancas a ambos lados. En lo alto ondean tres banderolas desvaídas que dicen:

HAZ TU PARTE
DERROTA EL DÍA CERO
TE BASTAN 10 LITROS AL DÍA

Cobertizos de chapa moteados de óxido. Unas pocas casas sin ventanas. Casuarinas muertas calcinadas por el sol. Cuando se acerca a lo que parece ser el centro de la población, encuentra un bonito edificio municipal de paredes rojas y tejado blanco a la sombra de cordilinas y la hierba se vuelve virescente, de un verde tres tonos más intenso que todo lo que ha visto. Begonias de colores brillantes se derraman de macetas montadas en rieles; todo parece recién pintado. Diez árboles extraños y magníficos con flores de un naranja dorado brillantísimo dan sombra a una explanada de césped en el centro de la cual centellea una piscina circular.

Una punzada de desasosiego recorre de nuevo a Konstance. Hay algo que no concuerda. ¿Dónde está la gente?

«Sybil, llévame a una granja aquí cerca llamada Esqueria».

«No me consta ninguna propiedad ni granja ganadera cerca con ese nombre».

—Entonces a Backline Road, por favor.

La carretera discurre a lo largo de kilómetros de granjas. No hay coches, ni bicicletas ni tractores. Konstance deja atrás prados sin sombra plantados con lo que podían haber sido garbanzos, quemados hace tiempo por el sol. De las torres eléctricas cuelgan cables cortados. Setos secos como huesos; secciones de bosque calcinadas; verjas con candado. La carretera es polvorienta y los pastos son color camello. Un letrero que dice «Se vende», luego otro. Otro más.

Durante las horas que pasa buscando Backline Road, la única figura humana con la que se cruza es un hombre solitario que lleva un abrigo y lo que parece ser una mascarilla filtradora, con el antebrazo sobre los ojos para protegerse del polvo, del resplandor del sol o de ambas cosas. Konstance se agacha junto a él. «Hola». Está hablando a una imagen, a píxeles. «¿Conoció a mi padre?». El hombre se inclina hacia delante como sostenido por un viento en contra. Konstance alarga la mano para sujetarlo y le atraviesa el pecho con la mano.

Después de tres días de recorrer las colinas castigadas por el sol de los alrededores de Nannup, de recorrer una y otra vez Backline Road, en un bosquecillo de eucaliptos secos por el que ya ha pasado tres o cuatro veces, Konstance lo encuentra: un letrero pintado a mano clavado a una cancela.

Σχερία

Detrás de la cancela arranca una hilera doble de ficus elástica secos con los troncos color blanco. La maleza crece en macizos a ambos lados de un sendero de tierra que conduce hasta una casa amarilla de una sola planta con madreselva en la barandilla, madreselva en las fachadas laterales... completamente seca.

A ambos lados de la ventana hay postigos negros. Un panel solar torcido en el tejado. A uno de los lados de la casa, a la sombra de los ficus muertos, está el invernadero del vídeo de Padre, a medio construir, con una parte de su estructura de madera cubierta de láminas de plástico opaco. Al lado hay un montón de botellas de plástico mugrientas.

La luz polvorienta, el campo agostado, el panel solar roto, una película de polvo asentada por todas partes igual que nieve beis, todo tan mudo e inmóvil como una tumba.

«Hemos tenido montones de problemas».

«Solo un año verde en los últimos trece».

Su padre solicitó un puesto en la tripulación cuando tenía doce años, el proceso de selección duró un año. Debieron de llamarlo a los trece, la edad que tiene ahora Konstance. ¿Seguro que entendió que nunca viviría lo suficiente para llegar a Beta Oph2? ¿Que pasaría el resto de su existencia dentro de un disco no mucho más grande que esa casa amarilla de una sola planta en la que creció? Y sin embargo quiso ir.

Konstance mueve los brazos para agrandar la imagen digital combada y curva delante de ella y la casa se pixela. Pero cuando fuerza los límites de la resolución del Atlas, repara que en el extremo derecho de la casa, debido a las condiciones de la luz del sol y al ángulo, alcanza a ver, a través del acristalamiento doble, un rincón de habitación.

Distingue una porción de cortina descolorida por el sol con estampado de aviones. Dos planetas caseros, uno de ellos anillado, cuelgan del techo. El cabecero astillado de una cama individual, una mesilla, una lámpara, el dormitorio de un niño.

«Sería genial formar parte de una misión como esta».

«¡Un nuevo mundo!».

¿Estaría él en esa habitación cuando la grabaron las cámaras? ¿Está el fantasma del niño que fue una vez su padre ahí mismo, aunque ella no pueda verlo?

En la mesilla junto a la ventana hay un libro azul con el lomo desgastado y boca arriba. En la cubierta, pájaros revolotean alrededor de las torres muy juntas de una ciudad. La ciudad da la impresión de descansar en un lecho de nubes.

Konstance se contorsiona, se asoma todo lo que puede dentro de la imagen, parpadea en la distorsión que producen los píxeles. En la parte inferior de la cubierta, debajo de la ciudad, dice «Antonio Diógenes». En la parte superior: *La ciudad de los cucos y las nubes.*

TRECE

DEL VIENTRE DE LA BALLENA
AL OJO DE LA TEMPESTAD

La ciudad de los cucos y las nubes
por Antonio Diógenes, folio N

... Era un pájaro, tenía alas, ¡volaba! Un barco de guerra se había
quedado ensartado en los colmillos del leviatán y los marineros
me bramaron cuando pasé volando junto a ellos ¡y escapé! Pasé un
día y una noche volando sobre la infinitud del océano, y el cielo
sobre mí se mantuvo azul, lo mismo que las olas debajo, y no había
ni continentes ni naves, no tenía donde posarme y descansar las
alas. Al segundo día me cansé y el rostro del mar se ensombreció y
el viento empezó a cantar una canción aterradora, fantasmal. Por
todas partes soplaba un fuego plateado y las nubes de tormenta
partían el cielo y mis plumas negras restallaban de color blanco.

    ¿No había padecido ya suficiente? Desde el mar subió una
enorme columna de agua que giraba y silbaba transportando
islas y vacas, naves y casas, y cuando alcanzó mis enclenques alas
de cuervo me sacó de rumbo y me elevó aún más, hasta que el
resplandor blanco de la luna me quemó el pico al pasar junto a
ella a toda velocidad, tan cerca que pude ver a las bestias lunares
correr por sus llanuras espectrales y beber leche de los grandes lagos
lunares tan asustadas ellas de mí como yo de ellas, y soñé de nuevo
con los atardeceres de verano en Arcadia cuando el trébol crecía
frondoso en las colinas y los alegres cencerros de mis borregas
llenaban el aire y los pastores tocaban sus caramillos, y deseé
no haberme embarcado nunca en aquella...

CONSTANTINOPLA

MAYO DE 1453

Anna

Es la quinta semana de asedio, o quizá la sexta, cada día se confunde con el siguiente. Anna está sentada con la cabeza de María en el regazo y la espalda contra la pared y una vela nueva pegada en el suelo entre cabos derretidos. Fuera, en la calle, algo retumba, un caballo relincha, un hombre maldice y el alboroto tarda mucho en disiparse.

—¿Anna?

—Estoy aquí.

El mundo de María ya es todo oscuridad. Su lengua no coopera cuando intenta hablar y, cada pocas horas, los músculos de la espalda y del cuello convulsionan. Las ocho bordadoras que siguen viviendo en la casa de Kalafates alternan los rezos con miradas al vacío en trances de nervios destrozados. Anna ayuda a Crisa en el huerto atrofiado por la escarcha o recorre los mercados que siguen abiertos en busca de harina, fruta, alubias. El resto del tiempo lo pasa con María.

Cada vez descifra más rápido la escritura pulcra, inclinada a la izquierda, del viejo códice, y a estas alturas es capaz de despegar líneas enteras de la página sin problemas. Cada vez que encuentra una palabra que no conoce o blancos debidos a que el moho ha borrado el texto, se inventa algo en sustitución.

Etón ha conseguido convertirse por fin en pájaro; no es el resplandeciente búho que esperaba, sino un cuervo zarrapastroso.

Vuela sobre un mar infinito en busca de los confines de la tierra, cuando lo engulle una tromba marina. Mientras Anna no deje de leer, María parece en paz, tiene el rostro sereno, como si estuviera, no en la celda húmeda de una ciudad asediada escuchando un cuento absurdo, sino en un jardín del más allá escuchando himnos de ángeles, y Anna recuerda algo que dijo Licinio: que las historias son una forma de alargar el tiempo.

En los días en que los rapsodas viajaban de una ciudad a otra, dijo, llevando los viejos poemas en su memoria, interpretándolos para quien quisiera oírlos, demoraban el final todo lo que podían. Improvisaban un último verso, un último obstáculo que debían superar los héroes porque, dijo Licinio, si los poetas conseguían retener la atención de su audiencia una hora más, quizá les dieran una copa más de vino, un trozo más de pan, una noche más a resguardo de la lluvia. Anna imagina a Antonio Diógenes, quienquiera que fuera, cortando una pluma, mojándola en tinta, emborronando el pergamino, colocando un obstáculo más delante de Etón, alargando el tiempo con un propósito distinto: retener a su sobrina en el mundo de los vivos un poquito más.

—Sufre tanto... —murmura María—, pero sigue adelante.

Quizá Kalafates tenía razón; quizá la magia negra sí reside en los viejos libros. Quizá mientras le queden líneas que leerle a su hermana, mientras Etón persista en su descabellado viaje, volando hacia su sueño en las nubes, las puertas de la ciudad resistan; quizá la muerte se quede al otro lado de la puerta un día más.

Una mañana de mayo clara y fragante, cuando da la sensación de que el frío intempestivo ha retirado por fin sus garras, Odigitria, la imagen más venerada de la ciudad, una pintura de la Virgen con el Niño en uno de los lados y la crucifixión en el otro, supuestamente pintada por Lucas apóstol en un trozo de pizarra de más de trescientas libras de peso y llevada a la ciudad desde Tierra

Santa por una emperatriz mil años antes de que naciera Anna, es sacada de la iglesia que se construyó para albergarla.

Si algo puede salvar la ciudad es esto: un objeto de inmenso poder, una imagen de imágenes a la que se atribuye la protección de la ciudad de numerosos asedios en el pasado. Crisa se carga a María a la espalda y las bordadoras van hasta la plaza para participar en la procesión y cuando sale la imagen de la iglesia a la luz del sol su resplandor es tan cegador que Anna tiene una visión de remolinos dorados.

Seis monjes levantan la pintura y la colocan sobre los hombros de un corpulento monje vestido de terciopelo escarlata con una gruesa banda bordada que le atraviesa el pecho. Tambaleándose bajo el peso, el portador procesiona descalzo por la ciudad, de una iglesia a otra, guiado por la voluntad de Odigitria. Lo siguen dos diáconos que sostienen un baldaquino dorado sobre la imagen, después dignatarios con bastones, y por fin novicias y monjas, ciudadanos y esclavos y soldados, muchos llevando velas y entonando un cántico inquietante y hermoso. Los niños corretean con guirnaldas de rosas o retales de algodón que aspiran a acercar a la representación de la Virgen.

Anna y Crisa, esta con María a la espalda, caminan detrás de la procesión mientras Odigitria serpentea en dirección a la Tercera Colina. Durante toda la mañana la ciudad resplandece. Flores silvestres alfombran las ruinas; una brisa dispersa pequeños pétalos blancos por el adoquinado; castaños agitan sus candelas color marfil. Pero cuando la procesión sube hacia la enorme fuente medio derruida del Ninfeo, el día se oscurece. El aire se enfría; aparecen nubes negras como por ensalmo, las palomas dejan de zurear, los perros rompen a ladrar y Anna levanta la vista.

Ni un solo pájaro surca el cielo. El trueno ruge sobre los tejados. Una ráfaga de viento apaga la mitad de las velas de la procesión y los cánticos languidecen. En la quietud que sigue, Anna oye un tamborilero que toca el tambor en el campamento de los sarracenos.

—Hermana —dice María con la cara pegada a la espalda de Crisa—. ¿Qué está pasando?

—Es una tormenta.

Horcas de relámpagos azotan las cúpulas de Hagia Sophia. Los árboles se agitan, los postigos golpean, cortinas de granizo asaltan las azoteas y la procesión se dispersa. En la cabeza de la comitiva, el viento arranca la tela dorada del baldaquino que protege la imagen y se la lleva volando por entre las casas.

Crisa corre a ponerse a cubierto, pero Anna se demora un instante y mira al monje que encabeza la procesión intentando subir la colina con la Odigitria. El viento lo frena, levanta desperdicios a sus pies. Pero sigue subiendo. Está a punto de llegar a la cima. Entonces se tambalea y pierde pie y la pintura de mil trescientos años de antigüedad aterriza por el lado de la crucifixión en la calle inundada de lluvia.

Ágata se mece atrás y adelante sentada a la mesa con la cabeza en las manos; la viuda Teodora murmura frente a la lumbre apagada; Crisa maldice por su huerto destrozado. La protección de santa Odigitria ha fallado; la Madre de Dios se ha olvidado de ellos; la bestia del apocalipsis llega desde el mar. El Anticristo araña las puertas de la ciudad. El tiempo es un círculo, solía decir Licinio, y todos los círculos terminan por cerrarse.

Cuando cae la oscuridad, Anna se sienta en el jergón de crin con la cabeza de María en el regazo y el viejo manuscrito abierto delante de las dos. La tormenta impulsa a Etón el cuervo hasta más allá de la luna y le hace precipitarse en la negrura por entre las estrellas. Ya no falta mucho para el final.

Omeir

Esa misma tarde la caravana de bueyes se dirige al Cuerno de Oro para recoger otra carga más de balas de cañón, a pocos metros del muelle, con el aire limpio por la tormenta de la mañana y el estuario color verdiazul y centelleando de sol, cuando Rayo de Luna, no Árbol, dobla las patas delanteras, se deja caer al suelo y muere.

La caravana lo arrastra un cuerpo entero antes de detenerse.

Árbol está en su arnés, con las tres patas buenas separadas y el yugo ladeado por el peso de su hermano. Del hocico de Rayo de Luna sale una espuma roja; un pequeño pétalo blanco que transporta el viento se le pega al ojo abierto. Omeir se inclina sobre el arnés, trata de compensar con su escasa fuerza el enorme peso del buey, pero el corazón del animal ha dejado de latir.

Los otros boyeros, acostumbrados a ver animales desplomarse en el yugo, se acuclillan o se sientan en el borde de la carretera. El contramaestre grita en dirección a la cantera y cuatro portadores se acercan desde el muelle.

Árbol se inclina para que a Omeir le resulte más fácil quitar el yugo. Los portadores y cuatro boyeros, dos en cada pata, arrastran a Rayo de Luna hasta el borde de la carretera y el de más edad da las gracias a Dios, saca un cuchillo y le raja la garganta.

Con el ronzal y la soga en una mano, Omeir guía a Árbol por un paso de ganado hacia los matorrales a la orilla del Bósforo. En el resplandor de la luz de sol flotan recuerdos de Rayo de Luna cuando era un ternero. Le gustaba rascarse las costillas contra un pino en particular que había junto al establo. Le encantaba meterse en el arroyo hasta el vientre y mugía de placer. No se le daba muy bien jugar al escondite. Lo asustaban las abejas.

La piel del lomo de Árbol se estremece y un manto de moscas levanta el vuelo y vuelve a posarse en él. Desde donde están, la ciudad, con su cinturón de murallas, parece pequeña, una piedra pálida bajo el sol.

A unos centenares de pasos, dos porteadores hacen fuego mientras los otros dos descuartizan a Rayo de Luna, separan la cabeza, cortan la lengua, ensartan el corazón, el hígado y cada uno de los riñones. Envuelven los músculos de los muslos en grasa y los clavan en espetones que arriman al fuego y los gabarreros y los estibadores suben por la carretera en grupos y esperan acuclillados a que se cocine la carne. A los pies de Omeir, centenares de pequeñas mariposas azules sorben minerales de un charco de barro de marea.

Rayo de Luna: su rabo fibroso, sus pezuñas hendidas y desaliñadas. Dios lo entreteje en el útero de Bella junto a su hermano y pasa tres años creciendo y tirando y muere a cientos de millas de su casa... ¿para qué? Árbol está echado en los juncos apestando el aire a su alrededor y Omeir se pregunta qué es lo que entenderá el animal y qué será de los dos hermosos cuernos de Rayo de Luna, y cada respiración le rompe el corazón un poco más.

Esa noche los cañones disparan aparentemente sin cesar, acribillando las torres y las murallas, y los hombres reciben órdenes de encender todas las antorchas, velas y hogueras posibles. Omeir ayuda a dos boyeros a talar olivos y a arrastrarlos hasta la gran hoguera. Los ulemas del sultán caminan entre las hogueras dando ánimos. «Los cristianos —dicen— son taimados y arrogantes.

Veneran huesos y no pueden pasar una hora sin beber vino. Creen que la ciudad es suya, pero ya nos pertenece».

La noche es similar al día. La carne de Rayo de Luna viaja por los intestinos de cincuenta hombres. Abuelo, piensa Omeir, habría sabido qué hacer. Habría detectado las primeras señales de cojera, habría cuidado mejor de las pezuñas de Rayo de Luna, habría conocido algún remedio a base de hierbas y ungüento y cera de abeja. Abuelo, que veía indicios de aves de caza donde Omeir no, que guiaba a Hoja y Aguja con solo chasquear la lengua.

Cierra los ojos para evitar el humo y recuerda una historia que le contó un boyero en los campos de las afueras de Edirne sobre un hombre en el infierno. Los demonios, dijo el boyero, cortaban a aquel hombre todas las mañanas muchos miles de veces, pero los cortes no eran lo bastante grandes para matarlo. Durante el día las heridas se le secaban y formaban costras y a la mañana siguiente, justo cuando los cortes empezaban a cerrarse, se los abrían de nuevo.

Después de la oración de la mañana va a buscar a Árbol en los pastos donde lo ha dejado atado y el buey no consigue levantarse. Está tumbado de costado con un cuerno apuntando al cielo. El mundo ha engullido a su hermano y Árbol está preparado para reunirse con él. Omeir se arrodilla, pasa las manos por el flanco del animal y mira el reflejo del cielo titilar en su ojo trémulo.

¿Estará Abuelo mirando esta misma nube esta mañana? ¿Y Nida y su madre, y Árbol y él? ¿Estarán los cinco mirando la misma forma blanca flotante que pasa sobre ellos?

Anna

Las campanas de las iglesias ya no dan las horas. Deambula por la trascocina con un hambre en el estómago que es como una serpiente que se desenrosca, a continuación se detiene en el umbral que da al patio. Himerio solía decir que, mientras la luna creciera, el mundo no se terminaría. Pero ahora está menguando.

—Primero —murmura la viuda Teodora frente a la lumbre—, habrá guerras entre los pueblos de la tierra. Luego se levantarán los falsos profetas. Pronto las estrellas se caerán del cielo y todos nos convertiremos en cenizas.

María tiene las piernas descoloridas y hay que llevarla en brazos a hacer sus necesidades. Están terminando el códice y algunas hojas están tan deterioradas que Anna solo consigue leer una línea de texto de cada tres. Aun así sigue narrando el viaje de Etón a su hermana. El cuervo vuela en el vacío, atravesando el zodiaco.

Desde estas ícaras alturas, con las plumas impulsadas por el polvo de las estrellas, divisé la tierra abajo tal y como era en realidad, un montoncito de barro en una inmensa vastedad, su reino meras telarañas, sus ejércitos migas de pan. Roto por la tormenta y chamuscado y azotado por el viento, sin la mitad de las plumas, volaba entre constelaciones en el límite de la esperanza cuando atisbé un fulgor lejano, la filigrana dorada de unas torres, la esponjosidad de las nubes...

El texto se extingue, las líneas se han disuelto bajo una mancha de humedad, pero Anna lo hace aparecer para su hermana: una ciudad hecha de torres de plata y bronce, con ventanas que brillan, pendones que ondean en las azoteas, aves de todos los tamaños y colores volando en círculos. El exhausto cuervo baja de las estrellas.

A lo lejos suenan cañones. La llama de la vela se inclina.

—Nunca deja de creer —susurra María—, incluso cuando está tan cansado.

Anna apaga la vela y cierra el códice. Piensa en Ulises arrastrado por las olas hasta la isla de los feacios.

—Podía oler el jazmín desde las estrellas —dice—, y también violetas y laurel y rosas, uvas y peras, y manzanas sobre manzanas, higos sobre higos.

—Los huelo, Anna.

Junto al icono de santa Koralia está la cajita de rapé que Anna cogió del taller abandonado de los italianos, con la tapa resquebrajada decorada con una miniatura de un palacio con torretas. En Urbino hay hombres, decían los escribas, que hacen lentes que permiten ver a treinta millas de distancia. Hombres que saben dibujar un león con tal realismo que da la impresión de ir a salir de la página y comerte.

Nuestro amo sueña con construir una biblioteca que supere la del Papa, dijeron, una biblioteca que contenga todos los textos jamás escritos. Que dure hasta el fin de los tiempos.

María muere el vigesimoséptimo día de mayo con las mujeres de la casa rezando a su alrededor. Anna pone la palma de la mano en la frente de su hermana y nota cómo la abandona el calor.

—Cuando vuelvas a verla —dice la viuda Teodora— estará vestida de luz.

Crisa levanta el cuerpo de María con la facilidad con la que cogería un trozo de tela tieso por el sol y la lleva cruzando el patio hasta las puertas de Santa Teófano.

Anna dobla la capucha de brocado —con el bordado de cinco pájaros entreverados de vides en flor— y la sigue. En otro universo, tal vez, una comunidad grande y alegre llora: su madre y su padre, sus tías y primos, una pequeña capilla llena de rosas de primavera, mil tubos de órgano resonando, el alma de María flotando entre querubes, hojas de vid y pavos reales, igual que el dibujo de uno de sus bordados.

En el *katholikón* de Santa Teófano las monjas hacen vigilia sin dejar de rezar al trono de Dios. Una señala el lugar donde Crisa debe dejar el cuerpo y otra cubre a María con un sudario y Anna se sienta en las escaleras junto a su hermana mientras van a buscar a un sacerdote.

Omeir

Después de morir sus bueyes el tiempo se desintegra. Lo envían a trabajar a las letrinas con niños cristianos reclutados a la fuerza y esclavos indios, quemando las heces del ejército. Vierten la porquería en zanjas, a continuación echan alquitrán caliente y él y otros cuantos niños usan varas para remover la mezcla hedionda, humeante, y las varas se van consumiendo desde la punta y son cada vez más cortas. El olor le impregna la ropa, el pelo, la piel, y pronto Omeir tiene más cosas aparte de la cara que suscitan muecas de desagrado.

Aves de presa sobrevuelan en círculos; moscas grandes y despiadadas los asedian; fuera de las tiendas, a medida que mayo da paso a junio, no hay sombra. El enorme cañón que trabajaron tan duro para llevar hasta allí termina por romperse, y los que defienden la ciudad desisten de reparar sus maltrechas empalizadas, y todos presienten que el destino de la ciudad está en una balanza. Bien la ciudad hambrienta capitulará, bien los otomanos se retirarán antes de que en sus campamentos cundan la enfermedad y la desesperanza.

Los jóvenes compañeros de Omeir dicen que el sultán, que Dios lo bendiga y conserve su reino, cree que ha llegado el momento decisivo. Las murallas están debilitadas en muchos puntos, las defensas están exhaustas; un último ataque inclinará la balanza. Los mejores combatientes, dice, esperarán en la retaguardia mientras los peor pertrechados y peor adiestrados son enviados a cruzar el foso y ablandar las defensas de la ciudad. Quedaremos atrapados, susurra un muchacho, entre la tormenta de piedras y alquitrán hirviendo que caerá de las murallas y los cuchillos y látigos de los chaúces del sultán a nuestra espalda. Pero otro dice que Dios los ayudará y que, si mueren, su recompensa en la otra vida será infinita.

Omeir cierra los ojos. Qué magnífico parecía todo cuando los curiosos se detenían a admirar el tamaño de Árbol y Rayo de Luna; cuando llegaban hombres por millares con la esperanza de poder tocar el reluciente cañón. «La manera de destruir con una cosa pequeña otra mucho más grande». Pero ¿qué es lo que han destruido?

Maher se sienta a su lado, desenfunda su cuchillo y despega el óxido de la hoja con una uña.

—He oído que mañana nos enviarán al ataque. A la caída del sol. —Los dos bueyes de Maher han muerto también hace tiempo y tiene ojeras profundas—. Será maravilloso —dice, aunque no suena convencido—. Infundiremos terror en sus corazones.

Alrededor de ellos, hijos de granjeros sostienen escudos, garrotes, jabalinas, hachas, picos e incluso piedras. Omeir está muy cansado. Será un alivio morir. Piensa en los cristianos sentados en las murallas y en la gente rezando en casas e iglesias de la ciudad y se maravilla de cómo puede un único dios regir los pensamientos y terrores de tantos.

Anna

Por la noche se reúne entre las murallas interior y exterior en la explanada con las mujeres y niñas que acarrean hasta los parapetos piedras que luego puedan tirarse sobre las cabezas de los sarracenos. Todos están hambrientos y faltos de sueño; nadie canta himnos ni murmura palabras de ánimo a nadie. Justo antes de medianoche, los monjes suben un órgano hidráulico a la cima de la muralla exterior y tocan un maullido espantoso y chirriante, como los gemidos de una gran bestia que agonizara en la noche.

¿Cómo llegan los hombres al convencimiento de que otros deben morir para que ellos puedan vivir? Anna piensa en María, que tenía tan poco y se marchó tan calladamente, y en lo que le contó Licinio sobre los griegos acampados durante diez años delante de las murallas de Troya y sobre las mujeres troyanas atrapadas dentro, hilando y preocupándose, preguntándose si algún día volverían a caminar por los campos o a nadar en el mar, o si las puertas se derrumbarían y tendrían que ver a sus criaturas de pecho lanzadas por encima de las murallas.

Trabaja hasta el amanecer y luego regresa. Crisa le dice que espere en el patio, luego sale de la trascocina con una silla de madera en una mano y las tijeras de empuñadura de hueso de la viuda Teodora en la otra. Anna se sienta y Crisa le coge el pelo, abre las tijeras y, por un instante, Anna teme que la vieja cocinera vaya a rebanarle el cuello.

—Esta noche o mañana —dice Crisa— caerán las murallas.

Anna oye rechinar las hojas de la tijera, nota cómo el pelo cae sus pies.

—¿Estás segura?

—Lo he soñado, niña. Y cuando caigan los soldados se llevarán todo lo que encuentren. Comida, plata, seda. Pero lo más valioso serán las muchachas.

Anna imagina al joven sultán entre las tiendas de su ejército, sentado en una alfombra con una maqueta de la ciudad en el regazo, explorándola con un dedo, registrando cada torre, cada almena, cada ladrillo de las paredes en busca de un acceso.

—Te dejarán en cueros y o bien se quedarán contigo o te llevarán a un mercado y te venderán. Da igual que estés en lado amigo o enemigo, en una guerra los dos son iguales. ¿Sabes cómo sé todo esto?

Las hojas de la tijera centellean tan cerca de los ojos de Anna que esta tiene miedo de volver la cabeza.

—Porque es lo que me pasó a mí.

Ya con el pelo corto, Anna se come seis albaricoques verdes, se tumba con dolor de estómago y se queda dormida. En su pesadilla, se despierta en el suelo de un ancho atrio con un techo abovedado tan alto que parece sostener el cielo. En gradas de estanterías a ambos lados hay cientos y cientos de textos, como en una biblioteca de los dioses, pero cada vez que abre un libro lo encuentra lleno de palabras en lenguas que no conoce, una palabra incomprensible detrás de otra en un estante detrás de otro. Camina y camina y es siempre lo mismo, la biblioteca indescifrable e infinita, sus pisadas diminutas en toda esa inmensidad.

Anochece en el día cincuenta y cinco del asedio. En el palacio imperial de las Blanquernas, junto al Cuerno de Oro, el emperador reúne a sus capitanes para rezar. A lo largo de las murallas, los centinelas cuentan flechas, avivan fuegos bajo grandes ollas de alquitrán. Al otro lado del foso, dentro de la tienda privada del sultán, un criado enciende siete pábilos, uno por cada uno de los cielos, y se retira, y el joven soberano se arrodilla para rezar.

En la Cuarta Colina de la ciudad, sobre el en otro tiempo próspero taller de bordado de Kalafates, una bandada de gaviotas atrapa un último rayo de sol. Anna se despierta en su jergón, sorprendida de haber pasado todo el día durmiendo.

En la trascocina, las bordadoras que quedan, ninguna menor de cincuenta años, se apartan de la lumbre para que Crisa pueda echar los trozos de una mesa de coser a las llamas.

La viuda Teodora entra con una brazada de lo que a Anna le parece belladona mortal. Arranca las hojas, mete las bayas negro brillante en una vasija y las raíces en un mortero. Mientras tritura las raíces, la viuda Teodora les dice que sus cuerpos no son más que polvo, que durante todas sus vidas sus almas han anhelado partir hacia un lugar más lejano. Ahora que están cerca, dice la viuda, sus almas se estremecen de alegría ante la expectativa de dejar atrás el envoltorio de sus cuerpos para regresar a Dios.

La noche engulle la última luz azul del día. En la luz de la lumbre los rostros de las mujeres reflejan ese sufrimiento secular que casi resulta sublime: como si siempre hubieran sospechado que las cosas terminarían así y estuvieran resignadas. Crisa lleva a Anna a la despensa y enciende una vela. Le da unas pocas tiras de esturión salado y una hogaza de pan negro envuelta en un paño.

—Si hay una criatura —susurra Crisa— más despierta, dura y veloz que ellos, esa eres tú. Todavía te queda vida por delante. Márchate esta noche y enviaré plegarias a pisarte los talones.

Anna oye a la viuda Teodora en la trascocina diciendo:

—Dejamos nuestros cuerpos en este mundo para poder volar al próximo.

Omeir

Cuando oscurece, los muchachos a su alrededor, todos desconocedores aún de sus propios cuerpos, rezan, se inquietan, afilan cuchillos, duermen. Muchachos llevados allí por la ira o la curiosidad o el mito o la fe o la avaricia o la fuerza, algunos soñando con la gloria en esta vida o en las venideras, algunos solo deseosos de infligir violencia, de rebelarse contra quienes creen que les han causado sufrimiento. Los hombres también sueñan: con conseguir honores a ojos de Dios, con ser merecedores del amor de sus hermanos soldados, de volver a casa, a unos campos que conocen. Un baño, una amante, un trago de una jarra de agua clara y fresca.

Desde donde está sentado junto a las tiendas de los cañoneros, Omeir alcanza a ver la luz de la luna que se filtra por las cúpulas en cascada de Hagia Sophia; es lo más cerca que estará nunca de ella. En las torres arden los fuegos de los vigías; una columna de humo blanco sube del extremo más oriental de la ciudad. A su espalda el lucero de la tarde brilla con más intensidad. En sus recuerdos oye hablar a Abuelo de los méritos de los animales, del clima, de las propiedades de la hierba; la paciencia de Abuelo es como la de los árboles. Ha pasado poco más de medio año y, sin embargo, la distancia entre esas tardes y esta parece inmensa.

Su madre se desliza por entre los animales y las tiendas, le pone una mano en la mejilla y la deja allí. «¿Qué me importan a mí —susurra— las ciudades y los príncipes y los cuentos?».

«No es más que un niño», dijo Abuelo al viajero y su criado. «Eso pensáis ahora, pero con el tiempo mostrará su verdadera naturaleza».

Tal vez el criado tenía razón; tal vez Omeir sí alberga un demonio dentro. O un espíritu maligno, o un hechicero. Algo formidable. Lo nota rebullir y despertarse. Se despereza, se frota los ojos, bosteza.

«Levántate —dice—, vete a casa».

Se enrolla el ronzal y la soga de Rayo de Luna alrededor del hombro y se pone de pie. Pasa por encima de Maher, que duerme en el suelo. Se abre paso por el batallón de muchachos asustados.

«Vuelve a nosotros», susurra su madre, y a su alrededor flota una nube de abejas.

Esquiva un escuadrón de tamborileros que llevan bramaderas hechas con pellejo de buey y se dirigen hacia la primera línea. Deja atrás el campamento de herreros con sus forjas y mandiles. Deja atrás flecheros y arqueros. Es como si Omeir hubiera sido uncido y enganchado a un carro lleno de balas de piedra y ahora, con cada paso que lo aleja de la ciudad, las balas cayeran rodando detrás de él.

Siluetas de caballos y tiendas y carros se dibujan contra la oscuridad. No mires a nadie. Se te da bien esconder la cara.

Tropieza con la cuerda de una tienda, se pone de pie, zigzaguea para mantenerse fuera de la luz de la hoguera. De un momento a otro, piensa, alguien me preguntará cuál es mi cometido, a qué unidad pertenezco, por qué camino en el sentido equivocado. De un momento a otro un miembro de la guardia armada del sultán con su larga espada curva detendrá su caballo junto a mí y me llamará desertor. Pero los hombres duermen o rezan o murmuran o rumian en preparación para el inminente ataque y nadie parece reparar en Omeir. Quizá dan por hecho que va de camino a los corrales a ver cómo está un animal. Quizá, piensa, es que estoy muerto.

Avanza con la carretera a Edirne a su derecha. En el límite del campamento, la hierba le llega a la altura del pecho, la retama es alta y amarilla y resulta fácil esconderse bajo sus corolas al caminar. A su espalda, los tamborileros llegan a primera línea, hacen girar palillos de doble extremo sobre sus cabezas dibujando ochos y empiezan a tocar sus tambores a tal velocidad que, más que redobles, parecen un largo rugido.

De los soldados de todos los campamentos otomanos sube un fragor de armas al chocar con escudos. Omeir espera a que Dios le envíe un rayo de luz por una abertura entre las nubes y lo desenmascare como lo que es: un traidor, un cobarde, un apóstata. Un niño con cara de espíritu maligno y corazón de demonio. Un niño que mató a su propio padre. Alguien que, la noche que tenía que haber sido dejado morir en la montaña, hechizó a su propio abuelo para que lo llevara de vuelta a casa. Todo lo que los aldeanos intuyeron respecto a él se ha hecho realidad.

En la oscuridad nadie se fija en él. El clamor de los tambores y los címbalos y las voces crece a su espalda. De un momento a otro, la primera ofensiva cruzará el foso.

Anna

Incluso a una milla de distancia, dentro de la casa de Kalafates se oye el ruido de los tambores: es un arma en sí misma, el dedo del sultán que explora los callejones, busca que te busca. Anna se vuelve hacia la trascocina, donde la viuda Teodora sostiene el mortero lleno de belladona machacada. En las sombras ve a Kalafates arrastrar a María del pelo por el pasillo, ve arder los pergaminos moteados de Licinio.

«Un abad de mal carácter, un fraile torpe, un bárbaro invasor, una vela volcada, un gusano hambriento... y el trabajo de siglos se habría echado a perder». Puedes aferrarte a este mundo durante mil años y aun así verte arrancado de él en un abrir y cerrar de ojos.

Envuelve el viejo códice encuadernado en cordobán y la caja de rapé en la capucha de seda de María y los mete en el fondo del saco de Himerio. Coloca encima el pan y el pescado salado y ata la bolsa. Sus únicas posesiones.

En las calles, el estruendo de los tambores se mezcla con gritos lejanos: ha empezado la última ofensiva. Corre hacia el puerto. En muchas casas no hay señales de vida, mientras que en otras arden numerosas palmatorias, como si sus ocupantes hubieran decidido agotar todo lo que tienen y no dejar nada a los invasores. Hay detalles que resaltan, brillantes y nítidos: los surcos excavados por siglos de ruedas de carros en los adoquines frente al Filadelfion. Pintura verde descascarillada en la puerta del taller de un carpintero. La brisa agitando los pétalos de un cerezo en flor y tamizándolos en la luz de la luna. Todas ellas estampas que quizá esté viendo por última vez.

Una flecha solitaria cubierta de alquitrán rebota en un tejado, choca con las piedras y humea. Un niño, no mayor de seis años, sale de una puerta, la coge y la sostiene como si considerara comérsela.

Los cañones del sultán disparan, tres cinco siete, y llega un clamor distante. ¿Es este el momento? ¿Están traspasando las puertas? La torre de Belisario, a cuyos pies solía reunirse con Himerio, está oscura y no hay nadie en la puertecita de los pescadores; todos los centinelas han sido enviados a reforzar puntos débiles de la muralla terrestre.

Agarra fuerte el saco. Al oeste, piensa, es todo lo que sabe, al oeste donde se pone el sol, al oeste cruzando el Propontis, y su cabeza proyecta imágenes de la isla sagrada de Esqueria, y del aceite brillante y el blando pan de Urbino, y de la ciudad de Etón en las nubes, y cada paraíso se funde con el siguiente. «Sí existe», le dijo Etón el pez al hechicero dentro de la ballena. «De lo contrario, ¿qué sentido tiene todo?».

Encuentra el esquife de Himerio en su sitio de siempre, más arriba de la línea de la marea en la playa de guijarros, la embarcación menos segura del mundo. Un momento de terror. ¿Y si no están los remos? Pero están metidos debajo de la barca, donde siempre los guardaba Himerio.

El ruido de la quilla arañando las piedras de camino al agua es peligrosamente fuerte. En la orilla flotan formas del tamaño de cadáveres: no mires. Mete el esquife en el agua, se sube y se arrodilla con el saco en la bancada frente a ella, y saca el remo de estribor, a continuación el de babor, trazando pequeñas puntadas diagonales hacia la escollera. La noche, por fortuna, sigue oscura.

Tres gaviotas que cabecean en el agua negra la ven pasar. Tres es el número de la suerte, decía siempre Crisa: Padre, Hijo y Espíritu Santo. Nacimiento, vida, muerte. Pasado, presente, futuro.

No parece ser capaz de remar en línea recta y los remos hacen demasiado ruido al golpear los escálamos; hasta ahora no había valorado la destreza de Himerio. Pero, con cada latido, la costa parece retroceder, y sigue remando con el mar a su espalda y las murallas de la ciudad delante de ella, una remera mirando lo que deja atrás.

Cuando se acerca a la escollera hace una pausa para achicar el esquife con la jarra de barro, como hacía Himerio. De algún lugar intramuros sube un resplandor: un amanecer en el lugar y a la hora equivocados. Es extraño lo hermoso que puede parecer el sufrimiento si se está lo bastante lejos.

Se aferra a las palabras de Himerio: «Si hay mala marea, aquí hay una corriente que nos llevaría directos a mar abierto». Ahora necesita que la mala marea se vuelva buena.

Cerca de la proa, en las olas después de la escollera, atisba una forma alargada y oscura. Un barco. ¿Será sarraceno o griego? ¿Está llamando el capitán a los remeros, preparan los cañoneros los cañones? Se agacha todo lo que puede, se aplana dentro de la barca con el saco pegado al pecho y agua fría mojándole la espalda, y es entonces cuando, por fin, el valor de Anna flaquea. El miedo se cuela por mil fisuras: tentáculos que suben de la lóbrega oscuridad a ambos lados de la barca y los ojos de buitre de Kalafates que parpadean desde el cielo sin estrellas.

«Las niñas no estudian con preceptores».

«¿Eres tú la culpable? ¿De todo?».

La corriente atrapa el pequeño esquife y lo impulsa. Piensa en cómo debió de sentirse Etón apresado dentro de todos esos cuerpos distintos, incapaz de hablar su propia lengua, maltratado, ridiculizado... Es un destino atroz y fue una crueldad reírse.

Nadie grita y no silban flechas. El esquife vira, cabecea y rebasa la escollera rumbo a la oscuridad.

CATORCE

LAS PUERTAS DE LA CIUDAD DE LOS CUCOS Y LAS NUBES

La ciudad de los cucos y las nubes
por Antonio Diógenes, folio Ξ

Los folios de la segunda mitad del códice de Diógenes están consi-
derablemente más deteriorados que los de la primera y las lagunas
en el manuscrito presentan importantes dificultades tanto para el
traductor como para el lector. El folio Ξ tiene el sesenta por ciento
del contenido borrado. Las partes ilegibles se indican mediante elip-
sis y se ofrecen hipótesis entre corchetes. Traducción de Zeno Ninis.

... en las Pléyades vi una bandada de cisnes comer brillantes frutos
y en las orillas lejanas del Sol bebí de [un río en el que fluía vino
humeante], aunque me chamuscó el pico. Visité mil tierras extrañas,
pero no encontré ninguna en la que tortugas llevaran tortas de miel
en el caparazón y no conociera ni la guerra ni el sufrimiento.
... desde estas ícaras alturas, con las plumas impulsadas por
el polvo de las estrellas, divisé la tierra abajo tal y como era en
realidad, un montoncito de barro en una inmensa vastedad,
su reino meras telarañas, sus ejércitos migas de pan.
... [atisbé] un fulgor lejano, la filigrana dorada de unas torres, la
esponjosidad de las nubes, todo lo que imaginé aquel día en la plaza
de Arcadia...
... solo que era más grandioso, más deslumbrante, más celestial...
... plagado de halcones, archibebes, perdices, fochas y cucos...
... jacinto y laurel, polemonio y manzana, gardenia y dulce
lobularia...
... loco de júbilo, tan cansado como el mundo, caí...

EL ARGOS

AÑO DE MISIÓN: 64

DÍAS 45-46 DENTRO DE LA CÁMARA UNO

Konstance

Está sola en la Biblioteca. De la mesa que tiene más cerca coge una tira de papel, escribe «La ciudad de los cucos y las nubes de Antonio Diógenes» y la mete en la ranura. Vuelan documentos hacia ella desde múltiples secciones y se ordenan en una docena de pilas. La mayoría son artículos académicos en alemán, chino, francés, japonés. Casi todos parecen haber sido escritos durante la segunda década del siglo XXI. Abre el primero que encuentra en inglés: *Novelas griegas antiguas escogidas*.

El descubrimiento en 2019 del cuento en prosa griega tardía *La ciudad de los cucos y las nubes* dentro de un códice muy deteriorado en la Biblioteca Vaticana conmocionó brevemente el mundo de los estudios grecolatinos. Pero lo cierto es que lo que los archiveros lograron recuperar del texto dejaba mucho que desear: veinticuatro folios mutilados, todos ellos dañados en alguna medida. La confusión cronológica y las lagunas abundan.

Del volumen siguiente emergen proyecciones de treinta centímetros de altura de dos hombres que se dirigen a podios opuestos. «Era un texto —dice el primero, un hombre de barba plateada con pajarita— pensado para un único lector, una niña en su lecho de muerte, y por tanto es una narración sobre la ansiedad que produce la muerte...». «Incorrecto —dice el otro orador, también de barba plateada y pajarita—. Es evidente que Diógenes quería jugar con nociones de pseudodocumentalismo, colocando la ficción en un lado y la no ficción en el otro, cuando afirmó que la historia era una transcripción fiel descubierta en una tumba, a la vez que establecía un contrato con el lector por el que este entendía que el cuento era, por supuesto, inventado».

Konstance cierra el libro y los hombres desaparecen. El título siguiente parece dedicar trescientas páginas a explorar la procedencia y tonalidad de la tinta empleada en el interior del códice. Otro conjetura sobre la savia encontrada en algunas páginas. Otro es un relato soporífero de los diversos intentos por ordenar los folios recuperados según su disposición original.

Konstance apoya la frente en las manos. Las traducciones inglesas de los folios que encuentra en los libros del montón son de lo más desconcertante: o bien son aburridas y están plagadas de notas, o son demasiado fragmentarias para encontrarles un sentido. Identifica en ellas los contornos de las historias de Padre: Etón se arrodilla a la puerta de la habitación de una bruja, Etón se convierte en asno, el asno es raptado por unos bandidos que roban la posada, pero ¿dónde están las absurdas palabras mágicas y las bestias que beben leche de luna y el río de vino ardiendo por efecto del sol? ¿Dónde el graznido que hacía Padre cuando Etón confunde una gaviota con una diosa y el gruñido que usaba para el mago que vivía dentro de la ballena?

Mira de nuevo las pilas de documentos y la esperanza que sentía minutos antes flaquea. Todos esos libros, todo ese conocimiento, ¿qué propósito tienen? Nada de ello la ayudará a comprender por qué se marchó su padre de casa. Nada de ello la ayudará a comprender por qué ha sido abocada a este destino.

Coge una tira de papel de la caja, escribe: «Enséñame el libro azul con el dibujo de una ciudad en las nubes en la cubierta».

Aparece revoloteando un trozo de papel. «La Biblioteca no contiene un libro así».

Konstance mira las hileras interminables de estanterías.

—Creía que lo contenías todo.

Otra NoLuz, otra Primera Comida impresa, más lecciones de Sybil. Luego vuelve a entrar en el Atlas, aterriza en las colinas castigadas por el sol de las afueras de Nannup y recorre Backline Road hasta la casa de su padre. Σχερία, dice el letrero pintado a mano.

Se agacha, se retuerce, se pega a la casa todo lo que puede y la vista del dormitorio se degrada hasta ser un trémulo campo de color. El libro en la mesilla es azul eléctrico. La ciudad en las nubes en el centro de la cubierta parece desvaída por la luz del sol. Se pone de puntillas y entrecierra los ojos. Debajo del nombre de Diógenes hay cuatro palabras en un cuerpo de letra menor que le pasaron desapercibidas la primera vez.

«Traducción de Zeno Ninis».

Vuelve al cielo, sale del Atlas, llega al atrio. Coge una tira de papel de la mesa que tiene más cerca. Escribe: «¿Quién era Zeno Ninis?».

LONDRES

1971

Zeno

Londres! ¡Mayo! ¡Rex! ¡Vivo! Cien veces examina el papel de cartas de Rex, inhala su olor. Conoce esa caligrafía, con la parte superior de las letras aplastada, como si alguien hubiera pisado las líneas: ¿cuántas veces la vio arañada en la escarcha y la tierra de Corea?

«Recibir tres cartas tuyas a la vez ha sido algo milagroso».

«¿No podrías venir de visita?».

Cada pocos minutos una nueva ráfaga de levedad recorre a Zeno. Claro que está ese nombre, Hillary, pero ¿qué más da? Rex ha encontrado a una Hillary, que Dios lo bendiga. Lo consiguió. Está vivo. Ha invitado a Zeno a «una pequeña función».

Imagina a Rex con traje de lana en un jardín tranquilo, sentándose a escribir la carta. Las palomas zurean; los setos susurran; los campanarios se elevan por encima de los robles hacia un cielo húmedo. Hillary, elegante, maternal, sale con un servicio de té de porcelana.

No, sin Hillary es mejor.

«No te imaginas lo mucho que me alegra que consiguieras salir».

«Sería como unas vacaciones».

Espera a que la señora Boydstun se vaya a hacer la compra, luego llama a una agencia de viajes en Boise y susurra preguntas al teléfono como si estuviera perpetrando crímenes. Cuando le dice a Amanda Corddry, del Departamento de Carreteras, que se va a coger las vacaciones en mayo, se le ponen los ojos como platos.

—Caramba, caramba, Zeno Ninis. ¡Que me recojan con una pala quitanieves! Si no te conociera, diría que estás enamorado.

Con la señora Boydstun la cosa es más complicada. Cada pocos días Zeno lo deja caer en la conversación como si le estuviera poniendo azúcar en el café. Londres, mayo, un amigo de la guerra. Y cada pocos días, la señora Boydstun encuentra la manera de verter comida en el suelo, o tener jaqueca, o detectarse un nuevo temblor en la pierna izquierda y poner fin a la conversación.

Rex vuelve a escribir. «Encantado. Por lo que dices llegarás en horario lectivo, te recibirá Hillary», y pasa marzo, y abril. Zeno saca su único traje, su corbata de rayas verdes. La señora Boydstun tiembla en su albornoz al pie de la escalera.

—¿Vas a dejar sola a una mujer enferma? ¿Qué clase de hombre hace una cosa así?

Al otro lado de la ventana de su dormitorio, hay un cielo como un casco azul encajado sobre los pinos. Zeno cierra los ojos. «Los años pasan volando ahora», escribió Rex. ¿Qué más había escrito en los espacios entre líneas? Habla ahora o muérdete la lengua para siempre.

—Son solo ocho días. —Zeno cierra su maleta—. He llenado la despensa. También te he comprado tabaco de sobra. Trish ha prometido venir a verte todos los días.

Quema tanta adrenalina durante los vuelos que cuando llega a Heathrow prácticamente tiene alucinaciones. Al salir del control de pasaportes busca una mujer inglesa; en lugar de ello, un hombre de dos metros de estatura con pelo prematuramente cano y pantalones color albaricoque acampanados a la altura de las pantorrillas le coge del antebrazo.

—¡Pero si eres una cajita de cacao! —dice el gigante, y simula besar a Zeno en ambas mejillas—. Yo soy Hillary.

Zeno se aferra a su maleta intentando comprender.

—¿Cómo has sabido que era yo?

Hillary enseña los colmillos.

—He tenido suerte.

Le quita la maleta a Zeno y lo conduce por entre el gentío. Debajo de un chaleco azul, Hillary lleva lo que parece ser un blusón con lentejuelas arbitrariamente distribuidas por las mangas. ¿Lleva las uñas pintadas de verde? ¿Dejan vestirse así a los hombres aquí? Y, sin embargo, cuando las botas de Hillary resuenan en la terminal, mientras atraviesan un barullo de autobuses y taxis, nadie se fija demasiado en él. Se suben a un dos puertas color vino tamaño bolsillo, un coche llamado Austin 1100, y Hillary insiste en abrirle la puerta a Zeno, y a continuación rodea el cochecito por detrás y encoge sus largas piernas debajo del volante del lado derecho, con las rodillas prácticamente en los dientes mientras pisa los pedales y el pelo tocando el techo. Zeno intenta no hiperventilar.

Londres es color gris humo e interminable. Hillary parlotea:

—A tu derecha tienes Brentford, un novio gilipollas que tuve vivía allí, menudo niñato desobediente. Rex termina las clases dentro de una hora, así que le daremos una sorpresa en casa. Eso es Gunnersbury Park, ¿lo ves?

Parquímetros, tráfico lentísimo, fachadas sucias de hollín. Wrigley's sabor hierbabuena Gold Leaf Tabaco del Bueno Cerveza Licores y Vinos. Aparcan a la puerta de una casa de ladrillo sin sol en Camden. Ni jardín ni setos ni trinos de verderones ni esposa maternal con tazas de té. Una octavilla que la lluvia ha pegado a la acera dice: «La manera fácil de pagar».

—Hay que subir —dice Hillary y se inclina para cruzar un umbral igual que un árbol móvil. Sube cuatro tramos de escalera con la maleta de Zeno y sus largas zancadas se saltan un peldaño de cada dos.

Dentro, el apartamento parece estar dividido en dos. En uno de los lados hay estanterías ordenadas mientras que en el otro, tapices, chasis de bicicleta, velas, ceniceros, elefantes de latón, cuadros abstractos de gruesas pinceladas y plantas muertas forman montones irregulares que parecen obra de un ciclón.

—Estás en tu casa. Voy a poner hojas a remojo —dice Hillary. Enciende un cigarrillo con el quemador de la cocina y deja escapar un suspiro titánico. Tiene la frente tersa, las mejillas lustrosas; cuando Zeno y Rex estaban en Corea Hillary no podía tener más de cinco años.

En el tocadiscos cantan voces exuberantes. *Love grows where my Rosemary goes* y entonces cae en la cuenta: Rex y Hillary viven juntos. En un apartamento de un solo dormitorio.

—Siéntate, venga.

Zeno se sienta en la mesa mientras suena el disco y oleadas de confusión y agotamiento se apoderan de él. Hillary agacha la cabeza para no chocar con lámparas mientras da la vuelta al disco y echa la ceniza en una planta.

—Qué divertido es tener a un amigo de Rex de visita. Rex nunca tiene amigos de visita. A veces creo que antes de conocerme a mí no tenía amigos.

Cascabelean unas llaves en la puerta, Hillary mira a Zeno con las cejas levantadas y entra un hombre en el apartamento con gabardina y botas de agua y cara color requesón y una barriguita que le asoma por encima del cinturón y tiene el pecho cóncavo y las gafas empañadas y pecas desvaídas pero exuberantes en cantidad y es Rex.

Zeno extiende una mano, pero Rex lo abraza.

Los ojos de Zeno se humedecen de emoción involuntaria.

—Es el desfase horario —dice, y se seca las mejillas.

—Pues claro.

A un kilómetro y medio por encima de ellos, Hillary se lleva una uña pintada de verde descascarillado al ojo y retira una lágrima. Llena dos tazas de té sin leche, pone galletas en un plato, apaga el tocadiscos, se envuelve en una gran gabardina morada y dice:

—Bueno, os dejo solos con vuestras batallitas.

Zeno lo oye bajar por las escaleras igual que una enorme araña multicolor.

Rex se quita la gabardina y los zapatos.

—Así que quitanieves. —El apartamento parece balancearse al borde de un acantilado—. Pues yo sigo leyendo poemas de la Edad de Bronce a chicos que no quieren oírlos.

Zeno mordisquea una galleta. Quiere preguntarle a Rex si alguna vez desea estar de vuelta en el Campo Cinco, si no echa de menos las horas que pasaban los dos sentados en la oscuridad de la cabaña de la cocina veteada de luz de luna dibujando caracteres en el polvo, si no tiene esa clase de nostalgia perversa. Pero desear estar de vuelta en un campo de prisioneros es una auténtica locura y Rex está hablando de sus alumnos, de sus viajes al norte de Egipto para rebuscar en los vertederos de la Antigüedad. Tantos años, tantos kilómetros, tanta esperanza y tanto temor, y ahora tiene a Rex para él solo y en los primeros cinco minutos ya ha perdido el rumbo.

—¿Estás escribiendo un libro?

—Ya lo he escrito. —De una de las estanterías saca un libro de tapas duras color tostado con sencillas letras mayúsculas en la parte delantera. *Compendio de libros perdidos*—. Hemos vendido, creo, unos cuarenta y dos ejemplares, dieciséis de ellos a Hillary. —Ríe—. Resulta que nadie quiere leer un libro sobre libros que ya no existen.

Zeno pasa un dedo por el nombre de Rex impreso en la sobrecubierta. Siempre ha visto los libros como algo parecido a las nubes o los árboles, cosas que estaban ahí, en las estanterías de la Biblioteca Pública de Lakeport. Pero ¿conocer a alguien que ha hecho uno?

—Por ejemplo las tragedias —está diciendo Rex—. Sabemos que al menos se escribieron y representaron mil en los teatros griegos en el siglo v a. C. ¿Sabes cuántas han sobrevivido? Treinta y dos. Siete de las ochenta y una que escribió Esquilo. Siete de las ciento veintitrés de Sófocles. Que sepamos, Aristófanes escribió cuarenta comedias; tenemos once, no todas completas.

A medida que Zeno pasa páginas ve entradas para Agatón, Aristarco, Calímaco, Menandro, Diógenes, Queremón de Alejandría.

—Cuando todo lo que tienes es una esquirla de papiro con unas cuantas palabras escritas —dice Rex— o una única línea citada en el texto de otro autor, te obsesionas con el potencial de lo que se ha perdido. Es como los muchachos que murieron en Corea. Les lloramos especialmente porque no llegamos a ver los hombres en los que se habrían convertido.

Zeno piensa en su padre: es mucho más fácil ser un héroe cuando ya no estás en el mundo.

Pero ahora la fatiga es como una segunda fuerza de gravedad que amenaza con tirarlo de la silla. Rex devuelve el libro a su estante y sonríe.

—Estás agotado. Ven, Hillary te ha preparado una cama.

Se despierta en el sofá cama cuando es noche cerrada, agudamente consciente de que dos hombres comparten cama al otro lado de una puerta cerrada a dos metros de él. Cuando vuelve a despertarse, con la espalda dolorida por el desfase horario o por algo peor, un corazón roto, es por la tarde y Rex hace horas que se ha ido a dar clase. Hillary está delante de la tabla de la plancha vestido con lo que parece ser un quimono de seda, encorvado sobre un libro que parece estar escrito en chino. Sin levantar la nariz de la página, le ofrece una taza de té. Zeno la coge y se pone de pie con sus ropas de viaje arrugadas y mira por la ventana a una maraña de ladrillos y escaleras de incendios.

Se da una ducha de agua tibia, de pie en la bañera y sosteniendo la alcachofa sobre la cabeza y, cuando sale del cuarto de baño,

Rex está en la mitad ordenada del apartamento examinándose las entradas de la cabeza con un espejo de mano. Sonríe a Zeno y bosteza.

—Tirarse a tantos chicos guapos envejece una barbaridad —susurra Hillary. Le guiña un ojo a Zeno y este tiene un escalofrío de horror antes de darse cuenta de que Hillary está bromeando.

Ven un esqueleto de dinosaurio, viajan en un autobús de dos pisos y Hillary hace una visita a la sección de maquillaje de unos grandes almacenes y vuelve con sendas espirales de pintura azul alrededor de los ojos, y Rex instruye a Zeno sobre distintas marcas de ginebra y Hillary está siempre con ellos, liando pequeños cigarrillos, con zapatos de plataforma, americanas, un vestido de baile de fin de curso épico, monstruoso. Pronto es la cuarta noche de Zeno en Londres y están comiendo pasteles de carne en un sótano pasada la medianoche. Hillary le pregunta a Zeno si ha llegado a la parte del libro de Rex donde escribe sobre cómo cada uno de los libros perdidos, antes de desaparecer para siempre, quedó reducido a un ejemplar en alguna parte y en cómo eso le hizo acordarse de la vez que vio un rinoceronte en un zoo de Checoslovaquia, de cómo el cartel decía que el animal era uno de los últimos veinte rinocerontes blancos que quedaban en el mundo, el único que quedaba en Europa y de cómo la criatura se limitaba a mirar fijamente los barrotes de su jaula y gemir con los ojos llenos de moscas. A continuación Hillary mira a Rex, se seca las lágrimas y dice que cada vez que lee esa parte se acuerda del rinoceronte y llora, y Rex le da palmaditas en el brazo.

El sábado Hillary se va a «la galería», aunque Zeno no sabe qué imaginar: ¿una galería de arte?, ¿de tiro?, y Rex y él se sientan en un café rodeados de mujeres con cochecitos de niño, Rex con un chaleco de tweed todavía blanco de tiza de las clases del día anterior, algo que hace que a Zeno se le acelere el corazón. Un camarero diminuto que se mueve sin hacer ruido les trae una tetera decorada con dibujos de frambuesas.

Zeno tiene la esperanza de que la conversación derive a la noche en el Campo Cinco cuando Bristol y Fortier subieron a Rex al camión escondido dentro de un barril de aceite, para así poder oír la historia de la fuga de Rex y saber si le perdona o no por no haberse ido con él, pero Rex está hablando entusiasmado de una visita que hizo a la Biblioteca Vaticana en Roma, donde examinó montones de papiros antiguos rescatados de los vertederos de Oxirrinco, trocitos de textos griegos enterrados en arena durante dos mil años.

—El noventa y nueve por ciento carece de interés, claro, son certificados, recibos de granjas, registros fiscales, pero encontrar una frase, Zeno, aunque sea unas pocas palabras, de una obra literaria que no se conocía... Rescatar una frase del olvido es la cosa más emocionante del mundo. No sé cómo explicártelo: es como tirar del extremo de un cable enterrado y darte cuenta de que está conectado con alguien que lleva muerto dieciocho siglos. Es como un *nostos*, ¿te acuerdas?

Agita sus ágiles manos y pestañea, con la misma amabilidad en el rostro de tantos años atrás en Corea, y Zeno quiere abalanzarse sobre la mesa y poner la boca en la garganta de Rex.

—Uno de estos días vamos a recomponer algo de verdad importante, una tragedia de Eurípides o una historia política perdida, o, mejor aún, una comedia antigua, el viaje imposible de ida y vuelta de un loco a los confines de la tierra. Esos son mis preferidos, ¿sabes a lo que me refiero?

Levanta la vista y dentro de Zeno arden llamaradas. Por un instante contempla un futuro posible, una discusión vespertina entre Rex y Hillary: Hillary hace pucheros, Rex le pide a Hillary que se vaya, Zeno ayuda a limpiar todos los desechos de Hillary, carga cajas, deshace su maleta en el dormitorio de Rex, se sienta en el borde de la cama de Rex; dan paseos, viajan a Egipto, leen en silencio con una tetera entre los dos. Por un momento Zeno siente que tal vez pueda hacerlo realidad: si dice exactamente las palabras adecuadas, ahora mismo, como un encantamiento, sucederá. No dejo de pensar en ti, en las venas de tu garganta, la pelusa de tus brazos, tus ojos, tu boca, te quería entonces y te quiero ahora.

Rex dice:

—Te estoy aburriendo.

—No, no. —Todo se escora—. Al contrario. Lo que pasa es que... —Ve la carretera del valle, la pala quitanieves, los remolinos fantasmales de nieve. Mil árboles oscuros discurren a gran velocidad—. Es todo nuevo para mí, entiéndelo. Trasnochar, los gin tonics, el Metro, tu... Hillary. Él lee en chino, tú rescatas papiros griegos desaparecidos. Impone mucho.

—Bah. —Rex hace un gesto con la mano—. Hillary está lleno de proyectos que no van a ninguna parte. No hay ni uno que lleve a término. Y yo doy clases en un colegio para niños de categoría más bien regular. En Roma me quemo la piel solo de ir del hotel a un taxi.

El café bulle, un niño de pecho protesta, el camarero camina sin hacer ruido de aquí para allá. La lluvia baja por el toldo. Zeno siente que el momento se le escapa.

—Pero en eso consiste el amor, ¿no? —dice Rex.

Se frota la sien, se bebe el té y mira su reloj de pulsera, y Zeno se siente como si hubiera avanzado hasta el centro del lago helado y hubiera caído a través del hielo.

La fiesta de cumpleaños cae en el último día de Zeno. Cogen un taxi negro a un club nocturno llamado The Crash. Rex se apoya en el brazo de Hillary y dice: «Vamos a intentar ser buenos esta noche, ¿de acuerdo?», y Hillary pestañea y bajan a una serie de salas comunicadas entre sí y a cada una más extraña y con más aspecto de mazmorra, llenas de muchachos y hombres con botas plateadas o leotardos de estampado de cebra o chistera. Muchos de los hombres parecen conocer a Rex, le cogen del brazo o le besan las mejillas o soplan ruidosos matasuegras y varios intentan entablar una conversación con Zeno, pero la música está demasiado alta, así que este fundamentalmente se limita a asentir con la cabeza y sudar dentro de su traje de poliéster.

En la última habitación al fondo del club aparece Hillary llevando tres vasos de ginebra, asomando entre la gente con sus botas altas y sobretodo esmeralda igual que un dios-árbol andante y la ginebra hacer arder las venas del cuerpo de Zeno. Intenta que Rex le preste atención, pero la música dobla su volumen y, como obedeciendo a una señal, todos los hombres empiezan a cantar: «Hey hey hey hey hey», al tiempo que se encienden en las paredes unas luces estroboscópicas que transforman la habitación en un libro animado, con extremidades que suben, bocas lascivas, rodillas y codos que centellean, y Hillary lanza su vaso al aire y abraza a Rex con sus extremidades arbóreas, todos hacen una versión del mismo baile, levantando primero un brazo y luego el otro hacia el techo, como si jugaran a los semáforos, el aire arde de ruido y en lugar de dejarse llevar, en lugar de unirse, Zeno se siente tan desgraciado, tan insuficiente, tan abrumado por su propia ingenuidad: su maleta de cartón, su desastre de traje, sus botas de leñador, sus modales de Idaho, su infundada esperanza de que Rex lo hubiera invitado a ir allí porque quería tener algo romántico con él («Podríamos garabatear algo de griego con papel y pluma en lugar de tierra y un palo»). Ahora se da cuenta de que, de tan pueblerino, es casi un salvaje. Rodeado de música frenética y cuerpos parpadeantes, se sorprende anhelando volver a la predictibilidad monocromática de Lakeport: el whisky vespertino de la señora Boydstun, los impertérritos niños de porcelana, el aire impregnado de humo de leña y el silencio sobre el lago.

Se abre paso a través de las diversas habitaciones hasta la calle y pasea asustado y avergonzado por Vauxhall durante dos horas sin tener ni idea de dónde está. Cuando por fin reúne valor para parar un taxi y preguntar si puede llevarlo a una casa de ladrillo en Camden al lado de un cartel publicitario de tabaco Gold Leaf, el taxista asiente con la cabeza y lo lleva directo al edificio de Rex. Zeno sube los cuatro pisos y encuentra la puerta sin la llave echada. Le han dejado una taza de té encima de la mesa. Cuando, unas horas más tarde, Hillary lo despierta para que no pierda el avión, lo toca en la frente con un gesto de tal ternura que Zeno tiene que darle la espalda.

Rex aparca el Austin en Salidas, coge un paquete envuelto del asiento trasero y lo deja en el regazo de Zeno.

Dentro hay un ejemplar de su *Compendio* y otro libro más grande y grueso.

—Liddell y Scott, un diccionario griego-inglés. Indispensable. Por si te apetece volver a traducir.

Pasa un tropel de viajeros junto al coche y por un momento el suelo bajo el asiento de Zeno se abre y lo engulle y a continuación está sentado otra vez.

—Se te daba bien, no sé si lo sabes. Más que bien.

Zeno niega con la cabeza.

Suenan cláxones y Rex se gira.

—No te quites mérito —dice—. A veces las cosas que creemos perdidas solo están ocultas, esperando a ser redescubiertas.

Zeno sale del coche con la maleta en la mano derecha, los libros debajo del brazo izquierdo, algo dentro de él (arrepentimiento) clavándosele igual que una lanza, pulverizando hueso, destrozando tejido vital. Rex se acerca y le tiende la mano y Zeno estrecha la mano derecha de Rex con su mano izquierda, es el apretón de manos más torpe que ha habido jamás. Luego el cochecito desaparece en el tráfico.

LAKEPORT, IDAHO

FEBRERO-MAYO DE 2019

Seymour

En febrero Janet y él se sientan hombro con hombro mirando el teléfono de ella en un rincón de la cafetería.

—Te lo aviso —dice Janet—, da un poco de miedo.

En la pantalla un hombre menudo con vaqueros negros y perilla camina de un lado a otro del escenario de un auditorio. Se hace llamar «Bishop»; lleva un rifle de asalto a la espalda.

«Empezad con el Génesis. Sed fecundos y multiplicaos, y llenad la tierra y sojuzgadla; ejerced dominio sobre los peces del mar, sobre las aves del cielo y sobre todo ser viviente que se mueve sobre la tierra».

El vídeo cambia al plano de un borrón nervioso de caras. El hombre continúa diciendo:

«Durante 2.600 años a aquellos que formamos parte de la tradición occidental se nos aseguró que el papel de la humanidad es dominar la tierra. Que la creación se creó para que nosotros la explotemos. Y durante 2.600 años es lo que hemos hecho con casi total impunidad. Las temperaturas se mantenían constantes, las estaciones seguían siendo predecibles y talamos bosques y pescamos en los océanos y elevamos un dios —el crecimiento— por encima de los demás. Expandid vuestras propiedades; aumentad vuestra riqueza, agrandad vuestras murallas. Y si cada nuevo tesoro que arrastráis dentro de vuestras murallas no alivia vuestro dolor, id a por más. Pero ¿y ahora? Ahora la raza humana empieza a cosechar lo que ha...».

Suena la campana y Janet toca la pantalla y Bishop se congela a mitad de frase y con los brazos extendidos. En la parte inferior de la pantalla aparece un link: Únete.

—Seymour, dame mi teléfono. Tengo clase de español.

Sentado ante el nuevo terminal Ilium de la biblioteca, se pone los auriculares y busca más vídeos. Bishop usa caretas del Pato Donald, de mapache, de castor de la nación Kwakiutl; está en un terreno talado en Oregón, en una aldea de Mozambique.

«Flora se casó a los catorce años. Ahora tiene tres hijos y los pozos de su aldea están secos y el agua potable más cercana está a dos horas andando de su casa. Aquí, en el distrito Funhalouro, madres adolescentes como Flora pasan alrededor de seis horas al día buscando y transportando agua. Ayer caminó tres horas para coger nenúfares de un lago para que sus hijos tuvieran algo que comer. ¿Y qué sugieren nuestros ilustrados líderes que hagamos? Cambiar las facturas de papel por las electrónicas. Comprar tres bombillas LED y hacer la compra con una bolsa de tela gratis. La tierra tiene ocho mil millones de personas que alimentar y la tasa de extinción es mil veces más alta que en el periodo prehumano. Esto no es algo que se arregle con bolsas de tela».

Bishop está reclutando guerreros, dice, para desmantelar la economía industrial global antes de que sea demasiado tarde. Dice que reconstruirán las sociedades alrededor de nuevos sistemas donde los recursos se compartan; recuperarán la sabiduría tradicional, buscarán respuestas a las preguntas que el comercio no puede contestar, satisfarán las necesidades que el dinero no puede satisfacer.

Los rostros que consigue ver Seymour entre el público de Bishop resplandecen de determinación; recuerda cómo se sintió, con el cuerpo entero en tensión, al abrir por primera vez la tapa de la caja con las viejas granadas de Pawpaw. Todo ese poder latente. Nunca antes ha puesto alguien voz así a la ira y la confusión de su interior.

«"Esperad —nos decían—, sed pacientes". "La tecnología solucionará la crisis del carbono". En Kioto, en Copenhague, en Doha, en París dijeron: "Reduciremos las emisiones, eliminaremos nuestra dependencia de los hidrocarburos" antes de volver al aeropuerto en limusinas blindadas y volar a sus países de origen en siete cuatro sietes mientras las personas pobres se asfixian en el aire de sus propios vecindarios. Se acabó el esperar. La paciencia se ha terminado. Debemos sublevarnos ahora, antes de que el mundo entero arda. Debemos...».

Cuando Marian le agita una mano delante de los ojos Seymour tarda varias respiraciones en recordar dónde está.

—¿Hay alguien ahí?

El link parpadea Únete Únete Únete. Se quita los auriculares. Marian agita las llaves de su coche enganchadas en el dedo.

—Es hora de cerrar, peque. ¿Puedes darle la vuelta al cartel de «Abierto» por mí, por favor? Y, escucha, Seymour, ¿estás libre el sábado? ¿A las doce?

Seymour asiente con la cabeza, recoge su bolsa de libros. Fuera llueve sobre la nieve vieja y las calles están llenas de hielo embarrado.

—El sábado —le dice Marian a su espalda—. A las doce. No te olvides. Tengo una sorpresa para ti.

En casa, Bunny está sentada en la cocina mirando su talonario con el ceño fruncido. Levanta la vista, su atención regresa de muy lejos.

—¿Qué tal tu día? ¿Has venido andando con esta lluvia? ¿Te has sentado con Janet a la hora de comer?

Seymour abre la nevera. Mostaza. Shasta Twists. Media botella de salsa ranchera. Nada.

—Seymour, ¿puedes mirarme, por favor?

En la luz áspera de la bombilla de la cocina las mejillas de Bunny parecen de tiza. Tiene arrugas en el cuello; empieza a encorvársele la zona dorsal. ¿Cuántos baños de hotel ha fregado hoy? ¿Cuántas sábanas ha cambiado? Ver los años arrebatar su juventud a Bunny ha sido como mirar el bosque detrás de la casa desaparecer otra vez.

—Escucha, cariño, el Aspen Leaf va a cerrar. Ha dicho Geoff que ya no pueden seguir compitiendo con las grandes cadenas. Me ha despedido.

La mesa está cubierta de sobres. Propano V-1, Intermountain Gas, Banco Blue River, Servicios municipales Lakeport. Seymour sabe que solo su medicación cuesta 119 dólares a la semana.

—No quiero que te preocupes, cariño. Ya se nos ocurrirá algo. Siempre salimos adelante.

Se salta la clase de matemáticas, se agazapa en el aparcamiento con el teléfono de Janet:

«En un planeta dos grados centígrados más caliente habrá 150 millones de personas más, la mayoría pobres, que morirán solo de contaminación atmosférica. No víctimas de la violencia, ni de inundaciones, solo por aire de baja calidad. Eso son 150 veces más muertes que la guerra de Secesión americana. Quince Holocaustos. Dos Segundas Guerras Mundiales. Esperamos que no muera nadie como resultado de nuestras acciones, de nuestros intentos de asestar unos cuantos golpes a la economía de mercado. Pero incluso si hay unas pocas muertes, ¿no merece la pena? ¿A cambio de impedir quince Holocaustos?».

Un golpecito en el hombro. Janet tirita en la acera.

—Esto empieza a ser molesto, Seymour. Tengo que pedirte que me devuelvas el teléfono cinco veces al día.

El viernes vuelve a casa y encuentra a Bunny bebiendo vino de un vaso de plástico en el tú y yo. Sonríe, le quita la mochila del hombro, hace una reverencia. Ha pedido un préstamo de efectivo, anuncia, para aguantar hasta que encuentre otro trabajo. Y de camino a casa pasó por la tienda de informática Computer Shack, junto al aserradero, y no se pudo resistir.

De debajo de un cojín saca una tablet marca Ilium nuevecita, todavía dentro de su caja.

—*Voilà!*

Bunny sonríe. El borgoña que ha estado bebiendo le ha dejado los dientes como si hubiera comido tinta.

—¿Y te acuerdas de Dodds Hayden? ¿De la tienda? ¡Me ha regalado esto! —De debajo del cojín saca un altavoz inteligente marca Ilium—. Te dice el tiempo que hace, responde preguntas y memoriza listas de la compra. ¡Puedes pedir una pizza con solo decírselo!

—Mamá.

—Estoy feliz de verte tan bien, bichito, de que pases tiempo con Janet, y sé que es difícil ser un niño sin las nuevas tecnologías y pensé que, bueno, te lo mereces. Nos lo merecemos, ¿no te parece?

—Mamá.

Al otro lado de la puerta corredera, las luces de Eden's Gate rielan como arrastradas por una corriente subterránea.

—Mamá, para usar esto hace falta wifi.

—¿Eh? —Bunny da un sorbo de vino—. ¿Wifi?

El sábado va a la pista de hielo, se sienta en un banco bien lejos de los patinadores que giran, enciende la nueva tableta y se conecta a la red inalámbrica. Tarda media hora en descargar todas las actualizaciones. Luego ve una docena de vídeos de Bishop, todos los que encuentra, y para cuando se acuerda de la invitación de Marian son más de las tres de la tarde. Corre manzana arriba: en la esquina de las calles Lake y Park, atornillado al suelo, hay un buzón de devolución de libros nuevo pintado de manera que parezca un búho.

Es un cilindro grueso, pintado de gris, marrón y blanco, y es como si tuviera alas pegadas a los costados y garras en los pies. Grandes ojos amarillos brillan en el centro de su cara y lleva pajarita: es un gran búho gris.

En la puerta dice: DEPOSITE AQUÍ SUS LIBROS. En el pecho:

BIBLIOTECA PÚBLICA DE LAKEPORT
¡CADA MOCHUELO A SU LIBRO!

Se abre la puerta principal de la biblioteca y sale Marian con su bolso y sus llaves. Lleva un anorak color cereza mal abotonado y su expresión es dolida o enfadada o infeliz o las tres cosas.

—Te has perdido la inauguración. Les pedí a todos que te esperaran.

—Me...

—Te lo recordé dos veces, Seymour. —El búho pintado parece fijar en él sus ojos acusatorios mientras Marian se sube el cuello—. Por si no lo sabes, hay más personas en el mundo.

Se mete en su Subaru y se va.

Abril es más cálido de lo que debería. Deja de ir a la biblioteca, se salta las reuniones del Club de Concienciación Medioambiental, esquiva a la señora Tweedy en los pasillos. Después de clase se sienta en un murete detrás de la pista de hielo donde hay cobertura inalámbrica y busca vídeos de Bishop en los rincones más oscuros de internet. «Se puede definir a los humanos como exterminadores —dice—. Diezmamos cada hábitat que ocupamos, y ahora hemos infestado el planeta. Lo siguiente será exterminarnos a nosotros mismos».

Una por el retrete, la otra por el desagüe del lavabo. Seymour deja de tomar la buspirona. Durante varios días su organismo entra en crisis. A continuación se recupera. Vuelven las sensaciones atronadoras; su mente percibe las cosas igual que si fuera el gigantesco espejo convexo de un telescopio de radar, captando luz de los rincones más remotos del universo. Cada vez que sale a la calle oye las nubes chirriar en el cielo.

—¿Por qué nunca quieres que te presente a mis padres? —le pregunta Janet un día mientras lo lleva a casa.

Pasa con gran estrépito un camión de la basura. En algún lugar, los guerreros de Bishop se están congregando. Seymour tiene la sensación de estar preparándose para una metamorfosis; casi nota que se descompone a nivel molecular para recomponerse en algo por completo distinto.

Janet para delante de la casa de doble ancho. Seymour aprieta los puños.

—Te estoy hablando —dice Janet—, pero no me escuchas. ¿Se puede saber qué te pasa?

—No me pasa nada.

—Bájate del coche, Seymour.

«Nos llaman militantes y terroristas. Aducen que los cambios necesitan tiempo. Pero no tenemos tiempo. No podemos seguir viviendo en una cultura mundial donde a los ricos se les permite creer que su estilo de vida no tiene consecuencias, que pueden usar todo lo que quieran y tirar todo lo que quieran, que son inmunes a las catástrofes. Sé que no es fácil que te abran los ojos. Que no es divertido. Todos tendremos que ser fuertes. Los acontecimientos inminentes nos pondrán a prueba de maneras que todavía no imaginamos».

El link parpadea: Únete Únete Únete.

Estudia las casas de Eden's Gate más cercanas a la de doble ancho en busca de aquellas que no den muestras de estar habitadas, cuyos propietarios estén claramente en otra parte, y el 15 de mayo, mientras Bunny hace el turno de cenas en el Pig N' Pancake, cruza el jardín trasero hasta la roca con forma de huevo, salta la valla de madera y corretea en las sombras probando distintas ventanas. Cuando encuentra una sin cerrar se cuela por entre las persianas y se detiene en la penumbra.

El reloj del horno emite un suave resplandor verde en la cocina.

El módem está en el armario del pasillo. El usuario y la contraseña de la red están pegados a la pared. Durante unas cuantas respiraciones vive en la vida de otra persona: un imán de la nevera dice «Cerveza: la razón por la que me levanto todas las mañanas»; en el aparador, una fotografía familiar enmarcada; restos de olor al café y comida cocinada en el Crock Pot del fin de semana anterior; un cuenco para perro junto a la despensa. Cuatro cascos de esquiar colgados de ganchos junto a la puerta principal.

En la tienda de comestibles las personas empujan carritos llenos de comida empaquetada de colores brillantes, todas ajenas al hecho de que están bajo la altísima compuerta de una presa que se va a abrir de un momento a otro. Una tarta envasada tachonada de estrellas de glaseado azules y amarillas en la que pone «Felicidades, Sue» tiene un setenta y cinco por ciento de descuento. En la cola de las cajas se deja los protectores auditivos puestos.

Cuando Bunny llega a casa, se quita los zapatos y dice:

—¿Qué es esto?

Seymour sirve dos trozos de tarta en platos y lleva el altavoz inteligente Ilium color azul. Bunny lo mira.

—Creía...

—Prueba.

Bunny se inclina sobre la cápsula.

—¿Hola?

Una lucecita verde describe un círculo a lo largo del borde. «Hola». El acento es vagamente británico. «Soy Maxwell. ¿Cómo te llamas?».

Bunny se lleva las manos a las mejillas.

—Soy Bunny.

«Encantado de conocerte, Bunny. Feliz cumpleaños. ¿En qué puedo ayudarte esta noche?».

Bunny mira a Seymour con la boca abierta.

—Maxwell, me gustaría pedir una pizza.

«Por supuesto, Bunny. ¿De qué tamaño?».

—Grande. Con champiñones. Y salchicha.

«Un momento», dice la cápsula, y el punto verde da vueltas y Bunny esboza su sonrisa hermosa y aciaga y Seymour tiene la sensación de que el mundo a su alrededor se desmorona un poquito más.

Una semana después Janet aparca su Audi en el centro del pueblo y se compran un helado y Janet le dice a la chica detrás del mostrador que deberían usar cucharas compostables en lugar de plástico y la chica dice:

—¿Queréis virutas o no?

Se sientan en unas rocas que dan al lago a comer sus helados y Janet saca su teléfono. A su izquierda, en el aparcamiento del puerto deportivo, zumba el motor de una autocaravana de dos metros cuadrados con avances a ambos lados y dos condensadores de aire acondicionado en el techo. Sale un hombre, deja en el suelo un caniche pequeño sujeto con correa y dobla la esquina con él.

—Cuando todo se desmorone —dice Seymour—, los tipos como ese serán los primeros en desaparecer.

Janet toca la pantalla de su teléfono. Seymour se impacienta. El rugido está cerca hoy, lo oye chisporrotear igual que un incendio forestal. Desde donde están sentados ve el corazón del pueblo hasta la recientemente remodelada oficina de Eden's Gate junto a la biblioteca.

La autocaravana tiene matrícula de Montana. Gatos hidráulicos. Una antena parabólica.

—Se ha ido a pasear al perro —dice—, pero dejando el motor encendido.

A su lado Janet se saca una fotografía, luego la borra. Al otro lado del lago se abren los ojos de Amigofiel, dos lunas amarillas.

En la hierba en el límite del aparcamiento del puerto deportivo, Seymour descubre una roca de granito tan grande como la cabeza de un recién nacido. Va hasta ella. Pesa más de lo que parece.

Janet sigue con la vista fija en su teléfono. «Un guerrero —dice Bishop— comprometido de verdad no siente ni miedo ni culpa ni remordimientos. Un guerrero comprometido de verdad se transforma en algo que es más que humano».

Seymour recuerda el peso de la granada en su bolsillo cuando la transportaba por las parcelas sin edificar de Eden's Gate. Recuerda meter el dedo en la anilla de seguridad. Tirar de la palanca. Tirar tirar tirar.

Arrastra la piedra hasta la autocaravana. En medio del rugido dentro de su cabeza oye a Janet decir:

—¿Seymour?

Ni miedo ni culpa ni remordimientos. La diferencia entre nosotros y ellos se llama acción.

—¿Qué haces?

Levanta la roca por encima de la cabeza.

—Seymour, como hagas eso, no te...

Se vuelve a mirarla. Luego se gira hacia la autocaravana. «La paciencia —dice Bishop— se ha terminado».

EL ARGOS

AÑO DE MISIÓN: 64

DÍAS 46-276 DENTRO DE LA CÁMARA UNO

Konstance

Varios registros salen revoloteando de las estanterías y se apilan en la mesa por orden cronológico. Una partida de nacimiento de Oregón. Un trozo de papel descolorido llamado telegrama de Western Union.

> WUX Washington AP 20 1751 HRS
> ALMA BOYDSTUN
> 431 FOREST ST LAKEPORT
>
> SENTIMOS INFORMAR DE QUE SU TUTELADO EL SOLDADO DE EJÉRCITO DE ESTADOS UNIDOS ZENO NINIS ESTÁ DESAPARECIDO EN ACTO DE SERVICIO DESDE EL 1 DE ABRIL DE 1951 EN EL ÁREA DE COREA DETALLES NO DISPONIBLES

A continuación hay transcripciones de entrevistas con prisioneros de guerra liberados fechadas en julio y agosto de 1953. Un pasaporte con un sello de entrada: Londres. La escritura de una casa en Idaho. Un reconocimiento por cuatro décadas de servicio a algo llamado Departamento Provincial de Carreteras del Valle. El grueso de los papeles son necrológicas y artículos que detallan cómo, a la edad de ochenta y seis años, el 20 de febrero del año 2020 Zeno Ninis murió protegiendo a cinco niños a los que un terrorista tenía retenidos en una biblioteca rural.

«VALEROSO VETERANO DE COREA SALVA A UNOS NIÑOS Y UNA BIBLIOTECA», dice un titular. «LUTO POR UN HÉROE DE IDAHO», dice otro.

No encuentra nada relacionado con los fragmentos de una comedia antigua titulada *La ciudad de los cucos y las nubes*. Ni relación de publicaciones ni indicación alguna de que Zeno Ninis tradujera, adaptara o publicara alguna cosa.

Prisionero de guerra, empleado del condado en Idaho, un hombre mayor que frustró un atentado con bomba en la biblioteca de una pequeña localidad. ¿Por qué había un libro con el nombre de este hombre sobre la mesilla de noche de Padre en Nannup? Escribe: «¿Hubo algún otro Zeno Ninis?», y mete la pregunta por la ranura. Un momento después llega volando la respuesta: «La Biblioteca no contiene registros de otros individuos con ese nombre».

Cuando llega la NoLuz se tumba en la cama y mira a Sybil parpadear en su torre. ¿Cuántas veces, siendo una niña pequeña, le aseguraron que Sybil contenía todo lo que fuera capaz de imaginar, todo lo que necesitaría? Memorias de reyes; diez mil sinfonías; diez millones de programas de televisión; temporadas de béisbol enteras; imágenes en 3D de las cuevas de Lascaux; un registro completo de la Gran Colaboración que hizo posible el *Argos:* propulsión, hidratación, gravedad, oxigenación. Está todo ahí, la producción cultural y científica de la civilización humana alojada en los extraños filamentos de Sybil, en el corazón de la nave. El logro más importante de la historia de la humanidad, dicen, el triunfo de la memoria sobre las fuerzas aniquiladoras de la destrucción y la cancelación. Y cuando entró por primera vez en el atrio en su Día de la Biblioteca y vio aquellas aparentemente infinitas hileras de estanterías ¿acaso no lo creyó?

Pero no era verdad. Sybil no fue capaz de impedir que un contagio se propagara por la tripulación. No pudo salvar a Zeke ni al doctor Pori ni a la señora Lee ni, al parecer, a nadie. Sybil sigue sin saber si es seguro o no para Konstance salir de la Cámara Uno.

Hay cosas que Sybil no sabe. Sybil no sabe lo que era que tu padre te abrazara dentro del crepúsculo verde y frondoso de la Granja 4, ni lo que se sentía rebuscando en la bolsa de botones de tu madre preguntándote por la procedencia de cada uno. La Biblioteca no tiene registros de un ejemplar azul eléctrico de *La ciudad de los cucos y las nubes* traducido por Zeno Ninis, y sin embargo Konstance ha visto uno dentro del Atlas, boca arriba, en la mesilla de Padre.

Se sienta. Le viene a la cabeza la imagen de otra biblioteca, un lugar menos ambicioso, oculto dentro de las murallas de su propio cráneo, una biblioteca con solo una docena de estanterías, una biblioteca de secretos: la biblioteca de las cosas que Konstance sabe y Sybil no.

Come, se lava el pelo con el jabón sin aclarado, hace los abdominales y las zancadas y el precálculo que le manda Sybil. Luego se pone manos a la obra. Rompe el saco de polvo Nutrir que ya se ha terminado y lo corta en rectángulos: papel. Saca un cilindro de nailon de repuesto del kit de reparación de la impresora de comida y lo muerde hasta sacarle punta: pluma.

Sus intentos por conseguir tinta —salsa sintética, zumo de uva sintético, pasta de granos de café sintética— son lamentables: demasiado líquida, demasiado ligera; tarda demasiado en secarse.

«Konstance, ¿qué haces?».

—Estoy jugando, Sybil. Déjame.

Pero después de unos cuantos experimentos consigue escribir su nombre sin hacer borrones. En la Biblioteca se dice a sí misma:

lee, relee, haz una fotografía mental de todo. A continuación toca su Vizor, se baja del Deambulador y escribe:

Valeroso veterano de Corea salva a unos niños y una biblioteca

Con la rudimentaria pluma, tarda diez minutos en escribir esas once palabras. Pero al cabo de unos días de práctica ya se le da bien memorizar frases enteras de textos de la Biblioteca, bajarse del Deambulador y escribirlas en un trozo de saco. Una de ellas dice:

El análisis proteómico del códice de Diógenes reveló rastros de savia, plomo, carbón y goma tragacanto, un agente espesante muy usado en la fabricación de tinta en la Constantinopla medieval.

Otro:

Pero si bien es probable que el manuscrito sobreviviera a la Edad Media, al igual que otros textos griegos antiguos, en una biblioteca monástica de Constantinopla, respecto a cómo salió de la ciudad y viajó hasta Urbino solo podemos especular.

Una corriente de luz roja recorre a Sybil.
«¿Estás jugando a un juego, Konstance?».
—Solo estoy tomando apuntes, Sybil.
«¿Por qué no tomas apuntes en la Biblioteca? Es mucho más eficiente y podrías usar todos los colores que quisieras».
Konstance se lleva el dorso de la mano a la cara y se mancha una mejilla de tinta.
—Así estoy bien, gracias.

Pasan semanas. «Feliz cumpleaños, Konstance —dice Sybil una mañana—. Hoy cumples catorce años. ¿Quieres que te ayude a imprimir una tarta?».

Konstance saca la cabeza de la cama. En el suelo a su alrededor revolotean al menos ochenta retales de saco. Uno dice: «¿Quién era Zeno Ninis?». Otro: «Σχερία».

—No, gracias. Podrías dejarme salir. ¿Por qué no me dejas salir por mi cumpleaños?

«No puedo».

—¿Cuántos días llevo aquí, Sybil?

«Llevas doscientos setenta y seis días a salvo en la Cámara Uno».

Konstance coge del suelo un recorte que dice:

Aquí en las quimbambas, como lo llama mi abuelita, hemos tenido montones de problemas.

Parpadea y ve a Padre acompañarla a la Granja 4 y abrir un cajón de semillas. Sale vapor que flota por el suelo; Konstance elige un sobre de papel de aluminio de las hileras.

Sybil dice: «Hay varias recetas de tarta de cumpleaños que podríamos probar».

—Sybil, ¿sabes qué me gustaría por mi cumpleaños?

«Dime, Konstance».

—Que me dejaras tranquila.

Dentro del Atlas flota a muchos kilómetros sobre la Tierra que rota sobre su eje, entre preguntas susurradas en la oscuridad. ¿Por qué tenía Padre un ejemplar de la traducción de Ninis de la historia de Etón en su mesilla de noche en Nannup? ¿Qué significa?

«Tuve un sueño, una visión, de lo que podría ser la vida», había dicho Padre en el último minuto que pasó Konstance con él. «¿Por qué quedarme aquí cuando podía estar allí?». Las mismas palabras que dijo Etón antes de dejar su hogar.

—Llévame —dice— a Lakeport, Idaho.

Baja entre nubes hasta un pueblo montañoso, encajado en el extremo sur de un lago glacial. Deja atrás un puerto deportivo, dos hoteles, una rampa de varada. Un tranvía eléctrico para turistas circula hasta la cima de un pico vecino. El tráfico obstruye la carretera principal: camionetas que tiran de remolques con barcos; figuras sin rostro que pedalean en bicicletas.

La biblioteca pública es un cubo de acero y vidrio a un kilómetro y medio del centro, en un prado lleno de maleza. En uno de sus laterales centellea un pelotón de bombas de calor. No hay placas, ni un jardín conmemorativo, no hay mención alguna de Zeno Ninis.

Vuelve a la Cámara Uno y se pone a caminar alrededor de Sybil con los calcetines raídos, agitando ligeramente los retales a sus pies. Recoge cuatro, los coloca unos debajo de otros y se agacha para leerlos.

Valeroso veterano de Corea salva a unos niños y una biblioteca

Traducción de Zeno Ninis

La Biblioteca no contiene registros de dicho libro.

20 de febrero de 2020.

¿Qué está pasando por alto? Recuerda a la señora Flowers al pie de las ruinas de las murallas de Teodosio en Estambul: «Dependiendo de cuándo fueran tomadas estas imágenes, esto es Estambul con el aspecto que tenía hace seis o siete décadas, antes de que el *Argos* abandonara la Tierra».

Toca de nuevo su Vizor, se sube al Deambulador, coge una tira de papel de una mesa de la Biblioteca. «Enséñame», escribe, «qué aspecto tenía la Biblioteca pública de Lakeport el 20 de febrero de 2020».

Bajan fotografías anticuadas de dos dimensiones. La biblioteca de estas imágenes es por completo distinta del cubo de acero y cristal que hay dentro del Atlas: una casa azul pálido de tejado a dos aguas parcialmente oculta detrás de matorrales crecidos en la esquina de las calles Lake y Park. Faltan tejas; la chimenea está torcida; por entre las grietas del camino de entrada crecen dientes de león. En una esquina hay una caja pintada para parecer un búho.

«Atlas», escribe Konstance, y el gran libro abandona su estantería.

Llega hasta la esquina de Lake y Park y se detiene. En la esquina suroriental, donde estuvo en otro tiempo la destartalada biblioteca de las fotografías, hay hoy un hotel de tres plantas lleno de balcones. Cuatro adolescentes sin rostro con camisetas sin mangas y bañadores están paralizados en la esquina.

Un toldo, una heladería, una pizzería, un aparcamiento cubierto. El lago está salpicado de lanchas y kayaks. En la carretera hay una fila de coches detenidos. Nada indica que allí hubiera alguna vez una biblioteca pública dentro de una casa azul vieja y destartalada.

Da media vuelta y se coloca junto a los adolescentes asaltada por la desesperanza. Sus apuntes en el suelo de la cámara, sus incursiones a Backline Road, su descubrimiento de Esqueria, el libro en la mesilla de Padre... Se suponía que todas estas investigaciones tenían que conducirla a alguna parte. Es como un rompecabezas que se suponía que ella debía resolver. Pero no está más cerca de entender a su padre que cuando este la encerró en la cámara.

Está a punto de marcharse cuando repara, en la esquina suroeste de la intersección, en una caja cilíndrica y achatada que ha sido pintada para parecer un búho con las alas pegadas a los costados. «DEPOSITE AQUÍ SUS LIBROS», dice en la puerta. En el pecho del búho:

BIBLIOTECA PÚBLICA DE LAKEPORT
¡CADA MOCHUELO A SU LIBRO!

Los dos ojazos color ámbar casi parecen seguirla cuando se acerca. Tiraron la vieja biblioteca, construyeron una nueva a la salida del pueblo, ¿pero dejaron un buzón donde la gente pudiera devolver libros? ¿Durante décadas?

Desde un ángulo determinado, uno de los adolescentes de la esquina parece a punto de traspasar el buzón, como si no hubiera estado allí en realidad cuando se hizo la fotografía. Qué raro.

Las plumas del búho son exquisitamente detalladas. Sus ojos parecen húmedos y vivos.

«... y los ojos se le hicieron tres veces más grandes y del color de la miel líquida...».

El buzón de devolución de libros, cae en la cuenta Konstance, igual que los cocoteros que le llamaron la atención en Nigeria, o el césped esmeralda y los árboles en flor delante del edificio municipal de Nannup, vibra más que el edificio que tiene detrás, es más vívido que la heladería o la pizzería o que los cuatro adolescentes capturados por las cámaras del Atlas. Las plumas del búho casi parecen temblar cuando Konstance extiende la mano para tocarlas. Las yemas de sus dedos se topan con algo sólido y el corazón se le acelera.

La manilla del buzón tiene tacto de metal: frío, firme. Real. La coge y tira de ella. Empieza a nevar.

QUINCE

LOS GUARDIANES DE LAS PUERTAS

La ciudad de los cucos y las nubes
por Antonio Diógenes, folio O

... a través de la verja atisbé joyas centelleantes en los pavimentos y lo que parecía ser un río de caldo humeante. Alrededor de las torres, en lo alto, volaban bandadas de pájaros de los colores del arcoíris, verde intenso, morado, carmesí. ¿Estaba soñando? ¿Había llegado de verdad? Después de tantas millas, después de tanta [¿fe?] mi corazón todavía dudaba de lo que veían mis ojos.

—Alto, cuervecito —dijo un búho. Era enorme, de cinco veces mi tamaño, y llevaba un arpón dorado en cada garra—. Antes de que cruces estas puertas debemos asegurarnos de que eres de verdad un pájaro, una noble criatura del aire, más vieja que Cronos, que el Tiempo mismo.

—Y no uno de esos humanos hediondos y traicioneros, hechos de polvo y suciedad, disfrazado —añadió un segundo búho de mayor tamaño aún que el primero.

Detrás de ellos, nada más cruzar las puertas, bajo las ramas de los ciruelos y casi al alcance de la mano, una tortuga avanzaba despacio llevando una columna de tortas de miel en el caparazón. Me incliné hacia ella pero los búhos desplegaron sus plumas. Después de cruzar media Vía Láctea, ¿los hados querrían verme despedazado por aquellas imponentes bestias?

... me erguí todo lo que pude y batí las alas.

—No soy más que un humilde cuervo —aseguré— y vengo de muy lejos.

—Resuelve nuestra adivinanza, cuervecillo —exigió el primer guardián— y podrás entrar.

—Aunque al principio parece fácil —dijo el segundo—, en realidad es...

BIBLIOTECA PÚBLICA DE LAKEPORT

20 DE FEBRERO DE 2020

17.41

Seymour

Con los protectores auditivos puestos, escucha. En algún punto de No Ficción tintinea un radiador; el hombre herido respira al pie de la escalera; fuera, en la nieve, chisporrotea una radio de policía. La sangre le late en los oídos. Nada más.

Pero ha oído golpes en el piso de arriba, ¿o no? Recuerda el todoterreno de la policía deteniéndose en la acera. A Marian dejando caer las cajas de pizza en la nieve. ¿Qué hacía trayendo pizzas a la biblioteca poco antes de la hora de cerrar?

Hay alguien más.

Con la Beretta en la mano derecha, Seymour repta hacia el hueco de la escalera donde el hombre herido yace de costado y con los ojos cerrados, dormido, o algo peor. La purpurina del vello de su brazo emite destellos. A Seymour se le ocurre que tal vez se ha colocado allí a modo de barricada.

Contiene la respiración, pasa por encima del cada vez más espeso charco de sangre, por encima del hombre, y sube. Quince escalones, el borde de cada uno cubierto con tiras adhesivas antideslizantes. Bloqueando la entrada a la Sección Infantil hay algo inesperado: una pared de aglomerado pintada de color oro, un oro que es casi rojo en el resplandor del letrero de SALIDA. En el centro hay una puertecita en arco y, encima de ella, una única línea de palabras escritas en un alfabeto que no reconoce.

Ὦ ξένε, ὅστις εἶ, ἄνοιξον, ἵνα μάθῃς ἃ θαυμάζεις

Seymour apoya la palma de la mano en la puertecita y empuja.

Zeno

Se acuclilla entre los niños detrás de la barrera en L de estanterías y mira a cada uno de ellos: Rachel, Alex, Olivia, Christopher, Natalie. *Shh shh shh.* En la penumbra sus caras se convierten en las caras de seis cervatillos coreanos que Rex y él se encontraron un día mientras cogían leña en la nieve cerca del Campo Cinco: las antenas y hocicos que destacaban contra el blanco, los ojos negros parpadeantes, las grandes orejas temblorosas.

Juntos oyen cerrarse con un crujido la puertecita de la pared de aglomerado. Pisadas que avanzan entre las sillas plegables. Zeno sigue con el dedo índice en los labios.

Rechina un tablón del suelo; burbujas submarinas gorgotean del altavoz de Natalie. ¿Es solo una persona? Suena a una solo.

Que sea un policía. Que sea Marian. Que sea Sharif.

Alex sujeta una lata de zarzaparrilla con las dos manos como si estuviera llena de nitroglicerina. Rachel se encoge sobre su guion. Natalie cierra los ojos. Los de Olivia están fijos en los de Zeno. Christopher abre la boca... Por un momento Zeno piensa que el niño va a gritar, que los van a descubrir, a asesinar allí mismo.

Las pisadas se interrumpen. Christopher cierra la boca sin hacer un solo ruido. Zeno intenta recordar lo que han dejado los niños y él repartido por las sillas a la vista. La caja de zarzaparrillas, varias latas que han rodado bajo las sillas. Mochilas. Páginas con el guion. El portátil de Natalie. Las alas de gaviota de Olivia. La enciclopedia dorada en su atril. Por suerte, la luz de discoteca está apagada.

Las pisadas son ahora en el escenario. El susurro de una cazadora de nailon. Cintas gélidas le oprimen el pecho y Zeno hace una mueca de dolor. Θεοὶ son los dioses, ἐπεκλώσαντο significa urdieron, ὄλεθρον es muerte, plaga, destrucción. Ruina.

«Voluntad ello fue de los dioses, que urdieron a tantos la ruina por dar que cantar a los hombres futuros». Ahora no, dioses. Esta noche no. Dejad que estos niños sigan siendo niños una noche más.

Seymour

El olor a pintura fresca en el pequeño escenario es muy intenso: se le pega a la parte posterior de la garganta. Hay estanterías tapando las ventanas y las luces están apagadas y esos extraños sonidos submarinos... ¿de dónde salen? Lo ponen nervioso. Ahí hay un anorak de niño, unas botas de nieve, una lata de refresco. Sobre su cabeza cuelgan nubes de cartulina. Contra el decorado hay un grueso libro en un atril. ¿Qué es esto?

Junto a su pie hay un charco de hojas rayadas y fotocopiadas cubiertas de texto manuscrito. Coge una, se la acerca a los ojos:

GUARDIÁN núm. 2: Aunque al principio parece fácil, en realidad es bastante complicado.

GUARDIÁN núm. 1: No, no, parece complicado al principio, pero en realidad es bastante sencillo.

GUARDIÁN núm. 2: ¿Preparado, cuervecillo? Esta es nuestra adivinanza: «El que conoce todo el Saber jamás escrito sabe tan solo esto».

Con la pistola en una mano y la página en la otra, Seymour está en el escenario mirando la pintura del decorado. Las torres que flotan entre nubes, los árboles que atraviesan el centro...; parece un recuerdo, o una imagen salida de un sueño que tuvo hace mucho tiempo. Le viene a la cabeza el letrero escrito a mano en la puerta de la biblioteca.

MAÑANA
ÚNICA FUNCIÓN
LA CIUDAD DE LOS CUCOS Y LAS NUBES

El mundo: es lo único que ha amado nunca. El bosque detrás de Arcady Lane, el deambular afanoso de las hormigas, el quiebro y el zigzag de las libélulas, el susurro de los álamos temblones, la dulzura ácida de los primeros arándanos de julio, los pinos ponderosa como centinelas, más viejos y más pacientes que cualquier otro ser que conoce, y Amigofiel, el búho en su rama observándolo todo.

¿Están explotando bombas en otras ciudades, otras naciones ahora mismo? ¿Se están movilizando los guerreros de Bishop? ¿Y es Seymour el único que ha fracasado?

Baja del escenario y se dirige al rincón, donde se han dispuesto tres estanterías formando un escondite, cuando el hombre herido lo llama desde el pie de las escaleras.

—¡Oye, chico! Tengo tu mochila. Como no bajes ahora mismo voy a sacarla y dársela a la policía.

DIECISÉIS

LA ADIVINANZA DE LOS BÚHOS

La ciudad de los cucos y las nubes
por Antonio Diógenes, folio Π

Aunque se han hecho muchas conjeturas, la solución a la adivi-
nanza de los búhos que custodian las puertas no ha llegado hasta
nuestros días. La que se ofrece aquí ha sido insertada por el tra-
ductor y no forma parte del texto original. Traducción de Zeno
Ninis.

... Pensé: «Sencillo pero en realidad complicado. ¿O era complicado
pero en realidad sencillo? [El que conoce todo el Saber jamás
escrito. ¿Podría ser agua la respuesta? ¿El huevo? ¿Un caballo?».

... Aunque la tortuga con las tortas de miel se había perdido
de vista, aún podía olerlas. [¿Caminé?] con mis patas de cuervo,
hundiendo las garras en la mullida almohada de las nubes.
Deliciosos olores a canela y miel y cerdo asado me llegaron del otro
lado de las puertas y aleteé por las cavernas de mi mente, viajé de
un extremo a otro de ella, pero no encontré nada.

Tenían razón los otros pastores cuando me llamaban cabeza de
chorlito y bobo, un zoquete y un pánfilo. Me volví hacia los dos
enormes búhos con sus arpones dorados y dije: «No sé nada».

Los dos búhos [se pusieron muy rectos y el primer guardián
dijo: «Es correcto, cuervecillo. La respuesta es nada», y el segundo
guardián dijo: «El que conoce todo el Saber jamás escrito sabe tan
solo esto: que no sabe nada aún»].

... se hicieron a un lado y [como si hubiera pronunciado las
palabras mágicas] las puertas de oro se me abrieron de par en par...

CUATRO MILLAS
AL OESTE DE
CONSTANTINOPLA

MAYO DE 1453

Anna

Desde la cresta de alguna que otra ola atisba la ahora distante silueta de la ciudad al noreste, brillando débilmente. En todas las demás direcciones solo hay negrura jadeante. Mojada, exhausta y mareada, con el saco apretado contra el pecho, Anna mete los remos en la barca y deja de achicar. El mar es demasiado grande y la barca demasiado pequeña. María, siempre fuiste la hermana mejor, la más sensata, te marchaste al otro mundo justo cuando este se partía en dos. «Un ángel en una niña —solía decir la viuda Teodora— y un lobo en la otra».

En algo más profundo que un sueño se encuentra de nuevo caminando apresurada por el suelo de baldosas de un vasto atrio con las paredes de ambos lados llenas de hileras de libros. Echa a correr, pero por muy lejos que consiga llegar, el pasillo no se termina y la luz se atenúa y su miedo y su desolación se agudizan con cada zancada. Por fin ve una única luz delante de ella. Afloja el paso; en una mesa, una niña sola encogida junto a una vela y sobre un libro levanta la vista cuando Anna se acerca. La niña levanta el libro que tiene en las manos y Anna está intentando leer el título cuando el esquife de Himerio choca con una roca y se vuelca hasta quedar de costado.

Apenas tiene tiempo de sujetar el saco contra su pecho antes de caer por la borda.

Patalea, traga agua salada. Una ola la atrapa, la impulsa hacia delante y se golpea la rodilla con una roca sumergida: el agua no le llega más que a la cintura. Chapotea a la superficie y arrastra el cuerpo hacia la orilla, con el saco empapado pero todavía pegado al pecho.

Repta por una playa pedregosa y se inclina sobre la rodilla herida y abre el saco. La seda, el libro, el pan: todo empapado. Y en las olas oscuras y espumeantes el esquife de Himerio no se ve por ninguna parte.

La playa describe un arco en la luz que precede al amanecer; no hay donde esconderse. Anna trepa por una barrera de algas y madera a la deriva creada por la tormenta y se encuentra un paisaje devastado: casas quemadas, los olivos de un olivar talados, la tierra toda surcada como si Dios la hubiera rastrillado con sus propias manos.

Con la primera luz sube por una suave ladera sembrada de viñedos. El rugido de las olas se aleja. Se quita el vestido, lo escurre y se lo vuelve a poner y mastica un trozo de esturión y se pasa una mano por el pelo corto mientras la aurora dibuja una línea rosa sobre el horizonte.

Tenía la esperanza de haber sido arrastrada durante la noche hasta una nueva tierra, Génova o Venecia o Esqueria, el reino del valeroso Alcínoo, donde quizá una diosa quisiera esconderla en su bruma mágica y escoltarla hasta un palacio. Pero solo ha recorrido unas pocas millas de costa. La ciudad sigue visible a lo lejos, la hoja de una sierra hecha de azoteas y coronada por las bóvedas agrupadas de Hagia Sophia. Unas cuantas columnas de humo suben hacia el cielo. ¿Habrá hombres armados entrando en los vecindarios, irrumpiendo en las casas, sacando a todo el mundo a la calle? Le viene una imagen inesperada de la viuda Teodora, Ágata, Tekla y Eudokia sentadas muertas en la trascocina con la infusión de belladona en el centro de la mesa, y la ahuyenta.

De las vides suben trinos de pájaros. A una media milla de distancia divisa un grupo de soldados a caballo que se dirigen a la ciudad, silueteados contra el cielo; se pega todo lo que puede al suelo con el saco mojado a su lado y alrededor de su cabeza se forma una bruma de mosquitos.

Cuando los hombres se pierden de vista, repta hasta el viñedo, vadea un arroyo y sube por una segunda ladera que la aleja más del mar. En la cima del altozano unos avellanos forman un bosquecillo apretado alrededor de un pozo como si tuvieran miedo. De ellos sale un único camino. Anna se agacha debajo de las ramas bajas y espera en la alfombra de hojas mientras el silencio de la mañana se derrama sobre los campos.

En la quietud casi le parece oír las campanas de Santa Teófano, el estrépito de las calles, pala y escoba, aguja e hilo. El sonido de la viuda Teodora subiendo las escaleras del taller, abriendo los postigos, el armario de los hilos. Dios bendito, protégenos de la holganza. Porque nuestros pecados son innumerables.

Pone el libro y la capucha a secar en los primeros rayos de sol y devora el resto del pescado salado mientras las chicharras cantan en las ramas altas sobre su cabeza. Las hojas del códice están empapadas, pero al menos la tinta no se ha corrido. Pasa las horas más luminosas del día sentada con las rodillas pegadas al pecho, en duermevela.

La sed serpentea dentro de ella cuando las sombras forman charcos en el bosquecillo. No ha visto a nadie acercarse al pozo y se pregunta si lo habrán envenenado para los invasores, así que no se atreve a beber. Cuando oscurece, coge su saco, sale de debajo de las ramas y echa a andar por los matorrales costeros, con el mar a la izquierda. Un cuarto de luna menguante la acompaña mientras trepa por el muro de una casa, luego por otro, y desea que la noche fuera más oscura.

A cada poco encuentra obstáculos en forma de agua: brazos de mar que debe circunnavegar, un arroyo que fluye entre zarzas y del que bebe antes de cruzarlo. En dos ocasiones evita aldeas que parecen abandonadas: no hay figuras moviéndose, no sale humo de las casas. Quizá quedan unas pocas familias escondidas, agazapadas en sótanos, pero nadie la llama.

Detrás de ella hay esclavitud, terror y cosas peores. Delante de ella ¿qué hay? Sarracenos, cadenas montañosas, barqueros que piden fortunas por llevar a alguien a la otra orilla de un río. La luna se marcha y la gruesa franja de estrellas que Crisa llama el Camino de los pájaros se extiende ancha y dorada en el cielo. Un paso y otro y otro: llega un momento en que la presión del miedo implacable taladra la razón y el cuerpo se mueve con independencia de la mente. Es como escalar el muro del priorato: un pie aquí, una mano allí, arriba.

El alba la encuentra atravesando un bosque cenceño que rodea la orilla de lo que parece ser una gran extensión de agua, cuando ve la luz de unas llamas parpadear entre troncos de árbol. Está a punto de esquivarla cuando el aire le trae olor a carne asada.

El olor es como un anzuelo que le llega hasta el estómago. Unos pasos más: solo para ver qué es.

Una pequeña hoguera en el bosque, llamas que no le llegarían más arriba de las pantorrillas. Se abre camino por entre los árboles y las hojas crujen al contacto con sus babuchas. Sobre el fuego hay lo que parece ser un pájaro sin cabeza ensartado en un espeto.

Intenta no respirar. No hay figuras que se muevan. No relincha ningún caballo. Durante cien latidos mira las llamas consumirse. No hay movimiento, no hay sombras; nadie vigila la carne. Solo está el pájaro: una perdiz, cree. ¿Será una alucinación?

Oye chisporrotear la grasa. Si no le dan la vuelta pronto, la parte que está sobre las ascuas se quemará. Quizá alguien se asustó y se fue. Quizá quien hizo el fuego tuvo noticias de la captura de la ciudad, cogió su caballo y abandonó su almuerzo.

Por un instante Anna se convierte en Etón el cuervo, exhausto y descompuesto, fisgando por entre las puertas de oro, mirando pasar una tortuga con tortas de miel en el caparazón.

«Aunque al principio parece fácil, en realidad es bastante complicado».

«No, no, parece complicado al principio, pero en realidad es bastante sencillo».

La lógica la abandona. Si pudiera coger ese pájaro del fuego... Su mente ya está urdiendo la experiencia de probarlo, de sentir la carne bajo sus dientes, su boca llenándose de los jugos. Deja el saco detrás de un tronco, corre y arranca el espetón. Tiene el pájaro en la mano izquierda, una fracción de su consciencia detecta un ronzal, una soga y una capa de piel de buey dejados junto a la hoguera, el resto de su ser está completamente concentrado en comer, cuando oye coger aire a su espalda.

Es tanta su hambre que su brazo sigue llevándose el pájaro a la boca mientras un rayo la golpea desde la nuca a la frente, una grieta blanca que se bifurca, como si la bóveda celeste se hubiera resquebrajado, y el mundo se vuelve de color negro.

DIECISIETE

LAS MARAVILLAS DE LA CIUDAD
DE LOS CUCOS Y LAS NUBES

La ciudad de los cucos y las nubes
por Antonio Diógenes, folio P

... suave, fragante...

... un río de crema...

... ondulantes cañadas y [¿huertos?]...

... me recibió una alegre abubilla que inclinó su testa
emplumada y dijo: «Soy vicesubsecretaria del virrey de Abastos
y Hospedaje», y me puso una guirnalda de hiedra alrededor
del cuello. Todos los pájaros revolotearon sobre mí a modo de
bienvenida y cantaron las más melodiosas...

... inmutable, perpetuo, ni meses ni años, cada hora era como
primavera en la mañana más clara y más verdidorada, el rocío
como [¿diamantes?], las torres como panales de miel y el céfiro del
oeste era la única brisa...

... las uvas pasas más hermosas, las natillas más sabrosas, salmón
y sardinas...

... llegaron la tortuga, las tortas de miel, amapolas y escilas, y el
[¿siguiente?]...

... comí hasta [¿reventar?] y a continuación seguí comiendo...

LAKEPORT, IDAHO

1972-1995

Zeno

De cenar hay carne de buey hervida. Al otro lado de la mesa acecha la cara de la señora Boydstun en un halo de humo. En el televisor junto a ella, una brocha pinta las pestañas superiores de un enorme ojo.

—Hay caca de ratón en la despensa.

—Mañana pondré unas trampas.

—Compra las de Victor, no esa porquería de la última vez.

Ahora un actor trajeado da fe del sonido milagroso de su televisor en color marca Sylvania. A la señora Boydstun se le cae el tenedor cuando intenta llevárselo a la boca y Zeno lo recoge de debajo de la mesa.

—He terminado —anuncia la señora Boydstun.

Zeno empuja su silla de ruedas hasta su habitación. La mete en la cama, le administra la medicación, le lleva el carrito de la televisión con el alargador. Al otro lado de las ventanas, hacia el lago, la última luz del día abandona el cielo. A veces, en momentos como este, mientras friega los platos, revive la sensación de su vuelo de vuelta de Londres: cómo tenía la sensación de que el planeta nunca dejaría de desplegarse bajo él: agua después campos después montañas después ciudades iluminadas igual que redes neuronales; sentía que, entre Corea y Londres, había tenido aventuras de sobra para toda una vida.

Pasa meses sentado en la mesa junto a la camita de latón con los primeros versos de la *Ilíada* de Homero a su izquierda y el diccionario Liddell y Scott que le regaló Rex a la derecha. Tenía la esperanza de conservar en la memoria vestigios del griego que aprendió en el Campo Cinco, pero no es tan fácil.

Μῆνιν, empieza el poema, ἄειδε θεὰ Πηληϊάδεω Ἀχιλῆος, cinco palabras, la última de las cuales es el nombre Aquiles, la penúltima indica que el padre de Aquiles era Peleo (aunque también sugiere que Aquiles es divino), y sin embargo, con solo tres palabras, *mênin*, *aeide* y *theá*, el verso se convierte en terreno minado.

Pope: «La cólera de Aquiles, de Grecia funesta primavera».

Chapman: «Proclama la cólera dañina de Aquiles, ¡oh, diosa!».

Bateman: «Canta, diosa, la cólera destructora de Aquiles, hijo de Peleo».

Pero, ¿sugiere *aeide* claramente «cantar»? Porque también es la palabra para «poeta». Y *mênin*, ¿cómo traducirlo? ¿Furia? ¿Indignación? ¿Enojo? Elegir una palabra es optar por un único camino cuando el laberinto contiene miles.

«Háblanos, diosa, de la ira de Aquiles, hijo de Peleo».

No lo bastante buena.

«Habla, Calíope, de la indignación del pélida».

Peor aún.

«Cuéntale a las gentes, musa, por qué cojones estaba tan furioso Aquiles, el chaval de Peleo».

Durante el año siguiente a su regreso Zeno manda una docena de cartas a Rex, ciñéndose estrictamente a preguntas relativas a la traducción: ¿imperativo o infinitivo?, ¿acusativo o genitivo?, cediendo por completo el terreno romántico a Hillary. Saca las cartas de casa escondidas debajo de la camisa y las echa al correo antes de ir a trabajar, las mete en el buzón con las mejillas encendidas. Luego espera semanas, pero las contestaciones de Rex no llegan ni rápido ni de forma regular, y Zeno va perdiendo el poco valor que tenía. Los dioses del Olimpo sorben de sus vasos hechos de cuerno, espían a través del tejado de la casa y lo ven esforzarse en la mesa con expresión burlona.

La vanidad de dar por hecho que Rex podía estar interesado en él de esa manera. En un huérfano, cobarde, conductor de quitanieves con maleta de cartón y traje de poliéster. ¿Quién se creía Zeno para esperar nada?

Se entera de la muerte de Rex por una carta de Hillary que llega por correo aéreo escrita en tinta morada. Rex, informa Hillary, estaba en Egipto, trabajando en sus amados papiros, intentando rescatar una frase más del olvido, cuando tuvo un ataque al corazón.

«Te tenía —escribe Hillary— mucho cariño». Su firma enorme y florida ocupa la mitad de la hoja.

Se suceden las estaciones. Zeno se despierta por las tardes, se viste en la habitación atestada, baja las escaleras que rechinan, despierta a la señora Boydstun de su siesta. La sienta en su silla de ruedas, le cepilla el pelo, le da de cenar, la lleva delante de su puzle, le sirve dos dedos de Old Forester. Enciende la televisión. Coge la lista de la encimera: «Carne de buey, cebollas, pintalabios, esta vez no te equivoques de rojo». Antes de irse a trabajar la lleva a la cama.

Rabietas, visitas al médico, terapias, una docena de viajes de ida y vuelta a la consulta del especialista en Boise, la acompaña en todos esos momentos. Sigue durmiendo en la camita de latón del piso de arriba, con el *Compendio de libros perdidos* de Rex y el Liddell y Scott sepultados en una caja debajo de la mesa. Algunas mañanas, de camino a casa desde el trabajo, aparca la quitanieves a un lado de la carretera y mira la luz derramarse por el valle y tiene que hacer un esfuerzo por conducir el último kilómetro. En las últimas semanas de su vida la tos de la señora Boydstun se vuelve submarina, como si tuviera agua de lago dentro del pecho.

Zeno se pregunta si le dirá unas últimas palabras, algo en recuerdo de su padre, alguna observación sobre la relación entre los dos, si lo llamará hijo o dirá que se siente agradecida por todos los años de cuidados, agradecida por haber sido nombrada su tutora, o dará alguna muestra de hacerse cargo de su situación, pero en los momentos finales apenas está allí: solo hay morfina y ojos vidriosos y un olor que lo transporta de vuelta a Corea.

El día que muere, Zeno sale de la casa mientras la enfermera de cuidados paliativos hace llamadas y oye un goteo y un ronroneo: el tejado que desagua, los árboles que se despiertan, las golondrinas que vuelan en picado, las montañas que bullen, murmuran, zumban, cambian. El ruidoso deshielo del mundo.

Quita todas las cortinas de la casa. Arranca los antimacasares de las butacas, tira el popurrí floral, vacía la botella de bourbon. Quita todos los niños de mejillas rosadas de porcelana de hasta la última estantería, los mete en cajas y lleva las cajas a la tienda de segunda mano.

Adopta un perro de hocico plateado, treinta kilos de peso y piel atigrada llamado Luther, lo mete en la casa, vacía una lata de estofado de buey y cebada en un cuenco y lo mira engullirlo. A continuación el perro se pone a husmear sus alrededores, como si no diera crédito a su cambio de suerte.

Por último, Zeno arranca el camino de mesa de encaje descolorido de la mesa del comedor, baja la caja de su habitación y dispone sus libros sobre la superficie de madera de avellano con cercos de vasos. Se sirve una taza de café y desenvuelve el cuaderno de hojas amarillas rayadas que acaba de comprar en Lakeport Drug y Luther se enrosca encima de sus pies y emite un suspiro de diez segundos de duración.

De todas las locuras que hacemos los humanos, le dijo Rex en una ocasión, tal vez no haya lección de humildad mayor que intentar traducir las lenguas muertas. No sabemos cómo sonaban los antiguos griegos cuando hablaban; a duras penas podemos establecer equivalencias entre sus sonidos y los nuestros; ya desde el principio estamos destinados a fracasar. Pero el intento, decía Rex, el esfuerzo por extraer algo del río de la oscuridad de la historia y traerlo a nuestro tiempo, a nuestra lengua, esa era, decía, la empresa vana más hermosa que hay.

Zeno afila su lápiz y lo intenta de nuevo.

EL ARGOS

AÑO DE MISIÓN: 64

DÍA 276 DENTRO DE LA CÁMARA UNO

Konstance

A su espalda, el tráfico de la carretera que bordea el lago se ha quedado detenido para la eternidad. Los adolescentes sin rostro y camisetas sin mangas siguen congelados en la esquina. Pero delante de ella, en el interior del Atlas, se mueven cosas: el cielo sobre el buzón con forma de búho se transforma en una alfombra de plata agitada y turbulenta de la que se desprenden copos de nieve.

Da un paso adelante. Rebeldes arbustos de junípero se alzan a ambos lados de un camino cubierto de nieve y, al final de este, la imagen de una casa victoriana destartalada color azul claro de dos pisos que parece salida de un cuento de hadas se vuelve nítida. El porche está hundido, la chimenea parece torcida; en la ventana delantera se ilumina un letrero de «ABIERTO».

—Sybil, ¿qué es esto?

Sybil no contesta. Un letrero medio enterrado en la nieve dice:

Biblioteca pública

A su espalda todo en Lakeport sigue igual: estático, estival, fijo, como siempre en el Atlas. Pero aquí, en la esquina de Lake y Park, detrás del buzón de libros, es invierno.

La nieve se acumula en los juníperos; le entran copos en los ojos; el viento transporta un sabor a acero. Cuando avanza por el camino de entrada oye sus pies crujir en contacto con la nieve; deja huellas. Sube los cinco escalones de granito del porche. En el cristal de la mitad superior de la puerta hay un cartel con caligrafía infantil:

MAÑANA
ÚNICA FUNCIÓN
LA CIUDAD DE LOS CUCOS Y LAS NUBES

La puerta gime al abrirse. Nada más entrar hay una mesa con corazones de papel rosa pegados. Un calendario dice «20 de febrero de 2020». Un bordado enmarcado dice: «Aquí se contestan preguntas». Una flecha señala a Ficción, otra a No Ficción.

—Sybil, ¿es esto un juego?

No hay respuesta.

En tres monitores de ordenador antediluvianos, espirales verdiazules se alejan cada vez más. Una fuga se filtra por una baldosa mojada del techo y gotea encima de un cubo de plástico medio lleno de agua.

Plic. Ploc. Plic.

—¿Sybil?

Nada. En el *Argos* Sybil está por todas partes, en cada compartimento y a todas horas; es la primera vez en la vida de Konstance que llama a Sybil sin obtener respuesta. ¿Será posible que Sybil no sepa dónde está? ¿Que Sybil no sepa que existe esto dentro del Atlas?

Los lomos de los libros de las estanterías despiden olor a papel que amarillea. Konstance abre la mano bajo la gotera y nota el agua en la palma.

Hacia la mitad del pasillo un letrero dice «SECCIÓN INFANTIL», con una flecha que señala hacia arriba. Konstance sube las escaleras con piernas temblorosas. El rellano del segundo piso está atravesado por una pared dorada. Escrito en ella, en lo que Konstance cree que puede ser griego clásico, están las palabras:

Ὦ ξένε, ὅστις εἶ, ἄνοιξον, ἵνα μάθῃς ἃ θαυμάζεις

Debajo de ellas aguarda una puertecita en arco. El aire huele a lilas, menta y rosas: un olor como el de la Granja 4 en su día mejor y más fragante.

Cruza la puerta. Del otro lado, nubes de papel colgadas del techo mediante hilos centellean sobre treinta sillas plegables y toda la pared del fondo está cubierta por el decorado pintado de una ciudad en las nubes, con pájaros que revolotean alrededor de sus torres. De todas partes parece llegar el balbuceo de agua que cae, de árboles que murmuran, de pájaros que gorjean. En el centro de un pequeño escenario, iluminado por un haz de luz que se cuela por entre las nubes, un libro descansa en un atril.

Camina embelesada por entre las sillas plegables y se sube al escenario. El libro es una réplica dorada del ejemplar azul de la mesilla de Padre en Esqueria: la ciudad en las nubes, los torreones atravesados por troneras, los pájaros revoloteando. Encima de la ciudad dice: «*La ciudad de los cucos y las nubes*». Debajo: «Por Antonio Diógenes. Traducción de Zeno Ninis».

LAKEPORT, IDAHO

1995-2019

Zeno

Traduce un canto de la *Ilíada,* dos de la *Odisea,* además de un buen trozo de *La República,* de Platón. Cinco líneas de media al día, diez los días buenos, escritas a lápiz en blocs de hojas amarillas rayadas con su caligrafía ondulada y luego guardadas en cajas debajo de la mesa del comedor. A veces las traducciones le parecen válidas. Por lo general decide que son malísimas. No se las enseña a nadie.

El Departamento de Carreteras del condado le da una placa y una pensión; Luther, el enorme perro atigrado, muere en paz, y Zeno adopta un terrier y lo llama Néstor, como el rey de Pilos. Se despierta cada mañana en la camita de latón del piso de arriba, hace cincuenta flexiones, saca un par de calcetines de Utah Woolen Mills, se abotona uno de sus dos trajes, le hace un nudo a una de sus cuatro corbatas. Hoy verde, mañana azul, la de patos los miércoles, la de pingüinos los jueves. Café solo, copos de avena sin nada. Luego va a la biblioteca.

Marian, la directora de la biblioteca, encuentra vídeos online de un profesor de más de dos metros de alto de una universidad del Medio Oeste que da griego antiguo de nivel intermedio, y la mayoría de los días Zeno empieza el día sentado a una mesa junto a las novelas románticas más vendidas, lo que Marian llama la sección de Pubis y Pompis, con unos grandes auriculares puestos y el volumen subido.

El pretérito le causa dolor de espalda en sentido literal por cómo arroja todos los verbos a la oscuridad. Luego está el aoristo, un tiempo verbal sin restricciones de tiempo que puede darle ganas de meterse en un armario y acurrucarse en la penumbra. Pero en los mejores momentos, mientras trabaja en los textos clásicos durante una hora o dos, las palabras desaparecen y acuden a él imágenes a través de los siglos: guerreros con armadura apretados en naves; la luz del sol rielando en el mar; el viento que trae las voces de dioses... y casi le parece que tiene otra vez seis años y está sentado delante de la chimenea con las gemelas Cunningham y al mismo tiempo flota con Ulises sobre las olas de la costa de Esqueria mientras oye rugir la marea contra las rocas.

Una soleada tarde de mayo de 2019 Zeno está encorvado sobre sus cuadernos cuando el último ayudante que ha contratado Marian, un bibliotecario infantil llamado Sharif, lo llama desde el mostrador de recepción. En la pantalla del ordenador de Sharif flota un titular: «Nuevas tecnologías descubren una fábula griega antigua desconocida en el interior de un libro previamente ilegible».

Según el artículo, una caja con manuscritos medievales seriamente dañados, almacenada durante siglos en la biblioteca ducal de Urbino y después trasladada a la Biblioteca Vaticana, había sido siempre considerada indescifrable. En concreto, un pequeño códice de novecientos años de antigüedad encuadernado en cordobán había suscitado de vez en cuando la curiosidad de los historiadores, pero los daños producidos por el agua, el moho y la edad se habían combinado para fundir sus páginas en una masa sólida e ilegible.

Sharif agranda la fotografía que acompaña el texto.

—Parece una edición de bolsillo que haya pasado mil años sumergida dentro de un retrete —dice.

—Y luego olvidada en el camino de entrada de una casa durante mil más —añade Zeno.

En el último año, continúa diciendo el artículo, un equipo de conservadores, usando tecnología de escaneado multiespectral, ha obtenido imágenes de fragmentos del texto original. Al principio hubo un aluvión de conjeturas por parte de los estudiosos. ¿Y si el manuscrito contenía una obra de teatro perdida de Esquilo o un tratado científico de Arquímedes o un evangelio cristiano primitivo? ¿Y si era *Margites*, la comedia perdida y atribuida a Homero?

Pero hoy el equipo anuncia que han recuperado texto suficiente para afirmar que se trata de una obra de ficción en prosa del siglo I titulada Νεφελοκοκκυγία, del casi desconocido autor Antonio Diógenes. Νεφέλη, nube; κόκκῡξ, cuco; Zeno conoce ese título. Vuelve corriendo a su mesa, empuja montículos de papel, desentierra su ejemplar del *Compendium*, de Rex. Página 29. Entrada 51.

> La fábula griega desaparecida *La ciudad de los cucos y las nubes*, del escritor Antonio Diógenes, sobre el viaje de un pastor a una ciudad en los cielos, fue probablemente escrita hacia finales del siglo I d. C. Por un resumen bizantino del siglo IX sabemos que la novela empezaba con un breve prólogo en el que Diógenes se dirigía a una sobrina enferma y afirmaba que no se había inventado el relato cómico que seguía, sino que lo había descubierto dentro de una tumba en la antigua ciudad de Tiro, escrito en veinticuatro tablillas de madera de ciprés. Parte cuento de hadas, parte novela picaresca, parte ciencia ficción, parte sátira utópica, el epítome de Focio sugiere que podría haber sido una de las novelas más fascinantes de la Antigüedad.

Zeno contiene el aliento. Ve a Athena correr por la nieve; ve a Rex, anguloso y encorvado por la malnutrición, arañar versos con un trozo de carbón en un tablón. Θεοὶ son los dioses, ἐπεκλώσαντο significa urdieron, ὄλεθρον es ruina.

«Mejor aún —dijo aquel día Rex en la cafetería—, una comedia antigua, el viaje imposible de ida y vuelta de un loco a los confines de la tierra. Esos son mis preferidos, ¿sabes a lo que me refiero?».

Marian está a la puerta de su despacho sujetando con las dos manos una taza cubierta de gatos de dibujos animados.

—¿Está bien Zeno? —pregunta Sharif.

—Creo —dice Marian— que está feliz.

Le pide a Sharif que le imprima todos los artículos que encuentre sobre el manuscrito. La tinta empleada en el códice lo sitúa en Constantinopla en el siglo X; la Biblioteca Vaticana ha prometido que cada línea recuperada será digitalizada y puesta en dominio público. Un profesor universitario de Stuttgart aventura que Diógenes pudo ser el Borges del mundo antiguo, interesado en cuestiones como verdad e intertextualidad, que los escáneres revelarán una nueva obra maestra, una precursora de *El Quijote* y *Los viajes de Gulliver*. Pero una helenista en Japón dice que es probable que el texto sea intrascendente, que ninguna de las novelas griegas que han llegado hasta nuestros días, si es que pueden llamarse novelas, se acerca al valor literario de la poesía y el teatro clásicos. Que sea antigua, escribe, no quiere decir que sea buena.

La primera página escaneada, etiquetada «folio A», se publica el primer viernes de junio. Sharif la imprime con la nueva impresora Ilium, una donación reciente, ampliada a tamaño tabloide, y se la lleva a Zeno, a su mesa en No Ficción.

—¿Vas a poder descifrar esto?

El texto está sucio y roído por los gusanos, colonizado por el moho, como si las hifas fúngicas, el tiempo y el agua se hubieran unido para componer un poema sobre la cancelación. Pero para Zeno es mágico, los caracteres griegos parecen brillar desde algún profundo lugar debajo de la página, blanco sobre negro, no tanto escritura como el espectro de la escritura. Recuerda cuando llegó la carta de Rex, cómo al principio se negó a creer que Rex hubiera sobrevivido. A veces las cosas que creemos perdidas solo están ocultas, esperando a ser redescubiertas.

Durante las primeras semanas del verano, a medida que los folios escaneados se publican poco a poco en internet y salen de la impresora de Sharif, Zeno está eufórico. Una alegre luz de junio entra por las ventanas de la biblioteca e ilumina las páginas impresas; los primeros párrafos de la historia de Etón le resultan encantadores, tontos y traducibles; tiene la sensación de que ha encontrado por fin una ocupación, algo que tiene que terminar antes de morir. Sueña despierto que publica una traducción, se la dedica a Rex, organiza una fiesta; Hillary viaja desde Londres con un séquito de refinadas amistades; todos en Lakeport se dan cuenta de que es algo más que Zeno el Lento, el conductor de quitanieves jubilado con el perro ladrador y las corbatas raídas.

Pero día tras día su entusiasmo decae. Muchos de los folios siguen tan dañados que las frases se disuelven en la ilegibilidad antes de hacerse comprensibles. Peor aún, los conservadores informan de que, en algún momento de su larga historia, el códice debió de haber sido desencuadernado y vuelto a encuadernar siguiendo un orden equivocado, de manera que la secuencia de los acontecimientos ya no está clara. Para el mes de julio empieza a sentirse como si estuviera intentando resolver uno de los puzles de la señora Boydstun, con una tercera parte de las piezas debajo de la estufa, otra simplemente desaparecida. Es demasiado inexperto, demasiado inculto, demasiado mayor; no le da la cabeza para algo así.

Follaovejas, Puré de trucha, Sarasa, Zero. ¿Por qué es tan difícil trascender las identidades que nos asignan cuando somos jóvenes?

En agosto se estropea el aire acondicionado de la biblioteca. Zeno pasa una tarde sudando la camisa mientras sufre tratando de descifrar un folio especialmente problemático del que se ha borrado al menos el sesenta por ciento de las palabras. Algo sobre una abubilla que guía a Etón el cuervo hasta un río de crema. Algo sobre un aguijonazo de duda —¿desazón?, ¿inquietud?— bajo las alas.

No consigue pasar de ahí.

A la hora de cerrar recoge sus libros y su bloc de hojas amarillas rayadas mientras Sharif empujas las sillas y Marian apaga las luces. Fuera, el aire huele a incendio forestal.

—Hay profesionales que se dedican a esto —dice Zeno mientras Sharif cierra la puerta—. Traductores de verdad. Personas con títulos de universidades buenas que saben lo que hacen.

—Es posible —contesta Marian—, pero no son tú.

En el lago pasa con estrépito una lancha con música de bajo que suena por los altavoces. Hay una presión caliente y plateada suspendida en la atmósfera. Los tres se detienen junto al Isuzu de Sharif y Zeno nota el fantasma de algo atravesando el calor, invisible, esquivo. En la otra orilla del lago, sobre las pistas de esquí de la montaña, una nube de tormenta llamea color azul.

—En el hospital —comenta Sharif mientras se enciende un cigarrillo—, antes de morir, mi madre solía decir: «La esperanza es la columna que sostiene el mundo».

—¿Quién dijo eso?

Sharif se encoge de hombros.

—Algunos días decía que Aristóteles, otros John Wayne. Igual hasta se lo había inventado ella.

DIECIOCHO

ERA TODO TAN MAGNÍFICO, Y SIN EMBARGO...

La ciudad de los cucos y las nubes
por Antonio Diógenes, folio Σ

... las plumas se me pusieron lustrosas y tupidas y revoloteaba de aquí allí comiendo cuanto se me antojaba, dulces, carnes, peces... ¡Incluso aves de corral! No existían el dolor, el hambre, nunca me dolían las [alas], ni me [escocían] las garras.

... los ruiseñores daban conciertos [¿al atardecer?], las currucas piaban cantos de amor en los jardines [y] nadie me llamaba bobo ni zoquete ni pánfilo ni decía una palabra cruel...

Había volado muy lejos. Había demostrado que todos se equivocaban. Y sin embargo, cuando me encaramaba a mi percha y oteaba más allá de las bandadas de alegres pájaros, por encima de las puertas, por encima de los bordes rizados de las nubes, hacia el mosaico ondulante de tierras muy abajo, donde las ciudades bullían y los rebaños, salvajes y domesticados por igual, se esparcían por las planicies como el polvo, pensé en mis amigos, en mi modesto lecho y en las borregas que había dejado en el prado. Había viajado hasta tan lejos y era todo tan magnífico, y sin embargo...

... un hilo de duda me aguijoneaba debajo del ala. Una oscura desazón parpadeaba en...

EL ARGOS

AÑO DE MISIÓN: 65

DÍA 325 DENTRO DE LA CÁMARA UNO

Konstance

Han pasado semanas desde que Konstance descubrió la biblioteca pequeña y destartalada escondida dentro del Atlas. Ha copiado meticulosamente tres cuartos de las traducciones de Zeno Ninis, los folios de Alpha a Sigma, del libro dorado del atril de la Sección Infantil en trozos de sacos de polvo Nutrir en la cámara. Más de ciento veinte retazos cubiertos de su escritura alfombran ahora el suelo alrededor de la torre de Sybil, cada uno vibrando de conexiones con las noches que pasó en la Granja 4 escuchando la voz de su padre.

... Me embadurné de pies a cabeza con el ungüento que había usado la bruja, cogí tres pellizcos de incienso...

... Aunque te salieran alas, pez tonto, no podrías volar a un lugar que no existe...

... el que conoce todo el Saber jamás escrito sabe tan solo esto: que no sabe nada aún...

Esta noche se sienta en el borde de la cama, sucia de tinta y cansada, mientras la luz se vuelve color plomo. Estas son las horas más duras, cuando LuzDiurna da paso a NoLuz. No se acostumbra al silencio al otro lado de la cámara, donde teme que no haya habido una persona viva en más de diez meses, y el silencio más allá de las paredes del *Argos*, que llena distancias inconcebibles para el ser humano. Se tumba en posición fetal y se sube la manta hasta la barbilla.

«¿Ya te vas a dormir, Konstance? Si no has comido nada desde esta mañana».

—Comeré si abres la puerta.

«Como sabes, aún no he conseguido determinar si fuera de esta cámara persiste el contagio. Puesto que nos consta que aquí estás a salvo, debo mantener la puerta cerrada».

—Pues a mí lo que me parece peligroso es este sitio. Comeré si abres la puerta. Si no, me mataré de hambre.

«Me duele oírte hablar así».

—A ti no puede dolerte nada, Sybil. No eres más que un montón de fibras dentro de un tubo.

«Tu cuerpo requiere alimento, Konstance. Imagina uno de tus platos favo...».

Konstance se tapa los oídos. Lo que tenemos a bordo, solían decir los adultos, es todo lo que necesitaremos jamás. Lo que no podamos solucionar nosotros mismos nos lo solucionará Sybil. Pero aquello no era más que un cuento que contaban para consolarse. Sybil lo sabe todo y sin embargo no sabe nada. Konstance coge el dibujo que hizo de la ciudad de las nubes y pasa un dedo por la tinta seca. ¿Por qué pensó que re-crear este viejo libro le daría la llave de todo? ¿Para qué lector lo está escribiendo? ¿Acaso no se quedará sin leer en esta cámara cuando ella muera?

Me estoy desquiciando, piensa, se me va la cabeza. Soy una loca en una cinta transportadora dando tumbos por el espectro de un planeta a diez billones de kilómetros detrás de mí, buscando respuestas que no existen.

Padre sale de debajo de la rueda de sus pensamientos, se pone de pie, se quita una hoja seca de la barba y sonríe. «Lo bonito de un loco —dice— es que nunca sabe cuándo rendirse. Era la abuela quien decía eso».

Konstance se sube al Deambulador, toca su Vizor, corre a la mesa de la Biblioteca. «En febrero de 2020», escribe en una tira de papel, «¿quiénes eran los cinco niños de la biblioteca pública de Lakeport a los que salvó Zeno Ninis?».

LAKEPORT, IDAHO

AGOSTO DE 2019

Zeno

A finales de agosto dos incendios forestales gemelos en Oregón destruyen medio millón de hectáreas cada uno y Lakeport se llena de humo. El cielo se vuelve color masilla y quien sale a la calle vuelve oliendo a hoguera. Cierran las terrazas de los restaurantes, las bodas se celebran a cubierto, se cancelan los deportes juveniles; el aire se considera demasiado peligroso para que los niños jueguen al aire libre.

En cuanto termina el colegio, la biblioteca se inunda de niños que no tienen otro sitio adonde ir. Zeno está en su mesa, detrás de su pila de blocs de hojas amarillas rayadas y notas adhesivas, forcejeando con su traducción. A su lado, en el suelo, una niña pelirroja en pantalones cortos y botas de agua hace globos con su chicle mientras hojea libros de jardinería. Unos pocos metros más allá un niño de ancho tórax con melena rubia de león acciona la palanca de la fuente de agua con la rodilla y usa ambas manos para echarse agua por la cabeza.

Zeno cierra los ojos: se avecina una jaqueca. Cuando los abre se encuentra con Marian.

—Uno —dice—: estos incendios han convertido mi lugar de trabajo en un campamento juvenil. Dos, el aparato de aire acondicionado del piso de arriba suena como si alguien lo hubiera obligado a comerse un bocadillo de metal. Tres, Sharif ha ido a la ferretería Bergesen a comprar uno nuevo, así que tengo que enfrentarme a veinte fieras con subidón de azúcar en el piso de arriba.

Como si se hubiera dado por aludida, una niñita arrastra un puf escaleras abajo detrás de Marian, aterriza de rodillas, mira a la bibliotecaria y sonríe.

—Cuatro: si no me equivoco llevas toda la semana tratando de decidir si tu pastor borrachín es «analfabeto», «humilde» o «ignorante». Hay unos niños de quinto curso que van a estar aquí un par de horas, Zeno. Son cinco. ¿Me echarías una mano?

—«Humilde» o «ignorante» son en realidad muy distintos...

—Enséñales lo que estás haciendo. O hazles un truco de magia, lo que sea. Por favor.

Antes de que le dé tiempo a inventarse una excusa, Marian le lleva el niño empapado de la fuente de agua a su mesa.

—Alex Hess, te presento al señor Zeno Ninis. El señor Ninis te va a enseñar una cosa muy chula.

El niño coge una de las hojas facsimilares impresas de la mesa y unos cuantos blocs amarillos de Zeno caen a la moqueta igual que pájaros heridos.

—¿Qué es esto? ¿Escritura alienígena?

—Parece ruso —dice la niña pelirroja de las botas de agua que se ha acercado también a la mesa.

—Es griego —dice Marian mientras guía a otro niño y dos niñas más hasta la mesa de Zeno—. Un cuento muy antiguo. Tiene magos dentro de ballenas y búhos centinela que ponen adivinanzas y una ciudad en las nubes donde todos los deseos se hacen realidad e incluso... —Marian baja la voz y mira a su espalda en un gesto teatral— pescadores con tres penes.

Dos de las niñas ríen. Alex Hess sonríe con aire de suficiencia. Del pelo le caen gotas de agua que van a parar a la hoja.

Veinte minutos después los niños están sentados en corro alrededor de la mesa de Zeno y cada uno de ellos estudia el facsímil de un folio distinto. Una niña con melenita que parece cortada con una guadaña levanta la mano e inmediatamente empieza a hablar.

—Vale, entonces lo que dices es que este Ethan tiene un montón de aventuras rarísimas.

—Etón.

—Debería llamarse Ethan —dice Alex Hess—. Es más fácil.

—... y la historia la escriben hace sopocientos años en veinticuatro tabletas, que se entierran con su cuerpo cuando se muere, ¿no? Y luego las descubre, siglos más tarde, en un cementerio, un señor que se llama Dióxido. Y copia toda la historia otra vez como en cientos de trozos de papel...

—Papiro.

—... y se lo manda por correo a su nieta que está en plan muriéndose.

—Eso es —dice Zeno repentinamente perplejo y eufórico y exhausto al mismo tiempo—. Aunque no olvidéis que entonces no existía el correo, no como lo conocemos ahora. Si existió esa sobrina, lo más probable es que Diógenes le diera los rollos de papiro a un amigo de confianza, quien...

—Entonces esa copia la copiaron otra vez en Constanti-algo, y esa copia estuvo perdida como tropecientos años más, y ahora acaban de encontrarla en Italia; pero sigue siendo un lío porque faltan un montón de palabras, ¿no?

—Lo has entendido perfectamente.

Un niño menudo llamado Christopher se revuelve en su silla.

—Así que pasar esta escritura antigua a inglés es superdifícil y solo tienes trozos de la historia, y ni siquiera sabes el orden, ¿no?

Rachel la pelirroja le da vueltas a su facsímil.

—Y los trozos que sí tiene es como si los hubieran manchado de Nutella.

—Así es.

—Entonces —dice Christopher—, ¿por qué?

Todos los niños miran a Zeno: Alex; Rachel; el pequeño Christopher; Olivia, la niña con la melena cortada con guadaña, y una niña callada de ojos castaños, piel morena, ropa marrón y pelo negro azabache llamada Natalie.

—¿No habéis visto nunca una película de superhéroes? —pregunta Zeno—. ¿Donde no hacen más que dar palizas al héroe y siempre parece que...?

—El héroe o la heroína —dice Olivia.

—¿... que no lo va a conseguir? Pues eso son estos fragmentos: superhéroes. Intentad imaginar las batallas épicas a que han sobrevivido en los últimos dos mil años: inundaciones, incendios, terremotos, caída de gobiernos, invasiones bárbaras, fanáticos, ¿quién sabe cuántas cosas más? Sabemos que este texto consiguió llegar a manos de un escriba en Constantinopla nueve o diez siglos después de haber sido escrito, y lo único que conocemos de este escriba...

—O esta escriba —dice Olivia.

—... es su caligrafía pulcra, un poco inclinada a la izquierda. Pero ahora las pocas personas capaces de interpretar este texto tan antiguo tienen la oportunidad de devolver la vida a estos superhéroes para que puedan batallar unas cuantas décadas más. El peligro del borrado siempre acecha, ¿sabéis? Así que tener en las manos algo que lo ha burlado durante tanto tiempo...

Se seca los ojos, avergonzado.

Rachel pasa los dedos por las tenues líneas de texto que tiene delante.

—Es como Ethan.

—Etón —dice Olivia.

—El loco del que nos has hablado. El del cuento. Aunque siempre se equivoca, se transforma en lo que no quiere, nunca se rinde. Sobrevive.

Zeno la mira y una comprensión nueva se abre paso en su cabeza.

—Cuéntanos más —dice Alex— del pescador que tenía tres penes.

Aquella noche, mientras cena, con Néstor rey de Pilos hecho un ovillo a sus pies, Zeno saca sus blocs amarillos. Mire donde mire no ve más que la torpeza de sus primeros intentos. Estaba demasiado pendiente de detectar referencias ingeniosas, de evitar los escollos sintácticos, de traducir correctamente cada palabra. Pero fuera lo que fuera esta extraña y vieja comedia, no era ni decorosa ni elevada ni preocupada por decir bien las cosas. Era una historia pensada para consolar a una niña a punto de morir. Todas esas disertaciones académicas que se obligó a leer —«¿escribía Diógenes comedia popular o metaficción compleja?»— han quedado en nada frente a cinco niños de quinto curso que olían a chicle, a calcetín sudado y a humo de leña. Diógenes, fuera quien fuera, intentaba fundamentalmente construir una máquina que capturara la atención de una niña, algo para burlar la realidad.

Se ha quitado un gran peso de encima. Hace café, abre un bloc nuevo, coloca el folio β delante de él. «*Palabra faltante palabrapalabrapalabra faltante faltante palabra*». No son más que marcas en la piel de una cabra muerta hace mucho tiempo. Pero debajo de ellas algo cristaliza.

Soy Etón, un sencillo pastor de Arcadia, y la historia que os voy a contar es tan disparatada, tan increíble, que no creeréis una sola palabra... y sin embargo es verdadera. Porque yo, al que llaman cabeza de chorlito y bobo —sí, el torpe, el zoquete, el pánfilo de Etón—, viajé una vez hasta los confines de la tierra y más allá...

EL ARGOS

AÑO DE MISIÓN: 65

DÍAS 325-340 DENTRO DE LA CÁMARA UNO

Konstance

L a tira de papel se posa en la mesa.

Christopher Dee
Olivia Ott
Alex Hess
Natalie Hernandez
Rachel Wilson

Una de las niñas tomadas como rehenes en la Biblioteca Pública de Lakeport el 20 de febrero de 2020 era Rachel Wilson. La bisabuela de Konstance. Por eso estaba el libro de las traducciones de Zeno en la mesilla de Padre. Su abuela actuaba en la obra.

Si Zeno Ninis no salva la vida de Rachel Wilson el 20 de febrero de 2020, entonces su padre no nace. No forma parte de la tripulación del *Argos,* Konstance no existe.

«Había viajado hasta tan lejos y era todo tan magnífico, y sin embargo...».

¿Quién era Rachel Wilson y cuántos años vivió y cómo se sentía cada vez que miraba ese libro, traducido por Zeno Ninis? ¿Se sentó alguna tarde ventosa en Nannup con el padre de Konstance a leerle la historia de Etón? Konstance se pone de pie, camina en círculos alrededor de la mesa en el atrio, convencida ahora de que algo se le escapa. Algo escondido delante de sus ojos. Más cosas que Sybil desconoce. Da órdenes al Atlas. Que la lleve primero a Lagos, a la céntrica plaza junto al golfo, donde hoteles color blanco reluciente se alzan en tres de los lados y cuarenta cocoteros crecen en jardineras ajedrezadas. «Bienvenidos —dice el letrero— al Nuevo Intercontinental».

Konstance da vueltas y más vueltas bajo el inmutable sol nigeriano. De nuevo la antigua sensación la asalta, le perfora las comisuras de su percepción: algo no va bien. Las cicatrices en los troncos de las palmeras, las vainas viejas todavía pegadas a las hojas, los cocos en lo alto y los que están caídos en las jardineras; ninguno de los cocos, se da cuenta Konstance, tiene los tres poros germinativos que le enseñó Padre. Dos ojos y una boca, el rostro de un marinerito silbando mientras da la vuelta al mundo.

Los árboles están generados por ordenador. No estaban aquí originalmente.

Recuerda a la señora Flowers al pie de las murallas de Teodosio en Constantinopla. «A fuerza de venir mucho por aquí, cariño, una termina descubriendo un secreto o dos».

A veinte pasos de distancia, una bicicleta de vendedor ambulante con un tenderete blanco montado frente al manillar se apoya contra una de las jardineras. En el tenderete, búhos de dibujos animados sostienen cucuruchos de helado. Dentro de la caja abierta del tenderete, doce latas de bebida brillan en un lecho de hielo. El hielo centellea; los búhos dibujados casi parecen parpadear. Igual que el buzón de devolución de libros en Lakeport, es más vibrante que todo lo que lo rodea.

Konstance alarga la mano hacia una de las bebidas y sus dedos tocan algo sólido, frío y húmedo. Cuando coge la lata del lecho de hielo, mil ventanas se hacen añicos silenciosamente en los hoteles que la rodean. Las baldosas de la plaza desaparecen; las falsas palmeras se evaporan.

A su alrededor aparecen figuras, personas sentadas o de pie o tumbadas no en la umbría plaza de una ciudad, sino en hormigón resquebrajado y mugriento: algunos van sin camisa, más aún sin zapatos, esqueletos vivientes, algunos escondidos tan al fondo de tiendas de campaña hechas con lonas azules que Konstance solo les ve las pantorrillas y los pies sucios de barro.

Neumáticos viejos. Basura. Lodo. Hay varios hombres sentados en recipientes de plástico que una vez contuvieron una bebida llamada SunShineSix; una mujer sacude un saco de arroz vacío; una docena de niños famélicos están acuclillados alrededor de un trozo de suelo polvoriento. Nada se mueve de la manera en que se movieron los objetos cuando tocó el buzón de libros a la puerta de la antigua biblioteca de Lakeport; las personas son solo imágenes estáticas y sus manos las atraviesan como si fueran sombras.

Se inclina, intenta escudriñar los tramos borrosos de los rostros de los niños. ¿Qué les está pasando? ¿Por qué estaban escondidos?

A continuación regresa a la pista de correr a las afueras de Bombay que encontró un año atrás, el espeso verde de los manglares discurre a su lado igual que una muralla amenazante. Recorre al trote un kilómetro en ambas direcciones, estudiando el paseo, hasta que por fin lo encuentra: un pequeño búho pintado en la acera. Lo toca y el manglar se desintegra y lo sustituye una avalancha de agua marrón rojiza llena de desechos y basura. La marea borra a las personas, sumerge el camino, sube por los costados de las torres de apartamentos. Hay barcos atados a los balcones del segundo piso; una mujer está congelada encima del techo de un coche sumergido con los brazos en alto pidiendo ayuda y un grito difuminado en el rostro.

Indispuesta, estremecida, Konstance susurra: «Nannup». Sube; la Tierra pivota, se invierte y Konstance cae. Lo que en otro tiempo fue un pequeño y pintoresco pueblo ganadero de Australia. Las banderolas desvaídas colgadas sobre la carretera dicen:

HAZ TU PARTE
DERROTA EL DÍA CERO
TE BASTAN 10 LITROS AL DÍA

Delante del edificio municipal, a la sombra de drácenas, las begonias crecen vivaces en sus jardineras. La hierba parece tan verde como siempre: cinco tonos más intensa que todo lo que hay en cincuenta kilómetros a la redonda. La fuente centellea, los brillantes árboles en flor se yerguen orgullosos. Pero al igual que con la plaza de Lagos, igual que la pista de correr a las afueras de Bombay, algo parece alterado.

Konstance recorre la manzana tres veces y, por fin, en una puerta lateral del edificio municipal, lo encuentra: el grafiti de un búho con una cadena de oro alrededor del cuello y una corona ladeada en la cabeza.

Lo toca. La hierba se marchita, los árboles se separan, la pintura del edificio se descascarilla y el agua de la fuente se evapora. En su lugar aparece un camión cisterna con un depósito de agua de veintidós mil litros, lo rodea un círculo de hombres armados y, detrás de ellos, una fila de vehículos polvorientos se extiende hasta el horizonte.

Cientos de personas con jarras y latas vacías se aglomeran contra la barrera de hierro. Las cámaras del Atlas han captado a un hombre con un machete saltando la barrera; tiene la boca abierta; un soldado está disparando su arma; hay varias personas tiradas en el suelo. En la espita del camión cisterna, dos hombres tiran de la misma jarra de plástico, les sobresalen todos los tendones de los brazos. Konstance ve, entre los cuerpos apretados contra la barrera, madres y abuelas con bebés en brazos.

Por esto. Por esto se fue Padre.

Cuando baja del Deambulador es LuzDiurna en la cámara. Cojea por entre los retazos de saco, desconecta la toma de agua de la impresora de comida y se la lleva a la boca. Le tiemblan las manos. Sus calcetines se han terminado de desintegrar, todos los agujeros se han convertido en uno solo y le sangran dos dedos del pie.

«Acabas de caminar quince kilómetros, Konstance —dice Sybil—. Si no duermes y comes como es debido, te restringiré el acceso a la Biblioteca».

—Lo haré. Comeré, descansaré. Lo prometo.

Se acuerda de Padre trabajando en sus plantas, ajustando un humidificador, luego dejando que el agua le rociara el dorso de la mano. «El hambre —dijo y Konstance había tenido la sensación de que no le hablaba a ella sino a las plantas—. Al cabo de un tiempo te puedes olvidar de ella, pero en cambio la sed... Cuanto peor es, más piensas en ella».

Se sienta en el suelo y examina uno de los dedos que le sangra y recuerda las historias de Madre sobre Elliot Fischenbacher el Chiflado, el niño que deambuló por el Atlas hasta que se le resquebrajaron los pies y también la cordura. Elliot Fischenbacher el Chiflado, que intentó perforar la piel del *Argos* poniendo en peligro a todos y a todo. Que acumuló SueñoGrageas suficientes para quitarse la vida.

Come, se lava la cara, se desenreda un nudo del pelo, hace las tareas de gramática y física, todo lo que le pide Sybil. El atrio de la Biblioteca parece alegre y tranquilo. El suelo de mármol reluce como si le hubieran sacado brillo por la noche.

Cuando termina de estudiar se sienta en una mesa y el perrito de la señora Flowers se acurruca a sus pies. Con dedos temblorosos, Konstance escribe: «¿Cómo se construyó el *Argos?*».

De las bandadas de libros, registros y diagramas que llegan volando a la mesa elimina todos los documentos patrocinados por la Ilium Corporation: flamantes esquemas sobre tecnologías de propulsión nuclear de pulso, análisis de materiales, diseños de compartimentos; hojas de cálculo explorando la capacidad de carga; planos de sistemas de tratamiento de agua; diagramas de impresoras de comida; imágenes de los módulos de la nave preparados para su ensamblaje en órbita terrestre baja; cientos de folletos detallando cómo seleccionar una tripulación a la que habrá que transportar, poner en cuarentena, adiestrar durante seis meses y sedar para el despegue.

Pasan las horas y la multitud de documentos mengua. Konstance no logra encontrar informes independientes que evalúen la viabilidad de construir un arca interestelar en el espacio y propulsarla a la velocidad necesaria para llegar a Beta Oph2 en 592 años. Cada vez que un autor empieza a cuestionarse si están preparadas las tecnologías, si los sistemas térmicos serán los adecuados, cómo se puede proteger a una tripulación humana de la radiación prolongada del espacio sideral, cómo simular la gravedad, si los costes son manejables o si las leyes de la física pueden sostener una misión como esta, los documentos se interrumpen. Artículos académicos cortados en la mitad de una frase. Números de capítulo que pasan del dos al seis o del cuatro al nueve con nada entre medias.

Por primera vez desde su Día de la Biblioteca, Konstance pide el catálogo de los exoplanetas conocidos. Página tras página, hilera tras hilera de los mundos conocidos fuera de la Tierra, sus imágenes que rotan en las ilustraciones: rosa, bermellón, marrón, azul. Sigue con el dedo la línea hasta Beta Oph2, que empieza a rotar despacio. Verde. Negro. Verde. Negro.

$4,0113 \times 10^{13}$ kilómetros. 4,24 años luz.

Konstance mira el atrio desierto y tiene la sensación de que lo atraviesan millones de grietas delgadas como hilos e invisibles. Coge una tira de papel. Escribe: «¿Dónde se reunió a la tripulación del *Argos* para el despegue?».

Una tira de papel solitaria baja del cielo:

Qaanaaq

Dentro del Atlas, Konstance baja despacio hacia la costa norte de Groenlandia: tres mil metros, dos mil. Qaanaaq es un pueblo pesquero sin árboles atrapado entre el mar y cientos de kilómetros cuadrados de morrena. Casitas pintorescas, muchas hundidas por haber sido construidas sobre permafrost derretido, están pintadas de verde, azul intenso, amarillo mostaza, con marcos de ventanas blancos. A lo largo de la costa, en las rocas, hay un puerto deportivo, unos cuantos muelles, unos pocos barcos y un tumulto de herramientas de construcción.

Tarda tres días en resolver el misterio. Come, duerme, recibe lecciones de Sybil, busca y vuelve a buscar, deambulando en círculos desde Qaanaaq, escrutando el mar. Por fin, en una región de la bahía de Baffin, a trece millas náuticas del pueblo, en una isla desierta, todo rocas y líquenes, un lugar que probablemente estaba cubierto de hielo solo una década atrás, lo encuentra: una casa roja solitaria que recuerda al dibujo infantil de un granero con un mástil blanco en la puerta. En la base del mástil hay un búho de madera que le llega a Konstance no más arriba del muslo, con aspecto de estar durmiendo.

Konstance camina hasta él, lo toca y el búho abre los ojos.

Embarcaderos de granito se adentran en el mar. Una valla de quince metros rematada en alambre de espino crece desde el suelo detrás de la casita roja y recorre toda la circunferencia de la isla.

«Prohibido el paso —dicen letreros en cuatro idiomas—. Propiedad de Ilium Corporation. No entrar».

Detrás de la valla se extiende un vasto complejo industrial: grúas, remolques, camiones, montañas de materiales de construcción apilados entre las rocas. Konstance camina junto a la valla todo lo que el software le permite, a continuación se eleva y flota encima de ella. Ve camiones de cemento, figuras con casco, un cobertizo para barcos, un camino de piedras: en el centro del complejo hay una gigantesca estructura blanca y circular a medio construir y sin ventanas.

«Transportar, poner en cuarentena, adiestrar durante seis meses y sedar para el despegue».

Están construyendo lo que luego será el *Argos*. Pero no hay naves espaciales, no hay lanzadera. La nave no se ensambló en módulos en el espacio. De hecho nunca fue al espacio. Está en la Tierra.

Está viendo el pasado, imágenes tomadas siete décadas atrás, luego editadas del Atlas por la Ilium Corporation. Pero también se está viendo a sí misma. A su hogar. Todos estos años. Toca su Vizor, se baja del Deambulador con un torbellino de emociones dentro de ella.

Sybil dice: «¿Has disfrutado del paseo, Konstance?».

DIECINUEVE

ETÓN SIGNIFICA EN LLAMAS

La ciudad de los cucos y las nubes
por Antonio Diógenes, folio T

... Dije:

—¿Por qué los demás [¿parecen?] contentarse con volar de aquí para allá, cantando y comiendo, día tras día, bañados por los cálidos céfiros, elevándose alrededor de las torres y, sin embargo, dentro de mí este [¿malestar?]...

... la abubilla, vicesubsecretaria del virrey de Abastos y Hospedaje, tragó las sardinas que tenía en el pico y desplegó su cresta emplumada.

—Ahora mismo estás hablando como un humano —señaló.

—No soy humano, señora, ¡ay de mí!, no sea ridícula —repliqué—. Soy un humilde cuervo. Basta mirarme.

—En ese caso —dijo—, ¿qué tal si te deshaces de esta [¿desazón propia de los mortales?] y viajas hasta el palacio en [¿el centro?]...

... allí un jardín, más alegre y verde que cualquier otro, y en su interior la diosa guarda un libro que contiene [todo el saber de los dioses]. Es posible que dentro encuentres lo que...

LAKEPORT, IDAHO

AGOSTO DE 2019-FEBRERO DE 2020

Seymour

Las instrucciones dicen que hay que usar un navegador Tor para descargar una plataforma de mensajería segura llamada Pryva-C. Tiene que instalar varias actualizaciones para conseguir que funcione. Pasan días antes de recibir respuesta.

> MATHILDA: grax x contactar siento retraso era necesario
> SEYSMO6: estas con bishop? en su kampamento?
> MATHILDA: para verificar
> MATHILDA: q no eres de la policia
> SEYSMO6: no lo juro
> SEYSMO6: kiero ayudar kiero unirme la lucha
> MATHILDA: me han asignado a ti
> SEYSMO6: kiero destruir la maquina

A finales de verano un huracán arrasa dos islas del Caribe, la sequía asfixia Somalia, la temperatura media global supera un récord, un informe intergubernamental anuncia que las temperaturas oceánicas han subido cuatro veces más deprisa de lo que nadie esperaba y el humo de dos macroincendios en Oregón viaja en corrientes de aire hasta Lakeport, donde se acumula en formas que a Seymour, al mirar las imágenes de satélite en su tableta, le parecen remolinos.

No ha visto a Janet desde que rompió el ventanal lateral de la autocaravana en el puerto deportivo y salió corriendo. No le consta que llamara a la policía; si la policía se puso en contacto con ella por algún motivo no cree que les dijera nada de él. Durante todo el verano evita la biblioteca, el centro del pueblo, trabaja en la pista de hielo limpiando cuartos de taquillas y reponiendo refrescos con el cordón ajustable de la capucha de la sudadera bien apretado. El resto del tiempo lo pasa en su habitación.

> MATHILDA: dicen k ochenta muertos en las inundaciones lo k no dicen es kntos deprimidos, kntos con estres postraumatico, kntos sin $ para cambiar de kasa kntos moriran por moho, kntos
> SEYSMO6: espera k inundaciones
> MATHILDA: moriran de tristeza
> SEYSMO6: aki hay mucho humo hoy
> MATHILDA: en el futuro se asombraran de komo viviamos
> SEYSMO6: y nosotros no? tu & yo no?
> MATHILDA: de nuestra autocomplacencia
> SEYSMO6: los guerreros no?

En septiembre empresas de cobros llaman al teléfono de Bunny tres veces al día. La baja calidad del aire impide que vengan turistas el Día del Trabajo; el puerto deportivo está prácticamente desierto; los restaurantes, vacíos; la propinas en el Pig N' Pancake son inexistentes y Bunny no consigue sustituir las horas de trabajo que perdió cuando cerró el Aspen Leaf.

Dentro de Seymour es como si se hubiera bloqueado un pivote: es incapaz de ver el planeta de otra forma que no sea moribundo y a todos los que lo rodean como cómplices de asesinato. Los habitantes de las casas de Eden's Gate llenan sus cubos de basura y conducen todoterrenos entre su primera y segunda residencia y oyen música por sus altavoces Bluetooth en sus jardines traseros y se dicen a sí mismos que son buenas personas, que llevan existencias honorables, decentes, viven el llamado sueño, como si América fuera un Edén donde la cálida benevolencia de Dios se derramara sobre todas las almas por igual. Cuando la realidad es que están participando en una estafa piramidal que se está comiendo a todos lo que encuentran en su base, personas como su madre. Y todos se felicitan por ello.

MATHILDA: siento retraso solo usamos terminales de noche despues de tareas

SEYSMO6: k tareas

MATHILDA: plantar podar cortar cargar recolectar preparar encurtir verduras

SEYSMO6: verduras?

MATHILDA: si superfrescas

SEYSMO6: no me gustan mucho las verduras

MATHILDA: hoy estan preciosos los arboles enormes y altos en el kampamento

MATHILDA: cielo morado como berenjena

SEYSMO6: otra verdura

MATHILDA: eres gracioso

SEYSMO6: donde dormis? tiendas?

MATHILDA: tiendas tb kabañas barracones

MATHILDA: ...

SEYSMO6: sigues ahi

MATHILDA: acaban de decirnos ke diez mins mas

MATHILDA: xq eres especial eres importante prometes mucho

SEYSMO6: yo?

MATHILDA: no solo para ellos tb para mi

MATHILDA: para todos

SEYSMO6: ...

MATHILDA: aves nocturnas vuelan sobre el invernadero. arroyo murmura barriga llena me siento bien

SEYSMO6: me enkantaria estar ahi

MATHILDA: tenemos duchas cuarto d juegos armeria y las camas son comodas

SEYSMO6: camas d verdad o sacos

MATHILDE: las 2 cosas

SEYSMO6: chicos y chicas separados?

MATHILDA: eso kmo keramos no somos tradicionales
MATHILDA: ya lo veras
MATHILDA: en cuanto kumplas tu mision

Durante las clases se le nublan los ojos con visiones del campamento de Bishop. Tiendas de campaña blancas bajo árboles frondosos, nidos de ametralladora en lo alto de empalizadas, huertos e invernaderos, paneles solares, hombres y mujeres en ropa de faena cantando canciones, contando cuentos, misteriosos maestros de pociones preparando elixires saludables a base de hierbas del bosque. La imaginación siempre termina volviendo a Mathilda: sus muñecas, su pelo, la intersección de sus muslos. Llega por el camino con dos cubos llenos de bayas; es rubia, es japonesa, serbia, una submarinista de las islas Fiyi con cinturones de munición cruzados sobre los pechos.

MATHILDA: te sentiras mcho mejor despues de actuar
SEYSMO6: las chicas de aki no se enteran de nada
SEYSMO6: ninguna me entiende
MATHILDA: te sentiras poderoso
SEYSMO6: ninguna es komo tu

Lo busca: *Maht* significa poderosa, *Hilda* significa batalla. *Mathilda* significa poderosa en la batalla y a partir de entonces Mathilda se convierte en una diana cazadora de dos metros cuarenta de estatura que se mueve sigilosa por un bosque. Se recuesta en la cama con el filo caliente de la tablet contra el regazo. Mathilda se asoma por el umbral de su dormitorio, apoya el arco contra el quicio. Tiene un cinturón hecho de buganvilla, rosas en el pelo, tapa la luz del techo y le pone una mano frondosa en la entrepierna.

Zeno

Para mediados de septiembre Alex, Rachel, Olivia, Natalie y Christopher quieren transformar los fragmentos de *La ciudad de los cucos y las nubes* en una obra de teatro, disfrazarse y representarla. Llueve, el humo se va, mejora la calidad del aire y aun así los niños siguen queriendo ir a la biblioteca los martes y jueves después de clase y reunirse alrededor de la mesa de Zeno. Son los niños, se da cuenta este, sin club de voleibol o profesor particular de matemáticas o amarres en el puerto deportivo. Los padres de Olivia dirigen una iglesia; el padre de Alex está buscando trabajo en Boise; los padres de Natalie trabajan de día y de noche en un restaurante; Christopher tiene cinco hermanos y Rachel está viviendo este año en Estados Unidos mientras su padre australiano hace algo dedicado a mitigación de incendios en el Departamento de Gestión Territorial de Idaho.

Cada minuto que pasa con ellos aprende algo. A principios de verano solo era capaz de concentrarse en lo que no sabía, en todo lo que se ha perdido del texto de Diógenes. Pero ahora se da cuenta de que no tiene por qué investigar hasta el último detalle del pastoreo en la Grecia antigua ni dominar cada modismo de la Segunda Sofística. Le bastan la historia sugerida en los folios que han sobrevivido, y la imaginación de los niños hará el resto.

Por primera vez en décadas, quizá por primera vez desde los días con Rex en el Campamento Cinco, cuando se sentaban con las rodillas muy juntas delante del fuego en el cobertizo de la cocina, se siente por completo vivo, como si le hubieran arrancado las cortinas de las ventanas de su mente: lo que quiere hacer está aquí, justo delante de él.

Un martes de octubre todos los niños están sentados alrededor de su mesita en la biblioteca. Christopher y Alex engullen agujeros de dónut que Marian ha sacado de alguna parte; Rachel, flaca como un palo, en botas y pantalones vaqueros, está inclinada sobre un bloc amarillo escribiendo, borrando, escribiendo de nuevo. A estas alturas Natalie, que durante las primeras tres semanas apenas pronunció una palabra, habla casi sin parar.

—Entonces, después de todo este viaje —dice—, ¿Etón resuelve la adivinanza, cruza las puertas, bebe de los ríos de vino y crema, come manzanas y melocotones, incluso tortas de miel, que no sé lo que son, y siempre hace buen tiempo y nadie lo trata mal, y sigue siendo desgraciado?

Alex mastica otro agujero de dónut.

—Sí, es una locura.

—¿Sabéis qué? —interviene Christopher—. Que en mi ciudad de los cucos y las nubes, en lugar de vino, los ríos serían de zarzaparrilla. Y toda esa fruta serían golosinas.

—Millones de golosinas —dice Alex.

—Infinitos caramelos masticables Starburst.

—Infinitos Kit Kats.

—Pues en mi ciudad de los cucos y las nubes —replica Natalie— a los animales se los trataría igual que a las personas.

—Y no habría tareas —añade Alex—, ni amigdalitis.

—Pero —dice Christopher— ¿sabéis el Supermágico y Extrapoderoso Libro de Todas las Cosas que está en el jardín del centro de la ciudad? Pues también estaría en mi ciudad de los cucos y las nubes. Así podrías leer en plan un libro en cinco minutos y saberlo todo.

Zeno se inclina sobre el montículo de papeles en la mesa.

—¿Os he explicado lo que significa Etón?

Los niños sacuden la cabeza; Zeno escribe αἴθων en grande en una hoja de papel.

—En llamas —dice—. Ardiendo, fogoso. Hay quien dice que también puede significar «hambriento».

Olivia se sienta. Alex se mete otro agujero de dónut en la boca.

—Igual por eso —observa Natalie— nunca se rinde. Porque es incapaz de quedarse en un sitio. Siempre está ardiendo por dentro.

Rachel aparta los ojos de la mesa, con la mirada perdida en un punto lejano.

—Pues en mi ciudad de los cucos y las nubes —dice— llovería todas las noches. Habría árboles verdes que llegarían hasta el horizonte. Ríos grandes y frescos.

Pasan un martes de diciembre en la tienda de segunda mano buscando disfraces, un jueves haciendo una cabeza de asno, otra de pez, una cabeza de abubilla de papel maché. Marian encarga plumas negras y grises para que puedan hacer alas; todos recortan nubes de cartulina. Natalie recopila efectos de sonido en su portátil con grandes auriculares rosa en las orejas; Zeno contrata a un carpintero para que construya un escenario y una pared de aglomerado, en su taller y por piezas, para dar así una sorpresa a los niños. Pronto faltan solo dos jueves y aún queda mucho por hacer, escribir un final, preparar guiones, alquilar sillas plegables; Zeno se acuerda de cómo vibraba de excitación Athena, la perra, cada vez que presentía que iban a ir al agua: era como si un relámpago le recorriera el cuerpo. Así es como se siente cada noche cuando intenta dormir, con sus pensamientos sobrevolando montañas y océanos, serpenteando entre estrellas, su cerebro como una antorcha dentro de su cabeza, ardiendo.

A las seis de la mañana del 20 de febrero Zeno hace sus flexiones, se pone dos pares de calcetines de Utah Woolen Mills, se anuda la corbata de pingüinos, se bebe una taza de café y camina hasta Lakeport Drug, donde hace cinco fotocopias de la última versión del guion y compra una caja de zarzaparrillas. Cruza Lake Street con los guiones en una mano y los refrescos en la otra y las cimas de las montañas se pierden en las nubes: se avecina tormenta.

El Subaru de Marian ya está en el aparcamiento de la biblioteca y en el piso de arriba solo hay una ventana iluminada. Zeno sube los cinco escalones de granito hasta el porche y se detiene a recobrar el aliento. Durante una fracción de segundo vuelve a tener seis años, tirita y se siente solo y dos bibliotecarias le abren la puerta.

«¡Pero bueno! Tienes pinta de estar helado».

«¿Dónde está tu madre?».

La puerta principal está abierta. Sube las escaleras al segundo piso y se detiene delante de la pared dorada de aglomerado. Desconocido, quienquiera que seas, abre esto y maravíllate.

Cuando abre la puertecita la luz entra a raudales por el umbral en arco. Sobre el escenario, Marian está subida a una banqueta escalera pintando algo en las torres doradas y plateadas de su decorado. Zeno la mira bajar de la banqueta para examinar su trabajo, luego subir de nuevo, mojar el pincel y dibujar tres pájaros más volando alrededor de la torre. El olor a pintura fresca es intenso. Todo está en silencio.

Tener ochenta y seis años y sentirse así.

Seymour

Justo cuando la primera nieve se adhiere a las montañas sobre el pueblo, Idaho Power corta la luz de la casa de doble ancho. Al tanque de propano del jardín delantero todavía le queda un tercio de combustible, de manera que Bunny calienta la casa encendiendo el horno y dejando la puerta abierta. Seymour carga su tablet en la pista de hielo, le da a su madre casi todo el dinero que gana.

MATHILDA: esta noche hace frio he estado pensando en ti
SEYSMO6: aki tb frio
MATHILDA: cuando esta asi de oscuro me dan ganas de desnudarme y salir corriendo para notar el frio en la piel
MATHILDA: luego volver a la cama calentita
SEYSMO6: en serio?
MATHILDA: tienes k darte prisa venir ya no aguanto +
MATHILDA: tenemos k decidir la mision

El día de Navidad Bunny le hace sentarse en la mesa de la cocina.

—Me rindo, bichito. Voy a vender. A buscar un sitio para alquilar. Después del año que viene ya no vas a estar y no necesito media hectárea para mí sola.

Detrás de ella, el gas llamea azul dentro del horno abierto.

—Sé que este sitio ha sido importante para ti, quizá más de lo que soy consciente. Pero ha llegado el momento. Están buscando una limpiadora en la Sachse Inn, está más lejos, ya lo sé, pero es un trabajo. Si tengo suerte, entre el sueldo y la venta de la casa podré pagar la deuda y tener lo bastante para arreglarme los dientes. Quizá incluso ayudarte con la universidad.

Del otro lado de la puerta corredera las luces de las casas parpadean detrás de una bruma helada. Dentro de Seymour se ha ido acumulando una espantosa respuesta sensible: cien voces que hablan a la vez en el sótano de su cabeza. Come esto, ponte esto, eres un inepto, estás fuera de lugar, tu dolor desaparecerá si compras esto ahora mismo. Simio el Truño, ja, ja. Fuera, en el suelo debajo del cobertizo de las herramientas, aguardan la Beretta de Pawpaw y su caja de granadas de mano repartidas en veinticinco separadores. Si contiene la respiración le parece oír las granadas tintinear ligeramente en sus compartimentos.

Bunny apoya las palmas en la mesa.

—Vas a hacer algo especial con tu vida, Seymour. Lo sé.

Es de noche y está en la esquina de Lake y Park con el cortavientos puesto. Las luces navideñas motean los canalones de la casa piloto de Eden's Gate a intervalos perfectamente espaciados. Se han instalado cámaras ocultas bajo los aleros, y adhesivos con forma de escudo brillan en la esquina inferior de las ventanas, y cerrojos de apariencia complicada protegen las puertas delantera y trasera.

Sistemas de seguridad. Alarmas. Entrar y dejar algo sin ser visto no es factible. Pero el lado oeste de la agencia inmobiliaria y el este de la biblioteca, observa, están a poco más de un metro de distancia. En el espacio entre ambos edificios apenas hay sitio para un contador de gas y una franja de nieve helada. Meter a hurtadillas un explosivo en la agencia inmobiliaria puede ser imposible. Pero ¿y en la biblioteca?

SEYSMO6: he encontrado un sitio
MATHILDA: un objetivo?

SEYSMO6: una mision, mi manera de alterar maquinaria para
  concienciar a la gente y k empiece el cambio de verdad
MATHILDA: k se te ha
SEYSMO6: para k me acepteis en el kampamento
MATHILDA: ocurrido?
SEYSMO6: para tenerte

El PDF que envía Mathilda por Pryva-C está lleno de erratas
y diagramas chapuceros. Pero el concepto queda claro: detona-
dores, ollas a presión, móviles prepago, todo duplicado en previ-
sión de que la primera bomba falle. Seymour compra una olla a
presión en Lakeport Drug y otra en Ridley's y dos cerrojos en la
ferretería Bergesen y los coloca por dentro de la puerta de su
dormitorio y de la del cobertizo.

Desenroscar las granadas es más fácil de lo que había imaginado. El relleno explosivo del interior parece inocuo, pequeños copos rubios de cuarzo. Usa una antigua báscula postal de Pawpaw:
quinientos gramos en cada olla.

Sigue yendo a clase. Sigue fregando suelos en la pista de hielo.
Su vida no ha sido más que un prólogo y ahora es cuando empieza.

A principios de febrero está cargando tres móviles prepago modelo Tracfone de Alcatel detrás del mostrador de alquiler de patines de la pista de hielo cuando, al levantar la vista, encuentra a
Janet con su cazadora vaquera.

—Hola.

Lleva parches de rana nuevos en las mangas. Su gorro es de esa
lana de aspecto tan suave que no quieres quitártelo nunca, la clase de lana que él nunca ha tenido. Tiene mejillas bronceadas de
esquiadora y al mirarla Seymour tiene la sensación de que ha ma-
durado diez años desde el décimo curso, como si su Enamora-
miento de Janet fuera una era de vida humana sobre la tierra ex-
tinguida hace mil años.

—Hace mucho que no te veía —dice Janet.

Haz como si no pasara nada. No pasa nada.

—No le conté a nadie lo que hiciste. Por si te lo estabas preguntando.

Seymour mira hacia la máquina de refrescos, a los patines en sus cubículos. Mejor no decir nada.

—La semana pasada vinieron dieciocho alumnos al Club de Concienciación Medioambiental, Seymour. Pensé que querrías saberlo. Hemos conseguido que la cafetería desperdicie menos comida y que use servilletas de bambú, porque el bambú es sustentable o como se diga.

—Sostenible.

En la pista de hielo, adolescentes con sudaderas ríen al otro lado del cristal de seguridad. Diversión; es lo único que preocupa a la gente.

—Eso, sostenible. El día 15 vamos a ir a Boise a hacer una sentada. Podías venir, Seymour. La gente empieza a hacernos caso.

Esboza una sonrisa ladeada y tiene los ojos azules casi negros fijos en Seymour pero ya no tiene ningún poder sobre él.

SEYSMO6: he hecho 2 con las instrucciones ke me mandaste
MATHILDA: 2 tartas
SEYSMO6: ja si 2 tartas
MATHILDA: estas tartas komo se cocinan
SEYSMO6: moviles prepago, las tartas se cocinan al quinto
    tono de llamada kmo en el PDF
MATHILDA: 2 numeros diferentes? 1 para cada?
SEYSMO6: 2 tartas 2 moviles 2 numeros diferentes como en
    las instrucciones
SEYSMO6: aunke en cuanto este la primera la otra tb
MATHILDA: kuando?
SEYSMO6: pronto
SEYSMO6: igual el jueves, anuncian tormenta, he pensado k
    habra menos gente

MATHILDA: ...
SEYSMO6: sigues ahi?
MATHILDA: mandame los 2 numeros

El miércoles vuelve a casa después de clase y encuentra a Bunny haciendo cajas en el cuarto de estar a la luz de una linterna. Lo mira, un poco bebida, nerviosa, alguien que cree estar en el umbral de algo nuevo.

—Vendida. La hemos vendido.

Seymour piensa en las ollas, guardadas con el compuesto B debajo del banco en el cobertizo de las herramientas y le nadan anguilas en el estómago.

—¿Han...?

—La han comprado después de verla en internet. En efectivo, de hecho. Van a tirar la casa. Probablemente solo les interesa la parcela. ¿Te imaginas tener dinero suficiente como para comprarte una casa por ordenador?

Se le cae la linterna y Seymour la coge y se la devuelve y se pregunta qué verdades se comunican sin palabras una madre y un hijo y qué otras no.

—¿Puedo llevarme el coche mañana, mamá? Te dejo en el trabajo por la mañana.

—Claro, Seymour. Sin problema. —Alumbra una caja con la linterna—. Dos mil veinte —dice mientras Seymour se marcha por el pasillo—. Va a ser nuestro año.

SEYSMO6: despues de cocinar las tartas adonde voy
MATHILDA: al norte
MATHILDA: llama al numero k te dimos
SEYSMO6: al norte
MATHILDA: si
SEYSMO6: a canada?

MATHILDA: tu ve al norte y luego t daremos instrucciones
SEYSMO6: pero a la frontera?
MATHILDA: lo vas a hacer genial k guerrero tan valiente
SEYSMO6: y si hay algun problema
MATHILDA: no lo habra
SEYSMO6: pero x si acaso
MATHILDA: llamas al numero
SEYSMO6: y vendra alguien
MATHILDA: todos aki
SEYSMO6: nervioso
MATHILDA: estaran orgullosos
MATHILDA: felices

VEINTE

EL JARDÍN DE LA DIOSA

La ciudad de los cucos y las nubes
por Antonio Diógenes, folio Y

… bebí del río de vino, la primera vez en busca de valor, la segunda, de arrojo, y volé hacia el palacio del centro de la ciudad. Sus torreones perforaban el Zodiaco y [¿dentro?] arroyos claros y [¿alegres?] serpenteaban en jardines fragantes.

… estaba la diosa, de mil pies de altura, atendiendo los jardines con su [túnica caleidoscópica], levantando parcelas enteras de bosque y cambiándolas de sitio. Alrededor de su cabeza volaban en círculo bandadas de búhos y había más posados en sus brazos y hombros, y estudiaban sus reflejos en el escudo centelleante que llevaba la diosa atado a la espalda.

… delante, a sus pies, rodeado de [¿mariposas?] blancas, en un atril tan ornado que debía de haberlo construido el dios mismo de la forja, lo vi: el libro que según la abubilla contenía la [¿solución?] a mi pertinaz dilema. Aleteé hasta situarme encima, [me dispuse a leer, cuando la diosa se inclinó. Sus enormes pupilas se cernieron sobre mí, cada una grande como una casa. Con solo un dedo habría podido expulsarme del cielo].

—Te conozco —dijo con quince árboles en cada mano—, cuervecillo. Eres un farsante, una criatura de barro, no tienes nada de pájaro. En tu corazón sigues siendo un pobre humano, expulsado a patadas de la tierra, con [la llama del hambre dentro]…

—… solo quería [ver]…

—Lee todo cuanto quieras el libro —contestó—, pero, si lees hasta el final, entonces te volverás como nosotros, libre de deseos…

… nunca podrás volver a tu forma anterior. Adelante, pequeño —dijo la diosa titilante —. Elige…

A OCHO MILLAS AL OESTE DE CONSTANTINOPLA

MAYO-JUNIO DE 1453

Omeir

Una niña. Una niña griega. Este hecho es tan sorprendente, tan inesperado, que le cuesta recobrar la compostura. Él, que lloró cuando castraron a Rayo de Luna y Árbol, que sufría cada vez que se mataban truchas o gallinas, le ha partido una rama en la cabeza a una niña cristiana de pelo corto y piel clara más joven que su hermana.

Está desplomada sobre las hojas caídas sin moverse, con el espetón de la perdiz aún en la mano. Tiene el vestido sucísimo, sus babuchas ya no pueden considerarse tales. En la luz de las estrellas, la sangre que le baja por la mejilla parece negra.

De los carbones de la hoguera sube humo, unas ranas croan en la oscuridad, algún mecanismo dentro de la noche avanza y la niña gime. Omeir le ata las muñecas con el viejo ronzal de Rayo de Luna. Ella vuelve a gemir, luego patalea. Se le mete sangre en el ojo derecho; consigue ponerse de rodillas, se lleva las muñecas atadas a los dientes; cuando ve a Omeir, chilla.

Omeir vuelve la vista hacia los árboles, asustado.

—Calla, por favor.

¿Está llamando a alguien que anda por allí? Ha sido un tonto al hacer fuego: demasiado arriesgado. Mientras tapa las ascuas, la niña aúlla un torrente de palabras en una lengua que Omeir no conoce. Intenta taparle la boca con la mano y recibe un mordisco.

La niña se pone de pie, da varios pasos tambaleantes en la oscuridad y se cae. Quizá está borracha: los griegos siempre están borrachos, ¿no es lo que dicen todos? Criaturas medio salvajes permanentemente ebrias de sus propios placeres corporales.

Pero es muy joven.

Probablemente es una trampa. Una bruja disfrazada.

Intenta al mismo tiempo oír si se acerca alguien y examinar la herida que tiene en el filo de la mano. A continuación da un mordisco a la perdiz, que tiene la piel quemada y el centro crudo, mientras la niña jadea caída sobre las hojas con sangre en la cara, y entonces le asalta un nuevo pensamiento: ¿ha adivinado por qué está solo? ¿Presiente lo que ha hecho? ¿Se pregunta por qué no va de camino a la ciudad con los otros vencedores a reclamar su botín?

La niña se retuerce para alejarse de él. Quizá esta criatura también está sola. Quizá también ha huido de algún sitio. Cuando se da cuenta de que está reptando hacia un objeto a los pies de un árbol, se adelanta para quitarle el saco y la niña se rebela. Dentro hay una cajita ornamental y un bulto envuelto en lo que puede ser seda; es imposible saberlo en la oscuridad. La niña se pone otra vez de rodillas y chilla maldiciones en su idioma, a continuación emite un grito tan agudo y lastimero que parece más de cordero que de persona.

El terror le sube a Omeir por la espina dorsal.

—Por favor, calla.

Imagina el grito de la niña viajando por entre los árboles en todas las direcciones: por la gran extensión oscura de agua que hay más adelante, por las carreteras que salen de la ciudad hasta el vasto campamento, directamente al oído del sultán.

Acerca el saco a la niña y esta lo coge con las muñecas atadas y vuelve a tambalearse. Está débil. Es el hambre lo que la ha empujado a acercarse.

Omeir deja lo que queda del ave todavía caliente en el suelo cerca de la niña, y esta la coge con los dientes y come igual que un perro, y Omeir aprovecha el silencio para ordenar sus pensamientos.

Están demasiado cerca de la ciudad. En cualquier momento aparecerán hombres a caballo, derrotados o triunfales. Cogerán a la niña como esclava y a él lo ahorcarán por desertor. Pero, piensa, si los encuentran a los dos juntos, quizá pueda usar a la niña como una especie de escudo: un trofeo que ha ganado. Quizá viajando con ella despierte menos sospechas que si lo hace solo.

La niña lo mira fijamente mientras chupa los huesos de la perdiz y entonces se levanta una brisa y las hojas todavía nuevas tiemblan en la oscuridad. Mientras Omeir se arranca una tira de tela de su camisa de lino lo asalta un recuerdo: de Abuelo y él en la luz del amanecer con los pantalones mojados hasta las rodillas, unciendo a Rayo de Luna y Árbol a su primer yugo.

La niña sigue quieta y no grita cuando Omeir le venda la cabeza con el trozo de tela. A continuación engancha la soga de Rayo de Luna al ronzal que le ata las manos.

—Ven —susurra—. Tenemos que irnos.

Se echa el saco al hombro y tira de la niña atada como si fuera un asno recalcitrante. Rodean los arbustos que bordean un amplio humedal, la niña tropieza de vez en cuando y el sol sale a su espalda. Con la primera luz, Omeir encuentra un grupo de setas lengua de gato y se acuclilla entre ellas para comerse los sombreros.

Le ofrece algunos a la niña, quien los observa unos instantes y luego come. Parece que la venda ha detenido la hemorragia y la sangre del cuello y garganta se ha secado y es de color de hierro oxidado. A mediodía dan un gran rodeo para no atravesar un pueblo calcinado. Cinco o seis perros esqueléticos los persiguen y se acercan peligrosamente antes de que Omeir los espante a pedradas.

Al atardecer atraviesan un paisaje en ruinas: huertos arrasados, palomares vacíos, viñedos quemados. Cuando Omeir se arrodilla junto a arroyos a beber, la niña hace lo mismo. Justo antes de que anochezca encuentran guisantes en un huerto pisoteado y comen, y, pasada la medianoche, Omeir encuentra una pequeña abertura en un seto junto a un campo sin cultivar y ata la soga al tronco de un ciprés. La niña lo mira con los párpados entornados y Omeir ve cómo el sueño se impone al terror.

A la luz de la luna se aleja un poco con el saco y saca la caja de rapé. Está vacía, huele a tabaco. Pintada en la tapa hay una escena que no consigue ver bien. Una casa alta bajo un cielo. Quizá es la casa de la niña.

El bulto está envuelto en seda oscura, bordada con flores y pájaros, y dentro hay un fajo de pieles de animal sin pelo, aplastadas, cortadas formando rectángulos y atadas por uno de los lados. Un libro. Tiene las hojas húmedas, huelen a hongos y están cubiertas de glifos que forman pulcras líneas, y al verlos tiene miedo.

Recuerda un cuento que le contó una vez Abuelo sobre un libro que los dioses olvidaron cuando huyeron de la tierra. El libro, dijo Abuelo, estaba guardado dentro de una caja dorada, que a su vez estaba dentro de una caja de bronce, y a continuación dentro de una de hierro, y esta iba guardada dentro de una arqueta de madera, y los dioses dejaron la arqueta en el fondo de un lago y apostaron dragones de cien pies de largo que nadaban a su alrededor y que ni los hombres más valerosos podían matar. Pero si consiguieras llegar hasta el libro, dijo Abuelo, y leerlo, entonces entenderías las lenguas de las aves del cielo y de los seres que reptan bajo la tierra y si fueras un espíritu recobrarías la forma que habías tenido en la tierra.

Omeir envuelve de nuevo el paquete con manos temblorosas, lo devuelve al saco y estudia a la niña dormida a la sombra de la luna. Le late la mordedura de la mano. ¿Será un espíritu que ha recobrado forma humana? ¿Contendrá el libro que lleva con ella la magia de los antiguos dioses? Pero, si su brujería es tan poderosa, ¿por qué iba a estar sola, lo bastante desesperada para robarle la perdiz del fuego? ¿No podría haberse limitado a convertirlo en comida y engullirlo? Y ya puestos, ¿a transformar los soldados del sultán en escarabajos y aplastarlos con el pie?

Además, se dice en un intento por tranquilizarse, los cuentos de Abuelo eran eso, cuentos.

La noche mengua y Omeir anhela volver a su hogar. Falta una hora para que el sol salga por la montaña y su madre vaya por entre las rocas musgosas a llenar la olla en el arroyo. Abuelo encenderá la lumbre y el sol proyectará sombras temblonas en la cañada y Nida suspirará bajo su manta en busca de un rato más de sueño. Se imagina acostándose al lado de su hermana y entrelazando sus extremidades con las de ella como hacían cuando eran pequeños, y, cuando se despierta, entrada la mañana, la niña se ha desatado y está de pie junto a él con el saco en la mano y mirándole la hendidura del labio superior.

Después de eso no se molesta en atarle las muñecas. Avanzan en dirección noroeste por planicies onduladas, corriendo de árbol en árbol cuando atraviesan campos abiertos, y la carretera a Edirne aparece de cuando en cuando a lo lejos, al noreste. La herida de la cabeza de la niña ya no sangra y no parece cansarse nunca, mientras que Omeir necesita descansar más o menos cada hora, fatigado hasta el tuétano, y mientras camina oye el chirrido de carretas y los mugidos de los animales y le parece sentir a Rayo de Luna y Árbol a su lado, enormes y dóciles bajo la percha del yugo.

En la cuarta mañana de viajar juntos el hambre empieza a ser peligrosa. Incluso la niña se tambalea cada pocos pasos y Omeir entiende que no podrán seguir mucho más sin alimento. A mediodía ve polvo levantarse detrás de ellos y se agachan junto al camino en una abertura entre cambroneras y esperan.

Primero llegan dos portaestandartes, con las hojas de sus espadas chocando con las sillas de montar, la encarnación misma del conquistador que vuelve a casa. Los siguen arrieros con camellos cargados con el botín de guerra: alfombras enrolladas, gruesos sacos, una enseña griega desgarrada. Detrás de los camellos, en laxas filas de a dos, veinte mujeres y niñas caminan por el polvo atadas de pies y manos. Una chilla mientras que las otras avanzan en silencio, con la cabeza descubierta, y sus rostros delatan un sufrimiento tal que Omeir tiene que apartar la vista.

Detrás de las mujeres, un buey enclenque tira de una carreta llena de estatuas de mármol: torsos de ángeles; un filósofo togado de cabeza ensortijada con la nariz descascarillada; un único y gigantesco pie blanco como un hueso en la luz de junio. Cierra la comitiva un arquero con un escudo colgado en la espalda y un arco atravesado en la silla, canturreando para sí o para su caballo y con la vista perdida en los campos. Sobre el lomo de su caballo viaja un cabritillo muerto y, al verlo, el hambre da saltos dentro de Omeir. Se levanta y está a punto de salir de los arbustos para abordar la comitiva cuando nota la mano de la niña en el brazo.

Está sentada con su saco, los brazos llenos de rasguños, la cabeza afeitada, la desesperación escrita en cada una de sus facciones. Unos pajarillos marrones aletean en el arbusto de cambronera sobre su cabeza. Se toca el pecho con dos dedos, lo mira y a Omeir le late con fuerza el corazón y al minuto siguiente los carros ya han pasado.

Esa tarde llueve. La niña camina abrazada a su saco haciendo lo posible por mantenerlo seco. Cruzan un campo embarrado, y encuentran una casa abandonada ennegrecida por el fuego, y se sientan muertos de hambre bajo el techo de paja, y una fatiga oceánica se apodera de Omeir. Cierra los ojos y oye a Abuelo desplumar y sazonar dos faisanes, rellenarlos de puerro y cilantro y ponerlos a asar sobre un fuego. Huele la carne asada, oye la lluvia silbar y chisporrotear en las ascuas, pero cuando abre los ojos no hay ni fuego ni faisanes, solo la niña que tirita a su lado en la creciente oscuridad, inclinada sobre su saco, y lluvia torrencial sobre los campos.

Por la mañana se adentran en un gran bosque. De los árboles cuelgan péndulos chorreantes de amento y caminan entre ellos como entre miles de cortinas. La niña tose; los grajos chillan; algo repiquetea en las ramas altas, después silencio y la enormidad del mundo.

Cada vez que se pone de pie los árboles se diluyen en largas franjas y tardan varios latidos en recobrar sus formas. Ansía ver la silueta de la montaña en el horizonte, pero no aparece. De cuando en cuando la niña murmura palabras, Omeir no sabe si son plegarias o maldiciones. Si tuvieran a Rayo de Luna con ellos, piensa. Rayo de Luna sabría el camino. Ha oído decir que Dios hizo al hombre superior a las bestias, pero ¿cuántas veces perdieron un perro en la cima de la montaña y lo encontraron esperándolos en casa cubierto de abrojos? ¿Se guían por el olor o por el ángulo del sol en el cielo o por alguna facultad oculta, que los animales poseen y el hombre no?

Necesitan comida. En el largo crepúsculo de junio, Omeir se sienta en el suelo del bosque, demasiado cansado para seguir, y arranca corteza de las ramas de un barbadejo. La mastica hasta reducirla a papilla y con las últimas energías que le quedan embadurna todas las ramas que puede con la pegajosa pasta, tal y como hacía Abuelo.

La niña le ayuda a coger leña, y el sol se marcha, y Omeir se levanta tres veces a comprobar sus trampas, y las tres las encuentra vacías. Pasa la noche en duermevela. Cuando se despierta, ve a la niña cuidando el fuego, con cara pálida y sucia, el orillo de la falda desgarrado, los ojos grandes como puños. Omeir ve una sombra separarse de su propio cuerpo y volar bosque adentro, sobre el río, sobre la casa de su familia, con manadas de ciervos corriendo entre árboles en lo alto de la montaña y lobos acechando entre las sombras detrás, hasta que llega a ese lugar del confín norte donde dragones marinos nadan entre montañas de hielo y una raza de gigantes azules sostiene las estrellas. Cuando regresa a su cuerpo, haces de luz de luna se cuelan por entre las hojas y proyectan manchas cambiantes y relucientes en el suelo del bosque. Junto a él, la niña tiene el saco en el regazo y recorre con los dedos las líneas del libro mientras murmura en su extraño idioma. Omeir escucha y cuando la niña para, como si la hubiera invocado con su libro mágico, de la maleza sale una bandada de alcaravanes graznando y parloteando y Omeir oye el aleteo aterrorizado de uno apresado en una trampa y, a continuación y casi inmediatamente, el de varios más y la noche se llena de sus chillidos y la niña mira a Omeir y este mira el libro.

Los montículos se convierten en colinas y las colinas en montañas. Ya están cerca de casa. Omeir lo siente. Las variedades de árboles, la textura del aire, un olor a menta al subir una pendiente, los guijarros relucientes en el lecho de un río: son recuerdos o discurren en paralelo a recuerdos. Quizá, al igual que les ocurre a los bueyes cuando prosiguen camino en la oscuridad lluviosa, hay algo en su interior, un imán que tira de él de vuelta a su hogar.

Para cuando coronan una montaña y bajan por un sendero hacia el camino que sigue el río, la noticia de la caída de la ciudad ha llegado a las aldeas. Omeir mantiene a la niña con las muñecas atadas y sujetas a la soga y a todo el que se cruza en su camino le cuenta la misma historia: la victoria fue gloriosa; a mayor honra del sultán, a quien Dios guarde; me envía de vuelta a casa con mi recompensa. A pesar de su cara nadie parece desconfiar de él y aunque muchos miran el fardo sucio y el saco que lleva, ninguno pide ver su contenido. Unos pocos carreteros incluso lo felicitan y le desean ventura, y uno les da queso y otro una cesta de pepinos.

Pronto están cerca del gran cañón negro donde el camino se estrecha y el puente de troncos se extiende sobre el río angosto. Pasan unos cuantos carros en ambas direcciones; dos mujeres cruzan con una manada de gansos de camino al mercado. Omeir escucha el río adentrarse en la cañada y, cuando se quiere dar cuenta, lo han cruzado.

Al anochecer pasan por la aldea en que nació. Cuando están a media milla de su casa, Omeir saca a la niña del camino, la conduce hasta un peñasco sobre el río y se detienen bajo las ramas desplegadas del tejo medio hueco al que solía trepar de niño.

—Los niños —cuenta— decían que este árbol es tan viejo como los primeros hombres y que en las noches más oscuras sus espíritus bailan en su sombra.

El árbol agita sus mil ramas en la luz de la luna. La niña mira a Omeir con expresión alerta. Omeir señala las ramas y a continuación el saco que la niña lleva todavía pegado al pecho.

Omeir se quita la capa de piel de buey y la deja en el suelo.

—Lo que llevas está a salvo aquí. Estará protegido de los elementos y nadie se acercará.

La niña lo mira y la sombra de la luna juega en su cara, y, en el momento preciso en que Omeir decide que no está entendiendo nada de lo que dice, la niña le da el saco. Lo envuelve en la capa, trepa a las ramas, lo mete en el tronco hueco y lo empuja hacia dentro.

—Estará a salvo.

La niña levanta la mirada.

Omeir dibuja un círculo en el aire.

—Volveremos.

Cuando regresan al camino, la niña le tiende las muñecas y Omeir se las ata. El río es sonoro y, en la luz de las estrellas, las agujas de los pinos parecen relucir. Conoce el camino al dedillo, conoce el timbre y los tonos del agua. Al llegar al sendero que conduce a la cañada se vuelve a mirar a la niña: flaca, sucia, arañada, caminando dentro de los jirones de su vestido. Los mejores compañeros de viaje que he tenido, piensa, nunca hablan mi idioma.

VEINTIUNO

EL SUPERMÁGICO
Y EXTRAPODEROSO LIBRO DE
TODAS LAS COSAS

La ciudad de los cucos y las nubes
por Antonio Diógenes, folio Φ

... Cuando abrí el [libro] me sentí como si hubiera asomado la cabeza a la boca de un pozo mágico. Por su superficie se extendían los cielos y la tierra, todas las regiones repartidas, todas sus bestias y, en el [¿centro?]...

... vi ciudades llenas de lámparas y jardines, oí música tenue y cantos. En una ciudad vi una boda con muchachas vestidas de alegres colores y muchachos con espadas doradas...

... bailaban...

... y mi [¿corazón se regocijó?]. Pero cuando pasé [¿la página?] vi ciudades negras y en llamas con hombres quemados vivos en los campos, [¿sus mujeres?] encadenadas, vi perros devorando cadáveres y recién nacidos lanzados al otro lado de muros y ensartados en picas, y cuando me acerqué oí el llanto. Y mientras miraba, volviendo la hoja atrás y adelante una y otra vez...

... belleza y fealdad...

... baile y muerte...

... [¿era demasiado?]...

... me asusté...

BIBLIOTECA PÚBLICA DE LAKEPORT

20 DE FEBRERO DE 2020

18.39

Zeno

etrás de las estanterías los niños están sentados con sus guiones en el regazo: Christopher Dee, con sus ojos azules siempre guiñados y esa manera encantadora de hablar por una de las comisuras de la boca; Alex Hess, el niño de tórax ancho y cabeza de león que siempre lleva pantalón corto de deporte por frío que haga, que parece inmune a cualquier incomodidad excepto el hambre, que tiene una voz sorprendentemente aguda y sedosa; Natalie, con los auriculares rosa alrededor del cuello, que tiene verdadera intuición para el griego antiguo; Olivia Ott, con su melena corta, aterradoramente lista, con la túnica caleidoscópica que tanto trabajó para hacerse, y la pelirroja Rachel, boca abajo en la moqueta, rodeada de atrezo, siguiendo el texto de la obra con la punta de su lapicero mientras los actores lo leen.

—De un lado hay baile y del otro muerte —susurra Alex, y simula pasar páginas en el aire—. Página tras página tras página.

Los niños lo saben. Saben que hay alguien en el piso de abajo; saben que corren peligro. Están siendo valientes, increíblemente valientes, haciendo una lectura completa de la obra detrás de las estanterías en susurros, tratando de usar la historia para burlar el peligro. Pero hace tiempo que deberían estar en sus casas. Parece que ha pasado una eternidad desde que Sharif gritó desde el piso de abajo que iba a llevar la mochila a la policía. Desde entonces no han oído un solo ruido; Marian no ha subido con las pizzas; nadie les ha dicho por un megáfono que el peligro ha pasado.

El dolor recorre la cadera de Zeno cuando se pone de pie.

—Tú lee hasta el final, cuervecillo —susurra Olivia la diosa— y conocerás los secretos de los dioses. Podrás convertirte en un águila, o en un búho sabio y fuerte, libre de deseos y de problemas.

Debería haberle dicho a Rex que lo quería. Debería habérselo dicho en el Campo Cinco; debería habérselo dicho en Londres; debería habérselo contado a Hillary y a la señora Boydstun y a todas las mujeres del condado de Valley con las que tuvo una triste cita. Debería haberse arriesgado más. Ha necesitado toda una vida para aceptarse a sí mismo, y le sorprende comprobar que, ahora que sí es capaz de hacerlo, ya no necesita vivir un año más, un mes más: ochenta y seis años son suficiente. Son tantos los recuerdos que se acumulan en una vida..., el cerebro está constantemente desbrozando, sopesando consecuencias, enterrando dolor, pero, a pesar de ello, cuando llegas a esta edad terminas arrastrando un monumental saco de recuerdos, con una carga tan pesada como un continente, y llega un momento en que tienes que sacarlos del mundo.

Rachel agita la mano, susurra: «Parad», y despliega las hojas de su guion.

—Señor Ninis, los dos folios liosos, el de las cebollas silvestres y el baile, creo que tenemos mal el orden. No pasan en la ciudad de los cucos y las nubes, pasan en Arcadia.

—Pero —exclama Alex— ¿de qué hablas?

—En voz baja —dice Zeno—, por favor.

—Es la sobrina —susurra Rachel—. Nos estamos olvidando de la sobrina. Si lo que de verdad importa, como dijo el señor Ninis, es que la historia pase a otros, que llegó por partes a una niña que se moría lejos de allí, ¿por qué iba Etón a decidir quedarse en las estrellas y vivir para siempre?

Olivia la diosa se agacha al lado de Rachel con su vestido de lentejuelas.

—¿Etón no lee hasta el final del libro?

—Por eso escribe la historia en las tablillas —dice Rachel—. Por eso las entierran con él en su tumba. Porque no se queda en la ciudad de las nubes. Elige... ¿Cuál es la palabra, señor Ninis?

El latir de los corazones, el parpadeo de los ojos. Zeno se ve salir del lago helado. Ve a Rex en la luz lluviosa del salón de té, con una mano temblando sobre el platillo. Los niños miran sus guiones.

—Quieres decir —dice Alex— que Etón vuelve a casa.

Seymour

Se sienta con la espalda contra los diccionarios y la Beretta en el regazo. Un resplandor blanco entra oblicuo por las ventanas de la fachada y proyecta sombras inquietantes en el techo: la policía ha instalado reflectores.

Su teléfono se niega a sonar. Mira al hombre herido respirar al pie de las escaleras. No ha encontrado la mochila; no se ha movido. Es la hora de cenar y Bunny estará llevando platos entre las mesas de Pig N' Pancake, la undécima hora de su jornada laboral. Debe de haber suplicado a alguien que la llevara desde el Sachse Inn porque él no ha ido a recogerla. A estas alturas ya sabrá que algo está pasando en la biblioteca pública. Habrán pasado una docena de coches policía; en todas sus mesas estarán hablando de ello, y también en la cocina. Alguien encerrado en la biblioteca; alguien con una bomba.

Mañana, se dice, estará en el campamento de Bishop, muy al norte, donde los guerreros llevan una existencia con un propósito y un sentido, donde Mathilda y él pasearán por el bosque entre tramos de sol y sombra. Pero ¿aún cree en ello de verdad?

Pisadas en la escalera. Seymour se levanta uno de los protectores auditivos. Reconoce a Zeno el Lento cuando baja los últimos escalones: un anciano delgado que no se quita la corbata y ocupa siempre la misma mesa cerca de las novelas románticas más vendidas, perdido en una topera de papeles, tocándolos con delicadeza uno a uno, igual que un sacerdote sentado ante un montón de artefactos que encierran significado solo para él.

Zeno

Sharif no lleva la camisa bien puesta y está como si alguien le hubiera volcado encima un cubo de tinta, pero Zeno ha visto cosas peores. Sharif dice que no con la cabeza; Zeno se limita a inclinarse, le toca la frente y pasa por encima de su amigo y entra en el pasillo entre No Ficción y Ficción.

El chico está tan inmóvil que puede que esté muerto, tiene una pistola apoyada en la rodilla. A su lado, en la moqueta, hay una mochila verde y, junto a ella, un teléfono móvil.

Las palabras de Diógenes caen rodando sobre él a través de los siglos: «Había viajado hasta tan lejos y era todo tan magnífico, y sin embargo...».

—Qué joven —dice Zeno.

«... un hilo de duda me aguijoneaba debajo del ala. Una oscura desazón parpadeaba en...».

—¿Qué hay en la mochila?

—Bombas.

—¿Cuántas?

—Dos.

—¿Qué dispositivo llevan?

—Móviles prepago, pegados a la tapa.

—¿Cómo se detonan?

—Llamando a cualquiera de los dos teléfonos. Al quinto tono.

—Pero no vas a llamar, ¿verdad?

El muchacho se lleva la mano izquierda a las orejeras como si tuviera la esperanza de bloquear así nuevas preguntas. Zeno se recuerda tumbado en el jergón de paja del Campo Cinco, sabiendo que Rex estaba doblado dentro de uno de los barriles de aceite vacíos. Esperando a oír a Zeno meterse en el otro. A que Bristol y Fortier los subieran al camión.

Avanza despacio, coge la mochila y se la pega con cuidado a la corbata mientras el muchacho coloca el cañón de la pistola apuntando hacia él. La respiración de Zeno es extrañamente tranquila.

—¿Alguien más tiene los números aparte de ti?

El chico niega con la cabeza. Entonces arruga la frente, como si cayera en la cuenta de algo.

—Sí, alguien los tiene.

—¿Quién?

Se encoge de hombros.

—¿Lo que quieres decir es que alguien aparte de ti puede detonar las bombas?

Un atisbo de asentimiento.

Sharif mira desde el pie de las escaleras, con cada fibra de su cuerpo alerta. Zeno mete los brazos por las correas de la mochila.

—Aquí mi amigo es el bibliotecario de la Sección Infantil. Se llama Sharif. Necesita atención médica ahora mismo. Voy a usar el teléfono para pedir una ambulancia. Lo más probable es que haya una a la puerta.

El chico hace una mueca como si alguien se hubiera puesto otra vez a tocar una música alta y chirriante que solo él puede oír.

—Estoy esperando refuerzos —contesta, pero sin convicción.

Zeno camina de espaldas hasta el mostrador de recepción y levanta el auricular del teléfono. No hay señal.

—Necesito usar tu teléfono —dice—. Solo para pedir la ambulancia. Es todo lo que haré, te lo prometo, y te lo devolveré enseguida. Luego esperaremos a que lleguen tus refuerzos.

La pistola sigue apuntando directamente al pecho de Zeno. El dedo del chico sigue en el gatillo. El teléfono móvil sigue en el suelo.

—Llevaremos vidas llenas de claridad y significado —dice, y se frota los ojos—. Existiremos por completo fuera de la máquina, incluso mientras trabajamos para destruirla.

Zeno quita la mano izquierda de la mochila.

—Voy a bajar la mano y coger tu teléfono, ¿de acuerdo?

Al pie de las escaleras, Sharif está rígido. Los niños siguen callados en el piso de arriba. Zeno se inclina. El cañón de la pistola está a milímetros de su cabeza. Su mano está casi en el teléfono cuando, dentro de la mochila que tiene en brazos, suena uno de los móviles prepago pegado a una de las bombas.

EL ARGOS

AÑO DE MISIÓN: 65

DÍAS 341-370 DENTRO DE LA CÁMARA UNO

Konstance

S ybil, ¿dónde estamos?

«Vamos en dirección a Beta Oph2».

—¿A qué velocidad viajamos?

«A 7.734.958 kilómetros por hora. Deberías recordarlo de tu Día de la Biblioteca».

—¿Estás segura, Sybil?

«Es un dato».

Konstance mira un instante el billón de ramificaciones resplandecientes de la máquina.

«Konstance, ¿te encuentras bien? Tienes la frecuencia cardiaca algo elevada».

—Estoy bien, gracias. Voy a volver un rato a la Biblioteca.

Examina algunos de los esquemas que estudió su padre durante el Nivel Dos de Cuarentena. Ingeniería, almacenamiento, reciclaje de fluidos, tratamiento de residuos, planta de oxígeno. Las granjas, Intendencia, las cocinas. Cinco aseos con ducha, cuarenta y dos compartimentos destinados a alojamiento, Sybil en el centro. Ni ventanas, ni escaleras, ni entrada ni salida, la estructura es una tumba autosuficiente. Sesenta y seis años atrás se dijo a los ochenta y cinco voluntarios que se estaban embarcando en un viaje interestelar que duraría siglos. Se desplazaron a Qaanaaq, recibieron seis meses de adiestramiento, subieron a un barco y fueron sedados y encerrados en el *Argos* mientras Sybil preparaba el despegue.

Solo que no hubo despegue. No era más que un ejercicio. Un estudio piloto, una prueba, un experimento intergeneracional de viabilidad que es posible que terminara hace tiempo o que siga en marcha.

Konstance está de pie en el atrio con la mano en la parte del mono de trabajo en que Madre le bordó una plántula de pino cuatro años atrás. El perrito de la señora Flowers la mira y menea el rabo. No es real. La mesa bajo las yemas de sus dedos tiene tacto de madera, suena como la madera, huele a madera; las tiras de papel en la caja parecen papel, tienen tacto de papel, huelen a papel.

Nada de ello es real. Está en un Deambulador circular en una habitación circular en el centro de una estructura blanca circular de una en gran medida circular isla a trece kilómetros de un pueblo remoto llamado Qaanaaq en la bahía de Baffin. ¿Cómo aparece de pronto un contagio en una nave que surca el espacio interestelar? ¿Por qué no tenía Sybil la respuesta? Porque ninguno, ni siquiera Sybil, sabía dónde estaban verdaderamente.

Escribe una serie de preguntas en tiras de papel y las mete una a una por la ranura. En lo alto del atrio, nubes cruzan un cielo amarillo. El perrito se lame el labio superior. De las estanterías vuelan libros.

De vuelta a la Cámara Uno, desenrosca las cuatro patas de la cama y usa la estructura para aplanar el extremo de una de ellas.

«Konstance —pregunta Sybil—, ¿por qué desmontas tu cama?».

No contestes. Konstance pasa horas afilando discretamente el borde de la pata de la cama. Una vez afilada, la inserta en una ranura que ha hecho en la segunda pata que le servirá de empuñadura y la sujeta con un destornillador, hace una cuerda con el forro de su manta y ata fuerte con ella la pata afilada: un hacha casera. A continuación coge varios cacillos de polvo Nutrir, los echa en la impresora de comida y la máquina llena un cuenco a rebosar.

«Me alegra —dice Sybil— que te estés preparando una comida, Konstance. Y tan abundante además».

—Después de esta voy a hacerme otra, Sybil. ¿Me recomiendas alguna receta?

«¿Qué te parece arroz frito con piña? ¿Suena apetecible?».

Konstance traga, se llena otra vez la boca.

—Sí, Sybil. Suena estupendo.

Una vez saciada, repta por el suelo reuniendo sus transcripciones de las traducciones de Zeno Ninis. «Etón tiene una visión». «La guarida de los bandidos». «El jardín de la diosa». Hace un montón con todos los retazos, los folios de A a Ω, pone encima su dibujo de una ciudad en las nubes y, usando uno de los tornillos de aluminio de las patas de la cama, hace una serie de agujeros en el lado izquierdo. A continuación descose otro trozo del forro de la manta, trenza las fibras hasta formar un cordel, alinea los agujeros y enhebra los trozos de sacos de comida por uno de los lados para encuadernarlos.

Cuando falta una hora para NoLuz, limpia el cuenco de comer y lo llena de agua. A base de pasarse los dedos por el pelo forma un pequeño nudo de cabellos y lo coloca en el fondo de la taza de beber vacía.

A continuación se sienta en el suelo y espera y mira parpadear a Sybil dentro de su torre. Casi puede sentir a Padre arropándola con la manta, sentado a su lado contra la pared de la Granja 4, en un espacio atestado de hileras de lechugas y berros y perejil, con las semillas durmiendo en sus cajones.

«¿Me cuentas un poco más de la historia, Padre?».

Cuando llega NoLuz coge el traje bioplástico que le cosió su padre doce meses atrás y se lo pone. Deja los brazos libres y se sube la cremallera hasta el pecho, le ajusta mejor ahora que ha crecido, y se guarda el libro hecho a mano dentro del mono.

A continuación apoya un extremo de la cama sin patas, con el colchón todavía inflado, en la impresora de comida y el otro en el váter para crear una especie de dosel.

«Konstance —dice Sybil—, ¿qué haces con tu cama?».

Repta debajo de la cama levantada. De la parte posterior de la impresora desenchufa la conexión de bajo voltaje, retira el recubrimiento termoplástico y conecta los cables que hay dentro a las dos patas de la cama sobrantes. Una al polo positivo, la otra al negativo. A continuación las mete en el cuenco con agua.

Sostiene la taza de beber con su mechón de pelo dentro vuelta del revés sobre el electrodo positivo, y espera mientras el oxígeno sube del agua y se acumula en la taza invertida.

«Konstance, ¿qué haces ahí debajo?».

Cuenta hasta diez, separa los cables de las patas de la cama y frota sus extremos. La chispa resultante, en el oxígeno puro, incendia el pelo.

«Insisto en que contestes, Konstance. ¿Qué haces debajo de la cama?».

Cuando le da la vuelta a la taza sube humo y, con él, olor a pelo quemado. Konstance coloca encima un cuadrado arrugado de toallita seca, a continuación otro. De acuerdo con los diagramas consultados, hay extintores integrados en el techo de cada cámara del *Argos*. Si esto no es así en la Cámara Uno, si los diagramas están equivocados, si hay extintores en las paredes, o en el suelo, su plan no funcionará. Pero si solo hay en el techo, puede que funcione.

«Konstance, registro calor. Por favor, contéstame, ¿qué haces ahí debajo?».

Del techo salen unas boquillas que empiezan a rociar una bruma química en la cama sobre la cabeza de Konstance; las nota golpear las perneras de su mono mientras alimenta las llamas debajo de la cama.

El fuego baja de intensidad y está a punto de ahogarlo con más toallitas, pero a continuación revive. Hebras negras se enroscan alrededor de los extremos de la cama dada la vuelta y en la lluvia brumosa que cae del techo. Konstance sopla las llamas, añade más toallitas y echa cacillos de polvo Nutrir. Si esto no funciona, no tendrá material suficiente para alimentar un segundo fuego.

Pronto la parte inferior de su colchón prende y tiene que salir de debajo. Echa las últimas toallitas. Llamas verdes lamen el borde del colchón y un olor acre, a sustancias químicas quemadas, llena la cámara. Konstance cruza la habitación bajo la rociada de los extintores, mete las manos en las mangas del traje, se sube la capucha de oxígeno y se la ajusta al cuello del traje lo mejor que puede.

Lo nota encajarse, siente cómo se infla el traje.

«Oxígeno al diez por ciento», dice la capucha.

«Konstance, esto es un comportamiento escandalosamente irresponsable. Estás poniéndolo todo en peligro».

La parte inferior de la cama brilla más y más a medida que arde el colchón. El haz de luz del frontal de la capucha parpadea en el humo.

—Sybil, tu primer cometido es proteger a la tripulación, ¿no es así? ¿Por encima de todo?

Sybil sube al máximo las luces del techo y Konstance pestañea, deslumbrada. Sus manos han desaparecido dentro de las mangas. Sus pies resbalan en el suelo.

—Se llama mutualismo —dice Konstance—. La tripulación te necesita y tú necesitas una tripulación.

«Por favor, retira la estructura de la cama para que sea posible extinguir el fuego que hay debajo».

—Pero sin una tripulación, sin mí, no tienes sentido, Sybil. Esta habitación está ya tan llena de humo que no puedo respirar. En pocos minutos la capucha que llevo se quedará sin oxígeno. Entonces me asfixiaré.

La voz de Sybil se hace más profunda.

«Retira la cama inmediatamente».

Las gotitas que caen del techo empañan la pantalla de su capucha y cada vez que la frota para tratar de limpiarla la emborrona aún más. Konstance cambia de posición el libro que ha guardado en el interior del traje y coge el hacha.

«Oxígeno al nueve por ciento», dice la capucha.

Llamas verdes y naranjas ya lamen la parte de arriba de la cama y Sybil ha desaparecido detrás de una cortina de humo.

«Por favor, Konstance». Su voz cambia, se suaviza, se convierte en una imitación de la de Madre. «No debes hacer esto».

Konstance retrocede hasta la pared. La voz vuelve a cambiar, fluye a otro género. «Escucha, calabacita, ¿puedes dar la vuelta a la cama?».

A Konstance se le erizan los pelos de la nuca.

«Tenemos que apagar el fuego inmediatamente. Está todo en peligro».

Oye un silbido, algo que se derrite o hierve dentro del colchón, y a través de las ráfagas de humo atisba apenas la torre que es Sybil, de cinco metros de altura, rielando de luz carmesí, y en sus recuerdos la señora Chen susurra: «Cada mapa dibujado, cada censo realizado, cada libro publicado...».

Por un instante vacila. Las imágenes del Atlas son de décadas atrás. ¿Qué es lo que la espera ahora ahí fuera, al otro lado de las paredes del *Argos*? ¿Y si Sybil es la única otra inteligencia que queda? ¿A qué se está arriesgando?

«Oxígeno al ocho por ciento», dice la capucha. «Intenta respirar más despacio».

Konstance da la espalda a Sybil y contiene la respiración. Delante de ella, donde un momento antes solo había pared, se abre ahora la puerta de la Cámara Uno.

VEINTIDÓS

LO QUE YA TIENES ES
MEJOR QUE LO QUE TAN
DESESPERADAMENTE BUSCAS

La ciudad de los cucos y las nubes
por Antonio Diógenes, folio X

El folio X está gravemente deteriorado. Lo que ocurre a continuación en la fábula de Etón ha sido muy debatido y no hay necesidad de insistir en ello aquí. Muchos aducen que esta sección va antes en la historia y que no corresponde al traductor especular. Traducción de Nino Zinis.

... las ovejas que balaban, la lluvia que caía, las colinas que reverdecían, el destete de los corderos y las ovejas que se hacían viejas y gruñonas y confiaban solo en mí. ¿Por qué [me fui]? ¿A qué se debía aquella compulsión de estar [en otra parte], de buscar siempre algo nuevo? ¿Era la esperanza una maldición [el último mal que quedaba en la caja de Pandora]?

Vuelas hasta el confín de las estrellas y lo único que quieres [es volver a casa...].

... las rodillas me crujieron...

... barro y todo...

Mi rebaño, mi vino barato, un baño, [esa] es toda la magia que necesita un pastor necio. Abrí [el pico y grazné: «Porque a más sabiduría, más tristeza, y hay sabiduría en la ignorancia»].

La diosa se enderezó, [le chocó la cabeza con una estrella, bajó una mano colosal y, en el centro de su palma, del tamaño de un lago, descansaba una sola rosa blanca].

CORRECCIONAL ESTATAL DE IDAHO

2021-2030

Seymour

Es de seguridad media, un campus de edificios bajos color beis rodeados de una valla doble que podría pasar por una universidad comunitaria venida a menos. Hay un taller de carpintería, un gimnasio, una capilla y una biblioteca poblada sobre todo de libros de leyes, diccionarios y novelas fantásticas. La comida es malísima.

Pasa todas las horas que puede en el laboratorio de informática. Ha aprendido Excel, AutoCAD, Java, C++ y Python, reconfortado por la clara lógica del código, el input y el output, las instrucciones y los comandos. Cuatro veces al día suena una campana electrónica y sale para un rato de «movimiento» en el cual puede escudriñar por entre la valla una llanura ascendente cubierta de espiguilla y achicoria dulce. Las montañas Owyhee centellean a lo lejos. Los únicos árboles que ve son dieciséis acacias de tres espinas mal regadas que hay apiladas en el aparcamiento para las visitas, ninguna de las cuales llega a los cuatro metros de alto.

El uniforme es un mono vaquero; todas las celdas son individuales. La pared frente a su ventanuco es un rectángulo de hormigón pintado donde se permite a los reclusos colgar fotografías familiares, postales o dibujos. El de Seymour está vacío.

Durante los primeros años, antes de enfermar, Bunny lo visita siempre que puede; viaja tres horas en autobús Greyhound desde Lakeport y luego coge un taxi hasta la cárcel. Lleva mascarilla y sus ojos pestañean a Seymour desde el otro lado de la mesa bajo las luces fluorescentes.

«Bichito, ¿me estás escuchando?».

«¿Me puedes mirar?».

Una vez a la semana deposita cinco dólares en su cuenta de la prisión y Seymour se los gasta en paquetes de M&M's sin cacahuete de 48 gramos de la máquina expendedora.

A veces, cuando cierra los ojos, está otra vez en el juzgado, con las miradas de las familias de los niños como sopletes de propano apuntándole a la nuca. No fue capaz de mirar a Marian. ¿Quién hizo el PDF que encontramos en su tablet? ¿Qué le hace suponer que el campamento de Bishop existe de verdad? ¿Qué le hace suponer que el reclutador con el que se escribía era mujer, qué le hace suponer que tenía su edad, que era humana? Cada pregunta es una aguja clavada en un corazón con demasiadas agujas clavadas.

Secuestro, uso de arma de destrucción masiva, intento de homicidio... Se declaró culpable de todos los cargos. El bibliotecario infantil, Sharif, sobrevivió a su herida, lo que ayudó. Un fiscal de pelo rapado con timbre de voz agudo pidió pena de muerte; en lugar de ello condenaron a Seymour a cuarenta años.

Una mañana, cuando tiene veintidós años, suena la campana para el movimiento de las 10.31, pero el supervisor del cuarto de ordenadores pide a Seymour y a otros dos tipos con buen comportamiento que se queden. Unos reclusos traen tres terminales exentos con *trackballs* acopladas delante y entra el vicealcaide con una mujer de aspecto severo que lleva americana y escote en uve.

—Como probablemente saben —dice la mujer con una voz sin entonación alguna—, Ilium lleva años escaneando la superficie del mundo con creciente fidelidad, componiendo el mapa más exhaustivo que ha habido nunca, cuarenta petabytes de datos, y eso solo de momento.

El supervisor conecta los ordenadores y, mientras arrancan, el logo de Ilium gira en las pantallas.

—Han sido seleccionados para un programa piloto de revisión de elementos potencialmente indeseables en las imágenes sin editar. Nuestros algoritmos alertan de cientos de miles de imágenes al día y carecemos de la mano de obra necesaria para revisarlas todas. Su tarea será verificar si esas imágenes son o no objetables, y, mientras lo hacen, mejorar el aprendizaje de la máquina. Bien se mantiene la alerta, bien se elimina y se continúa.

—Básicamente —interviene el vicealcaide— un restaurante elegante no quiere que alguien entre en Ilium Earth y se encuentre con un sintecho haciendo pis en la puerta. Si veis algo ahí que no os gustaría que viera vuestra abuela, dejad la alerta, dibujad un círculo alrededor y el software lo eliminará. ¿Entendido?

—Son destrezas —señala el supervisor—. Esto es un trabajo.

Seymour y los otros dos reclusos asienten con la cabeza. En la pantalla delante de él, la Tierra gira. El plano desciende por entre nubes digitales hasta una extensión vasta de América del Sur —Brasil quizá— y sigue una carretera rural tan recta como una regla. Hay tierra roja a ambos lados; más allá crece algo que podría ser caña de azúcar. Seymour mueve la *trackball* hacia delante: la bandera de alerta va creciendo a medida que se acerca.

Bajo ella, un pequeño sedán azul ha atropellado una vaca y el coche está arrugado y hay sangre en la carretera y un hombre en pantalones vaqueros está de pie junto a la vaca con las manos detrás de la cabeza, bien viéndola morir o tratando de decidir si va a morir.

Seymour confirma la alerta, rodea la imagen con un círculo y, al instante, la vaca, el coche y el hombre quedan ocultos debajo de un tramo de carretera generado por ordenador. Antes de que le dé tiempo a procesar nada, el software lo lleva a la siguiente alarma.

Un niñito sin cara delante de una churrasquería junto a la carretera muestra el dedo corazón a la cámara. Alguien ha dibujado un pene en el letrero de un concesionario de Honda. Comprueba cuarenta alarmas en Sorriso, Brasil; el ordenador lo devuelve a la troposfera, el planeta gira y Seymour aterriza en el norte de Míchigan.

En ocasiones tiene que investigar un poco para comprender por qué hay una alarma. Una mujer que puede ser una prostituta se inclina hacia la ventanilla de un coche. Debajo de la marquesina de una iglesia que dice DIOS ESCUCHA alguien ha escrito con pintura de espray THRASH METAL. En ocasiones el software confunde un dibujo hecho por la hiedra con algo obsceno, o señala un niño camino del colegio por razones que Seymour no concibe. Rechaza o confirma la alarma, dibuja un contorno alrededor de la imagen ofensiva con el cursor y desaparece, se oculta detrás de un arbusto de alta resolución o la tapa con un borrón de falsa acera.

Suena la campana para el movimiento; los otros dos hombres se van a comer; Seymour se queda donde está. Para cuando llega la hora de pasar lista lleva nueve horas sin moverse; el supervisor se ha marchado; un recluso barre debajo de los ordenadores; las ventanas están oscuras.

Le pagan sesenta y un centavos la hora, que son ocho centavos más de lo que se gana en el taller de carpintería. Se le da bien. Pixel a pixel, imagen a imagen, bulevar a bulevar, ciudad a ciudad, ayuda a Ilium a desinfectar el planeta. Borra asentamientos militares, campamentos de personas sin hogar, colas a la puerta de consultas médicas, huelgas de trabajadores, manifestantes y disidentes, piqueteros y rateros. A veces encuentra escenas que lo abruman de emoción: una madre y su hijo con parkas cogidos de la mano junto a una ambulancia en Lituania. Una mujer con mascarilla quirúrgica arrodillada en una autovía de Tokio en mitad del tráfico. En Houston, varios centenares de manifestantes sostienen pancartas frente a una refinería de petróleo; Seymour medio espera reconocer a Janet entre ellos con veinte parches de rana nuevos cosidos a su cazadora vaquera. Pero las caras están borrosas y confirma la alarma y el software sustituye a los manifestantes por treinta retoños de liquidámbar digitales.

La capacidad de trabajo de Seymour Stuhlman, informan sus supervisores de Ilium, es notable. La mayor parte de los días triplica la cuota asignada. Para cuando cumple veinticuatro años es una leyenda en las oficinas de Ilium, el limpiador más eficaz de todo el programa de prisiones. Le envían un terminal de más calidad, le asignan su propio espacio en el cuarto de ordenadores y le suben la paga a setenta centavos la hora. Durante un tiempo consigue convencerse a sí mismo de que está haciendo algo bueno, eliminando toxicidad y fealdad del mundo, limpiando la tierra de iniquidad humana y reemplazándola por vegetación.

Pero a medida que transcurren los meses, sobre todo cuando anochece, en el aislamiento de su celda, ve al hombre mayor en la penumbra de la biblioteca tambaleándose con su corbata de pingüinos y la mochila verde pegada al pecho y las dudas se cuelan en sus pensamientos.

Tiene veintiséis años cuando Ilium desarrolla su primer prototipo de cinta de correr. Ahora, en lugar de sentarse delante de un ordenador y saltar de un lugar a otro con la rueda del ratón, camina con sus propios pies, ayudando a la IA a limpiar el mapa de todo lo feo e inoportuno. Hace una media de veinticinco kilómetros al día.

Una tarde, cuando Seymour tiene veintisiete años, se pone los auriculares inalámbricos impregnados del olor de su sudor, sube a la cinta, flota sobre la Tierra y un lago azul oscuro en forma de una rudimentaria G llega volando hasta él.

Lakeport.

En la última década el pueblo ha hecho metástasis, los bloques de apartamentos han crecido igual que abscesos en la orilla sur del lago y a continuación se prolongan en forma de urbanizaciones. El software lo deja a la puerta de una licorería cuyo escaparate alguien ha hecho añicos; Seymour lo arregla. A continuación se detiene en una camioneta que circula por Wilson Road con la caja llena a rebosar de adolescentes. Una pancarta que ondea detrás de ellos dice: «Vosotros moriréis de viejos, nosotros de cambio climático». Seymour traza un óvalo alrededor de ellos y la camioneta se evapora.

El icono que se supone tiene que tocar para ir a la alarma siguiente parpadea; pero lo que hace Seymour es ir a su casa. A medio kilómetro bajando Cross Road, los álamos empiezan a estar dorados. Una voz automática le grazna al oído: «Moderador 45, está viajando en la dirección equivocada. Por favor, diríjase a la siguiente alarma».

El letrero con dos postes de Eden's Gate sigue ahí, la media hectárea de maleza ha sido sustituida por dos chalés con céspedes con exceso de riego, tan perfectamente integrados en las otras casas de Arcady Lane que da la impresión de que han sido hechas por un software en lugar de por carpinteros.

«Moderador 45, se ha desviado de su itinerario. Dentro de sesenta segundos será redireccionado a su siguiente alarma».

Echa a correr y baja hacia el este por Spring Street con la cinta saltando bajo sus pies. En el centro del pueblo, en el cruce de las calles Lake y Park, la biblioteca ha desaparecido. En su lugar hay un hotel nuevo de tres plantas y con lo que parece un bar en la azotea. A la puerta hay dos conserjes uniformados y con pajarita.

No están los juníperos, no está el buzón de libros, no están los escalones de entrada. Le viene a la cabeza una imagen del hombre mayor, Zeno Ninis, sentado delante de una mesita en Ficción, encorvado detrás de montones de libros y blocs de hojas amarillas rayadas, con los ojos húmedos y empañados, pestañeando como si viera palabras fluir en ríos invisibles a su alrededor.

«Moderador 45, tiene cinco segundos...».

Seymour está en la esquina, jadeando, con la sensación de que, aunque viviera mil años más, seguiría sin comprender el mundo.

«Redirigiendo».

Es levantado del suelo y Lakeport se encoge hasta ser un puntito, las montañas se alejan, el sur de Canadá se despliega abajo pero algo se ha estropeado dentro de él; todo da vueltas a su alrededor; Seymour se cae de la cinta y se rompe la muñeca.

31 de mayo de 2030

Querida Marian:
Sé que nunca comprenderé todas las consecuencias de lo que he hecho ni seré consciente de todo el dolor que causé. Pienso en las cosas que hiciste por mí cuando era pequeño y no deberías tener que hacer ninguna más. Pero me estaba preguntando. Durante el juicio supe que el señor Ninis hacía traducciones y que cuando murió estaba trabajando en una obra de teatro con los niños. ¿Tienes idea de adónde fueron a parar sus papeles?
    Con afecto,
    Seymour

Nueve semanas más tarde lo llaman de la biblioteca de la cárcel. Un recluso entra con un carrito donde hay tres cajas de cartón que llevan el nombre de Seymour y llevan etiquetas de «Escaneado».
—¿Qué es todo esto?
—A mí solo me han dicho que lo traiga aquí.
Dentro de la primera caja hay una carta.

22 de julio de 2030

Querido Seymour:
Me ha alegrado tener noticias tuyas. Aquí está todo lo que pude reunir del juicio, la casa del señor Ninis y lo que recuperamos de la biblioteca. Es posible que la policía tenga más cosas, no estoy segura. Nadie ha hecho nunca nada con ello, así que

te lo confío. Al fin y al cabo, dar acceso forma parte del credo de los bibliotecarios.

Si consigues ordenarlo, creo que a una de las niñas con las que trabajó Zeno puede interesarle: Natalie Hernandez. Lo último que supe de ella es que estaba dando clases de latín y griego en la universidad estatal de Idaho.

Hubo un tiempo en que eras un niño considerado y sensible y tengo la esperanza de que te hayas convertido en un hombre considerado y sensible.

Marian

Las cajas están llenas de blocs amarillos cubiertos de caligrafía ondulada a lápiz. Muchas hojas están tapadas con notas adhesivas. En los costados de cada una de las cajas alguien ha metido fundas de plástico con facsímiles tamaño tabloide de maltrechas páginas manuscritas en las que falta la mitad del texto. También hay libros, un diccionario griego-inglés de más de dos kilos de peso y un compendio de textos perdidos de alguien llamado Rex Browning. Seymour cierra los ojos, ve el muro dorado al final de las escaleras, las extrañas letras, las nubes de cartulina girando sobre sillas vacías.

El bibliotecario de la cárcel le deja guardar las cajas en un rincón y cada tarde Seymour, cansado de recorrer la tierra, se sienta en el suelo y revisa su contenido. En el fondo de una, dentro de una carpeta que dice «PRUEBAS», encuentra tres guiones fotocopiados que encontró la policía la noche que fue detenido, la noche del ensayo general de los niños. En las últimas páginas de una de las copias hay múltiples correcciones, no en la escritura de Zeno, sino en una alegre letra infantil.

Mientras él estaba en el piso de abajo con sus bombas los niños seguían reescribiendo su obra en el piso de arriba.

La tumba subterránea, el asno, la lubina, un cuervo aleteando por el cosmos: es un cuento ridículo. Pero en la versión de Zeno y los niños también es hermoso. En ocasiones, mientras trabaja, de la profundidad de los facsímiles suben palabras griegas —ὄρνις, *ornis,* que significa pájaro y también augurio— y Seymour se siente igual que se sentía cuando lo atrapaba la mirada de Amigofiel, como si le estuviera permitido vislumbrar un mundo más viejo y sin diluir en el que cada golondrina, cada atardecer, cada tormenta latiera de significado. Para cuando cumplió diecisiete años se había convencido a sí mismo de que todos los humanos eran parásitos, cautivos de los dictados de la sociedad de consumo. Pero, mientras reconstruye la traducción de Zeno, Seymour se da cuenta de que la verdad es infinitamente más complicada, de que somos bellos a pesar de formar parte del problema, y de que ser parte del problema equivale a ser humano.

Al final llora. Etón entra a hurtadillas en el jardín del centro de la ciudad de las nubes, habla con la gigantesca diosa y abre el Supermágico y Extrapoderoso Libro de Todas las Cosas. Los artículos académicos que hay entre los papeles de Zeno sugieren que los traductores disponen el texto de una manera que termina con Etón en el jardín, iniciado en los secretos de los dioses, libre por fin de sus anhelos mortales. Pero los niños han decidido en el último momento que el viejo pastor apartará la vista y no leerá el final del libro. Se come la rosa que le ofrece la diosa y vuelve a casa, al barro y la hierba de las colinas de Arcadia.

En letra infantil, debajo de unas líneas tachadas, el texto nuevo de Etón está escrito a mano en el margen: «Me basta el mundo tal y como es».

VEINTITRÉS

LA VERDE BELLEZA DEL MUNDO ROTO

La ciudad de los cucos y las nubes
por Antonio Diógenes, folio Ψ

Se sigue debatiendo cuál era la ubicación original del folio Ψ en la fábula de Diógenes. Para cuando se escaneó, el deterioro era tal que afectaba a más del ochenta y cinco por ciento del texto. Traducción de Zeno Ninis.

... Me desperté...
    ... [¿descubrí que estaba?]...
    ... bajado de las alturas...
    ... repté por la hierba, los árboles...
    ... dedos en manos y pies, ¡una lengua para hablar!
    ... olor a cebollas silvestres...
    ... rocío, las [¿siluetas?] de las colinas,
    ... dulzura de la luz, la luna en el cielo...
    ... la verde belleza del mundo [¿roto?].
    ... querría ser como ellos... un dios...
    ... [¿hambriento?]
    ... solo un ratón temblando en la hierba, en la [¿lluvia?]
    ... la suave luz del sol...
    ... cayendo.

A NUEVE MILLAS
DE UNA ALDEA DE
LEÑADORES
EN LAS MONTAÑAS
RÓDOPE DE BULGARIA

1453-1494

Anna

Viven en la casita que construyó Abuelo: muros de piedra, hogar de piedra, un tronco pelado a modo de viga cumbrera, un tejado de paja lleno de ratones. Catorce años de boñiga y paja y trozos de comida han compactado el suelo de tierra hasta convertirlo en algo parecido al hormigón. Dentro no hay imágenes y solo adornan los cuerpos de la madre y la hermana los ornamentos más sencillos: un aro de hierro, un ágata ensartada en un cordel. Los cubiertos son pesados y rudimentarios, las pieles están sin curtir. Da la impresión de que el propósito de todo, desde las ollas a las personas, es sobrevivir el mayor tiempo posible y lo que no es duradero no se valora.

A los pocos días de llegar Anna y Omeir, la madre de este va al arroyo y desentierra un saquito con monedas y el niño se va solo por el camino del río y regresa cuatro días después con un buey castrado y un asno para pocos trotes. Con ayuda del buey se las arregla para arar una serie de terrazas de hierba crecida más arriba de la casa y plantar algo de cebada de agosto.

La madre y la hermana miran a Anna con el mismo interés con que mirarían una vasija rota. Y lo cierto es que, durante esos primeros meses, ¿para qué sirve Anna? No entiende las instrucciones más simples, no consigue que la cabra se esté quieta para ordeñarla, no sabe cuidar aves de corral ni hacer requesón ni cosechar miel ni gavillar paja ni regar las terrazas detrás de la casa.

La mayoría de los días se siente como una criatura de pecho de trece años, capaz solo de realizar las tareas más simples.

¡En cambio el niño! Comparte su comida con ella, le murmura en su extraña lengua; da la impresión, como podría haber dicho Crisa la cocinera, de ser tan paciente como Job y tan dulce como un cervatillo. Le enseña a buscar pulgones en la cebada, a limpiar una trucha para ahumarla, a llenar la olla en el arroyo sin que entren sedimentos en el agua. En ocasiones lo encuentra solo en el establo de madera, tocando viejas trampas para pájaros y redes para peces, o de pie en una terraza sobre el río, con tres grandes piedras blancas a sus pies y expresión de dolor en la cara.

Si Anna es propiedad suya, no la trata como tal. Le enseña las palabras que significan leche, agua, fuego y perro; cuando se hace de noche duerme a su lado, pero no la toca. En los pies Anna lleva unas madreñas enormes que pertenecieron al abuelo del niño y la madre de este la ayuda a hacerse un vestido nuevo de lana tiesa, y las hojas amarillean, y la luna mengua y vuelve a crecer.

Una mañana en que la escarcha centellea en los árboles, la hermana y la madre cargan el asno con tarros de miel, se envuelven en mantones y se dirigen río arriba. En cuanto doblan el recodo, el niño llama a Anna desde el establo. Envuelve trozos de colmena en una estopilla y los pone a hervir. Cuando la cera está hecha, coge las tortas y las aplasta hasta formar una pasta. Luego desenrolla un trozo de piel de buey en la mesa sin lijar y juntos esparcen la cera de abeja aún caliente por el cuero. Cuando está toda extendida, el niño enrolla el pellejo, se lo pone debajo del brazo y le hace una señal a Anna para que lo siga por un tenue sendero en la cima de la cañada hasta el viejo tejo medio hueco en el peñasco.

A la luz del día el árbol es magnífico: su tronco está festoneado de mil nudos entrelazados; docenas de ramas bajas, cuajadas de bayas rojas, se enroscan hasta el suelo igual que serpientes. El niño trepa por las ramas, se mete por la parte hueca del tronco y sale con el saco de Himerio.

Juntos examinan la capucha de seda, la caja de rapé y el libro para asegurarse de que siguen secos. A continuación el niño desenrolla la piel de buey recién encerada en el suelo, envuelve la caja y el libro y la seda con ella y lo ata bien todo. Lo guarda de nuevo dentro del árbol y Anna comprende que ese va a ser su secreto, que el manuscrito, igual que la cara del niño, será objeto de temor y desconfianza, y recuerda los pozos llameantes de los ojos de Kalafates, su furia y su exaltación mientras sujetaba la cara inconsciente de María cerca de la lumbre y quemaba las manos de papel de Licinio.

Aprende a decir casa, frío, pino, olla, escudilla y mano. Topo, ratón, nutria, caballo, liebre, hambre. Para cuando llega la siembra de primavera empieza a entender matices. Fanfarronear es «simular ser dos y medio». Meterse en problemas es «vadear cebollas». El niño tiene múltiples expresiones para los diferentes sentimientos que despierta la lluvia: la mayoría transmiten desdicha, pero varios no. Uno es el mismo sonido que el de felicidad.

A principios de la primavera Anna está acarreando agua del arroyo cuando pasa junto al niño y este da una palmadita en la roca en la que está sentado. Anna deja la pértiga con los dos cántaros y se sienta a su lado.

—A veces —dice el muchacho—, cuando tengo ganas de trabajar, me siento y espero a que se me pasen.

Entonces sus ojos se encuentran con los de Anna y esta cae en la cuenta de que ha entendido el chiste y los dos ríen.

La nieve se repliega, se abren las flores de saúco, las ovejas paren, una pareja de palomas torcaces anida en el tejado de la casa y Nida y su madre venden miel y limones y piñones en el mercado del pueblo y para finales de verano tienen plata suficiente para comprar un segundo buey que haga pareja con el primero. Pronto Omeir empieza a usar un viejo carretón para traer árboles talados en los bosques altos y venderlos a aserraderos río abajo, y en otoño Nida se casa con un leñador de una aldea a veinte millas de allí. Durante el segundo invierno de Anna en la cañada, la madre del niño, en su soledad, empieza a hablarle, despacio primero, luego de modo torrencial, sobre los secretos de cultivar abejas, sobre el padre y el abuelo de Omeir, y por último sobre su vida en la pequeña aldea de piedra a nueve millas río abajo antes de que naciera Omeir.

Cuando los días se vuelven más cálidos, las dos se sientan junto al arroyo y ven a Omeir trabajar con sus bueyes cenceños y recalcitrantes empleando las voces solícitas que se reserva para el ganado y la madre dice que su amabilidad es como una llama que lleva dentro y cuando hace buen tiempo Anna y Omeir pasean juntos entre árboles y él le cuenta historias de cosas divertidas que decía su abuelo: que el aliento de los ciervos mata serpientes o que la vesícula de un águila, mezclada con miel, puede devolver la vista a un ciego, y Anna empieza a ver la pequeña cañada bajo la montaña de anchos hombros no tan amenazadora y escarpada y salvaje como le pareció al principio, sino como algo que, de hecho, con cada estación y en momentos inesperados, le revelará una belleza que hará sus ojos llenarse de lágrimas y su corazón saltar dentro de su pecho y empieza a creer que tal vez sea cierto que ha viajado a ese lugar mejor que siempre imaginó que podía estar esperándola al otro lado de las murallas de la ciudad.

Con el tiempo deja de reparar en el defecto de la cara de Omeir: se convierte en una parte del mundo, no distinta del barro en primavera, los mosquitos en verano o las nieves en invierno. Da a luz a seis varones y pierde tres y Omeir entierra los hijos perdidos en el claro más arriba del río, donde están enterrados su abuelo y sus hermanas, y señala cada tumba con una piedra blanca que trae desde un lugar alto que solo él conoce. La casita de piedra se llena y Anna se las arregla para coser ropa a los niños, en ocasiones añadiendo una torpe hoja de vid o una flor torcida hechas de hilo, sonriendo al pensar lo bastos que encontraría María sus bordados, y Omeir lleva a su madre en asno a vivir con Nida y entonces están solo ellos cinco en la cañada junto a la entrada de la cueva.

En ocasiones sueña que está de nuevo en la casa de bordados, donde María y las demás siguen encorvadas sobre sus mesas, trabajando con la aguja, tenues, fantasmagóricas, y cuando intenta tocarlas su dedo las atraviesa. En ocasiones siente dolor en la parte posterior de la cabeza y Anna se pregunta si así es como se sentía su hermana, si la afección que se llevó a María se la llevará también a ella. Pero en otros momentos esa clase de pensamientos están muy lejos y ya no recuerda las caras de las mujeres que la criaron y tiene la sensación de que su vida con Omeir es la única que ha conocido.

Una mañana del vigesimoquinto invierno de Anna, después de una noche lo bastante fría para congelar el agua de la superficie de la olla, el hijo más pequeño cae víctima de la fiebre. Le arden los ojos en las cuencas y tiene la ropa empapada de sudor. Anna se sienta en la pila de alfombras donde duermen, se pone la cabeza del niño en el regazo y le acaricia el pelo y Omeir camina de un lado a otro abriendo y apretando los puños. Al cabo de un rato llena el candil, lo enciende, sale y vuelve cubierto de nieve. De su abrigo saca un bulto envuelto en piel de buey encerada y se lo da a Anna con gran solemnidad y esta entiende que cree que el libro podrá salvar a su hijo igual que cree que los salvó a ellos durante el viaje hasta allí más de una década atrás.

Fuera rugen los pinos. El viento lanza nieve por la chimenea y desperdiga las cenizas por la habitación y los dos hijos mayores se pegan a Anna en las alfombras, deslumbrados por el resplandor del candil y por aquel bulto nuevo y extraño que acaba de traer su padre de a saber dónde. El asno y la cabra están con ellos, y el mundo entero al otro lado de la puerta parece bramar enfurecido.

La piel de buey ha hecho su trabajo: su contenido está seco. Un niño examina la caja de rapé mientras el otro pasa los dedos por la capucha de brocado, recorriendo los pájaros terminados y a medio terminar, y Omeir sostiene la lámpara para Anna mientras esta abre el libro.

Hace años que no intenta leer griego antiguo. Pero la memoria es una cosa extraña y, ya sea por el temor por uno de los hijos o por la excitación de los otros dos, cuando mira la escritura uniforme, regular con su inclinación hacia la izquierda, el significado de las letras vuelve a ella.

A es alfa es ἄλφα; B es beta es βῆτα; Ω es omega es ὦ μέγα; ἄστεα son «ciudades»; νόον es «pensamiento»; ἔγνω es «conoció». Despacio, en la lengua de su segunda vida, traduciendo palabra a palabra, empieza.

> ... Porque yo, al que llaman cabeza de chorlito y bobo —sí, el torpe, el zoquete, el pánfilo de Etón— viajé una vez hasta los confines de la tierra y más allá...

Usa tanto la memoria como el manuscrito y dentro de la casita de piedra algo sucede: el niño enfermo que tiene en el regazo con la frente brillante de sudor abre los ojos. Cuando Etón se transforma por accidente en un asno y sus dos hermanos rompen a reír, sonríe. Cuando Etón llega al confín helado del mundo, se muerde las uñas. Y cuando Etón ve por fin las puertas de la ciudad de las nubes, asoman lágrimas a sus ojos.

La lámpara chisporrotea, queda poco aceite, y los tres niños suplican a Anna que siga.

—Por favor —dicen, y les centellean los ojos en la luz—. Cuéntanos qué encontró dentro del libro mágico de la diosa.

—Cuando Etón se asomó a sus páginas —dice Anna—, como quien se asoma a un pozo mágico, vio los cielos y la tierra y todas sus regiones repartidas por el océano y a todos los animales y aves que las poblaban. Las ciudades estaban llenas de lámparas y jardines y le llegaba el sonido de música y cantos y en una ciudad vio una boda con muchachas vestidas de alegres túnicas de lino y muchachos con espadas de oro en cintos de plata, pasando por anillas, dando volteretas y saltando y danzando al compás. Pero en la página siguiente vio negras ciudades en llamas en las que los hombres eran masacrados en sus campos, sus esposas raptadas y encadenadas y sus hijos ensartados en picas en lo alto de murallas. Vio perros comiendo cadáveres y cuando acercó la oreja a las páginas oyó los lamentos. Y al ver aquello, mientras pasaba y volvía la misma página, Etón comprendió que las ciudades de ambas caras, las oscuras y las alegres, eran la misma, que no hay paz sin guerra, no hay vida sin muerte, y tuvo miedo.

El candil chisporrotea; la chimenea gime; los niños se acercan más a Anna. Omeir envuelve de nuevo el libro y Anna aprieta a su hijo pequeño contra su pecho y sueña que una luz alegre y límpida cae oblicua sobre las pálidas murallas de la ciudad y cuando se despiertan, entrada la mañana, la fiebre del niño ha desaparecido.

En los años siguientes, si los niños cogen reúma o sencillamente se ponen demasiado insistentes —siempre después de anochecido, siempre cuando no hay nadie en millas a la redonda—, Omeir la mira y se entienden sin necesidad de palabras. Omeir enciende la lámpara de aceite, sale de la casa y regresa con el fardo. Anna abre el libro y los niños se sientan alrededor de ella en las alfombras.

—Madre —dicen—, cuéntanos otra vez la parte del mago que vivía dentro de la ballena.

—Y la del país de cisnes que hay en las estrellas.

—Y la de la diosa de mil pies de altura y el libro que contenía todas las cosas.

Interpretan papeles; suplican que les explique lo que es una tortuga, y una torta de miel, y parecen intuir que el libro envuelto en seda y luego en piel de buey encerada es un objeto de raro valor, un secreto que los enriquece y los pone en peligro al mismo tiempo. Cada vez que Anna lo abre hay más texto ilegible y recuerda al escriba alto en el taller iluminado por velas.

El tiempo: la máquina de guerra más violenta de todas.

El buey más viejo muere y Omeir trae un ternero nuevo y los hijos de Anna crecen hasta ser más altos que ella y se marchan a trabajar a la montaña, trayendo troncos de los bosques altos y transportándolos por el río para venderlos en los aserraderos de Edirne. Anna pierde la cuenta de los inviernos, pierde recuerdos. En momentos inesperados, mientras acarrea agua o cose una herida en la pierna de Omeir o lo despioja, el tiempo se dobla sobre sí mismo y ve las manos de Himerio en los remos, o nota el vertiginoso tirón de la gravedad mientras baja por el muro del priorato. Hacia el final de su vida estos recuerdos se entremezclan con los de las historias que ha amado: Ulises nostálgico de su hogar que abandona su balsa en la tormenta y nada hacia la isla de los feacios. Etón el asno cerrando sus tiernos labios alrededor de una ortiga punzante y todos los momentos y todas las historias son al final una misma cosa.

Muere en mayo, en el día más hermoso del año, a la edad de cincuenta y cuatro años, recostada contra un tocón de árbol junto al establo, acompañada de sus tres hijos, con el cielo sobre el hombro de la montaña de un azul tan intenso que si lo mira le duelen los dientes. Su marido la entierra en el claro sobre el río, junto a su abuelo y los hijos que perdieron, con la capucha de seda de su hermana sobre el pecho, y señala la tumba con una piedra blanca.

ESA MISMA CAÑADA

1505

Omeir

Duerme debajo de la misma viga sucia de humo bajo la que dormía de niño. De tanto en tanto el hombro izquierdo se le agarrota, el oído interno le duele cuando va a haber tormenta y tiene que sacarse dos muelas. Su compañía principal son tres gallinas ponedoras, un gran perro negro que asusta a las personas pero en realidad es inofensivo, y Trébol, una burra de veinte años con aliento a cementerio y gases crónicos pero temperamento manso.

Dos de sus hijos se han ido a otros bosques más al norte y el tercero vive con una mujer en la aldea a nueve millas de distancia. Cuando Omeir va a visitarlos a lomos de Trébol, los niños siguen evitando mirarlo a la cara y algunos rompen directamente a llorar, pero la nieta más pequeña no lo hace y, si Omeir se queda sentado muy quieto, se le sube al regazo y le toca el labio superior con los dedos.

Empieza a quedarse sin recuerdos. Pendones y bombardas, los gritos de hombres heridos, el hedor a sulfuro, las muertes de Rayo de Luna y Árbol. En ocasiones sus reminiscencias del asedio de la ciudad parecen poco más que residuos de pesadillas que asoman un momento a su consciencia antes de disiparse. Aprende que así es como sana el mundo: a base de olvidar.

Ha oído que el nuevo sultán (que el cielo lo bendiga y lo guarde siempre) corta sus árboles en bosques aún más remotos y que los cristianos han enviado naves hacia nuevas tierras en el confín último del océano, donde hay ciudades enteras hechas de oro, pero esas historias apenas le interesan ya. En ocasiones, mientras mira el fuego, la fábula que solía contar Anna vuelve a él, la de un hombre convertido en asno, luego en pez, luego en cuervo, que viaja por tierra, mar y estrellas en busca de un lugar sin sufrimiento para terminar volviendo a su hogar y vivir sus últimos años en compañía de sus animales.

Un día de principios de primavera, cuando ya hace mucho que ha perdido la cuenta de los años que tiene, una serie de tormentas azota las montañas. El río se vuelve marrón y los desprendimientos de barro bloquean la carretera y el rugido de rocas desprendidas resuena en las gargantas. La noche peor encuentra a Omeir acurrucado encima de la mesa con el perro a su lado, escuchando cómo el agua anega la casita: no son las goteras y los regueros acostumbrados, sino una inundación.

El agua fluye por debajo de la puerta en cortinas y arroyos bajan por las paredes y Trébol parpadea hundida en el agua hasta el corvejón. Al alba Omeir vadea entre excrementos, corteza y desechos y comprueba cómo están las gallinas y lleva a Trébol a la terraza más alta para que mastique las hierbas que encuentre y por último mira el peñasco que se asoma sobre la cañada y el pánico se apodera de él.

El viejo tejo medio hueco se ha caído durante la noche. Omeir se abre paso por el sendero, resbalando en el barro. Hay ramas engalanadas de musgo tiradas por todas partes y la enorme red de raíces yace desenterrada igual que un segundo árbol arrancado del inframundo. Huele a savia y a madera hecha astillas y a cosas largo tiempo enterradas que han salido a la superficie.

Tarda largo rato en encontrar el fardo de Anna en el naufragio. La piel de buey está empapada. Campanillas de alarma tintinean dentro de él mientras transporta el bulto mojado a la casa. Dentro, el agua ha retrocedido y saca barro del hogar a paletadas y consigue encender un fuego humeante y se lava las manos en el arroyo y por fin desenvuelve el libro.

Está chorreando. Las hojas se desprenden de la encuadernación a medida que las pasa y las apretadas ristras de símbolos escritas en ellas, todos esos rastros de pájaros tiznados puestos muy juntos, parecen más borrosos de lo que los recordaba.

Todavía puede oír el grito animal de Anna la primera vez que tocó el saco. La manera en que el libro los protegió cuando salieron de la ciudad; cómo envió una bandada de alcaravanes a sus trampas; cómo salvó a su hijo de las fiebres. El humor inteligente en los ojos de Anna cuando se inclinaba sobre las líneas, traduciendo mientras leía.

Aviva el fuego y tiende redes de cordel por la casa y pone bifolios a secar como si estuviera ahumando aves de caza y en todo momento tiene el corazón acelerado, como si el códice fuera algo vivo que le ha sido confiado y lo hubiera puesto en peligro, como si le hubieran encomendado una única y sencilla responsabilidad: mantener esa cosa viva, y no la hubiera cumplido.

Cuando las hojas se secan vuelve a montar el libro, nada seguro de estar disponiendo los folios en el orden correcto, y lo envuelve en un cuadrado nuevo de cuero encerado. Espera a que florezcan las campanillas y a que lleguen las primeras cigüeñas a la cañada, una uve invertida y asimétrica obedeciendo la costumbre secular de abandonar un lugar lejano en el sur en el que haya pasado el invierno y dirigirse a un lugar lejano en el norte en el que pasará el verano. Coge su mejor manta, dos odres con agua, varias docenas de tarros de miel, el libro y la cajita de rapé de Anna, y cierra la puerta de la casita. Llama a Trébol y la borrica llega trotando con las orejas tiesas y el perro se levanta del charco de luz de sol donde dormita junto al establo.

Primero a casa de su hijo, donde le da a su nuera las tres gallinas y la mitad de sus monedas de plata e intenta darle también al perro, pero el perro no quiere ni oír hablar del asunto. A continuación su nieta cuelga una corona de rosas alrededor del cuello de Trébol y emprenden viaje hacia el noroeste, rodeando la montaña, Omeir a pie y Trébol, medio ciega, subiendo a su lado sin quedarse atrás y el perro en los talones de ambos.

Evita posadas, mercados, muchedumbres. Cuando atraviesa caseríos por lo general mantiene el perro cerca y la cara oculta bajo el ala baja del sombrero. Duerme al raso y mastica las flores azules de borraja que solía mascar Abuelo para aliviar sus dolores de espalda y se conmueve con Trébol y su andar juicioso. Las pocas gentes que se cruzan quedan maravilladas y le preguntan de dónde ha sacado esa borriquilla tan lista y bonita y se siente bendecido.

De cuando en cuando reúne valor suficiente para enseñar a los viajeros la pintura esmaltada en la tapa de la cajita de rapé. Unos pocos aventuran que puede tratarse de una fortaleza de Kosovo y otros, un *palazzo* de la República de Florencia. Pero un día, cuando se acerca al río Sava, dos mercaderes a caballo con dos criados lo detienen. Uno le pregunta en el idioma de Anna qué le trae por allí y el otro dice: «Es un mahometano errante con un pie en la tumba, no entiende una palabra de lo que le dices», y Omeir se quita el sombrero y dice: «Buenas tardes, señores, os entiendo muy bien».

Los hombres ríen y le ofrecen agua y dátiles y cuando les enseña la caja de rapé uno la sostiene a la luz del sol, le da vueltas a un lado y a otro, y dice: «Ah, Urbino», y se la pasa a su compañero.

—La bella Urbino —dice el segundo hombre— en las montañas de Las Marcas.

—Es un largo viaje —dice el primero y señala el este con un gesto vago. Mira a Omeir y a Trébol—. En especial para alguien de barba tan cana. Y esa borrica tampoco es ninguna potrilla.

—Claro que vivir tantos años con esa cara debe de requerir bastante ingenio —dice el segundo.

Se despierta artrítico y agarrotado, con los pies hinchados, y revisa las pezuñas de Trébol en busca de grietas, y algunos días, para cuando recupera la sensación en los dedos, el sol está en su cénit. A medida que avanzan hacia el sur atravesando la región del Véneto, el paisaje se vuelve otra vez montañoso y las carreteras empinadas, con castillos en lo alto de peñascos, campesinos en los campos, bosquecillos de olivos alrededor de iglesias, girasoles que bajan ondulantes hasta arroyos revueltos. Se le terminan las monedas de plata, cambia su último tarro de miel. De noche los sueños y los recuerdos se mezclan: ve una ciudad centellear en la lontananza y oye las voces de sus hijos cuando eran pequeños.

«Háblanos otra vez del pastor cuyo nombre significaba en llamas, madre».

«Y de los lagos de leche en la luna».

Los ojos del más pequeño parpadean. «Cuéntanos —dice— lo que hace entonces el loco».

Llega a Urbino bajo un cielo otoñal, con haces de luz plateada que caen por entre las aberturas de las nubes sobre una carretera que se extiende serpenteante. La ciudad se alza sobre una colina, ribeteada de piedra caliza y adornada con columnas y capiteles, un ladrillo que parece una prolongación de la base de la roca.

Mientras sube, la inmensa fachada de dos torres del *palazzo* con sus hileras de balcones se dibuja contra el cielo, es la pintura de la caja de rapé hecha realidad: como una edificación salida de un sueño, si no suyo, quizá de Anna; como si ahora, en sus últimos años, estuviera siguiendo los caminos de los sueños de ella en lugar de los suyos propios.

Trébol rebuzna, las golondrinas surcan el cielo a gran velocidad. La luz, las colinas color violeta en el horizonte, los pequeños ciclámenes que refulgen como ascuas a ambos lados de la carretera... Omeir se siente igual que Etón el cuervo al final de su viaje, bajando de las estrellas. ¿Cuántas barreras lo separan todavía de Abuelo, de su madre, de Anna y del gran descanso?

Le preocupa que los centinelas le cierren el paso debido a su cara, pero las puertas de la ciudad están abiertas y las personas entran y salen libremente y cuando sube con la borrica y el perro por el laberinto de calles hacia el palacio nadie le presta demasiada atención: hay mucha gente con caras de muchos colores y, en todo caso, Trébol es la que llama la atención con sus largas pestañas y sus graciosos andares.

En el patio delante del palacio encuentra un arquero y le dice que lleva un presente para los hombres instruidos del lugar. El hombre, sin comprender, le hace gestos de que espere y Omeir espera con Trébol y le pasa un brazo alrededor del cuello, y el perro se hace un ovillo y se duerme enseguida. Esperan una hora, quizá; Omeir dormita de pie, sueña que Anna está junto a una lumbre, con los brazos en jarras y riendo de algo que ha dicho uno de los niños, y cuando se despierta comprueba que sigue teniendo el fardo de piel con el libro y levanta la vista a los altos muros del *palazzo* y por las ventanas ve criados que van de habitación en habitación encendiendo pábilos.

Por fin aparece un intérprete y le pregunta qué lo trae por allí. Omeir desenvuelve el fardo y el hombre mira el libro, se muerde el labio y desaparece de nuevo. Un segundo hombre, vestido de terciopelo oscuro, baja con él, va sin resuello, deja una lámpara en el suelo y se suena la nariz con un pañuelo, a continuación coge el códice y lo hojea.

—Tengo entendido —dice Omeir— que este es un lugar en el que se protegen libros.

El hombre levanta la vista del libro y vuelve a bajarla y dice algo al intérprete.

—Le gustaría saber cómo ha llegado a tus manos.

—Fue un regalo —dice Omeir y piensa en Anna rodeada de sus hijos, el brillo de la lumbre, el resplandor del relámpago fuera, mientras da forma a la historia con las manos. El segundo hombre está ocupado examinando el cosido y el encuadernado a la luz de la lámpara.

—¿Supongo que querrás que te paguemos? —pregunta el intérprete—. Está en muy mal estado.

—Bastará una comida. Y avena para la borrica.

El hombre frunce el ceño como si la necedad de los imbéciles del mundo nunca dejara de sorprenderlo y, sin necesidad de traducción, el hombre de terciopelo asiente con la cabeza, cierra el libro con delicadeza, usando ambas manos, hace una inclinación y desaparece sin decir otra palabra. Omeir es enviado a un establo que hay bajo el inmenso palacio donde un mozo de cuadras con un pulcro bigote se lleva a Trébol a un pesebre a la luz de una vela.

Omeir se sienta en una banqueta de ordeño pegada a la pared mientras la noche envuelve los Apeninos con la sensación de haber completado una última tarea y reza por que haya otra vida después de esta en la que Anna lo esté esperando bajo el ala de Dios. Sueña que camina hasta un pozo y se asoma a él con Árbol y Rayo de Luna, los tres miran el agua fresca color esmeralda y Rayo de Luna se sobresalta cuando un pájaro sale volando del pozo en dirección al cielo y, cuando se despierta, un criado con una casaca marrón está dejando un plato de tortas ázimas rellenas de queso de oveja a su lado. Junto a él, un segundo criado deja un rollo de carne de conejo aliñado con salvia y semillas de hinojo tostadas y una jarra de vino, comida y bebida suficientes para cuatro hombres, y uno coloca una antorcha encendida en un soporte en la pared y el otro deja una escudilla de gran tamaño llena de avena en el suelo debajo y se van.

Los tres, perro, borrica y hombre, comen hasta saciarse. Y, cuando terminan, el perro se hace un ovillo en el rincón y Trébol suspira un suspiro inmenso y Omeir se sienta con la espalda contra la pared y las piernas extendidas en la paja bien limpia, y duermen, y fuera, en la oscuridad, empieza a llover.

VEINTICUATRO

NOSTOS

La ciudad de los cucos y las nubes
por Antonio Diógenes, folio Ω

La calidad del folio Ω se deteriora sustancialmente hacia el final de la página. Las últimas cinco líneas presentan graves lagunas y solo se han podido recuperar palabras aisladas. Traducción de Zeno Ninis.

... trajeron las jarras y los cantores se reunieron...

    ... [¿muchachos?] bailaron, los pastores [¿tocaron la flauta?]...

    ... se pasaron [platos] con pan duro...

    ... corteza de cerdo. Me regocijé al ver el [¿magro?] festín...

    ... cuatro corderos, llamando a sus madres a balidos...

    ... [¿lluvia?] y barro...

    ... vinieron las mujeres...

    ... la [arpía] vieja y flaca me cogió [¿la mano?]...

    ... las lámparas...

    ... sin parar de bailar, [¿de girar?]...

    ... [¿sin resuello?]...

    ... todos bailaban...

    ... bailaban...

BOISE, IDAHO

2057-2064

Seymour

Su apartamento durante el régimen de inserción laboral tiene una cocinita que da a una colina aporreada por el sol y cubierta de cola de conejo. Es agosto y el cielo es color beis por el humo y todo tiembla en borrones de calor.

Seis mañanas a la semana coge un autobús de conducción autónoma a un parque empresarial donde cruza media hectárea de asfalto hirviendo hasta un edificio bajo y desgarbado propiedad de Ilium. En el vestíbulo, una Tierra de poliuretano con relieve, de cuatro metros de diámetro, gira sobre un pedestal, con polvo acumulado en las hendiduras de las montañas. Una placa desvaída en la pared dice: «Capturando la Tierra». Trabaja doce horas al día con equipos de ingenieros probando versiones de última generación de la cinta y los auriculares para recorrer el Atlas. Es un hombre fibroso y pálido que prefiere comer sándwiches envasados en su mesa a visitar la cafetería, y que encuentra paz solo en el trabajo, en sumar kilómetro tras kilómetro subido a la cinta de correr igual que un peregrino del medievo cumpliendo una grave penitencia.

De vez en cuando encarga unos zapatos nuevos, idénticos a los que ha gastado. Aparte de comida, compra poco. Escribe un mensaje a Natalie Hernandez una vez a la semana, los sábados, y casi siempre recibe contestación. Natalie enseña latín y griego a adolescentes reacios en un instituto, tiene dos hijos, un monovolumen autónomo y un dachshund que se llama Dash.

En ocasiones Seymour se quita los auriculares, se baja de la cinta, pestañea por encima de las cabezas de los otros ingenieros y le llegan volando líneas inesperadas de la traducción de Zeno: «... Por su superficie se extendían los cielos y la tierra, todas las regiones repartidas, todas sus bestias y, en el centro...».

Cumple cincuenta y siete, cincuenta y ocho: el insurgente en su interior sigue vivo. Cada noche al llegar a casa enciende su terminal, desactiva la conexión y se pone a trabajar. Bullendo en servidores de todo el mundo, la cosecha de imágenes del Atlas sin editar de alta intensidad permanece: escenas de sufrimiento y violencia, sequía y hambruna, columnas de migrantes que huyen de Chennai; familias apiñadas en barcas diminutas a la entrada de Rangún; un tanque ardiendo en Bangladesh; agentes de policía detrás de escudos de plexiglás en El Cairo; una ciudad de Luisiana llena de barro... Las calamidades que pasó años suprimiendo del Atlas siguen ahí.

En el curso de los meses construye pequeñas plantillas de código tan sutiles y refinadas que cuando las introduce en el código del Atlas el sistema no las detecta. Luego las esconde dentro del Atlas, por todo el mundo, en forma de pequeños búhos: grafitis de búhos, una fuente de agua con forma de búho, un ciclista con esmoquin y careta de búho. Busca un búho, tócalo y habrás retirado la imaginería higienizada, pulida, para poder ver la verdad que hay debajo.

En Miami, seis macetas con helechos a la puerta de un restaurante, un adhesivo de búho pegado a la jardinera número tres. Toca el búho y los helechos se evaporan; aparece un coche humeante; hay cuatro mujeres tiradas en el suelo.

No se arriesga a comprobar si hay usuarios que descubren sus buhitos. En cualquier caso, el Atlas está dejando de ser una de las prioridades de la compañía; regiones enteras del complejo de Boise están dedicadas ahora a perfeccionar y miniaturizar la cinta y los auriculares para otros proyectos de Ilium, en otros departamentos. Pero Seymour sigue haciendo sus búhos, introduciéndolos en el código, destejiendo las mentiras que lleva todo el día tejiendo y, por primera vez desde que encontró el ala amputada de Amigofiel junto a la carretera, se siente mejor. Más sereno. Menos asustado. Con menos sensación de tener que huir de algo.

Tres días en el nuevo complejo vacacional junto al lago de Lakeport. Billete de avión, pensión completa, todos los deportes acuáticos que quieran..., lo paga todo él, al menos mientras le duren los ahorros. Las familias son bien recibidas. Recurre a Natalie para la convocatoria. Al principio ella dice que no cree que vengan los cinco, pero lo hacen: Alex Hess viaja con dos hijos desde Cleveland; Olivia Ott vuela desde San Francisco; Christopher Dee viene en coche desde Caldwell; Rachel Wilson viaja desde Australia suroccidental con su nieto de cuatro años.

Seymour no coge el coche para subir por el cañón desde Boise hasta la última noche para no alterar a nadie presentándose demasiado pronto. Al amanecer se toma una gragea extra para la ansiedad y sale al balcón en traje y corbata. Más allá del embarcadero del hotel el lago centellea en la luz del sol. Espera a ver si llega volando un águila pescadora, pero no ve ninguna.

Notas en el bolsillo izquierdo, llave de la habitación en el derecho. Recuerda cosas que sabes. Los búhos tienen tres párpados. Los humanos son complicados. Para muchas de las cosas que amas es demasiado tarde. Pero no para todas.

Se reúne con los dos técnicos de Ilium en una habitación hexagonal que da al lago destinada a recepciones de boda y los mira instalar cinco cintas multidireccionales de última generación que llaman Deambuladores. Los técnicos los sincronizan con cinco auriculares y se van.

Natalie llega pronto. Sus hijos, dice, están terminando de comer. Es muy valiente por su parte, dice, hacer esto.

—Más valientes sois vosotros —contesta Seymour.

Cada vez que toma aire teme que la piel se le desabroche y se le caigan los huesos.

A la una empiezan a entrar las familias. Olivia Ott lleva melenita hasta la barbilla y pantalones capri de lino y tiene aspecto de haber llorado. Alex Hess llega escoltado por dos adolescentes gigantes y hoscos, los tres con el pelo amarillo brillante. Christopher Dee llega con una mujer menuda; se sientan en un rincón, separados de los demás, y se cogen de la mano. Rachel es la última en entrar, en vaqueros y botas; su cara tiene las arrugas profundas de alguien que trabaja muchas horas al sol. Un nieto de aspecto alegre y pelo color fuego la sigue y se sienta en la silla con las piernas colgando.

—No tiene pinta de asesino —dice uno de los hijos de Alex.

—No seas maleducado —le reprende Alex.

—Solo parece viejo. ¿Es rico?

Seymour evita mirar a las caras, las caras lo desbaratarán todo. Mantén la vista baja. Lee las notas.

—Aquel día de hace muchos años os quité a cada uno de vosotros algo preciado. Sé que nunca podré expiar del todo lo que os hice. Pero porque yo también sé lo que se siente al perder un lugar que te importa cuando eres niño, que te sea arrebatado, he pensado que quizá significaría algo para vosotros que os devolviera el vuestro.

De su bolsa saca cinco libros de tapa dura con sobrecubiertas azul eléctrico y le da uno a cada uno. En la cubierta, pájaros revolotean alrededor de las torres de una ciudad en las nubes. Olivia da un respingo.

—Los he hecho con las traducciones del señor Ninis. Con mucha ayuda por parte de Natalie, debo añadir. Todas las notas del traductor son suyas.

A continuación distribuye auriculares.

—Primero deberían subir los cinco adultos. Luego todo el que quiera. ¿Os acordáis del buzón de devolución de libros?

Todos asienten con la cabeza.

—Cada mochuelo a su libro —dice Christopher.

—Tirad de la manilla del buzón. A partir de ahí sabréis qué hacer.

Los adultos se ponen de pie. Seymour los ayuda a ajustarse los auriculares a la cabeza y los cinco Deambuladores se encienden con un zumbido.

Una vez están instalados en sus cintas, Seymour va a la ventana y mira el lago. «Hay por lo menos veinte sitios como ese al norte de aquí a los que podría volar tu búho. Bosques más grandes, mejores». Bunny estaba intentando salvarlo.

A su espalda los Deambuladores vibran y giran; los niños adultos caminan. Natalie dice: «Dios mío».

Alex dice: «Es exactamente como lo recordaba».

Seymour evoca el silencio de los árboles mientras se cubrían de nieve detrás de la casa prefabricada de doble ancho. Amigofiel en su rama, a tres metros de altura en el gran árbol muerto: lo sobresaltaba el crujido de neumáticos en la grava a medio kilómetro de distancia. Oía latir el corazón de un topillo bajo dos metros de nieve.

Motores neumáticos levantan la parte delantera de los Deambuladores. Deben de estar subiendo los escalones de granito del porche.

—Mirad —dice Christopher—. Es el letrero que hice.

En la silla junto a la que ha dejado vacía Rachel, el nieto de esta se agacha, coge el libro azul, se lo pone en el regazo y pasa las páginas.

Con la mano derecha, Olivia Ott palpa el aire y abre la puerta. Uno a uno los niños entran en la biblioteca.

EL ARGOS

AÑO DE MISIÓN: 65

Konstance

O xígeno al siete por ciento», dice la voz dentro de la capucha.

En el vestíbulo, gira a la izquierda. Pasa delante de los Compartimentos 8, 9, 10, todos con las puertas selladas. ¿Seguirá circulando el contagio por el aire del pasillo, despertando de un largo sueño? ¿Enmohecen en las sombras cadáveres de casi cuatrocientos días? ¿O hay miembros de la tripulación bullendo a su alrededor bajo el silbido de los extintores: amigos, niños, profesores, la señora Chen, la señora Flowers, Madre, Padre?

Pequeñas espitas en el techo del pasillo la rocían de bruma. Con el libro de encuadernación casera metido dentro del mono de trabajo y el hacha de fabricación casera en la mano izquierda, se aleja en espiral del núcleo del *Argos* y las botas que le cubren los pies se deslizan sobre las sustancias químicas que hay en el suelo.

Desperdigadas por el pasillo hay mantas arrugadas, mascarillas usadas, una almohada, trozos de una bandeja de comer.

Un calcetín.

Una forma encorvada recubierta de moho gris.

No bajes la vista. No te pares. Aquí está la entrada a oscuras al aula, a continuación más puertas de compartimentos cerrados, algo que parece un guante de uno de los trajes de protección contra riesgos biológicos que usaban la doctora Cha y el ingeniero Goldberg. Más adelante, el Deambulador de alguien volcado en el centro del pasillo.

«Oxígeno al seis por ciento», dice la capucha.

A su derecha está la entrada a la Granja 4. Konstance se detiene en el umbral y se quita sustancias químicas de la pantalla facial: las plantas de todos los caóticos anaqueles están muertas. Su pinito bosnio sigue en pie, más de un metro de alto; rodea su base un halo de agujas secas.

Suenan alarmas. El frontal de Konstance parpadea mientras corre a la pared del fondo: no hay tiempo para pensar. Elige el cuarto tirador desde la izquierda y abre un cajón con semillas. Vapor frío se derrama a sus pies: dentro aguardan centenares de sobres de papel de aluminio dispuestos en hileras. Coge todos los que puede con los guantes del traje, se le caen unos cuantos y los sujeta contra el pecho junto con el hacha.

En algún lugar cercano está el fantasma de Padre o su cadáver o las dos cosas. Sigue andando. No tienes tiempo.

Un poco más adelante por el pasillo, entre los Aseos 2 y 3, está el parche de titanio donde dijo Madre que Elliot Fischenbacher pasó múltiples noches atacando la pared. El parche está fijado con unos trescientos remaches, muchos más de los que Konstance recordaba. Se le cae el alma a los pies.

«Oxígeno al cinco por ciento».

Suelta los paquetes de semillas y levanta el hacha con las dos manos. Su memoria le susurra las advertencias que ha estado oyendo desde antes de tener uso de razón. Radiación cósmica, gravedad cero, 2,73 grados Kelvin.

Da un hachazo y la hoja hace una muesca en el parche, pero enseguida rebota. Golpea más fuerte. Esta vez la hoja penetra y tiene que usar todas sus fuerzas para liberarla.

Una tercera vez. Una cuarta. No conseguirá atravesarla a tiempo. El sudor se acumula dentro del traje y le empaña la pantalla de la cara. Las alarmas suben de volumen; los extintores llueven a su alrededor. A veinte pasos a su derecha está la entrada a Intendencia, llena de tiendas de campaña.

«A toda la tripulación —dice Sybil—. Está en peligro la integridad de la nave».

«Oxígeno al cuatro por ciento», dice la capucha.

Con cada hachazo la raja del parche se hace más grande.

Bastan tres segundos fuera de estas paredes para que manos y pies dupliquen su tamaño. Te asfixiarías. Luego te convertirías en un bloque de hielo.

La abertura crece y a través del vaho de la pantalla facial Konstance puede ver lo que hay detrás, donde Elliot ha apartado conductos de cables envueltos en cinta de aluminio y cortado varias capas de aislamiento. Al otro lado hay una nueva capa de metal: lo que Konstance confía en que sea la pared exterior.

Desclava el hacha, respira hondo, coge impulso y golpea otra vez.

«Konstance —atruena Sybil y su voz es pavorosa—. Detente ahora mismo».

Un miedo atávico recorre a Konstance. Echa los brazos atrás y, con toda la fuerza de meses de ira, aislamiento y pena, clava el hacha y la hoja de esta corta cables y atraviesa la capa exterior. Forcejea para sacarla.

Cuando lo consigue hay una perforación en la pared exterior, una porción de oscuridad.

«Konstance —sigue gritando Sybil—, estás cometiendo una grave equivocación».

Estaba en un error. Es la nada, el vacío del espacio sideral, está a cien billones de kilómetros de la Tierra; se asfixiará y será el fin. Se le cae el hacha; el espacio se arruga a su alrededor; el tiempo se pliega sobre sí mismo. Su padre rasga un sobre y en la palma de su mano se desliza una semillita unida a un ala marrón pálido.

«Contén la respiración».

«Todavía no».

La semilla tiembla.

«Ahora».

Al otro lado de la brecha en la capa externa la oscuridad sigue donde estaba. Konstance no es succionada, no se le congelan los ojos; simplemente es de noche.

«Oxígeno al tres por ciento».

¡De noche! Coge el hacha, la clava una y otra vez, caen fragmentos de metal en la oscuridad. Más allá del agujero creciente, miles y miles de diminutas motas plateadas, iluminadas por el haz moribundo del frontal, caen en la noche. Konstance saca un brazo y cuando lo vuelve a meter está mojado.

Lluvia. Fuera llueve.

«Oxígeno al dos por ciento».

Sigue dando hachazos hasta que le arden los hombros y le duelen los huesos de las manos como si los tuviera hechos astillas. El agujero es más irregular a medida que crece; le cabe la cabeza, un hombro. El vapor que empaña la pantalla facial no tiene solución y el bioplástico del traje se está rompiendo, pero merece la pena arriesgarse y, después de un hachazo más, el agujero es casi lo bastante grande para que le quepan los dos hombros.

«El olor a cebollas silvestres».

«El rocío, las siluetas de las colinas».

«La dulzura de la luz, la luna en el cielo».

«Oxígeno al uno por ciento».

Las gotas de lluvia caen mucho más abajo del agujero de lo que Konstance había esperado, pero no hay tiempo. Tira brazadas de sobres con semillas a la oscuridad, a continuación el hacha y por último mete el cuerpo por la abertura.

«Señorita Konst... —ruge Sybil. Pero la cabeza y los hombros de Konstance ya están fuera del *Argos*. Se retuerce, se le engancha un muslo en una daga de metal.

«Oxígeno agotado», dice la capucha.

Aún tiene las piernas dentro de la estructura de la pared, la cintura atrapada. Konstance coge aire una última vez, luego se quita la capucha rompiendo la cinta adhesiva y la suelta. La capucha rebota, rueda y se detiene unos cuatro o cinco metros más abajo, entre lo que parecen ser piedras húmedas y largas briznas de hierba de tundra, con el frontal orientado hacia arriba, hacia la lluvia.

La única manera de salir es dejarse caer. Todavía conteniendo la respiración, Konstance apoya los brazos en el exterior de la nave, cierra los ojos, y cae.

Se le tuerce un tobillo, se golpea un hombro contra una roca, pero consigue sentarse y respirar. No está muerta, no se ha asfixiado, no se ha convertido en un bloque de hielo.

¡El aire! Rico húmedo salado vivo: si hay virus acechando dentro de este aire, si se escapan por el agujero que ha perforado en un costado del *Argos*, si se están reproduciendo en este instante dentro de sus fosas nasales, si toda la atmósfera de la Tierra es veneno, que así sea. Se conforma con vivir cinco minutos más, respirando este aire, oliéndolo.

La lluvia le bombardea el pelo empapado en sudor, las mejillas, la frente. Se arrodilla en la hierba y la escucha golpearle el traje, la siente posarse en sus párpados. Es una sensación de derroche increíble, peligrosa y promiscua: agua, dada por el cielo, en grandes cantidades.

El frontal se apaga y solo hay una luz tenue procedente de la abertura que ha cortado en el costado del *Argos*. Pero la oscuridad de este lugar no se parece en nada a la NoLuz. El cielo, estarcido de nubes, parece resplandecer y las briznas de hierba húmeda atrapan la luz y la devuelven, decenas de miles de gotitas brillantes, y Konstance se baja el traje de Padre hasta la cintura y se arrodilla en la hierba de la tundra y recuerda lo que dijo Etón: «Un baño, esa es toda la magia que necesita un pastor necio».

Encuentra el hacha, se quita el resto del bioplástico, reúne todos los sobres de semillas que puede y se los guarda en el mono de trabajo junto con su libro casero. A continuación cojea por la hierba y las rocas hasta la valla perimetral. El *Argos* se alza enorme y pálido a su espalda.

La cerca está rematada por alambre de espino y es demasiado alta para saltarla, pero usando la hoja del hacha contra uno de los postes consigue romper una docena de alambres, retorcerlos y salir.

Al otro lado hay muchos miles de piedras brillantes más. En cada una crece liquen en costras, en escamas... Podría pasar un año entero estudiando cada uno de ellos. Pasadas las piedras se oye un rugido, es el rugido de algo en perpetuo movimiento, bullendo, cambiando, agitándose...: el mar.

El alba dura una hora y Konstance trata de no pestañear en ningún momento. Primero se extiende una lenta capa de morados, luego de azules, una diversidad de tonos infinitamente más compleja que cualquier simulación de la Biblioteca. Está descalza metida en el agua hasta los tobillos, con el mar calmo y poco profundo moviéndose sin cesar en mil vectores distintos y por primera vez en su vida el zumbido del *Argos*, el goteo de las cañerías, el ronroneo de conductos, de las extremidades trepadoras de Sybil, la máquina que la ha acompañado durante toda su vida, desde antes de ser concebida, no se oyen.

—¿Sybil?

Nada.

A su derecha, a lo lejos, le parece distinguir los contornos del edificio gris que descubrió en el Atlas, la caseta para barcos, un embarcadero rocoso. Cuando se gira para mirar lo que deja atrás, el *Argos* parece más pequeño, una bola blanca bajo el cielo.

Delante de ella, en el horizonte, el filo azul de la aurora se vuelve rosa y levanta sus dedos para hacer retroceder a la noche.

EPÍLOGO

BIBLIOTECA PÚBLICA DE LAKEPORT

20 DE FEBRERO DE 2020

19.02

Zeno

El chico baja el arma. El teléfono dentro de la mochila suena por segunda vez. Allí, pasado el mostrador de recepción que bloquea la puerta, pasado el porche, le espera el otro mundo. ¿Tendrá la fuerza necesaria?

Cruza el espacio hacia la puerta principal y se apoya en la mesa; fluye un poder a sus piernas como enviado por Athena misma. El mostrador se aleja; sujeta la mochila, tira de la puerta y sale al resplandor de las luces de la policía.

Baja los cinco peldaños de granito, cruza la acera, se interna en la nieve virgen, en una red de sirenas, en los puntos de mira de una docena de rifles. Una voz que grita: «¡No disparéis! ¡No disparéis!», y otra —quizá la suya— que grita algo que está más allá del lenguaje.

El teléfono suena por tercera vez.

Cae tanta nieve del cielo que el aire parece más nieve que aire. Zeno corre por el túnel de juníperos, se mueve todo lo rápido que es capaz de moverse un hombre de ochenta y seis años con una cadera mal y botas de velcro y dos pares de calcetines de lana, con la mochila pegada a la corbata de pingüinos. Se lleva las bombas más allá de los ojos amarillos del búho del buzón de devolución de libros, más allá de una furgoneta en la que dice «Desactivación de artefactos explosivos», más allá de hombres con trajes de protección; es Etón dando la espalda a la inmortalidad, feliz de ser otra vez un loco, los pastores bailan bajo la lluvia, tocan sus flautas y pellizcan sus liras, los corderos balan, el mundo es húmedo y embarrado y verde.

De la mochila sale el cuarto timbrazo. Un timbrazo más de vida. Durante un cuarto de segundo atisba a Marian agachada detrás de un coche de policía; la dulce Marian con su anorak rojo cereza, sus ojos almendrados y sus vaqueros sucios de pintura lo ve pasar y se tapa la boca con una mano. Marian la Bibliotecaria, cuya cara, cada verano, se convierte en una tormenta de pecas.

Baja Down Street, lejos de los vehículos de la policía, dejando atrás la biblioteca. «Imagina —dice Rex— lo que debía de ser oír los viejos cantos sobre héroes que vuelven a casa». A su izquierda, a medio metro de distancia, está la vieja casa de la señora Boydstun, sin cortinas en las ventanas, con la mesa del comedor cubierta de traducciones, cinco soldaditos Playwood Plastic en una lata en el piso de arriba, junto a la camita de latón, y el pequeño Néstor, rey de Pilos, dormitando en el felpudo de la cocina. Alguien tendrá que dejarlo salir.

Delante está el lago, helado y blanco.

«¡Pero bueno! —dice una bibliotecaria—. Tienes pinta de estar helado».

«¿Dónde está tu madre?», dice la otra.

Corre por la nieve y el teléfono suena por quin

QANNAAQ

2146

Konstance

En la aldea son cuarenta y nueve habitantes. Ella vive en una casita color azul pastel de una sola planta hecha de madera y chatarra, con un invernadero anejo. Tiene un hijo: de tres años, activo, acalorado, ávido de probarlo todo, de aprenderlo todo, de llevarse todo a la boca. Dentro de ella crece un segundo hijo, no mucho más grande que un parpadeo, una pequeña inteligencia que se despliega.

Es agosto, el sol no se ha puesto desde mediados de abril y esta noche casi todos los demás han ido a coger bayas de cornejo. A lo lejos, al final de la aldea, pasado el muelle, centellea el mar. En los días más claros alcanza a ver, en el punto más lejano del horizonte, el bulto redondo del islote rocoso a trece kilómetros de allí donde el *Argos* se oxida a la intemperie.

Trabaja en su huerto de macetas detrás de la casa mientras el niño juega sentado entre las piedras. Tiene en el regazo un libro amorfo hecho de retales de sacos de polvo Nutrir. Lo hojea de atrás adelante, pasa «Etón significa en llamas», pasa «El hechicero dentro de la ballena», mientras mueve la boca en silencio.

El crepúsculo estival es cálido, y las hojas de las lechugas de las macetas aletean, y el cielo se vuelve lavanda —es lo más oscuro que llegará a estar—, mientras Konstance va y viene con una regadera. Brócoli. Kale. Calabacines. Un pino bosnio que le llega a la altura del muslo.

Παράδεισο, *parádeisos,* paraíso: significa jardín.

Cuando termina cierra la puerta del invernadero y se sienta en una silla de nailon desgastada por los elementos y el niño le lleva el libro y le tira de la pernera del pantalón. Le pesan los párpados y lucha por que no se le cierren. Dice: «¿Tú cuentas la historia?».

Konstance lo mira, sus mejillas redondeadas, sus pestañas, su pelo húmedo. ¿Presentirá ya el niño la precariedad de todo esto?

Se lo sube al regazo.

—Ve a la primera página y ábrelo bien.

Espera a que le dé la vuelta al libro. El niño se chupa el labio inferior, luego abre la tapa. Konstance pasa el dedo debajo de las líneas.

—Yo —dice— soy Etón, un sencillo pastor de Arcadia, y...

—No, no —dice el niño. Da golpecitos en la página con la mano.

—La voz. Con la voz.

Konstance pestañea; el planeta rota un grado más; más allá de su pequeño jardín, debajo de la aldea, un viento desdibuja las crestas de las olas. El niño levanta el dedo índice y señala la página. Konstance se aclara la garganta.

—Y la historia que os voy a contar es tan disparatada, tan increíble, que no creeréis una sola palabra, y sin embargo —le toca la punta de la nariz al niño— es verdadera.

Nota del autor

Este libro, concebido como un himno a los libros, está construido sobre los cimientos de muchos otros libros. La lista es demasiado larga para incluirlos todos, pero aquí van algunas de las luces más brillantes: *El asno de oro* de Apuleyo y «Lucio o el Asno» (un epítome escrito posiblemente por Luciano de Samósata) cuentan la historia de un necio que se convierte en asno con mucha más gracia y habilidad que yo. La metáfora de Constantinopla como arca de Noé de los textos de la Antigüedad está sacada de *El código de Arquímedes*, de Reviel Netz y William Noel. Descubrí la solución de Zeno a la adivinanza de Etón en *Voyages to the Moon* [Viajes a la Luna], de Marjorie Hope Nicolson. Muchos de los detalles de las experiencias de Zeno en Corea son de *Remembered Prisoners of a Forgotten War* [Prisioneros recordados de una guerra olvidada], de Lewis H. Carlson; *El giro*, de Stephen Greenblatt, me introdujo en la cultura de los libros del Renacimiento temprano.

Esta novela está en deuda sobre todo con una novela de hace más de mil ochocientos años que ya no existe: *Los prodigios más allá de Tule*, de Antonio Diógenes. De ella solo se conservan unos pocos fragmentos de papiro, pero un resumen del argumento escrito en el siglo IX por el patriarca bizantino Focio sugiere que *Los prodigios* era un gran relato viajero, lleno de subtramas entrecruzadas y dividido en veinticuatro libros. Al parecer se basaba en fuentes tanto académicas como fantásticas, mezclaba distintos géneros, jugaba con la ficcionalidad y es posible que incluyera el primer viaje literario al espacio exterior.

Según Focio, Diógenes afirmaba en un prefacio que *Los prodigios* era en realidad la copia de una copia de un texto descubierto siglos antes por un soldado de los ejércitos de Alejandro Magno. El soldado, decía Diógenes, estaba explorando las catacumbas debajo de la ciudad de Tiro cuando descubrió una arqueta de madera de ciprés. En la parte superior de la arqueta estaban escritas las palabras: «Desconocido, quienquiera que seas, abre esto y maravíllate», y cuando la abrió encontró, grabado en veinticuatro tablillas de madera de ciprés, el relato de un viaje alrededor del mundo.

Agradecimientos

Tengo una profunda deuda con tres mujeres extraordinarias: Binky Urban, cuyo entusiasmo por los primeros borradores me sostuvo durante muchos meses de dudas; Nan Graham, quien editó y mejoró más versiones de este manuscrito de las que ni ella ni yo podemos contar, y, sobre todo, con Shauna Doerr, quien pasó gran parte de nuestro año de pandemia encorvada sobre las páginas de este libro, evitó que lo tirara a la basura en cinco momentos distintos y es alguien que me llena el alma de música y el corazón de esperanza.

Gracias enormes también a nuestros hijos Owen y Henry, que me ayudaron a inventar la Ilium Corporation y las zarzaparrillas caídas de Alex Hess y que me hacen reír cada día. Os quiero, chicos.

Gracias a mi hermano Mark por su optimismo inquebrantable; a mi hermano Chris, a quien se le ocurrió que Konstance usara electrolisis para prender fuego a su propio pelo; a mi padre, Dick, por animarme y empujarme a seguir, y a mi madre, Marilyn, por plantar las bibliotecas y los jardines de mi juventud.

Gracias a Catherine «Deambulador» Knepper, cuyo apoyo me sostuvo durante una ardua serie de revisiones; a Umair Kazi por creer en Omeir; a la American Academy de Roma —y especialmente a John Ochsendorf— por darme una vez más acceso a su brillante comunidad, y al profesor Denis Robichaud por corregir mi griego de neófito.

Gracias a Jacque y a Hal Eastman por animarme, a Jess Walter por comprenderme y a Shirley O'Neil y Suzette Lamb por escucharme. Gracias a todos los bibliotecarios que me ayudaron a encontrar un texto que necesitaba o todavía no sabía que necesitaba. Gracias a Cort Conley por enviarme cosas interesantes. Gracias a Betsy Burton por ser mi defensora. Gracias a Katy Sewall por ayudarme a documentar la encarcelación de Seymour.

Gracias al maravilloso equipo de Scribner, en especial a Roz Lippel, Kara Watson, Brianna Yamashita, Brian Belfiglio, Jaya Miceli, Erich Hobbing, Amanda Mulholland, Zoey Cole, Ash Gilliam y Sabrina Pyun.

Gracias a Laura Wise y Stephanie Evans por mejorar mis frases. Gracias a Jon Karp y Chris Lynch por su maravilloso apoyo.

Gracias a Karen Kenyon, Sam Fox y Rory Walsh de ICM, y a Karolina Sutton, Charlie Tooke, Daisy Meyrick y Andrea Joyce de Curtis Brown.

Megasupergracias a Kate Lloyd, ella sabe por qué.

Una novela es un documento humano hecho por un único (y particularmente imperfecto) ser humano, así que, a pesar de mis desvelos y los desvelos de la fantástica Meg Storey, estoy seguro de que sigue habiendo errores. Cualquier inexactitud, falta de sensibilidad y libertad histórica excesiva son culpa mía.

Gracias siempre al profesor Wendell Mayo, de quien me gusta pensar que habría disfrutado de este libro, y a Carolyn Reidy, que falleció el día antes de enviarle el manuscrito.

A mis amigos: gracias.

Por último y sobre todo, gracias a ti, querido lector. Sin ti estaría completamente solo, a la deriva en un mar oscuro, sin hogar al que volver.